KB138529

물고기、뛰어오르다

물고기, 뛰어오르다

동아시아 2500년
옛사람들이 사랑한 우리 물고기

기태완 지음

푸른지식

들어가는 글

나는 어린 시절 고향 황룡강 냇물에서 물고기를 잡고, 방죽에서 낚시하는 것이 동무들과 어울려 들녘에서 노는 것보다 더 좋았다. 직접 생대나무를 잘라 낚싯대를 만들고, 낚싯줄과 낚싯바늘을 달고 찌는 수수깡을 매달았다. 그 낚싯대는 매우 신통력이 있어서 붕어, 피라미는 물론이고 뱀장어, 매기, 빠가사리(동자개), 자라 같은 힘 좋은 녀석들도 쉽게 잡아냈다. 내 낚시 솜씨가 남들보다 특별히 좋아서가 아니었다. 60년대 농가에서는 농약은 물론 인공비료도 거의 사용하지 않았던 시절이어서 냇물과 방죽에 새우와 물고기들이 넘쳐났기 때문이다.

봄에는 냇물의 보 위에서 흘러내려오는 센 물살을 타고 올라가는 실뱀장어 떼가 장관을 이루었다. 가을에는 보 위에서 끊임없이 내려오는 참게의 행렬을 볼 수 있었다.

내가 냇물에서 만난 물고기 친구들은 다 기억하지 못할 정도로 많다. 각시붕어, 보리미꾸라지(종개), 감돌고기, 꾸구리, 동사리, 꺽지, 쏘가리, 눈불탱이(갈겨니), 참마자, 산매기(미유기), 눈쟁이(송사리), 모래무지, 날치, 쉬리, 납자루, 징거미 등이 기억난다.

나는 또 그 시절 어느 해 여름 방학 때 바다 섬에서 한 달 간 지내는 행운을 누리기도 했다. 조부께서 2년 동안 잠시 무안 앞바다 고이도에서 교장 선생을 지냈던 것이다. 그래서 방학 때 몇몇 사촌들과 함께 목포에서 여객선을 타고 고이도로 갔다. 어선들이 대부분 돛단배이던 시절 난생 처음 타보는 통통선이었다. 커다란 통통선은 섬의 부두에 접안을 할 수 없기 때문에 노를 젓는 작은 땟마(거룻배)로 옮겨 타고 섬으로 들어가야 했다.

섬 생활은 하루하루가 경이로운 일들의 연속이었다. 섬 아이들을 따라 다니면서 물이 빠진 갯벌에서 짱뚱이, 칠게, 쏙 등을 잡았다. 처음 보는 짱둥이는 마치 개구리 같았다. 수없이 떼를 지어 갯벌 위를 뛰어다니는 바다 개구리들! 눈은 통방울 눈동자이고, 긴 몸통에는 푸른 점들이 박혀 별처럼 빛나고, 가슴지느러미는 크고 납작한데 그것으로 개구리처럼 잘도 뛰어다녔다. 두 개의 등지느러미를 활짝 펼치면 마치 배의 돛과 같았다. 수천 마리의 짱뚱이들은 갯벌 위를 뛰어다니다가 조그만 기척에도 순식간에 굴속으로 사라져버린다. 그리고 잠시 후에 주위가 고요해지면 다시 굴속에서 기어 나왔다.

짱뚱이 낚시는 갈고리 모양의 낚싯바늘을 긴 낚싯줄에 달아 갯펄 위에 던져놓았다가 짱뚱이가 근처를 기어갈 때 잡아채는 일종의 훌치기낚시로 잡는다. 어떤 늙은 어부는 번개처럼 재빠르게 낚싯대를 휘두르며 짱뚱이를 잡았는데 짱뚱이들은 옆의 동무가 갈고리 낚싯바늘에 꿰어져 허공으로 날아갈 때도 전혀 눈치채지 못했다. 참으로 귀신같은 짱뚱이 낚시꾼이었다. 대나무 삿갓을 쓰고 대나무 바구니를 허리에 찬 그 늙은 어부의 모습은 내 기억 속에서 평생 지워지지 않았다.

조선 후기 실학자 서유구의 『전어지』에 "탄도어彈塗魚는 장뚱이이다. 탄도어는 서해에서 나온다. 모양은 강이나 호수에서 나오는 망동어望瞳魚와 몹시 비슷하다. 사는 구멍은 풀밭 습지 안에 있는데 항상 조수가 물러나면 천백 마리가 무리를 지어 지느러미를 펼치고, 진흙 위에서 뛰어다닌다. 그래서 탄도라고 한다."고 했다. 짱뚱이는 우리말이고, 탄도어는 한자 이름인데 그 의미는 진흙 위를 탄환처럼 뛰어다닌다는 것이다.

갯벌에는 짱뚱이 외에 말뚝망둥이, 달랑게, 칠게, 농게 떼도 수천 마리였다. 진흙구멍으로 숨은 칠게를 잡으려고 구멍에 손을 넣었다가 쏙(갯가재)의 꼬리 독침에 쏘였는데 그 아픔이 빠가사리에게 쏘인 것처럼 고통스러웠다.

석양에 부두로 돌아오는 어선들은 잡아온 민어, 조기, 부세, 감성이, 농어, 장대, 병어, 가오리 등을 해변에 풀어놓았다. 민어와 농어는 내가 지금까지 제일 큰 물고기로 여겼던 황룡강의 잉어보다도 훨씬 컸다. 조부께서 가끔 육지에서 온 손자들을 위해 민어와 농어를 사서 회를 치고 탕을 끓였는데 참으로 맛이 좋았다. 특히 생조기와 생고사리로 끓인 매운탕은 지금도 가끔 생각나는 음식이다.

섬에서도 낚시를 했는데 낮에는 운조리(망둥어), 밤에는 붕장어가 잘 잡혔다. 잘 잡히는 정도가 아니라 줄줄이 올라왔다. 섬 아이들이 대나무 꼬챙이에 꿰어 구워준 운조리와 붕장어 구이는 또한 별미였다.

나는 성인이 되어서도 틈이 날 때마다 나의 낚시 스승인 부친을 따라 여러 강과 저수지, 서해의 칠산도, 지도, 홍도와 남해의 청산도, 보길도, 추자도 등지에서 주로 감성돔, 참돔, 혹돔, 돌돔, 부세 등의 낚시를 했다. 일 년에 예닐곱 번 혹은 서너 번씩 강과 바다로 낚시를 다닌 지가 30여 년이었다. 그 동안 얼마나 많은 물고기들을 만났던가? 물고기는 참으로 내 평생의 동반자였다고 말할 수 있으리라.

이 책은 조기, 꺽정이, 도루묵, 은어, 하돈(복어), 쏘가리, 웅어, 뱅어, 황어, 잉어, 오징어, 준치, 홍어, 숭어, 청어, 명태, 참게, 비목어(가자미), 전복, 문어, 붕어, 송어 등 모두 22종의 어패류를 소개한 것이다. 이들 대부분은 우리가 일상에서 항상 대하는 친숙한 것들이다. 그러나 이들 이름의 유래나 동아시아의 오랜 역사 속에서 형성된 물고기들의 사연은 아는 이가 드물다. 지금까지 물고기에 관한 서책은 주로 어류도감과 같은 생물학적 측면을 소개하는 것이 대부분이고, 그 유구한 문화적인 내력을 다룬 책이 없었기 때문일 것이다.

이 책에 선정된 22종의 물고기들은 근대 이전 동아시아의 옛 문헌 속에서 가장 많이 언급된 것들이다. 이 가운데 근래 국민생선이라 불리는 갈치, 고등어, 꽁치, 멸치, 삼치 등은 빠져있다. 그 이유는 지금과 근대 이전의 생선 식탁이 달랐기 때문이다. 근대 이전의 어선은 모두 돛단배였고, 어업 도구나 기술 또한 근대에 비하여 상대적으로 열악했다. 그래서 어업 활동은 주로 해안의 근해나 강 하구에서 이루어졌다. 조선시대 서유구의 『전어지』에서 바닷물고기인 숭어를 강물고기로 취급한 것은 그 포획을 주로 강에서 했다는 증거이다. 그 결과 주로 어획했던 물고기의 종류가 지금과 다를 수밖에 없다.

고려와 조선의 식탁에서 가장 흔했던 것은 조기와 청어였고, 조선 후기에 갑자기 명태가 나타나서 국민생선의 제 일인자로 군림했다. 이 밖에 웅어, 뱅어, 밴댕이 따위가 그 뒤를 이었다.

조기의 한자말은 석수어인데 머리에 돌이 있다고 하여 붙여진 명칭이다. 이 이름은 중국 춘추전국시대 오나라 왕이었던 합려가 지었다고 한다. 그러니 대략 2500년 전의 일이었다. 이때 이미 말린 석수어를 다른 건어보다 귀하게 여겼으니 동아시아에서 굴비의 역사가 참으로 오래되었음을 알 수 있다.

송강 농어는 한국과 중국의 문인들이 가장 많이 시로 읊었던 물고기 중의 하나이다. 그러나 이 물고기의 실체를 조선인들 중에서 아는 사람이 드물었다. 그 실체조차 모른 채 수많은 사람들이 송강 농어를 시로 읊었던 것이다. 조선 후기에 정약용 같은 몇몇 실학자가 비로소 중국의 송강 농어가 우리 한강의 꺽정이와 같다는 것을 밝혀냈다. 문인들이 송강 농어를 읊은 것은 동한 말 장한張翰 때문이다. 장한은 난세를 피하여 명철보신을 하려고 고향 송강 농어가 먹고 싶다는 핑계로 벼슬을 버리고 은거했다. 그래서 송강 농어는 명철보신의 상징이 되었던 것이다.

옛 물고기 그림에는 쏘가리 그림이 많다. 그 그림의 화제畵題는 "복사꽃 흐르는 물에 쏘가리 살찌고[桃花流水鱖魚肥]"라고 써놓은 것이 또한 많다. 이 시구는 당나라 장지화張志和의 「어부사漁父詞」의 구절이다. 장지화는 벼슬을 버리고 고향으로 가서 낚싯배를 집으로 삼아 은거했던 은자였다. 그래서 후세에 그가 읊은 쏘가리를 은자의 상징으로 삼아 그림으로 그리고 시로 읊은 것이 헤아릴 수 없이 많다. 어떤 이는 쏘가리의 한자 이름인 궐鱖이 대궐 궐闕과 발음이 유사하다는 것을 근거로 쏘가리 그림은 과거시험에 합격하라는 뜻이라고 하는데 이는 참으로 착오가 아닐 수 없다. 세속을 떠나 은거했던 은자 장지화를 상징하는 쏘가리를 어찌 출세를 바라는 상징물로 해석할 수 있겠는가?

우리가 평소에 대하는 물고기를 옛 시문과 그림을 통해 그 사연을 알아보는 것은 새로운 지적 여행이 아닐 수 없다.

여기에 어부에 관련된 한국과 중국의 명시를 소개하고, 부록에는 옛날의 어구와 여러 물고기 잡는 방법을 붙여서 감상에 이바지 하도록 했다.

부디 물고기를 사랑하는 많은 이들이 읽어보기를 바란다.

2016년 11월 정취재情趣齋에서 어옹漁翁

차 례

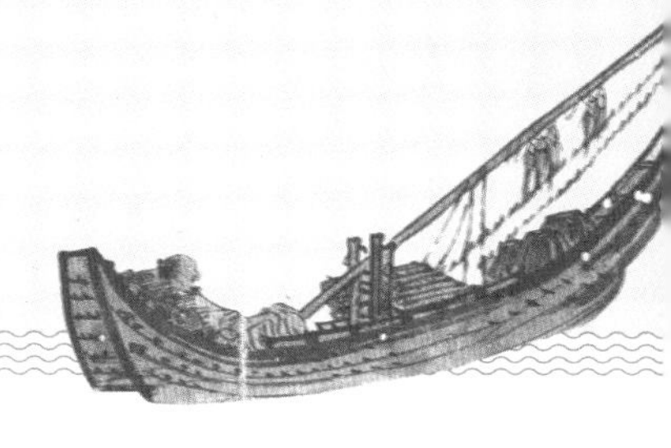

일러두기

1. 이 책에서 인용하는 모든 한시와 옛 문헌은 저자가 직접 번역했습니다.
2. 소괄호 ( ) 안에는 한문의 원어 병기와 추가 설명을, 대괄호 [ ] 안에는 본문과 독음이 다른 한문을 표기했습니다.

민중의 생선 조기

머리에 돌이 든 물고기

조선의 언어학자 황윤석(黃胤錫, 1729~1791)은 『이재유고頤齋遺藁』「화음방언자의해華音方言字義解」에서 "우리말 석수어石首魚를 살펴보니, 곧 중국어로 종어鯼魚이다. 종鯼의 음은 종宗인데, 종어의 음을 빠르게 발음하다가 와전되어 조긔가 된 것이다"라고 했다.

석수어가 우리말이고 종어는 중국에서 부르는 말인데, 종어의 발음이 와전되어 조긔가 되었다는 것이다. 종어의 발음이 와전되어 조긔가 되었다는 발언의 진위는 알 수 없지만, 석수어가 우리말이라는 것은 잘못이다. 석수어나 종어나 모두 조기의 한자어이다.

석수어의 유래로 다음과 같은 설화가 전한다.

합려闔閭 10년(기원전 505)에 동이(東夷, 월越나라)가 오吳나라를 침략하니, 오왕吳王은 쫓기어 바다로 들어갔다. 모래섬에 의지하여 서로 대치한 지 한 달 남짓이 되었다. 시기가 풍랑이 치는 때여서 양식을 구하러 건너갈 수 없었다. 왕은 향을 피우고 기도했는데, 말을 마치자 동풍이 크게 일어나고 금색이 바다를 덮으며 물 위에서 몰려와서 오왕이 있는 모래섬을 백 겹으로 둘렀다. 담당 관리가 건져내어 걸러서 물고기를 얻었는데 먹어보니 맛이 좋았다. 삼군三軍이 날뛰며 기뻐했으나, 이인夷人은 한 마리도 얻지 못했다. 마침내 항복의 뜻을 보내왔다. 오왕은 물고기의 배와 내장을 소금물에 절여서 이인에게 보내주었는데, 이를 '축이(逐夷, 오랑캐를 쫓다)'라고 불렀다. 오왕은 돌아온 후 바다 안에서 먹었던 물고기가 생각나서 남은 물고기는 어찌하였는지 물으니, 담당 관리가 모두 햇볕에 말렸다고 했다. 왕이 찾아서 먹어보니 그 맛이 좋았다. 그 때문에 '미美' 자 아래 '어魚' 자를 붙여서 썼는데, 이것이 '상鯗' 자이다. 지금 '상鮝' 자를 따르는 것은 잘못이다. 물고기가 바다 안에서 나왔을 때 금색을 띠었는데 그 이름을 알지 못했다. 오왕은 그 뇌 속에 흰 돌 같은 뼈가 있는 것을 보고 '석수어'라고 이름 불렀다.

당(唐)나라 육광미(陸廣微), 『오지기(吳地記)』 중에서

합려(?~기원전 496)는 춘추시대 말에 초楚나라 출신 오자서伍子胥를 재상으로 삼고, 제齊나라 출신 병법가 손무孫武를 장군으로 삼아서 천하를 호령하였던 오나라 왕이다.

합려가 동이의 침략을 받고 바다 섬으로 물러나 싸웠는데, 군량이 떨어지자 황금빛 물고기 떼를 잡아서 군량으로 삼고 적군을 물리쳤다

는 것이다. 그리고 이름을 알 수 없는 그 물고기의 머리 안에 돌 같은 흰 뼈가 들어 있어서 석수어라고 이름을 지었다고 한다. 또 그 말린 물고기가 맛이 있어서 '상鯗' 자라는 글자를 만들어 명명命名했다는 것이다.

우리 문헌에서도 조기를 주로 석수어로 표기했다.

> 석수어는 조기이다. 『난호어목지蘭湖漁牧志』에 "몸은 납작하고, 비늘은 작고, 등은 검고, 몸 전체는 황백색으로 매끄럽고, 머리에는 흰 돌 두 매枚가 있는데 옥처럼 밝고 깨끗하다"라고 했다. 『영표록嶺表錄』에는 "석두어石頭魚"라 했고, 『절지浙志』에는 "강어江魚"라 했고, 『임해어물지臨海魚物志』에는 "작은 것을 추어䠓魚라 하고, 그다음 것을 춘수春水라고 부르는데, 모두 한 가지의 이름이다"라고 했다. 전구성田九成의 『유람지遊覽志』에는 "매년 사월에 해양에서 오는데, 길게 이어지는 것이 수 리이고, 그 소리는 천둥 같다. 바닷가 사람들은 대나무 통을 물속에 넣어서 그 소리를 들으면 곧 그물을 내려서 그 조류를 막고 잡아내는데, 깊은 물 속에서 뛰어올라 모두 어질어질 기력이 없다. 만물에 오는 것은 좋고, 두 물과 세 물에 오는 것은 크기가 점차 작아지고 맛도 점차 떨어진다"라고 했다. 그 언급하고 있는, 오는 시기와 어법漁法은 우리나라와 합치한다.
>
> 조선 서유구(徐有榘, 1764~1845), 『전어지(佃漁志)』 중에서

위에서 인용한 서적 중 『난호어목지』는 서유구 자신의 책이고, 나머지는 모두 중국 책이다. 이들 책 외에도 석수어의 별칭을 언급한 것은 많다.

『물산지物産志』에는 "석수어는 민어[鮸] 같은데 작은 꼬리와 지느러미가 모두 황색이어서 일명 황어黃魚라고 한다"라고 했고, 『이아익爾雅翼』에는 "석수어는 일명 종어이다"라고 했고, 『박물지博物志』에는 "사비鯊魮는 즉 석수어이다"라고 했고, 『양어경養魚經』에는 "석수어를 민閩 지역에서는 금린金鱗이라 하고, 또 황과黃瓜라고 한다"라고 했고, 『이물지異物志』에는 "석수어 중 작은 것을 추수踏水라고 하는데 곧 매어梅魚이다"라고 했고, 『정자통正字通』에는 "매어는 종어와 비슷하나 작은데 일명 황화어黃花魚라고 한다"라고 했고, 『우항잡록雨航雜録』에는 "종어는 석수어이다. 작은 것은 ○어이고, 또 이름을 추어라고도 한다. 가장 작은 것은 매수梅首인데 또 이름을 매동梅童이라고도 한다. 그다음은 춘래春來이다. …… 모든 물고기는 피가 있는데 석수어는 홀로 피가 없다. 승려들은 이를 보살어菩薩魚라고 부르고 재식(齋食, 불가의 식사)이 있을 때 먹는다"라고 했다.

우리 문헌에서는 이처럼 많은 조기의 별칭 중에서 주로 석수어와 종어를 사용했는데, 정약전(丁若銓, 1758~1816)은 『현산어보玆山魚譜』(『자산어보』로 많이 알려져 있다. '자'로 읽을 때는 주로 이것, 이곳 등으로 쓰일 때이고, 검다는 의미로 쓰일 때는 주로 '현'으로 읽는다. 이 책에서는 『현산어보』로 표기했다)에서 석수어를 애우치[大鮸]와 민어와 조기를 통칭하는 용어로 보고, 추어를 조기의 한자어로 보았다.

칠산 바다

전남 영광군 법성포 계마리 항구에서 낚싯배로 한 시간 남짓을 북쪽 부안扶安 쪽으로 달려가면 칠산 바다가 나온다. 현지인은 칠산七山을 칠뫼라고 부르는데, 새우 어장으로 유명한 낙월도落月島와 부안의 위도蝟島 사이에 걸쳐 있는 일곱 개의 무인도이다. 대부분 바위로 이루어진 크고 작은 섬들로 오로지 괭이갈매기만이 새끼를 치며 서식하는 곳이다.

봄에는 괭이갈매기 수만 마리가 그 바위섬마다 둥지를 튼다. 간혹 섬에 접근하는 어선이 있으면 수백 마리의 갈매기 떼가 순식간에 배를 에워싸고 고양이 소리로 울부짖으며 경고한다. 나도 낚싯배를 타고 가다가 네댓 번 그런 습격을 당했는데, 그때마다 공포를 느끼며 히치콕의 영화 〈새〉의 한 장면을 떠올리곤 했다.

칠산 바다는 예로부터 유명한 조기 어장이었다. 이곳은 수심이 낮고, 조류가 빠르고, 물의 색이 탁하다. 그러나 갯벌과 모래밭이 넓게 발달하여 조기의 먹이인 갯지렁이, 게, 새우, 각종 조개 등이 풍부하고 수온이 산란하기에 적합했다.

잔 비늘의 물고기 이름은 석수어이고 細鱗名石首
좋은 술은 춘심을 채워주네 美酒實春心
술거품의 향이 막 떠오르고 浮蟻香初動
건어의 맛은 스스로 깊네 乾魚味自深

고려 이색(李穡, 1328~1396), 「목은고(牧隱藁)」, 「자복이 법주와 말린 석수어를 보내주어 사례하다(謝子復以法酒, 乾石首魚見餽)」

이색이 자복子復 민안인(閔安仁, 1343~1398)이 법주와 말린 석수어를 보내준 데 대하여 사례한 시의 일부이다.

「강상회음(江上會飮)」, 김득신(金得臣, 1754~1822), 조선, 간송미술관 소장
자가 현보(賢輔), 호는 긍재(兢齋), 초호는 홍월헌(弘月軒)이다. 화원이었던 김응리의 아들이며, 김응환의 조카이다. 화원으로 첨지중추부사(僉知中樞府事)를 지낸 한중흥의 외손자이다. 본인 또한 도화서 화원이었다.
강가에 모여 조촐한 술자리를 마련한 것을 그린 그림이다. 고깃배 위에 모여든 새들은 검은 색으로 그린 것으로 보아 가마우지가 아닌가 싶다.

시에서 언급한 법주는 영광에서 쌀로 빚은 일종의 소주인데, 그 알코올 도수가 60~70도에 이른다. 지금도 영광 법성포 몇몇 집에서 가양주로 제조한다. 말린 석수어는 굴비를 말한다.

이 시는 영광 굴비를 언급한 기록 중 현존하는 최고最古의 문헌 기술이라 여겨진다. 물론 우리 민족의 조기 역사는 삼국시대 이전으로 멀리 올라갈 것이지만, 아쉽게도 기록이 남아 있지 않을 뿐이다.

『세종실록지리지』「영광靈光」 조에는 "토산土産은 조릿대[篠]·왕대[簜]와 조기인데, 군의 서쪽 파시평波市坪에서 난다(봄·여름 사이에 여러 곳의 어선이 모두 이곳에 모여 그물로 잡는데, 관청에서 그 세금을 받아서 국용(國用, 나라의 비용)에 이바지한다)"라고 했다. 파시평은 법성포를 말한다. 조선 초부터 조기는 국가의 중요한 세금 자원이었는데, 나중에 국가 인재를 육성하는 자금이 되기도 했다.

『승정원일기』「인조 5년 정묘(1627) 5월 27일」 조에 "성균관의 계사(啓辭, 임금에게 올리는 글)에 '각 아문(衙門, 관아)이 어세魚稅를 받아들이지 말고 군량의 바탕으로 삼도록 한 호조의 계사가 올라가서 윤허를 받았습니다만, 본관本官은 여타의 각 아문과는 달리 오로지 유생의 공궤(供饋, 음식 제공)를 위한 것이어서, 파시평의 석수어잡이 어선 20척隻과 영광의 각리도角里島와 작도鵲島, 부안의 위도, 해남의 추자도楸子島, 나주의 도초도都草島 등지는 다 조종조(祖宗朝, 지금 임금의 선대 시대)에 하사한 땅으로 모두 조세가 면제되었고, 이를 해조(該曹, 담당 관청)가 참작해 정한 것도 유래가 이미 오래되었으며, 그로부터 해마다 조세를 받아 성균관에 납부하여 선비들에게 공궤하고 있습니다. 만약 올해의 어세를 거두어들이지 못하면 많은 유생에게 공궤할 물품을 잇댈 길이 없어져서 국가가 선비를 대우하고 현인을 기르는 도리에 흠결이 있을 것입니다. 각 아문과 같은 방법으로 견감(蠲減, 조세 등의 일부 면제)하는 것은 매우 온당치 못합니다. 해조로 하여금 옛 전례대로 세금을 면제하고 성균관으로 들이게 해서 선비에게 공궤하고 현인을 기르는 데에 쓰도록 하는 것이 어떻겠습니까?' 하였는데, 아뢴 대로 하라고 전교하셨습니다"라고 했다.

이처럼 성균관 유생은 칠산 등지의 조기 덕분에 국가의 인재로 성장할 수 있었다.

서북쪽 큰 파도는 해까지 침범하고	西北鰲波浸日車
구름 돛은 곧장 청주와 서주에 닿으려 하네	雲帆直欲簸青徐
비단 같은 봄꽃이 피면 반드시 다시 와서	春花如錦須重到
몽산의 석수어를 보아야겠네	要見蒙山石首魚

조선 김종직(金宗直, 1431~1492), 『점필재집(佔畢齋集)』, 「법성포서봉잡영(法聖浦西峯雜咏)」

조선 초의 김종직이 법성포에 와서 지은 시인데, 그 자주(自注, 자기가 쓴 글에 스스로 단 주석)에 "이 지역 사람들이 말하기를 '매년 삼사월이면 여러 도道의 상선이 모두 이곳에 모여서 석수어를 잡아서 햇볕에 쬐어 말리는데, 서봉 아래에서부터 꼭대기까지 발 디딜 틈이 없을 정도이다'고 했다"라고 했다.

김종직이 법성포를 찾았을 때는 조기 철이 아니었다. 그런데 현지인이 전하는 굴비 이야기를 듣고 감동하여 봄날 조기 철에 꼭 와서 그 광경을 구경하겠다고 한 것이다. 당시에는 굴비 만드는 덕장이 법성포

서봉 아래에서 꼭대기까지 발 디딜 틈조차 없이 빼곡하게 들어찼던 것이다.

조선 말 이유원(李裕元, 1814~1888)의 『임하필기林下筆記』에 "법성진法聖鎭의 동대東臺 위에서 멀리 칠산도七山島를 바라보면 바다 형세가 한눈에 들어온다. 항상 석수어가 올라올 때면 이를 잡으려는 배가 바다 위에 늘어서는데, 마치 파리 떼가 벽에 달라붙은 것과 같아서 그 숫자를 헤아릴 수 없을 지경이다"라고 했다. 셀 수 없이 많은 조기잡이 어선이 칠산 바다를 파리 떼처럼 뒤덮고 있었다! 이것이 고려 때부터 조선말까지 칠산 바다의 조기잡이 풍경이었다.

조기의 회유 경로

민어과의 조기는 제주 남쪽 바다와 중국 남쪽 바다에서 겨울을 난다. 봄이 되면 떼를 이루어 북상하는데, 그 첫 번째 큰 어장이 칠산 바다였다. 그리고 그 뒤를 이어 연평도延坪島에서 조기잡이가 성황을 이루었다.

> 추수어(鰽水魚, 속명은 조기踏䱅이다) : 흥양(興陽, 전남 고흥) 밖의 섬에서는 춘분(春分, 3월 21일경) 후에 그물로 포획하고, 칠산 바다 안에서는 한식(寒食, 양력 4월 5일경) 후에 그물로 포획하고, 해주海州 앞바다에서는 소만(小滿, 양력 5월 21일경) 후에 그물로 포획하고, 흑산黑山 바다 안에서는 칠팔월에 처음 밤에 낚시한다(물이 맑아서 낮에는 낚시를 삼키지 않는다). 이미 알을 다 낳았으므로 맛은 봄 물고기에 미치지 못하며, 말려도 오래 가지 못한다. 가을이 되면 조금 나아진다.

정약전, 『현산어보』 중에서

춘분에는 남해안 흥양에서, 한식 때는 칠산 바다에서, 소만 때는 해주 앞바다에서 그물로 조기를 잡고, 칠팔월에는 흑산도 바다에서 낚시로 잡는다고 했다. 그 잡는 시기와 회유 경로가 자못 상세하다. 여기서 말하는 해주 앞바다는 연평도 바다를 말한 것이다.

(조기는) 우리나라 동해에는 없고 오직 서남해에서만 나온다. 곡우(穀雨, 양력 4월 20일경) 전후에 무리를 이루고 대열을 지어서 남쪽으로부터 서쪽으로 이어진다. 그래서 그 물고기를 잡는 것은 호남湖南의 칠산에서 시작하여 해서(海西, 황해도)의 연평 바다에서 성황을 이루고, 관서(關西, 평안도)의 덕도德島 앞바다에서 마친다. 이곳을 지난 후에는 등래登萊, 중국 산동성山東省의 등주登州와 내주萊州의 바다로 들어간다. 상인들이 구름처럼 모여들어 배로 사방에서 (조기를) 실어 와서 소금을 쳐서 굴비를 만들거나 소금에 절여서 젓갈을 만드는데, 이것이 나라 안에 넘쳐난다. 귀한 자나 천한 자나 모두 이것을 진기하게 여긴다. 바닷물고기 중에서 가장 많고 가장 맛있는 것이다.

서유구, 『전어지』 중에서

이 또한 『현산어보』의 기사와 큰 차이가 없다. 칠산 바다에서 첫 조기잡이가 시작되어 연평 바다에서 절정에 이르고 평안도 덕도에서 조업이 끝났었다. 이후 조기 떼는 중국 산동성의 등주와 내주 바다로 회유했다. 이러한 조기의 회유 경로는 1970대까지는 그런대로 유지되었다. 그러나 80년대 이후 점차 어획량이 줄어들기 시작하여 지금은 칠산에도 연평도에도 조기 우는 소리가 끊긴 지 오래이다. 그 원인은 기후의 변화나 바다의 오염 등 여러 가지가 있겠지만, 제일 큰 이유는 어린 치어까지 마구 잡았던 탓일 것이다. 또한, 적은 자원을 제주와 추자도와 목포 앞바다에서 이미 다 잡아버리므로 더는 북상할 여지가 없게 된 것이다.

조기의 사촌들

보통 조기라고 하면 참조기를 말한다. 그러나 우리가 가짜 조기라고 하는, 조기와 같은 민어과에 그와 비슷한 물고기가 많이 있다. 옛사람도 이를 잘 알았다.

> (조기의) 큰 놈은 한 자 남짓이고, 모양은 민어 같지만 날카롭게 좁다. 맛은 민어 같으나 더욱 담박하고 쓰임새도 민어와 같다. 알은 젓을 담기에 적당하다. ……
>
> - 약간 더 큰 놈(세속에서는 보구치甫九峙라고 부른다)는 몸은 크지만 짧고, 머리는 작으면서 굽어 있어서 뇌 쪽 뒤가 높다. 맛이 비리므로 오직 포를 만들 수 있다. 칠산에서 생산하는 것은 약간 낫지만, 또한 좋지 못하다.
> - 더 작은 놈(세속에서 반애盤厓라고 부른다)은 머리가 뾰쪽하고, 색깔은 미백微白이다.
> - 가장 작은 놈(세속에서 황석어黃石魚라고 부른다)은 길이가 네다섯 치이고

꼬리는 몹시 뾰쪽하다. 맛은 아주 좋고, 때때로 어망으로 들어온다.

정약전, 『현산어보』 중에서

맨 앞에 큰 놈이라 한 것은 참조기를 말한다. 그리고 보구치, 반애, 황석어를 언급했다. 여기에 참조기와 가장 비슷한 부세가 빠져 있는데, 정약전은 부세를 민어의 한 종류로 취급하였기 때문이다.

참조기는 조기라고 부르며, 남도 사투리로는 조구라고 한다. 그 몸통은 옆으로 넓적하고, 배 부분은 황금색을 띠고, 입술은 붉은색을 띤다. 수명은 대략 10년이며 3년이 되면 알을 밴다. 성체는 30~40센티미터 정도로 자란다. 예전에 칠산이나 연평도에서 잡았던 조기는 보통 30센티미터 정도의 알배기였다. 이것으로 말린 것을 제대로 된 굴비라 여겼고, 그보다 작은 것은 엮걸이라 하여 하질로 취급했었다. 그러나 지금은 일년생과 이년생까지 마구 잡아버리므로 예전의 그런 조기나 굴비는 구경하기가 어렵다.

부세는 남도 사투리로 부서라고 한다. 조기와 닮았는데 60~70센티미터까지 자라고, 조기보다 비늘이 더 잘고 꼬리 부분이 더 가늘고 길다. 맛은 조기와 비슷하고, 탕이나 횟감으로도 손색이 없다. 그러나 참조기를 선호하는 우리의 전통적인 식습관 때문에 가짜 조기 취급을 받으며 굴욕을 당했다. 그런데 근래 황금색의 생선을 행운으로 여기는 중국인이 커다란 부세를 마리당 150만 원에 사 가는 통에 하루아침에 귀족 생선으로 바뀌었다.

보구치는 몸 전체가 흰색이어서 백조기, 혹은 흰조기라고 불린다. 복복 하는 소리를 내는데, 보구치는 그 우는 소리 때문에 붙여진 이름

「어물장수」, 신윤복(申潤福, 1758~?), 조선, 국립중앙박물관 소장
자가 입보(笠父), 호는 혜원(蕙園)이다. 도화서 화원이었다. 풍속화를 잘 그렸다.

이다.

반애는 표준말이 반어이고, 흔히 수조기라고 불린다. 반애는 비늘에 검은 반점이 박혀 있어서 붙여진 이름이다.

황석어는 황새기, 황실이, 강달어, 강달이 등으로 불린다. 몸체에 황금색이 짙고, 조기의 사촌 중에서 가장 작아서, 성체의 길이가 겨우 손바닥만 하다. 주로 젓갈을 담그지만, 탕으로 끓이면 맛이 좋다.

이들 조기 사촌들은 모두 민어처럼 잘 우는데, 그 소리가 마치 개구리 떼가 우는 것 같다. 그 울음소리는 부레를 수축하여 내는 것으로 알을 낳으려는 암컷이 수컷을 부르는 소리라고 한다. 조기 종류도 민어처럼 그 부레로 아교를 만들 수 있다.

조기잡이의 신 임경업 장군

임경업(林慶業, 1594~1646)은 병자호란 때 활약한 비운의 장군이다. 청나라가 명나라를 멸망하게 하려던 시기에 청나라에 대항하려고 동분서주했으나 뜻을 이루지 못하고, 병자호란으로 청나라에 항복한 조국에서마저 버림받았다. 그래서 바다를 건너 명나라로 망명하여 명나라 군대와 함께 청나라를 치려 했다. 명나라로 건너간 임경업은 명나라 군대와 함께 청나라와 싸우다가 포로가 되었다. 나중에 조선에서 임경업이 국내의 반역 사건에 연루되었다고 하여 송환하게 한 후 고문을 가하여 죽였다.

오래전부터 연평도에서는 임경업 장군의 사당을 세우고, 어부들이 임 장군을 조기잡이의 신으로 모셔왔다. 임 장군이 중국으로 망명하던 중에 연평도에 들렀는데 식량을 구하고자 가시나무 가지를 베어오게 하여 바닷가에 발처럼 촘촘히 박게 했다. 이튿날 가시나무 가지에는 가시마다 조기가 촘촘히 걸려 있었다. 임 장군은 이를 수습하게 하여 소금에 절여서 배에 싣고 중국으로 떠났다고 한다. 연평도 어민은 임 장군의 이 어살법을 배워서 조기를 잡았다고 한다. 그래서 어민들은 임 장군을 풍어제의 신으로 모시게 된 것이다.

수압산 남쪽 용매도 서쪽에　　睡鴨山南龍媒西

대연평도 소연평도가 높고 낮은데　　大小延平高復低

바다와 하늘 만 리가 한 색으로 푸르고　　海天萬里靑一色

순풍이면 곧장 연 땅과 제 땅에 이른다네　　便風直踔無燕齊

달천 장군 임경업은 참으로 용감한데　　達川將軍眞勇者

손에 한 자루 검을 들고 천하를 노려보다가　　手持一劍睨天下

계책이 소홀하고 일이 틀어져 탈출하여 도망쳤는데　　謀疎事敗脫身亡

오히려 배를 부림이 말을 부림과 같았네　　猶能使船如使馬

양후와 해약이 그 의기에 감동하여　　陽侯海若感其義

특별히 좋은 물고기를 내어 대접하였네　　特出嘉魚爲相饋

(세상에서 말하기를 "임경업 장군이 배로 바다를 건너서 명나라로 들어갈 때 처음으로 연평도에서 석수어를 잡았다. 지금 어부들이 사당을 세워 제사 지내기를 몹시 경건하게 한다"라고 했다[世稱林將軍慶業, 航海入明, 始獲石首魚于延平. 今漁人, 祠祀甚虔])

장군이 떠나간 지 이백 년인데　　將軍一去二百年

이 물고기는 지금도 이 지역에 남아서　　此魚至今留此地

비늘 빛이 물 밖으로 나와 황금색으로 빛나고 鱗光出水金的爍
물고기마다 머릿속에 모두 돌이 있는데 箇箇首中俱有石
생것은 말할 것도 없고 말리면 더욱 맛있어 鱻不可論薧更美
민어나 숭어는 비록 크지만 진미는 대적할 수 없네 鮸鯔雖大珍難敵
다섯 쌍 긴 돛의 크고 높은 배가 五兩高帆舸峩艑
그물을 펼치는 형세가 구름이 하늘을 덮는 듯하네 張網勢若雲垂天
그물이 물고기를 몰지만 물고기는 깨닫지 못하고 有物驅魚魚不覺
처량한 바람 급히 불고 가벼운 천둥소리 가득하네 凄風驟急輕雷闐
그물 올리는 많은 어부 어허야 소리치고 擧網百夫聲呼耶
겨자씨처럼 많은 물고기 잡아 모래처럼 쌓아놓으니 拾魚如芥積如沙
배 무겁고 사람들 즐거워 대낮에 북소리 울리며 舟重人歡晝鼓發
북소리 점점 높아지고 어부가 집에 돌아오네 鼓聲漸高客還家
집안 젊은 아낙은 봄꿈을 깨고 家中少婦春夢驚
손으로 탐스러운 쪽 진 머리 매만지며 문을 나와 맞이하네 手挽雲鬟出門迎
해풍에 그은 얼굴로 비린내가 코를 찌르는데 海風黧面腥逆鼻
낭군 껴안고 다만 낭군이 더욱 좋다고 말하네 抱郎但道郎更媚

구한말 이건창(李建昌, 1852~1898), 『명미당집(明美堂集)』, 「연평행(延平行)」

이건창의 「연평행」으로 바로 연평도의 조기잡이를 노래한 것이다. 연평도 조기잡이에 관련한 임경업의 전설을 배경으로 조기잡이의 모습을 생동하게 묘사했다. 달천達川은 충주에 있는 달천강이다. 임경업이 충주 출신이므로 달천 장군이라 한다. 지금 그곳에 임경업의 사당

충민사忠愍祠가 있다. 양후는 수신水神의 이름이고, 해약도 또한 북해北海신의 이름이다.

작자의 설명에 임경업이 연평도에서 처음 조기를 잡아서 어부들이 사당을 세우고 경건하게 모신다고 했다. 그러나 이는 사실과 다르다. 임경업이 태어나기 오래전부터 연평도는 조기의 주산지였다.

이건창은 강화도 출신으로 지금도 강화도에 그의 생가 명미당明美堂이 보존되어 있다. 이건창은 구한말 강위(姜瑋, 1820~1884), 김택영(金澤榮, 1850~1927), 황현(黃玹, 1855~1910)과 함께 시문으로 사대가四大家로 꼽힌 문인이다.

정약용(丁若鏞, 1762~1836)의 『경세유표經世遺表』에 "연평 바다에 석수어가 우는 우렛소리가 우르릉 쿵쿵 서울에 들려오면 만 사람이 입맛을 다시며 추어(속명은 석어石魚)를 먹을 것을 생각한다. 그런데 지금 '토홍(土篊, 어살)에서 잡은 것은 새우와 게에 불과하다' 한 것은 거짓이 아니겠는가?"라고 했다. 정약용의 말은 연평도 토홍에 조기가 넘쳐나게 잡히는데 어민들이 세금을 회피하려고 조기가 잡히지 않는다고 거짓말한다는 것이다. 그러나 어민의 거짓말이 이제는 사실이 되었다. 연평도의 석수어 우는 천둥소리는 먼 옛날의 전설이 되었기 때문이다.

토홍은 바닷가에서 물고기를 잡는 한 방법으로 일명 어홍漁篊인데, 즉 어살이다. 정약용의 『경세유표』에 "연해에서 물고기를 잡는 방법에 그 명칭이 네 가지가 있다. 첫째는 어홍(漁篊, 본래 전箭이라 했다)이고, 둘째는 어수(漁隧, 본래 조條라 했다)이고, 셋째는 어장(漁場, 모두 모여드는 곳)이고, 넷째는 어종(漁鯮, 본래 기基라 했다)이다. 대나무를 벌여 세워서 좌우 울타리를 만들어 윗부분까지 책柵(속명은 임용袵筩이다)을 촘촘하게 하여 궁지에 몰린 물고기를 잡는 것을 어홍이라 한다. 물고기 떼가 멀리서 와서 한군데로 몰려드는 길이 있는데, 그 길목에다 배를 대고 그물을 쳐서 잡는 것을 어수라 한다(한 가닥 길이 있는 듯한 까닭으로 본래 어조漁條라 했다). 넓은 바다 복판 고기 떼가 모이는 곳에 크고 작은 어선으로 물길을 따라 그물을 치는 것을 이장이라 한다(모여드는 곳을 장場이라 한다). 지세가 편리해서 고기잡이에 알맞은 곳에다 종선(宗船, 모선母船)을 띄우고 종선 좌우에 여러 배가 날개처럼 늘어선 것을 어종이라 한다(터가 좋다는 뜻으로 본래 어기漁基라 한다). 그 배를 댄 것의 많고 적음과 이득의 후하고 박함을 보아서 세율을 정한다"라고 했다.

굴비에 대한 추억

내 어린 시절에 싫어하는 반찬 중의 하나가 굴비였다. 1960년대에는 조기가 그리 비싸지 않은 생선이었다. 그래서 해마다 봄의 조기 철에는 두세 상자의 알배기 조기를 사서 집에서 직접 굴비를 만들었다. 2~3년 동안 간수를 뺀 소금을 녹인 물에 담가두었다가 짠맛이 배면 꺼내어 짚으로 엮어 바람과 햇볕에 말리면 이듬해 새 조기가 나올 때까지 1년 동안의 찬거리가 되었다. 냉장고가 없던 시절 모든 저장 식품이 다 그러했듯이 굴비 또한 짜디짠 음식 중의 하나였다. 친구 도시락 반찬인 계란말이나 어묵무침이 부러웠던 시절에 아가미부터 꼬리까지 쭉쭉 찢어놓은 기다란 굴비 살과 노란 알 덩어리와 고추장 한 순갈이 전부였던 내 도시락 반찬은 너무도 초라했다. 더구나 그 맛은 소금 덩어리처럼 얼마나 짠 것이었던지! 그런 반찬이 해마다 두세 달 계속된다면 어떤 어린애가 좋은 추억으로 간직할 수 있겠는가?

이는 내 개인적인 추억일 뿐 옛사람은 굴비를 생조기보다 더 맛있는 식품으로 여겼다.

비릿한 바람이 바다 어귀를 감싸면	腥風擁海口
노란 배의 조기가 어선에 넘치네	黃腹滿魚船
불에 구우면 좋은 반찬이 되고	爛炙知佳餐
진한 탕으로 끓여도 맛이 좋네	濃湯作美鮮
몸체는 비록 크지 않지만	形容雖不碩
물건의 사용은 한두 곳이 아니네	爲物用無偏
가장 좋은 것은 햇볕에 말려서	最憐乾曝後
식사할 때 반드시 먼저 올리는 것이네	當食必登先

조선 이응희(李應禧, 1579~1651), 『옥담시집(玉潭詩集)』, 「석수어」

조기는 기름진 물고기라서 구우면 좋은 반찬이 되고, 탕으로 끓여도 맛이 좋다. 그러나 말린 굴비야말로 가장 맛이 일품이다.

심상규(沈象奎, 1766~1838)의 『만기요람萬機要覽』에 생조기[黃石首魚]는 한 마리에 8푼이고, 굴비[炙仇非石首魚]는 한 마리에 1전 8푼이라 했으니, 조선시대에는 굴빗값이 생조기의 두 배였음을 알 수 있다.

중국에서도 조기는 맛 좋은 생선이었다. 당나라 서견徐堅의 『초학기初學記』에 "석수어는 …… 순채蓴菜와 국을 끓이는데 이를 금갱옥반金羹玉飯이라 한다. 말려서 먹는 것은 이름을 상鮝이라 한다. 구워서 먹으면 오이를 소화하여 물로 만든다"라고 했다. 또 송나라 나원(羅願,

「고기잡이」, 『풍속화첩』, 김홍도(金弘道, 1745~1806), 조선, 국립중앙박물관 소장
자가 사능(士能), 호는 단원(檀園) · 단구(丹邱) · 서호(西湖) · 고면거사(高眠居士) · 취화사(醉畵士) · 첩취옹(輒醉翁) 등이다. 풍속화에 뛰어났다.
이 그림은 정약용이 말한 어홍이다. 어전이라고도 하는데 우리말로는 어살이다. 대나무로 울타리를 쳐서 밀물에 들어오는 물고기가 썰물 때에 빠져나가지 못하도록 설계된 함정이다.

1136~1184)의 『이아익』에는 “모든 물고기를 말린 것을 모두 상어鯗魚라고 하는데, 맛이 석수어에 미치지 못한다. 그래서 홀로 백白자를 얻어서 백상白鯗이라고 이름 부른다. 만약 이슬과 바람에 색이 변하여 붉게 되면 맛을 잃게 된다”라고 했다.

조기를 순채와 함께 끓인 탕을 ‘금갱옥반’이라 하고, 굴비를 ‘백상’이라 하여 다른 말린 생선과 차별을 두었으니, 중국인 또한 조기와 굴비의 맛을 최고라고 여긴 것이다. 조기를 순채와 함께 끓인 금갱옥반과 생고사리를 넣고 끓인 생조기탕 중 어느 것이 더 맛있는 것일까?

굴비의 어원은 몇 가지 설이 있다. 고려 인종 때 이자겸李資謙이 반역을 모의했다가 영광으로 유배를 왔는데, 굴비를 왕에게 진상進上하면서 자기 뜻을 굽히지 않겠다며 굴비屈非라고 써서 보낸 데서 유래했다고 한다. 또 다른 설은 짚으로 엮은 굴비의 모양이 굽어 있어서 구비仇非라고 했다고 한다. 이자겸의 전설은 역사적 사실과 부합하지 않고, 우리말 ‘굽다’라는 말에서 굴비가 유래되었다는 설이 그럴듯한 것 같다.

멀구슬나무의 꽃이 필 때

조기는 시절을 아는 물고기이다. 항상 봄이 무르익을 때 몰려온다. 그래서 옛사람은 멀구슬나무의 꽃이 필 때 조기가 온다고 여겼다.

계절 생선으로 비린 바다의 종어를 또 보며 時鮮又見海鯼腥

옛일을 느끼고 새 물고기를 맛보니 눈물이 절로 떨어지네

感舊嘗新淚自零

근심 속에 봄이 이미 저문 줄도 몰랐는데	愁裏不知春已暮
멀구슬나무 꽃 모두 피고 물억새 싹은 푸르네	楝花開盡荻芽青

이정암(李廷馣, 1541~1600), 『사류재집(四留齋集)』, 「석수어」

종어鯮魚는 조기의 별칭 중 하나이다. 계절 생선인 조기를 다시 보고, 옛 추억에 감개하고 새 물고기를 맛보니 눈물이 절로 떨어진다. 무슨 사연이던가? 근심 속에 봄이 저문 줄도 몰랐는데, 멀구슬나무 꽃은 다 피고 물억새 싹도 푸르게 돋아났다.

멀구슬나무 꽃은 봄의 마지막인 곡우 때 피는 꽃이다. 나무의 높이가 15~20미터에 달하는 교목인데, 보라색 꽃이 무더기로 핀다. 우리나라에서는 제주도와 경상도와 전라도에 자생한다. 옛사람은 봄철의 시후時候를 이십사번화신풍(二十四番花信風, 소한에서 곡우 사이에 닷새마다 새로운 꽃이 피는 것을 알려주는 봄바람)으로 구분했는데, 그 마지막 화신풍에 해당하는 꽃이 바로 이 꽃이었다.

이정암은 임진왜란 때 경기, 전라, 충청, 황해도 등의 관찰사를 지내며 동분서주하며 전공을 세웠던 인물이다.

갈대 싹 돋아나고 멀구슬나무 꽃 피었는데	荻芽抽筍楝花開
하돈은 보이지 않고 석수어가 왔네	不見河豚石首來
일찍이 비린 바람 일어나 성시에 가득하니	早起腥風滿城市
낭군은 바다 어귀에서 생선 팔고 돌아오네	郎從海口販鮮回

원나라 설난영(薛蘭英), 「소대죽지사(蘇臺竹枝詞)」

하돈河豚은 강으로 올라오는 황복이다. 갈대 싹이 돋아날 때 강으로 올라와 그 싹을 먹는다고 한다. 갈대 싹이 돋고 멀구슬나무 꽃이 피었는데 하돈은 보이지 않고 석수어만 몰려왔다. 낭군은 바다 어귀에서 생선을 팔고 돌아온다. 아마 조기잡이 어부이던가?

설난영은 원나라 말의 시인으로 그 동생 설혜영薛惠英과 함께 유명한 시인이었다.

이정암과 설난영이 시에서 언급한 갈대와 멀구슬나무 꽃은 그들의 창작이 아니다. 그들 모두 옛 시의 구절을 참고한 것이다.

바닷비 강바람에 물결이 쌓이고 　 海雨江風浪作堆
시절 새로우니 물고기와 채소가 봄 따라 돌아왔네 　 時新魚菜逐春回
갈대 싹이 돋아나니 하돈이 올라오고 　 荻芽抽筍河鲀上
멀구슬나무 꽃 피니 석수어가 몰려오네 　 楝子開花石首來

남송 범성대(范成大, 1126~1193), 『석호시집(石湖詩集)』, 「만춘전원잡흥(晩春田園雜興)」

남송 사대가의 한 사람인 범성대의 시이다. 이 시의 3~4구는 계절을 잘 표현한 것으로 유명하여 후세에 시의 전고典故가 되었다. 이정암과 설난영도 이를 참고했다.

그러나 범성대도 또한 옛 속담을 그대로 인용하여 시를 지은 것이다.

『오록吳錄』에 "누현婁縣에 석수어가 있는데 가을이 되면 변하여 물오리[鳧]가 된다. 물오리의 머리 안에도 여전히 돌이 있다. 지금은 오직 바닷속에만 있다. 그 맛이 뛰어나게 진기한 것이 대략 큰 게의 집게발과 같고, 강과 바다의 물고기 중에서 으뜸이다. 초여름에 오는데 오吳 지역 사람들은 멀구슬나무 꽃이 필 때를 시후로 삼는다. 속담에 '멀구슬나무 꽃이 피니 석수어가 몰려오네(楝子花開石首來)' 했다"라고 했다.

범성대, 『오군지(嗚郡志)』 중에서

범성대가 편찬한 『오군지』의 기사인데, 오군吳郡은 지금의 강소성江蘇省 일대 지역이다. 이 지역에 멀구슬나무 꽃이 필 때 항상 석수어가 몰려왔다. 이 석수어가 가을이 되면 물오리로 변한다고 한 것은 봄에 몰려왔던 석수어가 가을에는 종적을 감추므로 석수어처럼 머리 안에 돌이 들어 있는 물오리로 변한 것이라 상상했던 것이리라.

영광 법성포 해안에는 멀구슬나무가 적지 않다. 나는 1980~1990년도에 멀구슬나무 꽃이 피는 시기에 여러 번 칠산 바다로 낚시하러 다녔다. 주로 감성돔을 잡기 위해서였다. 그곳을 20여 년 동안 1년에 두세 번씩 드나들었는데 참조기는 한 번도 만나지 못했다. 다만 언젠가 부세 떼를 만나 40~50센티미터 급의 큰 놈을 60여 마리나 팔이 아플 정도로 낚은 기억이 아직도 생생하다.

지금도 해마다 멀구슬나무 꽃은 피고 지는데 칠산 바다의 참조기 떼의 천둥 같은 울음소리는 언제나 다시 울릴 것인지? 그 옛날부터 전해오는 이야기처럼 모두 물오리로 변하여 영원히 날아가 버린 것인가?

「화첩」, 이교익(李敎翼, 1807~?), 조선, 국립중앙박물관 소장
자가 사문(士文), 호는 송석(松石)이다. 산수와 나비 그림을 잘 그렸다고 한다.

어부사漁父詞

가을 물엔 갈꽃 핀 여울이 있고	秋水蘆花灘
봄물엔 복사꽃이 흘러가네	春水桃花流
이때가 물고기가 진정 살찔 때이니	此時魚正肥
석양에 낚싯바늘을 잘 매다네	夕陽善掛鉤
바위에 기대 조용히 낚시를 던지고	依巖靜投竿
옆 바위에 잠시 배를 묶어두네	傍岸暫維舟
향기로운 미끼가 곧 잠기니	芳餌乍滅沒
비단 같은 물고기들 다투어 떠올랐다 잠겼다 하네	錦鱗爭沉浮
저녁에 낚싯줄 거두고	向晚捲釣絲
노를 두들기며 앞 강섬으로 내려가네	叩枻下前洲
깊은 아취를 알아주는 이 없지만	無人識深趣
크게 노래하며 배가 가고 멈춤에 맡기네	浩歌任行休

조선 정종로(鄭宗魯, 1738~1816), 『입재집(立齋集)』

●

자가 사앙(士仰), 호는 입재(立齋) · 무적옹(無適翁)이다. 이상정(李象靖)의 문인으로 영남학파의 학통을 계승하였다. 정조 때 함창 현감을 지냈다.

어부

석양이 초강 머리로 잠기려 하는데	斜陽欲沒楚江頭
긴 피리 소리 안에 사람은 누대에 기댔네	長笛聲中人倚樓
어젯밤 광풍이 지붕을 날려버렸는데	昨夜枉風掀却屋
어옹은 깊이 잠들어 근심하지 않네	漁翁熟睡不知愁

조선 성간(成侃, 1427~1456), 『진일유고(眞逸遺稿)』

●

자가 화중(和仲), 호는 진일재(眞逸齋)이다. 수찬(修撰)을 지냈으나 서른 살에 병으로 요절했다.

송강 농어와 한강 꺽정이

하늘이 낳은 최고의 횟감

농어는 한자로 노어鱸魚라고 적고 농어라고 읽는다. 부어鮒魚를 붕어라고 읽고, 이어鯉魚를 잉어라고 읽는 것과 같다.

요즘 사람은 농어라고 하면 바다 농어를 떠올리는 것이 대부분일 것이다. 그러나 바다 농어 이외에 전혀 종이 다른 민물 농어가 있다. 둘 다 같은 한자를 쓰므로 옛사람도 종종 둘의 존재를 혼동했다.

민물 농어는 지금은 그 존재가 거의 잊히고 말았지만, 옛 문헌에 언급되는 물고기 중에서 등장 빈도수가 가장 높을지도 모를 유명한 신분이었다.

농어는 송강(松江, 쑹장 강)에서 나는데 더욱 횟감으로 적당하다. 육질이 새하얗고 부드럽고, 또한 비리지 않아서 여러 물고기 중에 으뜸이다. 강과 태호(太湖, 타이후 호)가 서로 접하는 호수 안에도 또한 농어가 있다. 세속에서 강어사새(江魚四鰓, 아가미덮개가 네 개인 민물고기)라고 전한다. 호수의 물고기는 단지 아가미덮개가 두 개[二鰓]인데 맛은 강어사새에 미치지 못한다. 초가을에 물고기가 나오면 오중(吳中, 오군)의 호사자(好事者)들이 다투어 구매한다. 혹은 송강으로 유람을 가서 회를 먹는 자들도 있다.

후한(後漢) 좌자(左慈)가 일찍이 조조(曹操)의 연회에 참석했는데, 조조가 "오늘의 좋은 모임에 진수성찬이 대략 갖추어졌으나 빠진 것은 오강(吳江, 우장 강)의 농어일 뿐이다"라고 했다. 좌자가 말하기를 "이는 얻을 수 있습니다"라고 했다. 그리고 구리 대야에 물을 채우고 대나무 낚싯대에 미끼를 끼워 대야 안에서 낚시하여 금방 농어 한 마리를 잡아 올렸다. 조조가 말하기를 "한 마리로는 좌석을 다 대접할 수 없으니 다시 잡아낼 수 있는가?"라고 했다. 좌자는 곧 다시 미끼를 물속에 넣어 잡아냈는데, 모두 길이가 석 자 남짓이고 생선이 사랑스러웠다. 조조가 회를 쳐서 모인 사람들에게 두루 대접하게 했다. 농어회는 세상에서 진기하게 여긴 것이 오래이다.

진(晉)나라 장한(張翰)은 자가 계응(季鷹)이고 대사마동조연(大司馬東曹掾)이었다. 가을바람이 일어나자 농어회와 고엽(菰葉)국이 생각나서 마침내 관직을 버리고 귀향했다.

『금곡원기(金谷園記)』에 "농어는 항상 중추에 바다에서 강으로 들어온다. 고엽은 남월(南越) 사람들이 죽순과 함께 국을 끓이는데 참으로 진미이다.

물고기 살은 옥처럼 희고 채소는 금처럼 노래서 수隋나라 사람들이 이미 금갱옥회金羹玉鱠라고 불렀다.

범성대, 『오군지』 중에서

송강은 송강淞江으로도 표기하는데, 지금의 강소성 소주蘇州 오현吳縣에 있는 태호에서 발원하여 상해上海로 흘러가는 강이다. 여기에서 나오는 농어는 이미 한나라 때부터 최고의 횟감으로 유명했다.

좌자는 후한 때의 방술사이다. 그가 조조의 연회 석상에서 송강 농어를 낚았다는 일화는 소설 『삼국지연의』에도 실려 있다.

『본초강목本草綱目』에는 『남군기南郡記』를 인용하여 "오 사람[吳人]이 송강의 농어회를 수제隋帝에게 올렸는데, 수제가 '금제옥회金虀玉鱠이다. 동남東南의 가미(佳味, 맛있는 음식)이다' 했다"라고 했다. 수제는 바로 수양제隋煬帝를 말한다.

이 민물 농어는 송강에만 있는 것이 아니다. 한반도에도 같은 종이 한강을 비롯한 여러 강에 분포한다.

노鱸는 '거억정이'이다. 또 농어라고 한다. 지금 세속에서 곽정어藿丁魚라고 부르는 것이다. 노鱸는 흑黑이다. 그 색이 검어서 글자가 노盧 자를 따른 것이다. 이 물고기는 강포(江浦, 강에서 바닷물이 드나드는 곳)의 바다 조수가 통하는 곳에서 난다. 길이는 불과 한 자 남짓이다. 입은 크고, 비늘은 작고, 검은 바탕에 흰 무늬가 있고, 네 개의 아가미덮개와 네 개의 지느러미가 있다. 등에는 한 개의 뼈가 있는데 옆에 여뀌 꽃 같은 알갱이[粒]가 늘어져 있다. 온 몸에는 위아래에 다시 작은 가시가 없고,

살코기는 새하얗고, 그 맛은 아주 좋아서 하늘이 낳은 횟감이다. 『본초本草』와 제가諸家가 기록한 것은 한마디 한마디가 부합하고, 또한 당나라 · 송나라 · 원나라 · 명나라의 시를 참고하니 조금도 어긋남이 없다. 우리나라에서 나는 물고기 중에 네 개의 아가미덮개가 있는 것은 단지 이 한 종류이니, 이 물고기가 노인 것은 분명하여 의심할 수 없다. 지금 세속에서 별도로 농어라고 부르는 것이 있는데, 길이는 간혹 한 길 남짓이고, 아가미가 두 개이고 색은 하얗고 검은 둥근 테가 있다. 횟감이 될 만하지만 육질이 몹시 무르다. 바닷속에서 나는데 이 물고기와는 판이해서 그것이 노가 아닌 것이 분명하다. 중국에서 그것의 이름이 무엇인지는 알 수 없다.

서유구, 『전어지』 중에서

서유구는 송강 농어가 우리 꺽정이와 같은 종임을 여러 문헌을 통하여 증명했다. 또한, 꺽정이가 바다 농어와 같은 한자를 사용하지만 전혀 별개의 종임을 밝혀내었다. 꺽정이는 둑중갯과의 민물고기로 1년 자란 것의 길이가 보통 10~13센티미터 안팎이다. 2년 이상 자라면 17센티미터까지 성장한다. 머리는 상하로 납작하고, 몸체는 앞쪽이 굵고 뒤쪽으로 갈수록 가늘고 납작해진다. 아가미덮개가 넷이므로 사새어四鰓魚라는 별칭으로 불린다.

이삼월경에 강의 하구나 조수가 드나드는 갯벌에 알을 낳는데, 암컷이 자갈이나 조개껍데기에 알을 낳으면 수컷이 새끼가 알을 까고 나올 때까지 둥지를 지킨다. 어린 물고기는 3개월 정도 자란 후 강의 중류로 올라간다. 낮에는 바위나 자갈 밑에 숨어 있다가 밤에 주로 활동

꺽성이 ⓒ 박현희 | 호가 사우(似愚)이다. 홍익대 미대와 대학원을 니왔다.
꺽정이는 둑종갯과의 민물고기로, 중국에서는 송강 농어라고 한다. 바닷물고기 농어와 같은 한자를 쓰지만 둘은 전혀 종이 다르다.

하며 갑각류 등을 잡아먹는다. 그리고 2년이 지나서 성체가 되면 다시 산란하러 하류로 내려간다.

옛사람은 꺽정이의 가장 인상 깊은 특징은 '거구세린巨口細鱗'으로 입이 크고 비늘이 작은 것이라고 했는데, 사실 꺽정이는 비늘이 없는 물고기이다. 또 꺽정이가 쏘가리를 닮았다고 했으나 쏘가리와 닮은 것은 알록달록한 몸의 무늬뿐이고 몸의 형태는 오히려 꾸구리나 동사리와 더 닮은 것 같다.

서유구는 꺽정이를 하늘이 낳은 횟감이라 했지만, 이는 중국 문헌의 말을 그대로 옮긴 것일 뿐이다. 고려나 조선에서 꺽정이를 최고의 횟감으로 취급했다는 기록은 없다. 이 땅의 문인이 일찍이 송강 농어에 지대한 호기심을 보인 것은 그 회 맛이 아니라 오로지 진나라 장한 때문이었다고 하겠다.

명철보신의 상징

명철보신明哲保身이란 시대의 흐름을 잘 살펴서 그것에 맞게 현명하게 나아가고 물러나는 것이다. 『오군기』에서 장한이 "가을바람이 일어나자 농어회와 고엽국이 생각나서 마침내 관직을 버리고 귀향했다"라고 했는데 사실은 난세를 피하여 명철보신한 것이었다.

장한은 자가 계응이고 오군의 오 사람이다. 부친 엄儼은 오나라의 대홍려大鴻臚였다. 장한은 재능이 뛰어나고 글을 잘 지었는데 마음대로 행동하고 예절에 구속되지 않았다. 당시 사람들이 강동보병江東步兵이라 불렀다. 회계會稽 하순賀循이 명을 받고 낙양(洛陽, 뤄양)으로 들어가던 중에 오창문吳閶門을 지나면서 배 안에서 금琴을 연주했다. 장한은 애당초 (하순과) 서로 알지 못하는 사이였는데 하순을 찾아가서 대화를 나누고 곧 (하순과) 서로 공경하고 기뻐했다.

하순에게 물어보고 그가 낙양으로 가는 것을 알고서 장한이 말하기를 "나도 또한 북경北京에 일이 있습니다"라고 하고, 곧 함께 배를 타고 떠났는데 집안사람들에게 알리지도 않았다.

제왕齊王 경冏이 장한을 대사마동조연에 임명했다. 경은 당시에 집권하고 있었다. 장한이 같은 군郡 출신의 고영顧榮에게 말하기를 "천하가 어지러워서 화가 장차 그치기 어려울 것입니다. 저 사해四海의 명성이 있는 자들은 물러나기를 구하는 것이 참으로 어렵습니다. 나는 본래 산림山林 사이의 사람으로서 이 시대에서 바라는 것이 없습니다. 그대는 잘 명철하게 앞을 방어했으니, 지혜로써 뒤를 염려하십시오"라고 했다. 고영이 그 손을 잡고 슬프게 말하기를 "나도 또한 그대와 함께 남산南山의 고사리를 캐고, 삼강三江의 물을 마시고자 할 뿐이오"라고 했다.

장한은 가을바람이 일어나는 것을 보고 곧 오중의 고채菰菜와 순채국과 농어회를 생각하고 말하기를 "인생에서 귀한 것은 뜻에 맞는 것을 얻는 것인데 어찌 수천 리 밖에서 벼슬하면서 명성과 작위를 구하겠는가?"라고 했다. 마침내 수레를 매게 하여 귀향했다. 「수구부首丘賦」를 지었는데 문장이 많아서 싣지 않는다. 얼마 후 경이 패망하니, 사람들이 모두 기미를 살폈다고 했다. 그러자 부府에서 그가 갑자기 떠났다고 하여 벼슬 명단을 삭제했다.

장한은 마음껏 유유자적하며 당세에서 바라는 것이 없었다. 어떤 사람이 말하기를 "경卿은 한 시대를 유유자적할 만한데 유독 사후의 명성은 이루지 않는가?"라고 하니, 대답하기를 "만일 나에게 사후의 명성이 있더라도 지금 당장 한 잔 술만도 못할 것이다"라고 했다. 당시 사람들이 그 광달曠達함을 귀하게 여겼다. 성품이 지극히 효성스러워서 모친의 상을 당하자 지나치게 슬퍼하여 건강을 해치면서도 예절을 다하였다.

쉰일곱 살에 세상을 떠났는데 그의 문필 수십 편이 세상에 전한다.

『진서(晉書)』, 「장한전(張翰傳)」

장한은 삼국 오나라 출신인데, 그 조국은 서진西晉의 공격을 받아 멸망했다. 서진의 혜제惠帝 태안太安 원년(302)에 낙양(뤄양)에서 벼슬했다. 그런데 당시는 이른바 팔왕八王의 난이 벌어지던 난세였다. 그래서 장한은 미련 없이 벼슬을 버리고 고향 강동으로 귀향하여 은거했다. 귀향할 때 「수구부」를 지었는데, 훗날 도연명(陶淵明, 365~427)이 귀향할 때 「귀거래사歸去來辭」를 지은 것과 같다. 장한은 실로 도연명보다 먼저 은거를 택한, 은자隱者 중의 선구자였다.

그를 강동보병이라 한 것은 장한을 죽림칠현 중의 한 사람인 완적阮籍에 비유한 것이다. 완적은 보병교위步兵校尉라는 벼슬을 지낸 적이 있어서 완보병이라 불렸다.

덧없는 세상의 공로는 음식과 잠뿐인데	浮世功勞食與眠
계응은 곧 수중선을 얻었네	季鷹直得水中仙

일찍 기미를 알았다고 다시 말할 필요 없으리　　　不須更說知機早
다만 노어를 바란 것은 또한 스스로 현명했네　　　直爲鱸魚也自賢

북송 소식(蘇軾, 1036~1101), 『동파전집(東坡全集)』, 「장난삼아 오강의 삼현 화상에 적다[戲書嗚江三賢畫像]」

소식이 오강의 삼현 초상화에 적은 시 세 수 중 장한을 읊은 시이다. 여기서 삼현은 춘추시대 월나라 범려(范蠡, 기원전 536~기원전 448)와 당나라 육구몽(陸龜蒙, ?~881)과 장한을 말한다. 북송 때 장한은 이미 오강 지역의 존경받는 현인이었다.

은일자隱逸者 도연명이 국화를 사랑하여서 국화는 은일화로 불리고, 광풍제월光風霽月의 흉금으로 군자의 길을 걸었던 주돈이(周敦頤, 1017~1073)가 연꽃을 사랑하여서 연꽃은 군자화로 불리고, 매화를 처로 삼고 학을 자식으로 삼아 처사로 종신했던 임포(林逋, 967~1028)가 매화를 사랑하여서 매화는 처사화處士花로 불린다. 마찬가지로 사후의 명성보다 지금의 술 한 잔을 위해 명철보신했던 장한이 사랑했던 농어도 또한 명철보신의 물고기로 불려야 할 것이다.

정약용과 한강의 꺽정이

고려와 조선의 문사가 장한과 송강 농어를 시문의 전고로 삼은 것이 참으로 많다. 그러나 그 시문을 자세히 살펴보면 대부분 송강 농어의 정체는 모른 듯하다.

정약전의 『현산어보』도 우리 바다 농어가 송강 농어와 다른 종이라는 것은 지적했지만, 그것이 우리 꺽정이라는 것은 언급하지 않았다.

그런데 정약전의 동생 정약용은 오랜 유배에서 풀려난 만년에 고향 한강 가에서 송강 농어와 한강의 꺽정이가 같은 종이라는 것을 철저히 고증했다.

노鱸는 강고기 중에 작은 놈이다. 신작申綽 승지承旨가 지금의 이른바 거억정이巨億丁伊라고 했다(꺽정이). 입이 크고 비늘이 작다(「적벽부赤壁賦」). 색이 검고 쏘가리 같다. 그 큰 것은 붕어만 하고 바다 농어의 족속이 아니다(박경유朴景儒의 말에 근거한 것이다). 살펴보니 노鱸는 흑黑인데 색이 검은 것이 더욱 그 증거이다.

- 이시진李時珍이 말하기를 "흑색을 노라고 하는데 이 물고기는 흰 바탕에 검은 무늬가 있어서 이름 붙인 것이다. 송강 사람들은 사새어라고 부른다"라고 했다. 또 말하기를 "노는 오중에서 나오는데 송강에서 더욱 풍성하다. 사오월에 비로소 나오는데 길이는 겨우 수 촌寸이고, 모양은 작고 쏘가리 같으며, 색은 흰데 검은 점이 있다. 입은 크고 비늘이 작고, 네 개의 아가미덮개가 있다. 양성재楊誠齋의 시에서 그 모습을 매우 잘 그려냈다(그 시는 '농어가 농어 향의 갈댓잎 앞에 나오니, 수홍정 아래에선 값도 따지지 않네. 옥으로 만든 자를 사 오니 어찌 그리 짧은가, 은으로 베틀의 북을 주조해내니 곧고 둥그네. 흰 바탕에 검은 무늬가 서너 점이고, 비늘이 작고 입이 큰 물고기 한 쌍이 신선하네. 봄바람 속 참된 풍미風味를 상상해보니, 다만 가을바람은 이미 아득하네[鱸出鱸鄉蘆葉前, 垂虹亭下不論錢. 買來玉尺如何短, 鑄出銀梭直是圓. 白質黑章三四點, 細鱗巨口一雙鮮. 春風已有真風味, 想得秋風更迴然]'라고 했다). 『남군기』에는 "오 사람이 송

강의 농어회를 수양제에게 올렸는데, 수양제가 말하기를 '금제옥회다. 동남의 가미다' 했다"라고 했다.

- 원나라 사람 왕운王惲의 시를 살펴보니, 더욱 농어의 화상畵像이었다. 그것이 거억정이임을 의심할 수 없었다(원나라 왕운의 시는 "농어는 옛사람이 귀하게 여겼는데, 나의 행차가 오강에 머물렀네. 가을바람의 때가 이미 지났지만, 순채와 농어의 향기가 마음에 만족스럽네. 애초에 배를 채우려는 것은 아니었지만, 특이한 물고기를 맛보지 않을 수 있는가? 입은 크고 아가미덮개가 겹으로 나왔는데, 잔 비늘은 눈과 빛을 다투네. 등은 화려하고 거북등무늬가 점박혀 있고, 혹은 둥글고 혹은 네모이네. 한 개 척추엔 어지러운 가시가 없어, 먹을 때 생선 가시에 찔리지 않네. 기름진 육질은 해계보다 낫고, 좋은 맛은 복어나 방어를 눌러버리네. 등불 앞에서 젓가락을 놓지 못하고, 먹을수록 맛이 더욱 오래가네[鱸魚昔人貴, 我行次吳江. 秋風時已過, 滿意蓴鱸香. 初非爲口腹, 物異可闕嘗. 口哆頰重出, 鱗纖雪爭光. 背華點玳斑, 或圓或斜方. 一脊無亂骨, 食免刺鯁防. 肉膩勝海鮰, 味佳掩河魴. 燈前不放箸, 愈啖味愈長]"라고 했다). 강고기와 바닷고기는 이름이 간혹 서로 통하는 것이 있다. 사鯊는 모래를 부는 물고기이다(세속에서는 모리무지라고 부른다). 바다의 교어(鮫魚, 상어)도 또한 사어鯊魚라고 부른다(피부 위에 모래가 있어서 칼집을 장식할 수 있다). 종족이 아니면서 이름이 같은 것이 또한 본래 있었다. 다만 우리나라 사람이 농어農魚라고 부르는 것이 농어[鱸魚]라는 것은 전혀 옛날의 근거가 없다.

정약용, 『아언각비(雅言覺非)』, 「노(鱸)」

정약용은 고향 집 인근에 거주하던 실학자 석천石泉 신작(1760~1828)

에게서 송강 농어가 꺽정이라는 것을 전해 들었고, 또한 제자 광산匡山 박경유朴景儒에게서 꺽정이의 모습을 상세히 들었다. 그리고 명나라 이시진의 『본초강목』, 송나라 성재誠齋 양만리(楊萬里, 1127~1206)와 원나라 왕운의 시를 통해 송강 농어가 한강의 꺽정이라는 것을 확신했다.

정약용은 전언과 문헌을 통해서 농어와 꺽정이의 관계를 고증한 것에만 그치지 않았다. 직접 한강에서 꺽정이를 잡아서 회를 쳤다.

적막한 물가에 수레가 멀리서 오니	寂寞之濱遠傾蓋
이 행차는 절반이 노어회를 위해서이네	此行半爲鱸魚膾
어부도 부마의 존귀함을 알고	漁郎亦知駙馬尊
병혈의 물풀 사이를 다 뒤졌네	搜窮丙穴藻荇帶
서인이 점쳐서 부엌에 물고기가 없다 하니	筮人占之包無魚
손님 대접할 수 없어서 장차 어찌할 건가	義不及賓噫將奈
한 자 남짓한 눈먼 물고기를 잡아오니	捕一尺許瞎魚來
온 당 안에서 돈을 가져온 양 기뻐하네	滿堂動色如壯貝
시험 삼아 물에 담가보니 여전히 발랄하고	試與斗水猶撥剌
애지중지하니 어찌 해칠 수 있겠는가	愛之重之何忍害
네 개의 아가미와 큰 입을 자세히 고증하고	四鰓巨口細考驗
검은 바탕 흰무늬는 그림과 부합하네	黑質白章符圖繪
토막으로 썰어내니 너무 조금이어서	旣軒旣聶眇些些
한 젓가락에 없어졌으나 정은 다하지 않았네	一筯而盡情未艾
강호에서 잘못 주인이 된 것이 부끄러운데	慚愧江湖枉作主
좌석을 대하며 무안하고 낭패함을 탄식하네	對坐無顏嗟狼狽

「나룻배」, 『풍속화첩』, 김홍도, 조선, 국립중앙박물관 소장

이 물고기는 돌을 소굴로 삼고	此魚以石爲巢窟
복어와 쏘가리와 함께 여울에 오르지 않으니	不與魨鱖乘湍瀨
별도로 통발을 사용해야 잡아낼 수 있는데	別用罾罭乃可淘
작살과 통발을 잘 피하고 자못 교활하다네	善逃叉簃頗狡獪
조선 열수에서는 사물의 명칭이 달라서	朝鮮洌水名物殊
쥐를 옥이라 부르는 등 몽매함이 많고	喚鼠爲璞多蒙昧
물범을 무소라고 혼동하여 부르고	堪嗟水豹混稱犀
삼나무를 노송나무라고 부르는 것도 금하지 않네	不禁高杉叫作檜
바닷속의 거친 물고기가 헛된 명성을 훔쳐서	海中笨魚竊虛名
영락하여 굴욕을 품으니 누가 다시 개탄하랴	沈淪抱屈誰復慨
오후가 정 요리를 좋아한 것은 모두 들은 말이고	五侯嗜鯖皆耳食
궁벽한 거처가 오회에 이어지지 않음이 한스럽네	僻居恨不連吳會
삼한 이래 이천 년 동안에	三韓以來二千年
진짜 농어가 흙덩이처럼 비천해졌는데	眞鱸卑賤如土塊
이시진의 글이 오니 비둘기가 매로 변하고	李珍書來鳩化鷹
왕운의 시가 나오자 매미가 허물을 벗은 듯하네	王惲詩出蟬如蛻
지금 원한을 씻어주고 이름을 바르게 한 것은	如今雪冤乃正名
석천의 박식함에 내가 힘입은 것이네	石泉博物吾所賴
장계응에게 다시 물을 필요 없이	不須再問張季鷹
요즘 어촌에서 노어 명성이 커졌다네	漁村近日聲名大

정약용, 『여유당전서(與猶堂全書)』, 「열수에는 옛날부터 노어가 많았는데 식견이 거칠어서 그것이 노어인 줄 몰랐다. 지금 『본초』와 옛사람의 시구를 살펴보고 비로소 그 이름을 바로잡았다. 해거 도위가 급히 노어를 보고자 했는데 겨우 한 마리를 잡아서 회를 쳤다. 장난삼아 장

구를 짓다〔洌水故多鱸魚, 鹵莽不知其爲鱸. 今檢本草及古人詩句, 始正其名. 海尉亟欲見之, 捕一枚鱠之. 戲爲長句〕」

열수洌水는 정약용의 생가 마을 근처를 흘러가는 한강의 옛 이름이다. 그 생가 마을은 지금의 남양주 조안면 능내리인데 바로 팔당댐이 되어버린 두물머리 인근이다.

해거 도위는 해거재海居齋 홍현주(洪顯周, 1793~1865)이다. 정조(正祖, 1752~1800)의 둘째 딸 숙선옹주淑善翁主와 결혼하여 부마도위駙馬都尉가 되었다.

고귀한 신분의 부마가 도성 교외 열수 가에 사는 정약용을 찾아왔다. 그런데 그 행차 목적의 반이 농어회를 위해서였다. 부마도 또한 평소에 장한이 그리워했다는 송강 농어의 정체와 그 회 맛이 궁금했던 모양이다. 정약용은 어부에게 부디 잡아달라고 신신당부하고, 어부도 고귀한 부마의 행차를 알고 꺽정이를 꼭 잡으려고 갖은 수단을 다 썼을 것이다. 그런데 잡은 것은 겨우 한 마리뿐이었다. 회를 쳐놓으니 한 젓가락 분량이다. 귀한 손님을 잘 대접하려던 강호江湖의 주인은 민망하기 짝이 없다. 물론 손님은 송강 농어의 회 맛을 만족하게 즐기지 못했지만, 그 궁금했던 농어의 정체를 직접 보았으니 헛걸음은 아니었을 것이다.

시에 언급한 병혈丙穴은 좋은 물고기가 생산되었다는 동혈(洞穴, 깊고 넓은 굴의 구멍)의 이름이다. 섬서성陝西省 약양현略陽縣에 있다고 한다. 서인筮人이 점을 친다고 한 것은 『주역周易』 「구괘姤卦」 「상사彖辭」에 "부엌에 고기 한 마리가 있다는 것은 그것이 손님에게까지 미치지 못한다는 뜻이다[包有魚義不及賓也]"라고 한 말에서 빌려왔다. 정鯖은 한나라 때 오후五侯가 즐겼다는 요리이다. 오회吳會는 오군과 회계군會稽郡을 말하는데 송강 농어의 생산지로 유명한 곳이다. 이진李珍은 『본초강목』을 편찬한 명나라 이시진이다. 석천은 정약용에게 꺽정이라는 이름을 가르쳐준 신작의 호이다. 장계응張季鷹은 장한을 말한다. 계응은 장한의 자字이다.

우리나라 최초의 꺽정이 기록

서유구와 정약용이 꺽정이가 송강 농어라는 것을 밝힌 것은 우리 어류 연구사에서 큰 공적이라 하겠다. 그러나 이들보다 100년 전에 이미 꺽정이와 송강 농어의 관계를 언급한 사람이 있었다.

큰 입과 잔 비늘에 백설 같은 육질이 있으니	巨口細鱗白雪膚
산골 강의 물고기 품질이 이처럼 기름지네	峽江魚品此爲腴
주방장이 은실처럼 가늘게 회를 치니	厨人作膾銀絲細
오중 장한의 농어를 부러워하지 않네	不羡吳中張翰鱸

박태순(朴泰淳, 1653~1704), 『동계집(東溪集)』, 「꺽정이(巨正魚)」

박태순의 자주에 "꺽정이는 산골 강의 암석 사이에서 나온다. 입이 크고 흑색인데 대개 쏘가리[鱖魚] 족속으로 그 맛이 또한 덜하지 않다. 그것이 골짜기 안에서 나오므로 서울[京師] 사람은 아는 자가 드물다"라고 했다.

큰 입과 잔 비늘은 꺽정이의 특징이면서 송강 농어의 특징이다. 꺽정이를 읊으면서 장한의 농어를 언급한 것은 두 물고기가 종이 같다는 것을 알았기 때문이다. 그 자주에서 꺽정이를 쏘가리의 족속이라 한 것은 아마 송강 농어가 쏘가리를 닮았다고 한 중국 문헌을 읽었던 탓이었을 것이다.

박태순이 이 시를 지은 장소를 밝히지 않는 것이 아쉽다. 장소를 밝혔으면 조선 때 꺽정이의 서식지 한 곳이 후세에 알려졌을 것이다. 아무튼, 박태순은 서유구와 정약용 이전에 꺽정이를 언급한 최초의 사람임이 틀림없다.

농어 낚는 어부

옛날에 농어 잡는 어부가 있었는데	古有鱸魚父
낚싯대 들고 이곳에서 낚시를 드리웠네	持竿此垂釣
성명을 말하려 하지 않고	不肯道姓名
밤낮으로 오래 맑은 미소만 지었네	日夕長淸笑
어부가 떠나가면 종적도 없고	漁父去無蹤
맑은 강에는 낙조만 남아 있었네	淸江餘落照
단풍이 옛 그림을 펼쳐내면	丹楓開古圖
절벽이 기이하고 가팔랐네	鐵壁奇且峭
강물 소리 울리고 가을 다듬질 소리 급하면	江鳴寒杵急
낙엽 지고 기러기가 울었네	木落賓鴻叫
내가 와서 아득히 옛일을 생각하며	我來緬懷古

올라가 임하여 한 번 길게 휘파람 부네　　　　　　　　登臨一長嘯

조선 남효온(南孝溫, 1454~1492), 『추강집(秋江集)』, 「석벽에서 농어 낚는 어부를 회상하다[石壁, 懷鱸魚父]」

남효온이 어떤 농어 낚는 어부를 회상하며 지은 시이다. 이 시를 지은 배경을 작자는 다음과 같이 설명했다.

세종 임술년(1442)과 계해년(1443) 사이에 어떤 한 남자가 천민 의복을 걸치고 석벽(石壁, 바람벽같이 깎아지른 듯한 바위) 아래서 물고기를 낚았는데, 그가 낚은 것은 반드시 농어였다. 물고기를 낚으면 인가에 가지고 가서 음식과 바꾸었다. 내일 또 물고기를 잡으면 또 다른 집으로 가서 이렇게 했는데, 반드시 그 값을 다 받지 않았다. 사람들이 그 이름을 물으면 대답하기를 "나는 농어를 낚는 어부요"라고 했다. 가끔 문자를 풀이하여 말했는데, 사람들이 물어보면 일부러 그 말을 얼버무리며 문자를 모르는 체했다. 날이 추워지면 반드시 떠나갔다. 이처럼 한 것이 3~4년이었는데 마침내 떠나간 곳을 알 수 없었다고 한다. 강변에 사는 한 처사가 나에게 이런 말을 전해주었다.

천민 복장을 한 어떤 어부가 석벽에서 낚시했다. 그런데 그 어부는 반드시 농어만을 낚았고 다른 물고기는 잡지 않았다. 물고기를 잡으면 인근 인가에 가서 음식과 바꾸었다. 다음날은 다른 집에 가서 또 그렇게 했다. 가끔 자신도 모르게 유식한 문자를 사용했는데, 사람들이 의아하게 여겨서 물어보면 곧 말을 얼버무리고 전혀 문자를 모르는 체

「미호(渼湖)」, 『경교명승첩』, 정선(鄭敾, 1676~1759), 조선, 간송미술관 소장
자가 원백(元伯), 호는 겸재(謙齋) · 겸초(兼艸) · 난곡(蘭谷) 등이다.
미호는 경기도 남양주시 수색동 일대를 흐르는 한강을 말한다. 왕숙천이 한강으로 흘러드는 지점이다. 정약용이 꺽정이를 잡았던 열수와 지척이다. 아마 미호에도 꺽정이들이 살고 있었을 것이다.

했다.

그 어부는 원래 문자를 아는 지식인인 듯하다. 무슨 사연으로 무식한 천민 행세를 하며 자기 정체를 숨긴 것인지? 왜 농어만을 낚는 것인지? 아마 장한의 후신이었던가?

세종 임술년과 계해년은 남효온이 태어나기 전이다. 강변에 사는 어떤 처사가 전해준 이야기라고 했으니, 그 어부가 낚은 농어는 민물고기 꺽정이가 틀림없다.

남효온은 불의로 권력을 장악한 세조 정권에 혐오를 느끼고 재야에서 생애를 마감한 인사다. 그는 시대를 거스르고 생전에 사육신의 충절을 기리는 「육신전六臣傳」을 지어서 사후에는 부관참시를 당해야 했다. 그래서 세상에서는 그를 생육신이라 했다.

남효온은 제도권 밖의 재야인사로서 이름도 알 수 없는 농어 낚는 어부가 세상을 등지고 종적을 감췄던 옛일에 동병상련을 느꼈던 듯하다.

바다 농어

요즘 사람들은 '송강 농어'나 '꺽정이'라는 이름이 매우 생소할 것이다. 그래서 농어라고 하면 으레 바다 농어를 떠올리기 마련이다. 그런데 '송강 농어'라는 이름에 익숙했던 옛 문인도 대부분 그것이 바다 농어라고 착각하고 있었다.

구리 항아리 속에서 활발한 농어를 낚아 올리니　　活潑銅盆釣得鱸

동남의 맛 좋은 작은 비늘의 생선이네　　東南佳味細鱗魚
이 행차는 송강의 회를 위해서가 아니니　　此行不爲松江膾
푸른 물결에 풀어주어 마음대로 가게 하네　　且放滄波任所如

조선 조태억(趙泰億, 1675~1728), 『겸재집(謙齋集)』, 「비젠 수령이 농어를 보냈는데 두 마리 물고기가 여전히 살아 있어서 바다 안에 풀어주었다[備前守餉鱸魚, 二魚猶活, 放之海中]」

조태억은 대사성大司成 시절, 1711년에 통신사의 정사(正使, 사신의 우두머리)로 일본에 사행을 갔다. 그때 도중에 머물렀던 비전備前에서 농어를 대접받고 지은 시이다.

조태억의 자주에 "구리 항아리[銅盆]는 좌자의 일을 사용했고, 수양제가 농어를 동남의 가미라고 했다"라고 했다. 송강 농어에 관한 고사를 바다 농어에 적용한 것이다. 이로 보면 조태억은 송강 농어와 바다 농어를 같은 것으로 알았던 것 같다. 고려나 조선의 문인 대다수가 조태억과 같았다고 생각한다.

농어는 큰놈의 길이가 한 길이고 몸은 둥글면서 길다. 살찐 놈은 머리가 작고 큰 입과 작은 비늘이 있다. 아가미덮개는 두 겹인데 얇고 연약하여 낚싯바늘에 걸리면 쉽게 찢어진다. 색은 희고 검은 점이 있는데 등은 청흑색이다. 맛은 달고 맑다. 사오월에 처음 나타나고 동지 후에는 자취를 끊는다. 성질이 담수淡水를 좋아한다. 항상 장마로 빗물이 넘칠 때 낚시꾼들이 짠물과 민물이 교차하는 곳을 찾아서 낚시를 던지고 즉시 들어 올리면 농어가 쫓아와서 낚싯바늘을 삼킨다. 흑산도에서 나오는 놈은 수척하고 작은데, 맛도 육지에 가까운 데서 나오는 것보다 못하다. 그 어린 놈은 세속에서 보로어甫鱸魚라고 부르고, 또 걸덕어乬德魚라고 한다.

정약전, 『현산어보』 중에서

농어는 몸이 가늘고 길며 90센티미터까지 자라고 간혹 1미터가 넘는 대형이 있다. 비늘은 잘고 은빛이며 바닷물과 민물이 교차하는 강어귀의 기수汽水에서 놀기를 좋아한다. 가을과 겨울에 기수 지역에 알을 낳는데, 부화한 어린 물고기는 봄과 여름에 민물로 올라와 서식하다가 가을과 겨울에 다시 바다로 내려간다.

농어의 종류는 민농어와 점농어가 있는데, 점농어는 온몸에 검은 점이 있다. 크기는 점농어가 민농어보다 약간 작은데 육질은 더 단단하고 맛도 더 좋다.

농어는 파도치는 물의 표면에서 놀기를 좋아하여 주낙을 표층에 설치하여 잡는다. 낚시 역시 센 물결의 표층을 노리는 것이 좋다. 정약전이 "낚시를 던지고 즉시 들어 올리면 농어가 쫓아와서 낚싯바늘을 삼킨다"라고 지적했듯이 성질이 공격적이어서 루어낚시에 적합하다. 어린 것은 깔다구, 혹은 껄덕어라고 부른다.

무명씨의 어부도에 적다題無名氏漁父圖

한 자 크기의 농어를 술과 바꿔 잠드니	一尺鱸魚換酒眠
가벼운 배는 푸른 하늘에 오를 것 같네	輕舟耐可上青天
반쯤 취하고 반쯤 깨어 하품하며 기지개 켤 때	半醒半醉欠伸頃
배는 이미 갈꽃 얕은 물가에 정박했네	已泊蘆花淺水邊

조선 신위(申緯, 1769~1845), 『경수당전고(警修堂全藁)』

●

자가 한수(漢叟), 호는 자하(紫霞) · 경수당(警修堂)이다. 시서화에 능하고, 이조참판 · 병조참판 등을 역임했다.

시에서 언급한 농어는 바다 농어가 아니고 민물 꺽정이이다.

서새산에서 어부 집에 묵다西塞山泊漁家

백륜건 아래 머리털 하얗고	白綸巾下髮如絲
조용히 단풍 뿌리에 기대 낚시터에 앉았네	靜倚楓根坐釣磯
둘째 며느리는 뽕나무 마을에 뽕잎 따러 가고	中婦桑郎挑葉去
작은 애는 장터에서 도롱이 사서 돌아오네	小兒沙市買蓑歸
비 오니 순채가 배 옆에 흐르며 미끄럽고	雨來蓴菜流船滑
봄이 와서 농어가 낚시에 걸려 살쪘네	春後鱸魚墜釣肥
서새산 앞 객은 종일	西塞山前終日客
물결 너머에서 부러워하며 잊지 못하네	隔波相羨盡依依

당나라 피일휴(皮日休, 834?~883?)

●

자가 습미(襲美), 호는 녹문자(鹿門子)이다. 육구몽과 함께 '피륙(皮陸)'이라 불렸다. 소주 군사판관(蘇州軍事判官), 저작좌랑(著作佐郎), 태상박사(太常博士) 등을 지냈다. 육구몽의 어구시(漁具詩) 열다섯 수에 화답하고, 스스로 지은 어구시 다섯 수를 육구몽에게 화답하게 했다.

동해의 은어
도루묵

맛없는 물고기

내가 도루묵이라는 물고기를 처음 대한 것은 1970년대 초 군대 생활을 할 때였다. 당시 1년에 수십 번 도루묵찜이 부식으로 나왔다. 그것은 나로서는 난생 처음 보는 생선이었다. 도루묵은 동해에서 나오는 물고기였기 때문이다. 동해에서 먼 곳에서 나고 자란 나는 애초에 도루묵과 만날 기회가 없었다. 처음 맛본 도루묵은 살은 적고 배에는 알만 가득했다. 그런데 그 알은 평소 맛보던 명태나 조기처럼 작은 좁쌀 덩이가 아닌 흡사 포도송이를 연상하게 하는 커다란 알 뭉치였다. 깨물어보니 질겅거리는 식감이 마치 고무를 씹는 것 같았다. 절대 유쾌한 맛이 아니었다.

100여 명이 넘는 부대원은 꽁치나 명태 같은 부식은 대환영이었지만, 도루묵 부식이 나오면 단지 몇 사람을 제외하고 대부분 먹지 않았다. 이 환영받지 못한 도루묵이 자주 부식으로 나왔던 것은 오직 그 당시 대량으로 생산되어서 가격이 쌌기 때문이었다고 짐작한다.

도루묵이 맛없는 물고기라는 것은 이미 오래전에 조선인도 알았다.

서남쪽 물산이 아니니	不是西南物
동북쪽 지방에서 가져왔네	輸來北東方
쟁반에 수북이 쌓으니 은색이 어른대고	高盤銀色動
도마에 올리니 백설 빛이 빛나네	登俎雪輝揚
말려서 화로에 구우면 맛있고	乾炙爐中味
진하게 간장에 졸이면 향기롭네	濃煎醬裏香
명아주 콩잎 먹는 사람에겐 권할 수 있지만	宜餤藜藿子
고량진미에 질린 이에겐 먹게 하긴 어려우리라	難盡厭膏粱

이응희, 『옥담시집』, 「은어(銀魚)」

서해나 남해에서는 나지 않고, 동북 바다에서 나는 은어는 바로 도루묵을 말한 것이다. 은어라고 부르는 것은 그 몸이 은빛이기 때문이다. 조선시대에는 도루묵을 말려서 구워 먹고, 간장에 졸여서 먹었다. 그러나 명아주나 콩잎을 먹는 가난한 백성에게는 권할 만하지만, 고량진미를 질리게 먹는 부귀한 사람들에게 먹게 하기는 힘들다고 했다. 결국, 근본이 맛없는 생선이라는 것이다.

도루묵이라는 이름

도루묵은 동해 북쪽에서 나는 물고기이다. 몸의 길이는 대략 20센티미터가량이고, 형태는 측면으로 납작하다. 몸통과 배 부분의 색은 은백색이고, 등 부분은 황갈색 바탕에 검은 점이 흩어져 있다. 입과 눈이 크고, 등에는 두 개의 지느러미가 있고, 비늘과 옆줄은 없다.

도루묵은 평소 300~400미터의 수심이 깊은 곳에서 서식하다가 십일월에서 십이월에 산란하러 수초가 자라는 얕은 수심의 연안으로 몰려온다. 이때 어획이 이루어진다.

목어라는 이름의 물고기가 있는데	有魚名曰目
바닷고기 중에 품질이 낮네	海族題品卑
기름기가 윤택하지 못하고	膏腴不自潤
형질은 본래 뛰어남이 없지만	形質本非奇
끝내 풍미가 담박하여	終然風味淡
또한 겨울철 술안주로 삼을 만하네	亦足佐冬釃
임금께서 지난날 피난하여	國君昔播越
황량한 이곳 바닷가에서 고생할 때	艱荒此海陲
목어가 마침 반찬으로 올라서	目也適登盤
든든히 저녁 굶주림을 채워주니	頓頓療晩飢
은어라는 호칭을 하사하여	勅賜銀魚號
길이 토산물로 바치게 했네	永充壤奠儀
임금 수레가 이미 궁궐로 돌아간 후	金輿旣旋反

진수성찬이 진미를 다툴 때	玉饌競珍脂
아 너도 그 사이에 끼었지만	嗟汝廁其間
어찌 감히 한 숟가락을 감당하겠는가	詎敢當一匙
호칭을 삭탈당하고 도로 목어가 되어	削號還爲目
이처럼 순식간에 버려졌네	斯須忽如遺
현명함과 어리석음은 자기에게 달려 있지 않고	賢愚不在己
귀하고 천한 신분은 각기 때가 결정한다네	貴賤各乘時
명칭이란 겉치레일 뿐인데	名稱是外飾
버려진 것은 네 잘못이 아니네	委棄非汝疵
드넓은 푸른 바다 아래서	洋洋碧海底
유유자적하는 것이 마땅하리라	自適乃其宜

조선 이식(李植, 1584~1647), 『택당집(澤堂集)』, 「환목어(還目魚)」

도루묵의 본명은 목어目魚였는데, 어떤 임금이 피란 중에 목어로 허기를 달래고 은어라는 이름을 하사했다는 것이다. 그런데 궁궐로 돌아간 후 먹어보니 너무 맛이 없어서 도로 목어로 부르라고 하여서 환목어還目魚가 되었다고 한다. '환還'은 '되돌리다'라는 뜻이다.

은어 : 동해에서 난다. 처음 이름은 목어木魚였는데 고려 때 어떤 왕이 좋아하여 은어로 이름을 고쳤다. 많이 먹다 보니 싫증이 나서 다시 목어라고 고쳤다고 하여 환목어還木魚라고 한다.

조선 허균(許筠, 1569~1618), 『성소부부고(惺所覆瓿藁)』, 「도문대작(屠門大嚼)」 중에서

「주중가호(舟中佳肴)」, 김득신, 조선, 간송미술관 소장
주중가효는 배 안의 좋은 술안주라는 뜻이다. 그 술안주는 당연히 물고기를 말한 것이리라.

허균의 글인데, 도루묵을 '목어木魚'로 표기했다. 또 이식의 시에서는 그저 임금이라고 했는데, 허균은 고려 때의 어떤 임금이라고 했다.

지금 세간에 떠돌아다니는 도루묵의 유래에 대한 말이 많다. 그중에 어떤 것은 "선조 임금이 임진왜란 때 피란을 갔다가 묵어라는 생선을 맛있게 먹고 은어라는 이름을 하사했는데, 나중에 궁궐로 돌아와서 다시 먹어보니 맛이 없어서 '도로 묵어라고 하라' 했다"라고 전한다. 이 세간에 떠도는 말은 전혀 근거가 없는 것이다. 조선시대에도 그저 막연히 고려 때 임금의 이야기라고 떠도는 말이었음을 이식과 허균의 글에서 미루어 알 수 있다. 또한 신광한(申光漢, 1484~1555)의 「이사군이 보내준 숯과 은어에 편지로 사례하다[簡謝李使君惠山灰銀魚]」라는 시의 자주에 "물고기의 옛 이름은 목어目魚였는데 중간에 은어로 변했다가 지금은 다시 목어가 되었다"라고 했다. 이는 임진왜란 이전의 기록이다. 목어가 묵어가 된 것은 발음이 와전된 것이라 짐작한다.

조선시대부터 도루묵에 대한 전설이 떠돈 것은 어획량이 상당해서 상품으로 유통되었기 때문일 것이다. 그러나 그 맛이 사람들의 기대에 미치지 못하여 '말짱 도루묵'이라는 이야기가 생겨난 듯하다.

도루묵은 동해 이북 지역과 사할린, 캄차카반도, 알래스카 등지에 서식하는 물고기이다. 지금 우리나라의 도루묵 어획은 강원도 바다에 한정되어 있다. 1970년대에는 대량으로 생산되었으나 1980년대 중반부터 점차 생산이 줄어들었다. 그러다가 10여 년 동안 종적을 감추었다. 근래 다시 잡히기 시작하자 갑자기 귀한 신분이 되었다. 한때 그 가격이 광어회의 값을 능가하기까지 했다. 도루묵은 이제 예전의 싸구려 생선이 아닌 것이다.

어부

해오라기는 어부 같고	鷺鷥似漁父
어부는 해오라기 같은데	漁父似鷺鷥
가련하게 갈대 그림자에 싸여	可憐蘆影裏
눈과 서리의 자태를 마주했네	相對雪霜姿

조선 오광운(嗚光運, 1689~1745), 『약산만고(藥山漫稿)』

●

자가 영백(永伯), 호는 약산(藥山)이다. 예조판서, 개성 유수를 지냈다.

어부

강 위의 늙은 어부	江上老漁父
일생 이 낚싯대 하나이네	一生此釣竿
무심히 봉창 아래 누우니	無心臥蓬底
바람과 햇살만 배에 가득 차갑네	風日滿船寒

조선 이홍유(李弘有, 1588~1671), 『둔헌집(遯軒集)』

●

호가 돈헌(遯軒)이다. 평생 벼슬에 나아가지 않았으나, 예순 살 이후 향인들의 추천으로 도훈장(都訓長) · 산장(山長, 서원의 책임자)이 되어 후진 양성에 힘썼다.

오이 향이 나는 은어

은어의 본명

은어(銀魚, 학명 *Plecoglossus altivelis*)는 은어과에 속하는 물고기이다. 한국, 중국, 일본, 대만 등에서만 서식하는 동아시아 특산 어종이다.

은어라는 이름에서 이 물고기가 은색이어서 붙여진 이름이라 짐작하기 쉽다. 그러나 은어의 몸은 은색이 아니다. 등은 잿빛으로 검고, 배는 은색인데 전체적인 몸의 색깔은 어두운 청황색이다.

은어는 은구어銀口魚라는 본래 이름을 줄인 말이다. 은구어는 이 물고기의 위아래 턱뼈가 은백색이어서 붙여진 이름이다. 그런데 언제부터인가 은어라는 줄인 이름이 본 이름을 없애버려서 그 근본의 유래를 알 수 없게 한 것이다.

은구어의 생태는 이미 옛사람이 자세하게 소개해놓은 바가 있다.

> 은구어는 봄철에 바다로부터 강물을 거슬러 올라온다. 여름과 가을이 되면 비대肥大해지고, 가을이 깊어지면 점차 줄어들어 없어진다. 어떤 사람은 이 물고기는 남쪽으로 흐르는 물에만 있다고 하는데, 과연 믿을 수 있는 것인지 알 수 없다. 『동국여지승람東國輿地勝覽』에 "양주楊州, 고양高陽, 파주坡州 땅에서 모두 생산되는데 지금은 드물게 나온다"라고 했다. 나는 순천順天에서 깊은 겨울에도 간혹 있는 것을 보았는데, 단지 몸체가 야위고 맛이 몹시 떨어졌을 뿐이다.
>
> 조선 이수광(李睟光, 1563~1628), 『지봉유설(芝峯類說)』 중에서

은구어는 연어鰱魚처럼 바다와 강을 오가는 어종이다. 그러나 연어는 생애 대부분을 바다에서 보내지만 은구어는 강에서 산란하고 성장하며 바다에서는 잠시 겨울을 지낸다는 점에서 서로 생태가 다르다.

은구어는 겨울에 연해나 만안에서 월동하고 봄이 되면 강물로 올라온다. 강의 중류나 상류까지 올라가 여름을 보내는데, 이 기간에 20센티미터 정도로 자란다. 큰 개체는 30센티미터까지 성장한다. 가을이 되면 강의 하류로 가서 산란한다. 이때 수컷은 붉은 혼인색을 띤다. 알을 낳고 정자를 뿌려 수정한 후에는 암수 모두 몸이 검게 변하여 죽고 만다.

알은 2~3주가 지나서 부화하고 어린 새끼는 바다로 가서 월동하며 대략 7센티미터 정도로 자란다. 그런데 겨울이 되어도 바다로 돌아가지 않고 강에서 겨울을 지내는 은구어가 있는데, 이를 육봉형陸封型이라 한다. 이수광이 겨울에 순천에서 목격했다는 은구어가 바로 그 장

본인이다.

> 은구어 : 비늘은 잘고, 등은 검고 배는 회백색이다. 주둥이에 곧은 뼈[正骨]가 있는데 이것이 은銀과 같아서 이름을 은구어라고 했다. 등뼈 사이에 지방분이 엉겨 있어 맛이 담백하고 비린내가 나지 않는다. 살아 있을 때는 오이[黃瓜] 향이 있어서 물고기 중에서 특이한 맛을 지녔다. 소금에 절이면 멀리 보낼 수 있고, 구워 먹으면 향기가 나고 맛이 좋다. 큰 것은 한 자 남짓이고 작은 것은 대여섯 치 정도이다. 각 지역의 냇물에서 살고 있다. 양주 왕산탄王山灘의 것이 가장 좋다.
>
> 서유구, 『전어지』 중에서

서유구도 또한 은구어라는 이름의 유래를 주둥이의 곧은 뼈가 은과 같아서 붙여진 것이라고 설명했다. 은구어는 오이 향이 나는 물고기로 알려졌는데, 조선시대에 이미 이런 말이 있었음을 알 수 있다. 양주 왕산탄은 지금의 구리시 왕숙천王宿川이다. 당시 한강의 지류가 은구어 산지로 유명했다.

안개 낀 물결에서 누가 일을 좋아하는가	烟波誰好事
가로로 친 그물이 찬 빛을 끊네	橫網截寒光
은어가 올라옴을 알겠으니	知有銀魚上
가을 오이가 물에 가득 향기롭네	秋瓜滿水香

구한말 김택영, 『소호당집(韶濩堂集)』, 「삼수어객(三水漁客)」

구한말 문장 사대가의 한 사람인 김택영의 시인데, 작가의 자주에 "은구어는 몸에 오이 향이 있다"라고 했다. 삼수三水는 황해도 개성에 있는 물 이름이다. 이 냇물에서 가을날 그물로 은어를 잡는 것을 읊은 것이다.

중국의 향어

은어나 은구어라는 이름은 동아시아에서 우리나라만이 사용했던 이름이다. 중국에서는 은어를 향어香魚라고 했다.

향어 : 『우항잡록雨航雜錄』에 "향어가 안산(雁山, 안탕산雁蕩山)의 오진五珍 중 하나이다"라고 했다(『안산지雁山志』에 "향어는 비린내가 없고, 비늘이 몹시 잘고, 육질은 매우 맛있다. 안산 골짜기 냇물 안에서 나온다. 조수潮水와 서로 통하는 곳에서 초봄 시절에 나타난다. 매달 한 치씩 성장하고 구월 이후 한 자에 이르면 조수가 닿는 데로 가서 알을 낳는데, 알을 다 낳으면 검고 수척해져서 짠물 속에서 죽는다. 이듬해 봄에 알이 부화하여 어린 물고기가 되어 다시 민물 안으로 들어온다. 달마다 성장하여 오월 이후 다섯 치까지 자랄 수 있다. 맛은 몹시 맑고 뛰어난데, 건어로 만들면 더욱 좋다. 대개 산골 물이 강으로 들어가는 곳에는 모두 있는데, 악청樂清에서는 석문담石門潭에 가장 많고, 근죽계筋竹溪와 부용계芙蓉溪가 그다음이다. 탕수蕩水는 서쪽으로 영가永嘉의 남계南溪로 흘러가는데, 풍림楓林, 당계當溪, 하도담下渡潭, 석묘石廟 등 여러 곳에 있다. 탕수의 한 근원에서 균등하게 산출된다"라고 했다).

청나라 『절강통지(浙江通志)』 중에서

「어초문답도(漁樵問答圖)」, 이명욱(李明郁), 조선, 간송미술관 소장
자가 익지(益之)이다. 조선 중기의 화원이다.
어초문답은 어부와 나무꾼이 묻고 대답한다는 뜻이다. 어부와 나무꾼은 옛 시문에서 세속을 떠난 은자로 읊어졌다.

『우항잡록』은 명나라 풍시가馮時可가 편찬한 책이다. 안산은 안탕산인데 절강성浙江省 온주시溫州市 동북부 바닷가에 있는 산이다. 안산의 오진은 안산의 다섯 가지 진기한 특산물을 말하는데, 용추차龍湫茶, 관음죽觀音竹, 금성초金星草, 산악관(山樂官, 새의 일종), 향어라고 한다. 명나라 때 온주 온탕산의 탕수 지류의 곳곳에 중국에서 향어라고 불린 은어가 풍성했음을 알 수 있다. 『안산지』의 내용은 은어의 생태를 거의 정확하게 기술하고 있다. 봄에 알이 부화한다는 내용만 사실과 다를 뿐이다.

은어를 향어라고 부른 것은 그 몸에서 향기가 나기 때문이었을 것이다. 중국에서 향어의 별칭으로 과어瓜魚가 있는 것으로 보아서 그 향기가 오이 향이었음을 알 수 있다.

남강 가는 모두 낚시꾼 집인데	楠江都是釣人居
버드나무 길에 맑은 개울 한 줄기가 통하네	柳陌清溪一帶疏
좋구나 해 기울고 비바람 지난 후	好是日斜風雨後
강가 단풍 숲에서 향어를 파네	半江紅樹賣香魚

청나라 임사진(王士禛), 「어가(漁家)」

남강楠江은 영가永嘉의 남계南溪를 말한다. 가을철 단풍 숲에서 파는 향어는 살이 올라 기름지고 오이 향이 넘친다. 그래서 향어의 별칭 중에는 향유어香油魚가 있다. 또 다른 별칭으로 가을에 나타난다고 하여 추생어秋生魚라 하고, 1년만 산다고 하여 연어年魚라고 하고, 시절을 기억한다고 하여 기월어記月魚라고 한다.

일본에서는 은어를 점어鮎魚라고 하는데, 이는 일정한 구역을 점령하여 산다는 의미에서 붙여진 이름이라 한다. 1719년 통신사의 제술관製述官으로 일본에 다녀왔던 신유한(申維翰, 1681~1752)의 『해유록海遊錄』에는 "(일본인은) 은구어를 조鰷라 한다"라고 했다.

조선 초기 은어에 대한 기록

은어가 우리 문헌에 처음 등장한 것은 하연(河演, 1376~1453)의 『경상도지리지』이다. 여기에 경상도에서 은구어가 나오는 수십 군데의 지명을 기록해놓았다. 이후 『세종실록』과 『신증동국여지승람新增東國輿地勝覽』에 전국의 은어 산지를 수록하였다. 당시에 그만큼 식용어로 은어가 중요했다는 증거일 것이다. 물론 은어의 식용은 훨씬 먼 옛날부터 시작되었을 것인데, 아쉽게도 그 기록이 남아 있지 않을 뿐이다.

통발 만들어 물결을 받고 양옆을 막으니	作笱承流鄣兩傍
노는 물고기 떼를 지어 절로 이어지네	遊魚作隊自悠揚
들쭉날쭉 은빛 턱이 물결을 일으키고	參差銀頷搖波影
발랄한 금빛 비늘에 햇살이 비추네	撥剌金鱗映日光
자행 줄기로 아가미 꿰어 솥과 도마에 올려	紫荇穿顋登鼎俎
난도로 회 치고 산초와 생강을 곁들였네	鑾刀斫膾芼椒薑
가을꽃으로 즐겁게 풍년의 조짐을 점치고	秋花好占豐年兆
우연히 만나 함께 새 술을 따르네	邂逅同斟綠蟻觴

조선 성현(成俔, 1439~1504), 『허백당집(虛白堂集)』, 「부사 유계원과 함께 가을걷이를 돌

아다니며 살피다가 시냇가에서 쉬면서 은구어 잡는 것을 구경하며 짓다〔與府使柳季源巡審秋稼, 憩溪上, 看捕銀口魚, 有作〕」

조선 초에 살았던 성현의 시이다. 강물을 막아 물줄기를 하나로 만들고, 거기에 통발을 설치하여 은구어를 잡는 광경을 생동하게 그렸다. 또 은구어를 회 쳐서 산초와 생강과 함께 먹는다고 했다.

이 시는 성현이 강원도 관찰사를 지낼 때 지은 것으로 짐작되는데 삼척 오십천五十川, 강릉 남대천南大川, 양양 남대천, 간성杆城 북천 등이 그 당시 강원도의 은구어 산지였다.

『조선왕조실록』에는 은어에 관한 기사가 적지 않다.

사신使臣이 장차 이를 것이니 각 도道에서 수륙의 소산물을 연속하여 바치게 하고, 또 경기에서 사신을 공궤할 신선한 은구어를 연속하여 바치게 하라.

태종 17년 정유(1417, 영락 15) 7월 5일(무오)

교지를 각 도에 전하여, 사신이 청구한 물선(物膳, 음식 재료)은 풍성하고 깨끗한 것을 준비하여 바치게 했다. 전라도는 해채(海菜, 미역)와 마른 은구어 · 마른 송이松茸이고, 경상도 · 함길도는 해채 · 마른 연어鰱魚 · 마른 은구어 · 마른 송이 · 마른 문어文魚이고, 유후사(留後司, 개성에 있던 관청)와 경기 · 충청도는 마른 송이이고, 강원도는 해채 · 마른 연어 · 마른 송이 · 마른 문어이다.

세종 5년 계묘(1423, 영락 21) 8월 21일(기사)

진헌進獻할 은구어 · 연어年魚 · 문어 · 광어廣魚 · 대하大蝦를 각 도에서 철에 따라 잡아서 법대로 말려서 간을 맞게 하라.

세종 6년 갑진(1424, 영락 22) 7월 8일(신사)

상서上書 안에, "은구어는 두서너 치가 되어야 비로소 잡게 되는데, 각 고을 수령이 사람을 시켜 냇물의 흐름을 가두어두니, 혹은 다른 지역의 경내로 달아나서 여기저기에서 잡으므로, 가을철에 곡물이 여물 때는 은구어가 드물고 없어서 공연히 어량魚梁을 쌓게 됩니다. 청컨대 이제부터는 봄 · 여름을 당하여서는 공사公私 간에 잡지 못하게 하다가 가을에 물건이 실하여질 때에 비로소 잡게 하소서"라고 했는데, 신 등의 생각으로는, 진상하는 작은 은구어 외에는 상서를 따라 철이 아닌 때에 잡는 것을 금지하는 것이 가하겠습니다.

세종 21년 기미(1439, 정통 4) 윤2월 5일(계미)

직장동정直長同正 정채鄭彩가 상언上言하기를, "각 고을에서 은구어를 잡아서 진상하는 데 많은 독약을 쓰므로 수족(水族, 어족)이 다 죽습니다. 또 천방川防을 터놓고 독약을 타서 물을 흘려 넣으니, 화곡(禾穀, 벼와 곡식)을 손상하여 그 폐단이 작지 않습니다" 하니, 의정부에서 의논하기를 "각 도 관찰사에게 규찰糾察하여 금지하게 하십시오"라고 하므로, 그대로 따랐다.

문종 즉위년 경오(1450, 경태 1) 10월 10일(경진)

은어는 중국 사신을 대접하는 식재료이자 중국 사신이 요구한 물품이고, 나라에서 소용하는 진상품이었음을 알 수 있다. 또한, 진상하고자 은어를 잡는 데 독약까지 사용하는 폐단이 있었다.

은어 진상의 폐해

조선 초에서부터 시작된 은어 진상은 전국에 걸쳐 조선 말까지 이어졌다. 이 과정에서 크고 작은 사건이 끊임없었다.

> 전교하기를 "은구어가 생산되는 각 도에서, 매해 진상하는 마른고기를 제하고, 생선으로 봉하여 올리게 하라. 또 2000마리에 구애하지 말고 철이 늦더라도 잡히는 대로 다소간에 그때그때 봉하여 올리게 하라"라고 했다.
>
> 연산군 9년 계해(1503, 홍치 16) 6월 28일(계해)

> 전교하기를 "경상도에 은구어 1만 마리를 별례別例로 바치게 하라"라고 했다.
>
> 연산군 10년 갑자(1504, 홍치 17) 7월 7일(을미)

이처럼 각 지역에 진상으로 할당한 은어의 수량이 과도하게 많았다. 그래서 진상 담당자나 관할 지방 수령이 죄인이 되는 경우가 많았다.

> 경상 감사의 계본(啓本, 임금에게 올리는 문서)을 정원(政院, 승정원)에 내리면서 이르기를 "안동安東의 일수(日守, 지방관청의 하인) 윤명동尹命同이 생

은구어 여섯 마리를 줄여서 납부한 일로 이미 세 차례나 형신(刑訊, 매를 때리며 신문함)을 받았다고 하니, 여섯 마리의 물고기와 백성의 목숨을 바꿀 수 없다. 속히 놓아 보내도록 하유下諭하라"라고 했다. 심광언沈光彦이 회계回啓하기를 "놓아 보내는 일을 만약 형조가 이문(移文, 문서 전달)하게 하면 반드시 지체될 것이니 감사에게 유지(有旨, 임금의 명령서)를 내리소서"라고 하니, 그리하라고 전교했다.

명종 1년 병오(1546, 가정 25) 11월 18일(신미)

생은구어 여섯 마리를 덜 바친 것이 매를 때리며 신문할 정도로 중죄여서 임금에게 보고하고 관찰사에게 직접 방면을 지시해야 하는 사건이었었다.

"풍양천豐壤川의 은구어는 오로지 천신薦新을 위한 것이어서 사사로이 잡는 것을 엄금해왔는데, 올해는 그렇게 하지 않아 잡은 것이 매우 적으니, 양주 목사楊州牧使(원호변元虎變이다. 사람됨이 음흉하고 간사하였다. 처음에 진복창陳復昌과 이무강李無彊에게 붙었었는데, 두 사람이 패하자 파직되었다가 후에 숙부 원계검元繼儉의 도움으로 다시 기용되었다)를 추고하고, 포감고(浦監考, 시내를 감시하며 고기잡이를 금지하는 사람)를 치죄하라"라고 했다.

명종 16년 신유(1561, 가정 40) 8월 4일(신유)

풍양천은 지금의 경기도 구리시 왕숙천이다. 천신은 종묘에 계절의 새 음식을 올리는 제사이다. 천신에 쓰이는 하천의 은구어 관리를 잘못한 죄로 양주 목사를 파직하고, 그 관리인인 포감고를 치죄하라는 임금의 엄명이 내린 것이다.

> 사간司諫 최부崔溥가 아뢰기를 "충청도의 역마驛馬가 조잔(凋殘, 빼빼 말라서 쇠잔함)하기 막심합니다. 이때 그 폐단을 물은즉, 생물生物을 진상할 때에는 은구어 같은 것이 10여 마리만 되어도 반드시 상등 말에 빙정(氷丁, 얼음을 뜨거나 나르는 일꾼)까지 실어서, 뭉그러지지 않도록 길을 배나 달려 몰아갑니다. 그러므로 이 때문에 말이 병들거나 죽어버려, 말 한 마리의 값이 무명 100여 필까지도 이르니 빈한한 역리驛吏로서 갑자기 마련할 수가 없어 가산을 탕진하게 되어 역로(驛路, 역마를 바꿔 타는 곳과 통하는 길)가 다 조잔해졌습니다. 신의 생각으로는, 만일 은구어가 경기 부근에서 나지 않는다면 진상하는 일을 폐할 수는 없지만, 경기 부근 여러 냇물에서도 이 물고기가 많이 나고 있으니, 무엇 때문에 백성을 손상하고 말을 죽여 가며 먼 도에서 가져오겠습니까. 먼 도에서 나는 물고기는 소금에 절여서 상납하여 역로의 폐단을 덜게 함이 어떻습니까?"라고 했다.
>
> 연산군 2년 병진(1496, 홍치 9) 12월 11일(갑신)

은구어를 생물로 진상할 때는 여름철이므로 얼음에 채워야 하는 부담이 가중되었다. 또한, 그 운송은 역마를 이용하여야 하는데 더운 여름이라서 말이 병들거나 갑자기 죽어버리는 경우가 많았다. 그런데 그 말의 값을 가난한 역리에게 부담하게 하니, 그 가산을 탕진하게 하는 일이었다.

섬 안의 천택(川澤, 내와 못)은 육지처럼 깨끗하고 차갑지 않아서 생산되는 어족魚族이 없다. 다만 은구어가 있는데 관가官家에서 사사로이 잡는 것을 엄금하고, 물고기를 잘 잡는 자를 선발하여 정하고 은어장銀魚匠이라 부른다. 날을 정하여 잡게 하여 모두 관가에 바치게 하니, 섬 안의 거주민은 그 맛을 아는 자가 없다. 본섬의 수령이 된 자들은 대략 무인武人이어서 특히 천택을 백성과 함께 누린다는 뜻을 모르니 탄식할 만하다.

조선 이건(李健, 1614~1662), 『규창유고(葵窓遺稿)』, 「제주풍토기(濟州風土記)」 중에서

은구어 진상의 폐해는 제주도라고 하여 예외가 아니었다. 제주도의 은어는 김정(金淨, 1486~1521)의 『충암집沖庵集』「제주풍토록濟州風土錄」에서 "은구어가 생산되는데 그물로 잡거나 혹은 낚시로 잡는다"라고 처음 소개되었다. 김정은 기묘사화에 연루되어 제주도로 귀양을 갔었다.

이건도 또한 1628년에 부친 인성군仁城君의 역모 사건에 연좌되어 제주도로 유배되었다. 그의 「제주풍토기」에 의하면 제주도의 은어는 전부 관청의 차지이고, 제주도 백성은 은어의 맛조차 모른다는 것이다.

영의정領議政 서문중徐文重이 차자(箚子, 격식을 갖추지 않은 간략한 상소문)를 올려 사직辭職하고, 겸하여 별단(別單, 임금에게 올리는 주본奏本에 덧붙이던 문서)을 올렸는데, "시험 삼아 한 가지 일을 말한다면, 화개花開는 다만 악양岳陽의 일개 작은 냇물로 은구어가 나는데, 또한 절수折受를 당했습니다. 비록 임금께 바치는 진상일지라도 돈을 주어야만 비로소 그물질할 수 있으며, 군읍郡邑에서 곧바로 도장導掌에게 대가로 미곡米穀을 주

「강안처사도(江岸處士圖)」, 윤두서(尹斗緖, 1668~1715), 조선, 개인 소장
자가 효언(孝彦), 호는 공재(恭齋)이다. 윤선도의 증손자인데 벼슬을 포기하고 평생 그림을 그리며 생애를 마쳤다.
이 그림은 강가에서 어업을 하며 세속을 떠난 은자를 그린 것이다.

었는데도 감히 대항하여 버티지 못하였으니, 그 밖의 일은 미루어서 알 수 있습니다"라고 했다.

숙종 28년 임오(1702, 강희 41) 8월 4일(계미)

은어 진상이 중요한 일이 되니, 자연히 은어 가격이 치솟고 은어잡이는 큰 이권이 되었다. 절수는 한 개인이나 기관이 토지나 결세(結稅, 농토의 면적 단위인 결結을 기준으로 매기던 토지세), 강과 바다의 어업권 따위를 나라에서 하사받는 것을 말한다. 도장은 궁방(宮房, 왕실에서 분가하여 독립한 대원군 · 왕자군 · 공주 · 옹주가 살던 집)의 토지를 관리하고, 도조(賭租, 남의 논밭을 빌린 대가로 내는 벼)나 결미(結米, 논밭의 결에 따라 토지세로 내던 쌀) 따위를 징수하는 사람이다. 일종의 마름이라 하겠다.

화개는 지금의 하동군 화개 장터에서 쌍계사에 이르는 냇물을 말한다. 섬진강의 한 지류인 이곳의 은어 어업권이 궁방에 절수를 당하여 군읍의 관아에서도 감히 간섭할 수 없었다고 한다.

은구어 진상은 중도中道 여러 읍의 큰 폐단입니다. 옥과玉果와 남원南原 등의 읍이 그렇습니다. 그 처음에는 읍에 큰 하천이 있어서 은구어가 생산되었으므로 마침내 공진(供進, 임금께 음식을 바침)하게 했던 것입니다. 세월이 오래되자 천택이 바뀐 곳은 은구어가 멸종된 지 여러 해입니다. 관청에서 백성의 방역(坊役, 행정구역 단위인 방坊의 부역)을 면제해주고 사서 납부하게 했습니다. 백성은 식량을 싸 들고 돈을 준비하여 은구어가 잡히는 각 읍에서 사서 구했는데, 간혹 하동河東과 진주晉州까지 멀리 갔습니다. 흉년을 따지지 않고 농사철을 고려하지 않고 6~7사

(舍, 30리)의 먼 곳까지 달려가고, 지적할 수 없는 낯선 곳에서 애타게 구합니다. 기한이 장차 촉박해지면 또한 본관에서 트집을 잡을까 염려하니, 몇 마리의 가격이 400~500전까지 오릅니다. 이로부터 방민(坊民, 방안에서 사는 백성)이 부역에 응할 수 없어서 가족을 거느리고 도망친 자가 열 중에 네다섯입니다.

지금 들으니 순천과 광양光陽 등은 예전에는 은어가 생산되지 않아서 봉진(封進, 밀봉하여 올림) 안에 있지 않았지만, 지금은 도리어 산출된다고 합니다. 도신(道臣, 관찰사)에게 그 허실을 조사하게 하고 차등의 숫자로 나누어 정하게 하여 힘을 나누고 형편을 균등하게 한다면 참으로 일에 합당할 것입니다. 옥과의 경우, 유월에 봉진하는 생은구어의 숫자는 모두 예순 마리입니다. 심한 무더위에 멀리 운반하려면 혹시 부패하여 상할까 두려워서 얼음에 넣어서 깊이 봉하는 데 소비되는 비용이 여러 가지입니다.

민정(民情, 민심)은 모두 절인 물고기[沉魚]로써 대납하기를 원합니다. 만일 특교(特敎, 임금의 특별한 명령)를 내리시어 본래의 숫자나 혹은 절반, 혹은 3분의 1을 소금으로 절인 것으로써 대신 봉진하도록 한다면 생어生魚에 비교하여 어려움과 쉬움이 현격할 것입니다. 곤궁한 백성은 은혜를 받고, 임금의 덕[聖德]은 더욱 빛나게 될 터이니, 어찌 두 가지 아름다움이 아니겠습니까? 이것은 궁중 부엌[庖廚]에서는 하루의 비용에도 부족할 것이지만, 먼 지방의 소민(小民, 평민)에게는 절실한 이익과 병폐가 됩니다. 재물의 변동을 더하게 될 것을 현명한 임금께서는 의심하지 않을 것입니다.

조선 최창대(崔昌大, 1669~1720), 『곤륜집(昆侖集)』, 「염문시서계(廉問時書啓)」 중에서

최창대가 무인년(1698) 전라좌도 어사御史 때 올린 상소이다. 옥과와 남원 등 섬진강 일대의 은어 진상에 대한 불합리한 일들을 상세하게 지적하고 있다.

은어 몇 마리 값이 400~500전까지 치솟는 것은 상상을 초월하는 가격이었다. 시대는 약간 차이 나지만 훗날 심상규의 『만기요람』에 "은구어 한 마리 값은 4전"이라는 기록이 있다. 이와 비교하면 대략 100배의 바가지 가격인 것이다. 이런 사정이니 경내의 백성이 파산하여 전 가족을 이끌고 도망가지 않을 수 없었다. 조선 500년 동안 은어 진상은 결국 가난하고 힘없는 백성의 고혈을 짜는 병폐의 하나였다.

섬진강의 은어

1970년 8월 한여름에 곡성 압록강鴨綠江에 네댓 명의 장정이 아까시나무 가지로 강물을 가로질러 브이v 자로 촘촘히 발을 쳐놓고 투망질하고 있었다. 아까시나무 발을 따라서 흰 물결을 일으키며 줄지은 물고기 떼가 발의 중심부로 모여들었다. 물고기 떼가 한곳에 모여 소용돌이를 일으킬 때마다 한 장정이 투망을 던져 물고기 무리를 잡아냈다. 한 시간도 채 지나지 않아서 양동이 가득 물고기가 넘쳐났다.

나는 그날 은어를 처음 보았다. 위아래 입술에 새하얀 루주를 칠하고 청황색을 띤 날씬한 몸매를 뽐내는 아름다운 물고기였다. 그때 나는 고등학생으로서 여름방학에 친구 두 명과 함께 압록강 백사장에 야영을 갔었다. 텐트를 치고 야영하는 백사장 바로 위에 압록초등학교가 있었다. 그 초등학교 교장 선생님이 장정들에게 은어 반 양동이를 사서 회를 쳤는데, 우리를 불러 함께 먹게 했다. 크게 두 조각으로 토막친 은어를 깻잎에 싸서 날된장과 마늘을 얹어 먹었는데, 그 맛이 참으로 향기롭고 정말 고소했다.

압록강은 곡성 압록 일대를 흐르는 섬진강의 별칭이다. 진안 마이산馬耳山에서 발원한 섬진강과 장흥 웅치熊峙에서 발원한 보성강이 합쳐지는 곳으로 옛날에 압록나루가 있었던 교통의 요지이다. 보성강 쪽에 곡성과 구례를 잇는 철교와 다리가 걸쳐 있고, 두 강물이 합수되는 곳은 너른 백사장이 끝없이 펼쳐진 경관으로 유명하다. 또한, 예로부터 은어 산지로 명성이 있었다.

그때 압록에서 은어를 처음 만난 이후 나는 40여 년 동안 거의 매년 은어 낚시와 봄철 꽃 탐방을 위해 섬진강을 드나들었다. 은어 낚시는 놀림낚시가 제격이다. 은어는 일정한 영역을 차지하고 물속 모래나 자갈밭에서 조류藻類를 뜯어 먹으며 서식하는데, 다른 은어가 제 구역으로 침범하면 공격하여 쫓아버리는 습성이 있다. 이 은어의 습성을 이용하여 살아 있는 은어를 낚싯바늘에 꿰어놓고 그 옆에 빈 낚시를 달아서 물속에서 놀리는 것이다. 그러면 물속의 은어가 낚싯바늘에 꿰인 은어를 공격하면서 빈 낚시에 걸려든다. 이를 놀림낚시라고 한다.

압록진 앞에서 두 물이 합쳐지니	鴨綠津頭二水會
밝은 모래 작은 풀들 그림처럼 빼곡하네	明沙細草森如繪
첫째 구비 동으로 흘러 잔수역이 되고	一曲東流潺水驛
돛단배는 물가 나무의 푸름 속에 출몰하네	帆檣出沒汀樹碧
둘째 구비 동으로 흘러 문강이 깊은데	二曲東流文江深

사촌의 대숲 달빛 천 길로 걸쳐 있고 沙村竹月橫千尋
은어는 한 자 길이로 오이 향을 띠어 銀魚盈尺帶瓜香
그 당시 투망 치던 일 생각나네 記得當年進頭綱
셋째 구비 동으로 흘러 한수천이 되니 三曲東流漢水川
깃발 빼곡히 세운 어염선들이 있네 旗竿簇立魚鹽船
넷째 구비 동으로 흘러 섬진이 넓은데 四曲東流蟾津濶
수진의 호각 소리 그치고 서리 맞은 잎이 떨어지네 水鎭角罷霜葉脫
천 리의 맛있는 순채와 꺽정이가 있는데 千里蓴美四腮魚
가을 들어 풍미가 있으니 다시 어찌할까 秋來風味更何如
다섯째 구비 동으로 흘러 두치강이 비껴 있는데 五曲東流斗峙橫
두거가 와전되어 섬강이란 이름이 되었다네 蚪竜一轉蟾江名

구한말 윤종균(尹鍾均, 1861~1941), 『유당시집(酉堂詩集)』, 「섬진강」

윤종균은 순천 출신인데 구례에서 광양 출신 매천梅泉 황현과 함께 말년을 보냈다. 그는 구례에서 살며 섬진강을 노래한 시를 많이 남겼다.

위 시의 서문에 "(섬진강은) 그 근원이 두 곳이 있다. 하나는 진안 마이산에서 발원하고, 또 하나는 장흥 웅치에서 발원하여 곡성 압록강에서 합쳐진다. 동으로 흘러 잔수역潺水驛이 되고, 또 동으로 흘러 구례 남쪽에서 문강汶江이 된다. 또 동으로 흘러 한수천漢水川이 되고, 또 동으로 흘러 광양 북쪽 섬진진蟾津鎭이 되고, 다시 동으로 흘러 하동 두치강斗峙江이 된다. 두치는 우리나라 방언으로 섬(蟾, 두꺼비)을 두거蚪竜라고 하고, 또 두축蚪竜이라고 하는데, 두치강이라고 하는 것은 곧 두거강蚪竜江의 전음轉音이다"라고 했다.

위 시에서 섬진강의 은어와 꺽정이를 언급하는데, 꺽정이가 과연 있었는지 약간 의심스럽다.

문강의 칠월 은어가 살졌는데	文江七月銀魚肥
나는 홀로 물가에서 생각이 아득하네	我獨臨水思依依
봉성은 당일에 진공이 급하였는데	鳳城當日進貢急
한 자가 넘는 은어는 건장하여 날듯했네	盈尺銀魚健欲飛
봉성에 언제나 진공이 폐해질까	鳳城何日進貢廢
강물은 의구한데 은어는 드무네	江水依舊銀魚稀

윤종균, 『유당시집』, 「문강의 은어[汶江銀魚]」 중에서

윤종균이 쓴 또 한 편의 섬진강 시이다. 문강은 구례 문척면을 흐르는 섬진강의 별칭이다.

윤종균이 살았던 구한말까지 은어 진상으로 은어가 황폐해졌었다. 윤종균의 자주에 "은어는 입에 은가락지를 둘렀다고 하여 또한 은구어銀釦魚라고 한다. 옛날부터 은어를 진공進貢하게 하여 백성에게 폐단이 되었는데, 진공을 폐한 후 은어가 겨우 남아나게 되었다"라고 했다.

지금 섬진강은 전국의 은어 산지 중에서 대표적인 곳의 하나이다. 전국에 걸쳐 그렇게 많았던 조선시대의 은어 산지는 근대에 와서 대부분 사라지고 말았다. 산업화에 따른 댐 건설과 수질 오염 때문이다. 강과 바다를 오가야 하는 은어에게 댐은 치명적이다. 또한, 맑은 물이 필요한 은어에게 오염된 물은 생존할 수 없게 하는 독약이다. 그러니 은어에게는 환경 파괴가 진상보다 더 무서운 것이다.

물고기 잡는 것을 구경하다觀打魚

그대 보지 못했는가 남천의 물은 쪽빛보다 푸른데	君不見南川之水青如藍
밤낮으로 콸콸 흘러 바다로 들어가는 것을	日夜滔滔流入海
바닷물고기는 푸른 바다 안에 있는데	海魚本在滄溟間
어찌하여 다시 냇물로 올라와 있는가	何事更上川中在
산중 백성은 그물의 이로움을 알지 못하고	山氓不識網罟利
단지 산초 뿌리를 물 바닥에 가라앉히네	但把楸根沈水底
산초 뿌리가 물로 들어가니 물은 검게 되고	楸根入水水爲黑
이윽고 맑은 물결이 먹물을 풀어놓은 듯하네	頃刻淸流如潑墨
물 아래 물고기들 모두 문드러져 죽어서	水底魚兒皆爛死
옥척 은비늘이 물에 떠서 하야네	玉尺銀鱗浮水白
큰 물고기는 임금께 바치려 반드시 잡아야 하지만	大魚獻御固必取
횡사한 새우와 거머리는 몹시 가련하네	浪死偏憐蝦與蛭
크고 작은 물고기 물결을 좇아가니	巨細洪纖逐水流
교룡이 삭막하고 하늘이 근심하네	蛟龍索寞天爲愁
다행히 벗어난 놈이 분분히 달아나니	幸有脫者走紛紛

양 언덕에서 창을 빽빽하게 내던지네	兩岸戈戟森相投
내가 와서 탄식하며 오래 즐겁지 않은데	我來咨嗟久不樂
오히려 백성들을 감독하며 멋대로 매질하네	猶督黎庶恣鞭朴
내 원하는 건 천공이 천민을 불쌍히 여겨서	我願天公恤天民
동해를 들이부어 습지를 만든다면	爲傾東海爲沮洳
그물을 들어 물고기 잡아 관청에 보내고	擧網得魚輸縣官
일신은 무사하게 농사지을 수 있고	一身無事耕菑畬
태수는 매질을 사용하지 않을 것이고	太守不用事捶撻
가난한 백성들도 게와 물고기를 실컷 먹고	細民亦厭蟹與魚
나는 배불리 먹지 못해도 달게 채소를 먹으리라	我食不飽甘喫蔬

조선 이동표(李東標, 1644~1700), 『나은집(懶隱集)』

●

자가 군칙(君則)· 자강(子剛), 호는 나은(懶隱)이다. 양양 현감을 지냈다.

남천(南川)은 강원도 양양군에 있는 하천으로 동해로 흘러든다. 산중의 어법은 그물질이 아니라 산초 뿌리를 짓이겨서 물에 풀어 물고기를 중독시켜 잡는 것이다.

죽음의 진미 하돈

하돈이라는 이름

임진강에는 해마다 봄이 되면 황복이 올라온다. 황복은 참복과인 복어의 일종으로 바다에서 성장하고 강에서 알을 낳는 물고기이다. 황복이란 이름은 우리나라와 중국의 옛 서적에서는 보이지 않는다. 근래 우리나라에서 그 몸통에 노란 줄무늬가 있다고 하여 지은 명칭이다. 예전에는 이를 하돈河豚이라 했는데 하돈河魨으로도 표기했다.

하돈의 의미는 강물의 돼지라는 것이다. 하돈의 부풀어 오른 배가 돼지처럼 생긴 데서 유래한 이름이라고도 하고, 또 다른 주장을 따르면 하돈이 꿀꿀거리는 돼지처럼 입으로 소리를 낸 데서 붙여진 이름이라 한다.

하돈은 맹독을 가진 물고기이다. 조리를 잘못하여 먹으면 사람의 생명을 앗아간다. 그러나 옛날부터 맛 좋은 식용어로 사랑을 받아왔다.

서유구는 『전어지』에서 하돈을 강어(江魚, 강고기)의 항목에 넣고 우리말로 '복'이라 했다. 하돈을 강의 민물고기로 취급한 것은 주로 강에서 포획했기 때문일 것이다. 그러나 하돈은 주로 바다에서 성장하고, 강으로 올라오는 기간은 산란기의 3개월가량에 불과하다.

민물고기를 연구한 생물학자 최기철은 『민물고기를 찾아서』에서 황복의 방언으로, "강복(서울), 강복어(논산), 누렁테(서천 · 익산), 누룽테(옥구), 민물복쟁이(영암), 밀복어(서울), 복(경기 · 서울), 복아지(부천), 복어(경기 · 서울 · 충남 · 밀양 · 양산 · 익산 · 나주), 복에(나주), 복이(부여), 복장어(부여), 복장이(파주 · 서울 · 충남 · 부안 · 익산 · 나주), 복징이(양산), 황복(익산), 황복어(부여)" 등을 소개하고, "방언이 놀랄 만큼 단조롭고 수가 적다. 1년 중 봄에만 나타났다가 사라지는 종이고, 먹으면 죽는 물고기라고 알고 기피했던 까닭이라고 생각한다"라고 했다.

이들 방언의 분포 지역을 보면 서해와 남해로 흐르는 강에는 모두 황복이 올라왔음을 알 수 있다. 그러나 지금은 강과 바다 사이를 막는 하굿둑과 강물의 오염 때문에 황복의 산지는 대부분 사라지고 임진강 등 일부만 남아 있다.

하돈(복) : 몸은 좁고, 배는 볼록하고, 입은 작고, 꼬리는 짧고, 이빨과 지느러미가 있다. 등은 청흑색이고, 노란 줄무늬가 있다. 배 아래는 희고 광택이 없고, 자극을 받으면 노하여 부풀어 오르는데 마치 기구(氣毬, 고려 시대에 둥근 가죽 주머니 속에 돼지 오줌을 넣고 바람을 채워 만든 공)가

물 위에 떠 있는 듯하다. 그래서 일명 진어嗔魚, 일명 기포어氣泡魚, 일명 취두어吹肚魚라고 한다.

서유구, 『전어지』 중에서

진어는 화를 내는 물고기라는 뜻이고, 기포어와 취두어는 모두 배 속에 바람을 불어 넣는다는 의미이다. 이들 이름은 모두 중국 문헌에서 가져온 것이다.

규鯢는 규魟이다. 일명 호이胡夷, 일명 후태鯸鮐, 일명 하돈이다. 모양은 올챙이 같고, 배 아래는 희고, 등 위는 푸르고, 노란색 무늬가 있다. 눈은 뜨고 감을 수 있고, 머리에는 아가미가 없고, 배 속에는 쓸개가 없다. 다른 물건에 부딪히면 곧 화를 내고 배가 부풀어 오르는데 가죽 공이 물 위에 떠 있는 듯하다. 맛은 아주 좋으나 독이 있어 사람을 죽일 수 있다. 살펴보니, 규는 아가미가 없고 쓸개가 없으므로 간에 가장 독성이 강하다. 간과 피와 알이 입에 들어가면 혀를 헐게 하고, 배 속에 들어가면 창자를 헐게 한다. 그 맛이 좋아서 오吳와 절浙 지역에서 즐겨 먹는다. 지금 그것을 삶을 때는 반드시 덮개를 단단히 덮어서 그을음이 그 안에 떨어지지 않도록 하고, 물억새 싹[荻芽]이나 감람橄欖을 넣으면 먹을 수 있다. 나는 양회兩淮에 있을 때 하돈을 먹었는데, 하인들이 가져다가 그 알을 제거하고 사람들에게 팔았다. 그 피부와 배가 결백(潔白, 순백)해서 속명이 서시유西施乳라고 한다.

명나라 도본준(屠本畯), 『민중해착소(閩中海錯疏)』 중에서

위 기록에서 보듯이 규鯢, 규鮭, 호이, 후태, 서시유 등은 모두 하돈의 별칭이다. 이 중에서 서시유라는 것이 흥미롭다. 서시西施는 유명한 고대 미인의 이름이기 때문이다.

하돈의 진미 서시유

중국의 여러 문헌에 "서시유는 하돈의 복중유腹中腴이다"라고 했다. 복중유는 배 속의 기름진 살을 말한다. 이는 맛 좋은 음식물을 최고의 미인인 서시의 이름을 빌려 칭송한 예라 하겠다.

『예원자황藝苑雌黃』에 "오 지역 사람은 하돈을 진미로 여기고 그 뱃살腹腴을 서시유라고 한다. 일찍이 장난삼아 절구를 지었다.

물쑥은 매우 짧고 물억새 싹 두툼하니 　 蔞蒿短短荻芽肥
바로 하돈이 올라올 때이네 　 正是河豚欲上時
달콤한 맛이 서시유보다 훨씬 나은데 　 甘美遠勝西施乳
오왕은 그 당시 맛을 보았던가 　 吳王當日未曾知

비록 그렇지만 아름다움에는 반드시 추악함이 있는 것이다. 하돈의 맛은 진미이므로 오 지역 사람이 좋아하지만 그 자신을 해친다. 서시의 미색은 아름다워서 오왕이 좋아했지만 나라를 망치게 했다. 이에 후래의 사람들에게 경계가 될 만하다"라고 했다.

청나라 오경욱(吳景旭), 『역대시화(歷代詩話)』 중에서

「어순(魚筍)」, 허곡(虛谷, 1823~1896), 중국 청나라
청나라 말엽의 저명한 승려 화가이다. 속명은 주회인(朱懷仁)이고, 승명(僧名)은 허백(虛白), 자는 허곡이다.
이 그림은 복어와 죽순을 그린 것이다.

시에서 언급한 오왕은 부차夫差이다. 그는 월나라를 정복하고 월나라 미인 서시의 미색에 빠져서 국정을 소홀히 하다가 결국 월나라 구천句踐에게 오나라를 망하게 한 장본인이다.

물쑥과 물억새의 싹은 하돈으로 국을 끓일 때 넣는 채소이다. 그래서 하돈을 읊은 시는 으레 물쑥과 물억새의 싹을 언급한다.

쥐 간과 벌레 다리를 건곤에 맡기고　　鼠肝蟲臂任乾坤
장단의 망망함을 일기로 논하네　　修短茫茫一氣論
오십 일간 곡기 끊어도 몸이 아직 살아 있으니　　絕粒五旬身尚在
남은 목숨으로 하돈을 먹어도 무슨 상관이랴　　何妨殘喘食河豚

명나라 호응린(胡應麟, 1551~1602), 『소실산방집(少室山房集)』, 「하돈을 먹다(食河豚)」

호응린의 시인데, 작가의 설명에 "하돈의 맛은 여러 물고기 중에 아래인데, 다만 배 속의 기름진 살은 맛볼 만하다. 옛 사람이 서시유라고 한 것은 또한 약간 과장이다. 나는 이 물고기를 급히 먹어보고, 자못 명성이 그 실상보다 지나치다고 탄식하였다. 장난삼아 한 절구를 지어서 정론을 기다린다. 사물에는 참으로 알아주고 알아주지 못함이 있다"라고 했다.

호응린의 입맛에는 하돈은 그리 진미가 아니었던 모양이다.

늦봄에 강으로 오르는 하돈

하돈은 바다에서 2~3년을 성장한 후 알을 낳고자 강으로 오른다. 그 산란 시기는 사월 말에서 유월까지이다. 이때 하돈은 몸길이가 40센티미터 정도로 성장하여 살이 통통하게 올라 있다.

머리 위 세월은 나는 듯 빠른데　頭邊歲月疾於飛
봄이 돌아올 때 나는 돌아가지 못하네　春政歸時我不歸
땅에 가득 물쑥 자라고 물억새 싹 나왔으니　滿地蔞蒿荻芽出
하돈이 올라오려 한껏 살진 때네　河豚欲上盡情肥

조선 서거정(徐居正, 1420~1488), 『사가집(四佳集)』, 「봄날의 감회[春日感懷]」 세 수 중 한 수

한강 가에 삼월이 되어　漢江江上三月時
가랑비에 도화수 푸른 물결 넘치니　細雨桃花漲碧漪
참으로 하돈이 지금 한창 맛있을 때인데　好是河豚方有味
조각배로 돌아가는 것이 늦어서 후회스럽네　扁舟歸去悔遲遲

서거정, 『사가집』, 「하돈이 이미 올라왔다는 소식을 듣고 유연히 흥이 나서 짓다[聞河豚已上, 悠然起興, 有作]」

조선 초기 서거정의 시인데 봄철 하돈이 올라올 때를 읊은 것이다. 물쑥과 물억새의 싹이 막 올라올 때가 하돈이 살진 시기이다.

음력 삼월은 한강에 도화수桃花水가 넘치고 하돈이 한창 맛있을 때라 했다. 도화수는 복사꽃이 필 무렵 강물을 말한 것이다.

조선 초에 이미 하돈이 식용어로 일부 미식가에게 인기가 있었음을 이들 시를 통해 알 수 있다.

봄에 올라오는 하돈을 읊은 시 중에서 아마 송나라 소동파(蘇東坡, 동파는 소식의 호)의 다음 시가 가장 유명할 것이다.

대숲 밖 복사꽃 두세 가지 피고	竹外桃花三兩枝
봄 강물이 따뜻함을 오리가 먼저 아네	春江水暖鴨先知
물쑥은 땅에 가득하고 갈대 싹 짧은데	蔞蒿滿地蘆芽短
바로 하돈이 올라오려는 때이네	正是河豚欲上時

소식, 『동파전집』, 「혜숭의 춘강만경[惠崇春江晩景]」 두 수 중 한 수

송나라 승려 혜숭惠崇은 작은 풍경을 잘 그렸던 화가로 유명했다. 그의 「봄 강의 저녁 풍경[春江晩景]」이라는 그림에 소동파가 쓴 시이다.

남송의 호자(胡仔, 1095?~1170)는 『초계어은총화苕溪漁隱叢話』에서 "동파가 혜숭의 그림에 적은 시는 바로 2월의 경치이다. 이때는 하돈이 이미 많을 시기이다. '올라오려는[欲上]'이라는 말은 온당하지 못한 것 같다"라고 비판했지만, 청나라 왕사정(王士禎, 1634~1711)은 『어양시화漁洋詩話』에서 "동파의 시 '물쑥은 땅에 가득하고 갈대 싹 짧은데, 바로 하돈이 올라오려는 때이네'는 풍운(風韻, 풍류와 운치)의 묘妙일 뿐만 아니라 하돈이 물쑥과 갈대 싹을 먹고 살찐다는 것인데, 또한 매성유(梅聖俞, 성유는 매요신의 자)의 '봄 강섬에 물억새 싹 돋아나고, 봄 언덕에 버들개지 날아다니네[春洲生荻芽, 春岸飛楊花]'처럼 한 글자도 함부로 사용한 것이 없다"라고 했다.

어쨌든 이 시는 하돈과 계절의 관계를 잘 묘사했다는 후대의 평을 받고 소동파의 대표적인 작품으로 회자하였다. 그래서 조선에도 이 작

품에 차운한 시가 적지 않다.

복사꽃 무수히 가지마다 가득하고	桃花無數滿枝枝
미나리 잎과 참깨 맛을 홀로 아네	芹葉胡麻美獨知
슬프구나 하돈 시절을 또 보내니	惆悵河豚又送節
마땅히 다시 웅어로 대신하여 시절을 지키리라	葦魚應復遞持時

조선 서영보(徐榮輔, 1759~1816), 『죽석관유집(竹石館遺集)』, 「사월 초에 하돈을 구할 수 없음이 몹시 슬퍼서 짓다. 동파의 시에 차운하다.〔維夏之初, 河豚不可得, 悵甚有作. 次東坡韻.〕」

서영보가 동파의 시에 차운한 것이다. 중국의 하돈 시에서 물쑥, 물억새 싹, 갈대 싹 등을 언급하는 것은 하돈국을 끓일 때 넣는 재료이기 때문이다. 그러나 이 재료는 우리의 하돈국과는 상관없다.

서영보의 시에서 미나리 잎과 참깨를 언급한 구절은 당시 조선의 하돈국 조리법을 보여주는 좋은 자료다.

복사꽃 피었다 떨어져 빈 가지를 대했는데	桃花開落對空枝
슬프구나 하돈의 맛을 알지 못하네	惆悵河豚味不知
나는 산골에 들어갔다 돌아와 더욱 먹고 싶은데	我入峽迴饞更甚
비름나물 명아주만 먹을 때가 많네	莧腸藜口亦多時

신위, 『경수당전고』, 「죽석의 하돈 절구에 차운하다〔次韻竹石河豚絶句〕」

신위가 앞에 소개한 죽석 서영보의 시에 차운한 작품이다. 복사꽃이 다 떨어져서 빈 가지만 남도록 하돈의 맛을 보지 못했다. 또 한 해를 어떻게 기다릴 것인가? 하돈을 먹고 싶은 생각이 간절하건만 비름나물과 명아주만 먹는 날이 많다고 했다.

막 핀 살구꽃 아름답게 물에 비친 가지	初杏嬋娟映水枝
하돈 소식은 이보다 먼저 알았네	河豚消息此先知
서자유는 지금 모두 없어졌는가	西子乳今全盡未
일 년 중 슬플 때가 항상 이때이네	一年惆悵每斯時

조선 서기수(徐淇修, 1771~1834), 『소재집(篠齋集)』, 「하돈」

이 시도 또한 서영보의 시에 화답한 것이다. 하돈을 서자유(西子乳)라고 표현하였는데 서시유와 같은 말이다. 1년 중 하돈이 사라질 때가 가장 슬프다니 얼마나 하돈을 좋아했던 것인가?

한강의 하돈

한강은 한때 급격한 근대화의 폐해로 거의 하수구 수준으로 오염되고 생태가 파괴되었다. 지금은 수질이 조금 나아졌지만, 한번 망가진 생태 환경은 그 옛날을 기약하지는 못한다. 그간에 많은 물고기의 종이 사라졌는데 아직 복원되지 않은 종이 적지 않다. 하돈도 그중 하나일 것이다.

허균은 「도문대작」에서 "하돈은 한강에서 나는 것이 맛이 좋은데 독이 있어 사람이 많이 죽는다"라고 했다. 즉, 조선시대 한강은 하돈의 주요 산지였다.

강남 물가에 풀 초록이고　艸綠江南浦
하돈의 배는 북처럼 부풀었네　河豚腹如鼓
천 길 격한 파도에 노 저으니　千尋棹激波
대낮에 비가 날리는 듯하네　白日疑飛雨

남효온, 『추강집』, 「양화도에서 물결을 거슬러 올라가다(楊花渡, 泝流而上)」

양화도楊花渡는 지금의 마포구 합정동 양화대교가 있는 곳이다. 조선시대에는 양화나루가 있던 교통의 요지였다.

초록 홰나무 늘어진 버들이 있는 물가 마을에　綠槐垂柳水邊村
홀로 앉아 경서 연구하며 낮에도 문을 닫았네　獨坐窮經晝閉門
날 저물어 강물 공허하고 마을 고요한데　日暮江空墟落靜
작은 배가 때때로 하돈을 파네　小舟時有賣河豚

조선 이식(李湜, 1458~1488), 『사우정집(四雨亭集)』, 「용강촌에 이르러 눈여겨본 것을 기록하다(到龍江村, 因記寓目)」

용강龍江은 용산강龍山江이다. 지금 노량진 일대의 한강을 말한다. 한강에서 하돈을 잡은 작은 어선이 마을로 와서 하돈을 팔았음을 알 수 있다.

도화수 따뜻하고 부들 싹 짧은데　桃花水暖蒲芽短
하돈이 이미 여울에 올랐다는 소식 듣고　聞道河豚已上灘
낚싯대 하나 들고 강가로 가려는데　欲把一竿江上去

「오월하돈」, 양기훈(楊基薰, 1843~?), 조선, 간송미술관 소장
조선 말의 도화서 화가이며, 자는 치남(痴南), 호는 석연(石然)이다.
그림에 석연지사(石然指寫)라고 적혀있는데 석연이 손가락으로 그렸다는 것이다. 붓 대신 손가락으로
그린 지두화(指頭畫)이다.

밤에 보슬비 내리니 봄추위가 두렵네 夜來微雨怯春寒

조선 이정구(李廷龜, 1564~1635), 『월사집(月沙集)』, 「양포에 지금 하돈이 올라온다는 소식을 듣고, 즉석에서 읊어 강객 성복 참봉에게 주다(聞楊浦河豚方上, 口占贈江客成參奉輹)」

양포楊浦는 양화도의 별칭이다.

얕은 물가 도는 물굽이에 부들 잎 푸르고 淺渚回灣蒲葉青
물고기 잡는 배 지나니 물바람이 비리네 打魚船過水風腥
서강 사월에 하돈이 수척하고 西江四月河豚瘦
버들솜 어지럽게 날아 반은 부평초가 되었네 柳絮紛飛半化萍

이서구(李書九, 1754~1825), 『척재집(惕齋集)』, 「마포에 배를 띄우다(麻浦泛舟)」

서강西江은 한강 서쪽의 봉원천奉元川과 한강이 합류하는 일대를 가리키는데, 서호西湖라고도 했다. 지금 한강의 서강대교가 지나는 곳이다. 마포는 조선시대에 한강에서 가장 큰 나루 중 하나였다. 삼남三南의 세곡선稅穀船이 모여들고, 서해의 각종 해산물이 모이던 교통의 요지인 나루였다.

조선 초기에서 말기까지 하돈이 한강의 주요 어종 중 하나였음을 위의 시편들을 통해 짐작할 수 있다.

매하돈의 하돈 시

송나라 매요신(梅堯臣, 1002~1060)은 하돈 시를 잘 지어서 문명으로 이름을 떨쳤다.

청나라 오경욱의 『역대시화』에 "유원보劉原父가 장난삼아 말하기를 '정도관鄭都官 이후에 다시 매도관梅都官이 있다. 정鄭에게는 자고 시鷓鴣詩가 있어서 당시 정자고鄭鷓鴣라고 불렀는데, 매梅에게는 하돈 시河豚詩가 있으니 매하돈梅河豚이라 불릴 만하지 않겠는가?'라고 했다. 당시 이 시를 받들어 칭송함이 지극했다"라고 했다.

정도관은 당나라 정곡鄭谷이고, 매도관은 매요신이다. 도관은 도관낭중都官郎中이라는 벼슬이다. 정곡과 매요신은 살았던 왕조는 달랐지만 모두 도관 벼슬을 지냈다.

봄 강섬에 물억새 싹 돋아나고	春洲生荻芽
봄 언덕에 버들개지 날아다니네	春岸飛楊花
하돈이 이 시절을 맞아	河豚當是時
귀하기가 다른 물고기 새우는 치지도 않네	貴不數魚蝦
그 모습은 매우 괴이하게 여길 만하고	其狀已可怪
그 독은 또한 더 가할 것이 없네	其毒亦莫加
노하여 부푼 배는 큰 돼지 같고	忿腹若封豕
화낸 눈은 오 땅의 개구리 같네	怒目猶吳蛙
주방에서 끓이다가 잠시 실수하면	庖煎苟失所
목구멍에 들어가 칼날이 된다네	入喉爲鏌鋣
이처럼 신체를 해친다면	若此喪軀體
어찌 이빨에 제공하겠는가	何須資齒牙
남방 사람들에게 물어보면	持問南方人

무리 지어 옹호하고 자랑하네 黨護復矜誇
모두 그 진미를 헤아릴 수 없다 하니 皆言美無度
누가 마비되어 죽는다고 했던가 誰謂死如麻
내 말은 굴복시킬 수 없으니 我語不能屈
스스로 생각하며 공연히 탄식하네 自思空咄嗟
퇴지는 조양에 와서 退之來潮陽
처음엔 바구니 뱀 먹기를 꺼렸고 始憚餐籠蛇
자후는 유주에 있으면서 子厚居柳州
두꺼비를 달게 먹었다네 而甘食蝦蟆
두 생물은 비록 징그럽지만 二物雖可憎
생명에는 착오가 없다네 性命無舛差
이 하돈 맛은 비할 바가 없지만 斯味曾不比
배 속에 간직한 화가 끝이 없네 中藏禍無涯
몹시 아름다운 것엔 추악함도 있다 했는데 甚美惡亦稱
이 말은 참으로 훌륭하네 此言誠可嘉

매요신, 『완릉집(宛陵集)』, 「범요주의 좌중에서 객이 하돈어를 먹은 이야기를 하다[范饒州坐中客語食河豚魚]」

1038년 매요신이 절강성(저장 성) 건덕현(建德縣, 젠더 현) 지현知縣으로 재직할 때 친구 범중엄范仲淹은 요주(饒州, 야오저우) 지주知州로 있었다. 범중엄이 매요신을 초청하여 함께 여산(廬山, 루 산)을 유람하며 주연을 베풀었는데, 강남江南에서 온 한 객이 하돈의 진미를 이야기했다. 이때 매요신이 즉석에서 하돈 시를 지었는데, 이 때문에 천하에 문명으로 이름을 떨치게 되었다고 한다.

이 시에서 언급한 퇴지退之는 당나라 한유(韓愈, 768~824)인데 일찍이 조양(潮陽, 조주潮州)으로 좌천되어 지냈다. 자후子厚는 당나라 유종원(柳宗元, 773~819)인데 유주(柳州, 류저우)로 좌천되어 거주한 적이 있다.

> 매성유가 일찍이 범희문(范希文, 희문은 범중엄의 자)의 좌석에서 하돈을 읊은 시에 "봄 강섬에 물억새 싹 돋아나고, 봄 언덕에 버들개지 날아다니네. 하돈이 이 시절을 맞아, 귀하기가 다른 물고기 새우는 치지도 않네"라고 했다. 하돈은 항상 늦봄에 나타나서 물 위에서 무리 지어 노닐며 버들솜을 먹고 살찐다. 남쪽 지역 사람은 물억새 싹과 함께 국을 끓이는데 가장 맛있는 음식으로 여긴다고 한다. 그래서 시를 아는 자는 (매성유의 시가) "다만 파제(破題, 제목의 의미를 드러내는 것) 두 구절에서 하돈의 좋은 곳을 이미 다 말했다"라고 한다. 성유는 평생 음영(吟詠, 시기를 읊음)에 고심하며 한원고담閒遠古淡을 뜻으로 삼았으므로 그 구사構思가 몹시 어려웠다. 이 시는 술자리 사이에 지었는데 필력이 웅섬雄贍하고 순식간에 완성하여 마침내 절창(絶唱, 뛰어난 시)이 되었다.
>
> 송나라 구양수(歐陽修, 1007~1072), 『육일시화(六一詩話)』 중에서

구양수가 매요신의 하돈 시를 칭송한 글이다. 그런데 하돈이 버들솜을 먹고 살찐다는 말은 사실과 다르다. 하돈은 수서곤충, 어린 물고기, 새우, 다른 물고기 알 등을 먹는다. 그러나 후세의 하돈 시에 유화(柳花, 버들개지), 유서(柳絮, 버들솜) 등이 상투적으로 등장하는 것에 구양수의 이 글도 한몫했다고 짐작한다.

죽음과 바꿀 수 있는 하돈의 맛

중국 요리 동파육東坡肉의 개발자로 유명한 동파 소식은 미식가였다. 그는 진귀한 과일이나 식품에 관심이 많아서 시문으로 언급한 것이 적지 않다. 하돈도 그중의 하나이다.

> 동파가 자선당資善堂 안에서 하돈의 맛을 몹시 칭송했다. 여원명呂原明이 그 맛이 어떤지를 물으니, 대답하기를 "다만 한 번 죽을 만하다"라고 했다. 이공택李公擇 상서尚書는 강좌江左 사람인데 하돈을 먹지 않았다. 일찍이 말하기를 "하돈은 충신과 효자가 마땅히 먹지 않는 것이다"라고 했다. 어떤 사람이 두 사람의 말로써 나에게 질문했다. 내가 말하기를 "동파의 말은 진미를 알았다고 할 만하며, 공택의 말은 의리를 알았다고 할 만하다"라고 했다.
>
> 송나라 오증(嗚曽), 『능개재만록(能改齋漫錄)』 중에서

자선당은 송나라 인종仁宗이 왕자들의 독서를 위해 만든 독서당이다. 소식은 이곳에서 여러 사람과 담화 중에 하돈을 목숨을 걸 만한 진미라고 했다. 소식의 이 말은 훗날의 호사가들에게 두고두고 논란거리가 되었다.

> 옛말에도 있으니, "고기를 먹는데 말의 간을 먹지 않은 것은 그 맛을 몰라서가 아니다"라고 했습니다. 어찌 유독 생선을 먹는데 하돈을 먹지 않은 것이 큰 결함이겠습니까? 이른바 "하돈은 한 번 죽을 만하다"

「어하도(魚鰕圖)」, 조정규(趙廷奎, 1791~?), 조선, 이화여자대학교박물관 소장
자가 성서(聖瑞), 호는 임전(琳田)이다. 구한말 화가 조석진(趙錫晉)의 조부이다.
조정규는 화원으로서 물고기와 게 그림으로 유명했다.
이 그림은 물고기와 새우를 그린 것이다.

라고 한 것은 참으로 경박한 논의일 뿐입니다. 왼손으로 천하의 판도版圖를 받고 오른손으로 스스로 목을 찌르는 것은 어리석은 사람도 하지 않을 것입니다. 천하의 큰일에 오히려 내 한 죽음을 바꾸지 않고, 하돈이 무슨 큰일이라고 "내 한 죽음에 해당한다"라고 말합니까? 나는 맹자孟子가 "삶도 내가 바라는 것이고, 의리도 내가 바라는 것인데 두 가지를 함께 얻을 수 없다면 삶을 버리고 의리를 취하는 것이다"라고 한 말은 들었지만, "물고기도 내가 바라는 것이고 삶도 내가 바라는 것인데 삶을 버리고 물고기를 취한다"라고 한 말은 듣지 못했습니다.

조선 이학규(李學逵, 1770~1835), 『낙하생집(洛下生集)』, 「답하다(答)」

어떤 사람이 이학규에게 "하돈은 한 번 죽을 만하다"라는 소식의 말에 대해 질문했는데 이에 대한 답변이다.

문사의 농담 같은 말에 맹자를 동원하여 진지하게 반박한 것이 좀 우습기도 하다. 소식의 말은 그저 하돈의 진미를 강조한 것에 불과하리라. 아무리 최고의 미식가라는 소식일지라도 자신의 소중한 목숨을 하돈의 맛과 정말 바꿀 수 있겠는가?

하돈의 독

하돈은 원래 강으로 올라오는 복어를 지칭하는 이름이지만, 바다에서 나는 모든 복어를 가리키는 총칭이기도 했다. 복어의 독은 테트로도톡신tetrodotoxin으로 알칼로이드류에 속한다. 그 독성은 청산가리의 1000배 정도로 강하다고 한다. 그래서 소량의 독으로도 목숨을 잃을 수 있다.

복어에 대한 많은 정보를 밝혀낸 요즈음도 그 독에 중독된 사건이 심심찮게 뉴스에 오르곤 한다. 그 옛날에는 이런 사건이 지금보다 훨씬 더했을 것이다. 그래서 동아시아 옛 시문에는 복어의 독을 경계하는 내용이 적지 않다.

북송 증공(曾鞏, 1019~1083)의 시 「금릉에서 처음 하돈을 먹고 장난삼아 짓다[金陵初食河豚戲書]」, 남송 범성대의 시 「하돈탄河豚歎」과 진부량(陳傅良, 1137~1203)의 부 「하돈을 경계하는 부[戒河豚賦]」, 명나라 오관(吳寬, 1435~1504)의 시 「친구가 하돈을 먹고 병이 나서 죽었다는 소식을 듣고[聞友人食河豚病發而卒]」, 조선 김구주(金龜柱, 1740~1786)의 시 「이 해에 큰 기근이 들어서 섬 주민 중에 굶주림의 고통을 참지 못하고 일가족 네 명이 스스로 하돈 알의 독을 먹고 죽었다. 소식을 듣고 몹시 슬퍼서 장편 한 수를 지어서 그 원통함을 서술했다[歲大饑, 島民有不忍飢苦, 一家四口, 自食河豚卵毒以死者. 聞甚惻傷, 賦得一長篇, 爲述其寃]」와 이덕무(李德懋, 1741~1793)의 시 「하돈탄」 등은 모두 복어의 치명적인 독성을 경계하고 그로 말미암은 죽음을 언급했다.

일본은 도요토미 히데요시가 임진왜란 때 조선에 출병할 병사들이 하돈을 먹고 죽는 사건이 이어지자 하돈을 먹지 말라는 금지령을 내렸다고 한다. 이후 300년 동안 하돈의 식용이 금지되었다가 근세에 이토 히로부미가 하돈의 맛에 반하여 그 금지령을 해제했다고 한다

하돈도 또한 물고기라고 하는데	河豚亦稱魚
독이 있고 비늘은 없네	有毒且無鱗
근심은 참으로 큰일에 있지 않으니	患固不在大

물고기 먹으면 물고기가 사람을 죽인다네	食魚魚殺人
어찌 그릇 안에	豈知杯棬內
잠복한 화난이 도검과 같은 줄 알았으랴	伏禍刀劍均
성왕께서 그물을 제작하여	聖王作網罟
가르침 편 것이 어찌 어지심이 아니랴	設教寧匪仁
구복을 채우는 건 본래 보양을 위함인데	口腹本爲養
도리어 그 자신을 죽게 했네	反以喪其身
예측할 수 없이 서로 해치니	冥冥相賊害
보복이 순환되는 듯하네	報復若環循
산에서는 이리 호랑이의 포악이 근심되고	山虞狼虎暴
물에서는 교룡 악어의 노함이 두렵네	水畏蛟鰐嗔
아 죽음이 여러 가지이니	嗚呼死多門
산 자는 오래 괴로워하네	生者永酸辛

조선 이민구(李敏求, 1589~1670), 『동주집(東州集)』, 「이웃집 아이가 하돈을 먹고 갑자기 죽었다[隣兒食河豚暴亡]」

이웃집 아이가 하돈을 먹고 급사한 것을 애도한 시이다. 이웃의 시인도 이처럼 슬퍼하는데 아이의 부모 마음은 어떻겠는가?

늦봄 강물이 오르니	晩春江水漲
언덕 복사꽃 싹이 부드럽네	岸上桃芽軟
소곡주 한 잔 마시니	一酌小麯酒
하돈의 맛이 가장 좋네	河豚味最善

어떤 이는 먹어서는 안 된다 하며	或言食當忌
독이 뱀이나 드렁허리 같다 하네	毒比蛇與鱔
일찍이 선성지를 보니	嘗見宣城志
주민은 달콤한 젖처럼 빨아 먹는다네	土人甘乳吮
동파 노인은 양주 수령을 할 때	坡老守楊州
매일 먹으며 다시 가리지 않았네	日喫不復選
물쑥과 용뇌향을 합하고	蔞蒿合龍腦
기름장과 소고기를 섞으니	油醬雜牛臠
어찌 생명을 해치겠는가	豈云傷性命
내장의 화도 또한 얕다네	中藏禍亦淺
다만 간과 알을 제거하고	但去肝與卵
더욱 검은 반점 복어를 꺼리네	尤忌有黑瘢
노한 이빨은 쇠뇌의 화살 같고	怒牙比弩矢
부푼 배는 가시를 벌려 놓았네	忿腹張鬚鬈
물속에 그물을 치지 말고	水底休設網
당상의 소반에 올리지 마오	堂上戒登盤
오직 신중히 선택해야 하는데	惟應愼所擇
어찌 진수성찬을 버릴 수 있겠는가	何能捨珍餐
비록 그렇지만 자고의 시에서	雖然子固詩
고기 먹을 때 말의 간을 버리라 했고	食肉遺馬肝
아름다움에는 추악함이 또한 있다 하니	美則惡亦稱
위험을 멀리하면 마음 절로 편안하다네	遠危心自安

조선 남공철(南公轍, 1760~1840), 『금릉집(金陵集)』, 「하돈」

소곡주小麯酒는 지금까지 전래하는 유명한 전통술이다. 충청도 한산韓山 소곡주가 지금도 명성을 유지하고 있다.

드렁허리는 예전에 논에 많이 살았던 장어처럼 긴 물고기이다. 그 모양이 뱀처럼 생기고 논둑을 뚫어놓는 통에 농부에게 미움을 많이 받았다. 중국과 동남아에서는 비싼 음식 재료로 쓰인다. 드렁허리에게 독이 있다는 것은 사실이 아니다.

선성(宣城, 쉬안청)은 중국에서 하돈의 산지로 유명했던 곳이다.

동파 노인은 소동파인데 양주 자사刺史를 지내면서 하돈 요리를 즐겼다고 한다.

물쑥과 용뇌향은 하돈의 독성을 해소한다고 하여 중국에서 하돈 요리에 많이 쓰였다. 기름장과 소고기를 섞어서 하는 하돈 요리는 조선의 방식이었던 것 같다.

자고 시子固詩는 송나라 증공의 시를 말한다. 자고는 증공의 자이다. 그의 시에서 "고기를 먹는데 말의 간을 버리는 것은 맛을 알지 못해서가 아니네. 물고기를 먹는데 반드시 하돈이어야 한다는데, 이 이치가 과연 무엇인가[食肉遺馬肝, 未為不知味. 食魚必河豚, 此理果何謂]"라고 했다.

하돈의 맹독은 본래 인간을 해치고자 한 것은 아니다. 그 독에 중독되는 것은 오로지 인간의 선택일 뿐이다. 하돈을 먹을 것인가, 말 것인가? 사람 각자의 취향일 뿐이다.

「거범도강」, 신윤복, 조선, 간송미술관 소장

광진어사 廣津漁舍

섣달 푸른 강에 천둥이 친 후	臘月滄江雷怒餘
구름 물결치는 강섬에 풀도 없는데	雲波洲渚莽空虛
배 안의 어린애는 눈발을 겁내지 않고	舟中小兒不畏雪
종일 짧은 옷차림으로 물고기 잡으러 다니네	終日短衣行捕魚

조선 홍세태(洪世泰, 1653~1725), 『유하집(柳下集)』

●

자가 도장(道長), 호는 창랑(滄浪) · 유하(柳下)이다. 중인 신분으로 제술관과 의영고주부(義盈庫主簿)를 지냈다. 당시 최고의 시인이었으나 신분 때문에 불우했다.
광진(廣津)은 한강 광나루이다.

어부음漁父吟

대삿갓 쓴 어옹이 아침에 나가니	箬笠漁翁朝出去
홀로 머문 외로운 개가 사립문을 지키네	獨留孤犬守柴門
작살로 큰 물고기 등을 찌르고자	挺叉欲刺長魚脊
먼저 강신에게 제사 올리려 돼지를 잡네	先賽江神殺一豚

조선 정기안(鄭基安, 1695~1767), 『만모유고(晩慕遺稿)』

●

자가 안세(安世), 호는 만모(晩慕)이다. 대사간 등을 지냈다.

민물고기의 제왕 쏘가리

쏘가리의 별칭

쏘가리(학명 *Siniperca scherzeri*)는 농어과의 민물고기이다. 황색 바탕에 갈색 얼룩점이 온몸을 덮고 있는데 그 무늬가 표범과 같다. 이 무늬는 햇살이 맑은 날 강물의 바닥에 어른댈 때 생기는 것과 같다. 이는 쏘가리의 보호색인 것이다.

쏘가리의 모양은 머리로부터 등까지 유선형으로 매끈하고 길며, 상하로 넓적하다. 등지느러미에 여러 개의 가시가 있어서 잘못 만지면 사람을 쏘아서 쏘가리라는 이름을 얻었다. 그 서식지는 주로 맑은 강 중류의 물살이 세고 바위와 자갈이 많은 곳이다. 바위 밑이나 돌 사이에서 단독으로 생활하고 새우나 작은 물고기를 잡아먹는 육식성이며 주로 밤에 활동한다. 오월과 유월 사이에 알을 낳고, 겨울에는 깊은 물 속의 바위틈에서 겨울잠을 잔다. 다 자란 성체는 길이가 50센티미터에 이르고, 간혹 60센티미터를 넘는 대형이 있다.

쏘가리는 옛날부터 그 모양이 범상치 않아서 시문과 그림의 소재가 되었고, 그 회와 탕이 맛있어서 사람들의 사랑을 받아온 물고기이다. 그래서 세속에서는 민물고기의 제왕이라 부른다.

쏘가리의 한자 이름은 궐어鱖魚라고 한다.

> 소갈이 : 몸은 옆으로 납작하고, 배가 넓고, 입이 크고, 비늘은 잘며, 황색 바탕에 무늬가 있고, 피부는 두껍고, 육질은 단단하다. 등지느러미에 가시가 있어서 사람을 찌른다. 여름에는 돌 틈에 숨고, 겨울에는 진흙 속에서 지낸다. 늦봄에 도화수가 이를 때가 쏘가리가 살찔 시기이다. 일명 계어罽魚라고 하는데, 반점 무늬가 그물 같기 때문이다. 일명 수돈水豚이라 하는데, 그 맛이 돼지고기처럼 맛있기 때문이다. 우리나라 사람들은 금린어錦鱗魚라고 한다.
>
> 서유구, 『전어지』 중에서

서유구의 위 『전어지』 기사는 모두 중국 문헌에서 이미 서술한 내용이다. 다만 우리나라 사람들은 쏘가리를 금린어라고 부른다는 것만 새로울 뿐이다.

도화수는 삼월의 강물을 말한다. 『구주기九洲記』에 "정월은 해동수解凍水이고, 이월은 백빈수白蘋水이고, 삼월은 도화수이다"라고 했다.

금린어 : 산 고을에는 모두 있는데 양근楊根의 것이 가장 좋다. 처음 이름은 천자어天子魚였다. 동규봉董圭峯이 먹고는 맛이 좋아 이름을 물으니 통역관이 창졸간에 금린어라고 대답했는데 모두 좋다고 하였다.

허균, 『성소부부고』, 「도문대작」 중에서

허균이 금린어라는 이름의 유래를 설명한 글이다. 양근은 지금의 경기도 양평군이다. 동규봉은 명나라 사신 동월(董越, 1430~1502)이다. 1488년(성종 19)에 조선에 사신으로 왔다. 동월이 쏘가리를 먹고 맛있어서 이름을 물어보았는데, 통역관이 당황하여 금린어라고 대답하는 바람에 그것이 이름이 되었다는 것이다. 그러나 이는 사실과 다르다. 금린어는 이미 고려 때도 사용했던 이름이다.

푸른 물결에서 금린어를 낚아 올려 碧波釣出錦鱗魚
가늘게 썬 흰 파로 무치니 붉은 실이 날리네 葱白細和飛縷紅

이색, 『목은집(牧隱集)』, 「암곶음(岩串吟)」

금린어 스무 마리를 錦鱗二十尾
친구가 편지 한 통과 함께 보냈네 故舊一封書

고려 하연, 『경재집(敬齋集)』, 「감찰 유견이 금린어를 보내어 사례하다〔謝兪監察堅送錦鱗魚〕」

이색과 하연은 고려 말에서 조선 초까지 산 인물이다. 이로 보면 금린어가 동봉 때문에 생겨난 이름이 아님을 알 수 있다.

허균은 금린어의 처음 이름이 천자어라고 했다. 이 천자어라는 명칭 또한 고려 때 등장한다. 원천석(元天錫, 1330~?)의 시 「12일 빗속에 정예안이 방문하다[十二日雨中, 鄭禮安來訪]」에서 "술동이에 성현주가 가득하고, 소반에는 천자어가 옆으로 놓여 있네[尊滿聖賢酒, 槃橫天子魚]"라고 했다.

후대 이수광의 『지봉유설』에 "궐어는 지금의 금린어이다. 『본초』에 '배 속의 작은 벌레를 제거하면 더욱 맛있다' 했고, 『양생기요養生紀要』에는 '허虛를 보補하고 위胃를 돕는다. 등 위에는 열두 개의 등뼈가 있는데 독이 사람을 죽일 수 있어서 반드시 모두 제거해야 한다' 했다. 세속에서 전하기를 '천자天子가 좋아해서 일명 천자어라고 한다' 했다"라고 했다.

그런데 허균은 「도문대작」에서는 "궐어 : 서울 동쪽과 서쪽에서 많이 나는데 속칭 염만어廉鰻魚라고 한다"라고 했다. 서유구는 궐어가 금린어라고 했는데, 허균은 이 둘을 다른 것으로 본 것이다. 조선의 여러 문헌을 보면 궐어와 금린어는 모두 쏘가리의 표기로 혼용하고 있다.

천자어, 금린어, 염만어는 쏘가리를 지칭하는 우리만의 용어였다.

궐어는 입이 크고, 비늘이 작으며, 등지느러미가 모두 둥글고, 황색 바탕에 검은 무늬가 있고, 피부는 두껍고, 육질은 단단하여 보통 물고기와 특별히 다르다. 여름철 열기가 왕성할 때는 돌 틈에 숨기를 좋아하는데, 사람이 즉시 잡아낸다. 또 그 얼룩무늬가 더욱 선명한 놈은 수컷이다.

어부가 수컷 한 마리를 줄로 꿰어 개울가에 놓아두면 암컷 무리가 와서 줄을 물어뜯고 끌고 가는데, 끌고 가는 것을 놓지 않으면 잡아낼 수 있다. 이렇게 하면 항상 열 마리 정도를 잡을 수 있다. 말한 이가 옛날 선인仙人 유빙劉憑이 항상 석계어石桂魚를 먹었다고 한다. 지금 이 물고기에게 여전히 궐鱖이라는 이름이 있는데, 아마 바로 그것이 아닌가 싶다.

나원, 『이아익』 중에서

석계어는 천선天仙이 먹던 것으로 여전히 계桂라는 이름이 남아 있다. 궐鱖은 차음借音일 뿐이다. '유수도화流水桃花'는 덕은德隱을 읊어 찬미한 것이다. 『양어경』에 궐어는 입이 크고, 비늘이 잘며[巨口細鱗], 육질은 신선하고, 맛이 좋고, 등은 검고, 얼룩무늬가 있다고 했다. 어떤 사람은 선인 유빙劉憑이 항상 먹어서 계어桂魚라고 이름 지었다고 한다. 지금 이 물고기를 향리의 사람들은 여전히 계桂라는 호칭으로 부른다. 석계어를 『본초』에서는 궐어라고 부르는데, 그 몸이 넘어진[倔蹶] 것처럼 구부릴 수 없기 때문이다. 또 계어罽魚라고 부르는데 그 무늬가 그물을 짠 듯하기 때문이다. 그 맛이 돼지 같아서 수돈이라 부르고, 궐돈鱖豚이라 부른다. 넓적한 모양에 배가 넓고, 입이 크고, 비늘이 잘고, 검은 반점이 있다. 껍질이 두껍고 살은 단단한데, 살 속에는 작은 가시가 없다. 살펴보니 반점의 색이 밝은 놈이 수컷이고, 약간 어두운 놈이 암컷이다. 등에는 지느러미 가시가 있어서 사람을 찌른다.

이정비李廷飛의 『연수서延壽書』에 "궐어의 등지느러미 가시는 모두 열두 개인데 열두 달에 응하여 매달 한 개의 가시에 독이 생긴다. 사람이 잘못 쏘였을 때는 오직 감람의 씨를 간 물이나, 혹은 감람을 볶아서 흐르는 물에 탄 것을 복용하면 해독할 수 있다. 여름에는 석굴에서 살고 겨울에는 진흙더미에서 지낸다. 물고기 중에서 바닥에 가라앉은 놈이다.

궐어는 성질이 어리석어 사람을 보면 그 지느러미를 세우는데 사람이 두려워할 뿐이다. 또한, 성질이 추위를 두려워한다.

청나라 호세안(胡世安, ?~1663), 『이어도찬전(異魚圖贊箋)』 중에서

쏘가리는 본래 이름이 석계어인데 계桂의 음이 궐鱖과 같아서 궐어가 되었다고 했다. 계어罽魚는 그물 무늬 때문에 생긴 명칭이고, 그 맛이 돼지[豚] 같아서 수돈과 궐돈이라 부르게 되었다고 했다. 그런데 이 돼지는 혹시 하돈(복어)을 말한 것이 아닌가 싶기도 하다.

쏘가리는 선인 유빙이 항상 먹었다고 한다. 천자가 좋아하고 선인이 먹었으니 참으로 귀골의 물고기라고 하겠다.

「후적벽부」의 거구세린

여러 서적에서 공통으로 지적하는 쏘가리의 특징 중 하나는 '거구세린'이다. 거구세린은 역대에 걸쳐 '송강 농어'와 '쏘가리'를 묘사하는데 사용하였던 말이었다.

송나라 소식의 전·후 「적벽부」는 명문으로 유명하다. 그런데 이 명문을 짓고자 천하의 대문장가인 소식도 산더미 같은 초고를 허비했다는 전설이 있다.

그 「후적벽부」에 '거구세린'으로 표현한 물고기가 등장하는데, 후대의 문인들은 이 물고기의 정체를 궁금해했다.

밤마다 비바람에 너른 호수가 어둡지만 連宵風雨暗平湖

적벽의 유람이 어찌 없겠는가 赤壁之遊安可無
현상호의는 도사의 학이고 玄裳縞衣道士鶴
거구세린은 송강 노어이네 巨口細鱗松江鱸
천공이 저녁에 개게 하니 바야흐로 좋고 天公向晩晴方好
반갑고 귀한 손님이 나를 따르니 흥취가 외롭지 않네 佳客從予興不孤
통소 소리에 산죽이 쪼개지고 洞簫一聲山竹裂
소선의 남은 뜻을 이때 다하네 蘇仙餘意此時輸

조선 윤두수(尹斗壽, 1533~1601), 『오음유고(梧陰遺稿)』, 「적벽(赤壁), 有同福[동복에 있다]」

윤두수의 「적벽」이라는 시인데 전남 화순 동복에 있는 적벽에서 지은 것이다. 이 적벽은 맑은 동복천을 끼고 있는 수십 미터 높이의 깎아지른 절벽인데, 예로부터 승경으로 유명했다. 그래서 조선의 유명 문인이 이곳 적벽을 읊은 시가 적지 않다. 윤두수는 전라도 관찰사를 지낸 적이 있으니 그때 지은 것이 아닌가 싶다.

이 시는 소식의 「후적벽부」의 내용을 그대로 인용해놓았다. '현상호의玄裳縞衣'는 검은 치마와 흰 저고리인데 학의 깃털이 검고 흰 것을 형용한 것이다. 「후적벽부」에 "때는 밤이 절반이 지나고 사방을 둘러보니 적막한데 마침 외로운 학이 강을 가로질러 동쪽에서 날아왔다. 날개는 수레바퀴 같고 검은 치마에 흰 저고리 차림으로 끼룩끼룩 길게 소리 내어 울면서 나의 배를 스치며 서쪽으로 날아갔다"라고 했다.

시구에서 '거구세린은 송강 농어이네'라고 한 것은 잘못이다. 「후적벽부」에는 거구세린의 물고기 모양이 송강 농어와 같다고 했을 뿐

「쏘가리」, 이한복(李漢福, 1897~1940), 조선
호는 무호(無號), 초호는 수재(壽齋), 낙관에는 이복(李福)이라 했다.
그림에 적은 '호상지락(濠上知樂)'은 『장자(莊子)』에 나오는 고사를 취한 것이다. 장자가 혜자(惠子)와 함께 호수(濠水) 다리 위에서 노닐 때 피라미가 조용히 노는 것을 보고 물고기가 즐거움을 아는 지에 대하여 서로 변론했다고 한다.

이다. 소선蘇仙은 물론 소식을 말한다.

쪼개진 바위 끊긴 벼랑이 적벽 같아서 裂石斷崖如赤壁
당년의 학사 소식을 속으로 상상해보네 暗想當年學士蘇
거구세린을 새로 그물로 잡아 巨口細鱗新網得
한 술동이로 오직 달과 함께 즐겼다네 一樽惟有月相娛

남송 포수성(蒲壽宬), 「소조가 그린 산수어부도 네 축에 적다(題蕭照畫山水漁父四軸)」

포수성이 남송 화가 소조蕭照의 「산수어부도」에 쓴 시이다.

포수성은 그림 속의 깎아지른 절벽을 보고 적벽을 상상했다. 그리고 적벽에서 노닐었던 소식의 풍류를 생각하며 거구세린을 언급했다.

거구세린 : 곽 씨郭氏의 『이아주爾雅注』에 "쏘가리는 작은 물고기이다. 붕어와 같은데 검다. 세속에서 어비魚婢라고 부르는데, 강동江東에서는 첩어䱜魚라고 부른다"라고 했다.

명나라 팽대익(彭大翼), 『산당사고(山堂肆考)』 중에서

팽대익은 진나라 곽박(郭璞, 276~324)의 말을 인용하여 거구세린을 쏘가리라고 했다.

「후적벽부」에 "그물을 걷어 물고기를 잡았는데 입이 크고 비늘이 작은巨口細鱗 모양이 송강의 농어 같았다"라고 했다. 그런데 많은 사람이 그것이 무슨 물고기인지 알지 못한다. 고찰해보니 곧 쏘가리다. 『광

운廣韻』의 주注에 "쏘가리는 거구세린이다"라고 했고, 『산해경山海經』에 "쏘가리는 거구세린이고, 얼룩무늬[斑彩]가 있다"라고 했다. 이로 보면 동파의 일언일구[一言一句]가 구차한 바가 없음을 알 수 있다"라고 했다.

송나라 주익(朱翌, 1097~1167), 『의각료잡기(猗覺寮雜記)』 중에서

주익은 『광운』과 『산해경』의 기사를 인용하여 「후적벽부」의 거구세린이 쏘가리라고 주장했다. 이는 「후적벽부」의 거구세린을 직접 고증한 사례다. 이밖에도 쏘가리를 거구세린이라고 특정한 기사는 많이 있다. 그러니 주익의 주장은 어느 정도 타당성이 있다고 여겨진다.

복사꽃 흐르는 물에 쏘가리 살찌고

쏘가리는 겨울에는 깊은 물 속 바위틈에서 동면한다. 봄이 오면 비로소 겨울잠에서 깨어나 활동을 시작하는데, 복사꽃이 피면 쏘가리가 살찌는 시기가 된다. 그래서 옛 문인들은 항상 복사꽃과 쏘가리를 함께 읊었다.

복사꽃 잔물결에 쏘가리 살찌고 桃花細浪鱖魚肥

서거정, 『사가집』, 「응천의 고깃배[凝川漁艇]」 중에서

쏘가리는 이미 도화수에서 뛰어오르네 鱖魚已躍桃花水

김종직, 『점필재집』, 「태묘에서 비 맞으며 집에 돌아와 민규 선생이 보내온 시를 보고 차운하여 답하다[自太廟, 冒雨還舍, 覩閔先生奎所惠詩, 次韻以復]」 중에서

배 매어라 배 매어라 복사꽃 흐르는 물에 쏘가리 살쪘네

빅믹여라빅믹여라桃花流水鱖魚肥라

조선 이현보(李賢輔, 1467~1555), 『농암집(聾巖集)』, 「어부가(漁父歌)」 중에서

복사꽃 새 물결에 쏘가리 살찌고 桃花新浪鱖魚肥

조선 구봉령(具鳳齡, 1526~1586), 『백담집(栢潭集)』, 「언소가 화답하여 보인 전운에 다시 별도로 한 운을 보내다〔彥昭和示前韻, 復別寄一韻〕」 중에서

복사꽃 맑은 물결에 쏘가리 살찌고 桃花晴浪鱖魚肥

조선 김상용(金尙容, 1561~1637), 『선원유고(仙源遺稿)』, 「삼구정 팔영(三龜亭八詠)」 중에서

복사꽃 편편이 흘러가니 桃花流片片

바로 쏘가리 살찔 때네 正是鱖魚肥

조선 이민성(李民宬, 1570~1629), 『경정집(敬亭集)』, 「촌거사경(村居四景)·화담관어(花潭觀魚)」 중에서

쏘가리는 복사꽃을 기다리지 않고 살쪘네 鱖魚不待桃花肥

조선 김좌명(金佐明, 1616~1671), 『귀계유고(歸溪遺稿)』, 「백반(白飯)」 중에서

꽃비가 물결에 더하여 쏘가리 살찌우네 花雨添波養鱖魚

조선 김춘택(金春澤, 1670~1717), 『북헌집(北軒集)』, 「다시 화답하다〔又和〕」

천만 점의 복사꽃이 없으니　　不有桃花千萬點
끝내 쏘가리 이름을 저버렸네　　終然辜負鱖魚名
정약용, 『여유당전서』, 「천우기행(穿牛紀行)」 중에서

양화나루 입구 도화수에　　楊花渡口桃花水
금빛 비늘 물고기 절반은 쏘가리이네　　一半金鱗是鱖魚
조선 김조순(金祖淳, 1765~1832), 『풍고집(楓皐集)』, 「양진타어(楊津打魚) 시를 명부 정의에게 주다(贈鄭明府漪)」 중에서

조선 초의 서거정부터 조선 말의 김조순까지 여러 사람의 시구들이다. 수백 년 동안에 걸친 시구들인데 그 내용이 한결같다. 그런데 이것은 작가가 저마다 자연을 잘 관찰하여 얻어낸 창작물이 아니다. 모두 옛날 사詞의 어구를 되풀이했을 뿐이다.

서새산 앞에 백로가 날고　　西塞山前白鳥飛
복사꽃 흐르는 물에 쏘가리 살쪘네　　桃花流水鱖魚肥
푸른 대삿갓 초록 도롱이　　青箬笠綠蓑衣
미풍과 보슬비에도 돌아갈 필요 없네　　斜風細雨不須歸
당나라 장지화(張志和, 743~774), 「어부」 다섯 수 중 한 수

장지화의 「어부」 다섯 수 중의 첫 번째 사詞이다. 바로 이 사가 역대에 걸쳐 인구에 회자하였다. 장지화의 「어부」는 「어가자漁家子」 혹은 「어부사」라고 불린다.

장지화는 『신당서新唐書』 「은일전隱逸傳」에 들어간 인물이다. 즉, 그 시대에 장지화를 은자로 인정했다.

그가 처음부터 은자가 된 것은 아니었다. 『신당서』에 따르면 자는 자동子同이고 초명은 구령龜齡이었는데, 나중에 숙종肅宗이 총애하여 지화라는 이름을 하사했다고 한다. 열여섯 살에 명경과明經科에 합격하여 한림대조翰林待詔가 되고, 좌금오록사참군左金吾錄事參軍이 되었다. 중도에 신중하지 못한 처신으로 죄를 짓고 잠시 귀양을 갔다가 사면을 받았는데, 부모의 상을 당한 것을 계기로 벼슬을 버리고 영원히 은거했다. 태호(타이후 호) 유역의 초계苕溪와 잡계霅溪 일대에서 배를 집 삼아 낚시를 즐기면서 살았다. 호를 연파조도煙波釣徒라고 했는데, 안개 낀 물결 위의 낚시꾼이라는 뜻이다. 연파조수煙波釣叟라고도 하는데, 낚시하는 노인이라는 의미다. 『현진자玄眞子』 열두 권과 『태역太易』 열다섯 권을 저술했는데, 자호를 현진자玄眞子라고 했다.

장지화는 죽은 후 신선으로 편입되었다.

현진자는 성이 장씨이고, 이름은 지화이고, 회계군 산음山陰 사람이다. 박학하고 문장에 능하여 진사進士에 합격했다. 그림을 잘 그리고 술 서 말을 마셔도 취하지 않았다. 본성을 지키고 기를 양성하여[守眞養氣] 눈 위에 누워도 춥지 않고 물에 들어가도 젖지 않았다. 천하의 산수는 모두 유람했다. 노국공魯國公 안진경(顔眞卿, 709~785)이 그와 몹시 친했다. 안진경은 호주 자사湖州刺史였을 때 매일 문객들과 모여서 술을 마셨는데, 창화(唱和, 한쪽에서 노래를 부르면 다른 쪽에서 이어서 부름)하여 「어부사」를 지었다. 그 첫 창화는 곧 장지화의 사였는데, 그 사는 "서새산 앞에 백로가 날고, 복사꽃 흐르는 물에 쏘가리 살쪘네. 푸른 대삿갓 초록 도롱이, 미풍과 보슬비에 돌아갈 필요 없네"라고 했다. 안진경은 육홍점(陸鴻漸, 733~804. 홍점은 육우陸羽의 자), 서사형徐士衡, 이성구李成矩와 함께 이십여 수를 창화하고 차례로 서로 칭찬했다. 장지화는 물감과 비단을 준비하게 하여 경치를 그려 사를 보완하려 했다. 잠깐 동안에 다섯 본本을 그렸는데 화목금어花木禽魚와 산수경상山水景象의 빼어난 자취가 고금에서 비할 바 없었다. 안진경과 여러 객은 돌려가며 감상하고 탄복을 그치지 않았다.

그 후에 안진경이 동쪽으로 평망역平望驛을 유람하는데, 장지화가 술에 취하여 물놀이했다. 자리를 물 위에 펴고 홀로 앉아 술을 마시며 시를 읊었다. 그 자리가 천천히 혹은 빠르게 오가니, 마치 배를 젓는 소리가 나는 듯하고, 또 구름과 학이 따르며 그 위를 덮었다. 안진경은 친한 빈객으로 거기에 참여했다. 보는 사람들이 경이롭게 여기지 않음이 없었다. (장지화는) 물 위에서 손을 휘두르며 안진경에게 사례하고 위로 올라 떠나갔다. 지금도 보물로 전하는 그 그림이 세상에 남아 있다.

남당(南唐) 심분(沈汾), 『속선전(續仙傳)』 중에서

심분의 『속선전』의 기사인데, 장지화를 비선飛仙으로 미화했다. 그것은 장지화가 세속을 떠나 은거하며 도가道家적인 생활을 했으므로 신선 반열에 올린 것이다. 장지화가 친했던 육우는 평생 차를 즐겼고, 『다경茶經』을 지어 다선茶仙이라 불렸다. 안진경도 또한 서화에 정통한 고상한 사람이었다.

장지화의 시가가 후세에 회자한 것은 그의 신선 같은 생애를 후세인이 흠모했기 때문이었다고 생각한다.

연파조수가 되고 싶었던 정약용

연파조수 장지화를 흠모한 사람은 이 땅에도 많았다.

> 원굉도(袁宏道, 1568~1610)는 많은 돈으로 배 한 척을 사서 배 안에 북과 피리, 관현악기와 여러 가지 오락 도구를 갖추어놓고 마음대로 놀다가 이것으로 말미암아 몰락한다 할지라도 후회하지 않겠다고 했다. 이것은 미친 자나 방탕한 자가 할 짓이지, 나의 뜻과는 다르다. 나는 적은 돈으로 배 한 척을 사서 배 안에 어망 네댓 장과 낚싯대 한두 개를 싣고, 솥과 술잔과 소반 등 여러 양생養生의 도구를 갖추고, 방 한 칸을 짓고 구들을 놓고 싶다. 두 아이에게 집을 지키게 하고, 늙은 처와 어린애와 어린 종 한 명을 데리고 부가범택(浮家汎宅, 살림할 수 있는 배)으로 종산鍾山과 초수苕水 사이를 왕래하려 한다. 오늘은 월계粵溪의 깊은 곳에서 물고기를 잡고, 내일은 석호石湖의 구비에서 낚시하고, 또 그다음 날은 문암門巖 여울에서 물고기를 잡는다. 바람을 맞으며 물 위에서 잠을 자니 둥실둥실 물결 속의 오리 같다. 때때로 짧은 노래와 시로 기구하고 소란한 정회를 스스로 펴는 것이 나의 소원이다. 옛사람 중에 이를 실행한 사람이 있으니, 은사隱士 장지화가 이 사람이다. 장지화는 본래 관각館閣의 학사學士였는데 만년에 물러나서 이런 생활을 하며 연파조수라고 자호했다. 나는 그 풍모를 듣고 흠모하여 '초상연파조수지가苕上煙波釣叟之家'라고 써서 공장工匠에게 나무에 새겨서 방牓을 만들게 하여

간직해온 지가 여러 해였다. 장차 내 배에 방을 달려고 한 것인데 '가家'라고 한 것은 부가浮家를 말한 것이다. 경신년(1800, 정조 24) 초여름에 처자를 이끌고 초천苕川의 농막에 와서 막 부가를 지으려고 했는데, 성주(聖主, 임금)께서 내가 떠난 소식을 듣고 내각內閣에 명하여 소환하도록 했다. 아! 내가 어찌하겠는가? 바야흐로 서울로 다시 돌아갈 때 그 방을 꺼내어 유산酉山의 정자亭子에 달아놓고 떠났다. 이것으로써 내가 연연하여 머뭇거리면서도 그 뜻을 차마 고수하지 못했던 까닭을 기록해 놓는다.

장약용, 『여유당전서』, 「초상연파조수지가기(苕上煙波釣叟之家記)」 중에서

정약용은 호화로운 뱃놀이 생활을 하고 싶다는 명나라 원굉도의 말을 비판하고, 자신은 소박한 부가범택을 갖추어 연파조수 장지화처럼 살고 싶다고 했다.

정약용은 자기 뜻을 이루지 못했다. 임금께서 그를 소환했기 때문이다. 결국, 스스로 신선이 되는 길을 포기한 것이다. 그뿐만이 아니었다. 그는 조정으로 소환된 이듬해 1801년에 멀고 긴 유배의 길을 떠나야만 했다. 다시 고향 땅을 밟게 된 것은 1819년이었다.

남자주 옆에 다리 부러진 솥은 걸어놓고	藍子洲邊折脚鐺
청니방의 미나리와 함께 쏘가리를 삶네	靑泥芹共鱖魚烹
이로써 서새산 앞의 늙은이가	是知西塞山前叟
다만 배 안에서 일생을 보냄을 알겠네	只管浮家度一生

정약용, 『여유당전서』, 「연대정십이절구(練帶亭十二絶句)」 중 한 수

「어해도」, 조석진(1853~1920), 조선,
서울대학교박물관 소장
조선 말기의 화가로서 호는 소림(小琳)이다.
장승업의 제자이며, 도화서 화가 조정규의 손자이다.
고종의 초상화를 그렸다.
그림은 쏘가리 2마리와 참게 3마리를 그렸다.

서새산西塞山은 장지화가 배를 타고 은거했던 곳이다. 서새산의 위치는 여러 설이 있지만 지금의 절강성 오흥현吳興縣 경내에 있는 서초계西苕溪 가로 추정된다. 그것은 예전에는 도사기道士磯라고 불렀는데, 물가에 우뚝 솟은 큰 바위산이다.

남자주藍子洲는 정약용의 고향 마을 앞 한강에 있는 모래톱이다. 청니근靑泥芹은 청니방靑泥坊의 미나리를 말한다. 이는 두보(杜甫, 712~770)의 시 「최씨동산초당崔氏東山草堂」의 "식사로는 청니방 아래 미나리를 삶아 놓았네[飯煮靑泥坊底芹]"라는 구를 인용한 것이다. 청니방은 섬서성 남전현藍田縣 청니성靑泥城에 있는 제방이다.

남자주 모래톱에서 솥을 걸어놓고 미나리를 넣은 쏘가리탕을 끓였다. 쏘가리탕을 대하고 보니 문득 서새산 늙은이 장지화가 절로 떠올랐다.

정약용 이외에도 연파조수를 원했던 사람은 많았다.

당나라에서 인재를 육성하여　　皇唐育人才
이백과 두보가 시선을 독차지했네　　李杜擅詩仙
어찌 알았으랴 용호술이　　那知龍虎術
폐격 사이에 가까이 있었음을　　近在肺膈間
두풍이 걸친 노공의 객은　　黃衣魯公客
단지 구전단을 얻었네　　但得丹九還
도화수에 쏘가리 살쪘는데　　桃花鱖魚肥
서새산은 봄추위가 심하네　　西塞重作寒

남효온, 『추강집』, 「병풍십영(屛風十詠) · 서새조어(西塞釣魚)」

조선 초 생육신의 한 사람인 남효온이 열 폭 병풍 그림에 적은 시 중의 한 수이다. 서새산에서 낚시하는 현진자 장지화를 읊은 것이다.

시에서 언급한 노공魯公은 노국공 안진경이고, 도롱이 걸친 객은 현진자 장지화이다.

남효온이 시를 적은 열 폭 병풍에는 연꽃을 구경하는 주돈이를 그린 「염계상련濂溪賞蓮」, 동쪽 울타리에서 국화를 꺾는 도연명을 그린 「동리채국東籬採菊」, 눈 속에서 나귀를 타고 매화를 찾는 맹호연(孟浩然, 689~740, 호연은 맹호孟浩의 자)을 그린 「설중기려雪中騎驢」, 서호에서 매화를 감상하는 임포를 그린 「서호완매西湖玩梅」, 적벽에서 뱃놀이하는 소동파를 그린 「적벽승주赤壁乘舟」 등의 그림이 있었다. 이 그림 속 인물들은 모두 고사(高士, 속세를 떠나 살며 세속에 물들지 않은 인격이 높고 성품이 깨끗한 선비)라고 할 만한데 그중에 장지화도 있다.

나는 어려서부터 장지화와 육구몽의 사람됨을 너무 사랑했다. 현진자 연파조수의 시와 육구몽의 어구漁具를 노래한 시를 항상 잠자리에서도 차마 손에서 놓지 못했다. 참으로 이른바 "선생의 풍도(風度, 풍채와 태도)는 산처럼 높고 물처럼 길다"라고 한 것과 같다. 포희씨(包羲氏, 복희씨伏羲氏)가 백성에게 사냥과 물고기잡이를 가르친 이후 어부 중에 고명한 사람으로는 자아(子牙, 자아는 강태공姜太公의 본명)와 자릉(子陵, 자릉은 엄광嚴光의 자) 이외에 오직 이 장지화와 육구몽 두 사람뿐이다. 평생 하고 싶은 것은 먼저 한 척 두각선荳殼船을 만들어 거적을 덮고 수레를 매달아, 밤낮으로 바람 부는 파도와 아득한 아지랑이 사이에서 둥실 떠다니는 것인데, 자나 깨나 그 생각을 잊지 못했다.

이규경(李圭景, 1788~?), 『오주연문장전산고(伍洲衍文長箋散稿)』, 「어구변증설(漁具辨證說)」 중에서

이규경은 평생 벼슬에 나가지 않고 오로지 저술에만 전념했던 실학자이다.

그는 장지화와 육구몽의 인품人品을 사랑하여 그들처럼 콩깍지만 한 작은 배를 장만하여 평생 바람 부는 파도와 아득한 아지랑이 사이에서 노닐고 싶어 했다. 자나 깨나 그 생각을 잊지 못했다고 하니 참으로 간절한 소원이었던 모양이다.

쏘가리 그림 궐어도

옛 그림에는 쏘가리를 그린 것이 많다. 그 그림에는 으레 복사꽃을 함께 그려 놓고, 장지화의 「어부사」 구절 '도화유수궐어비'를 화제畵題로 써놓곤 한다.

조용진은 『동양화 읽는 법』에서 옛 그림 속 쏘가리의 의미를 설명하기를 "궐闕과 독음이 같은 쏘가리가 있는 그림은 '과거에 장원급제하여 대궐에 들어가 벼슬살이하다'라는 뜻이 된다"라고 했다. 또 "또한, 쏘가리는 반드시 한 마리만 그리는 것이 원칙이다. 두 마리를 그리면 대궐이 둘이라는 것이 되고 이러면 임금이 둘이라는 뜻이 되므로 분명한 모반죄가 된다"라고 했다.

쏘가리를 그린 궐어도鱖魚圖는 장지화의 「어부사」의 영향으로부터 시작되었다고 말해도 지나치지 않을 것이다. 남송 때 화원대조畵院待詔

를 지낸 전광보錢光普의 「도화유수궐어도桃花流水鱖魚圖」는 동아시아 최초의 궐어도라고 짐작하는데, 바로 장지화의 「어부사」에서 한 구절을 화제로 삼았다. 따라서 쏘가리는 장지화의 속세를 떠나 은자로 사는 삶을 상징한다고 하겠다.

복사꽃 흐르는 물에 쏘가리 많고　桃花流水鱖魚多
서새산 어옹의 도롱이 삿갓 비껴 있네　西塞漁翁蒻笠斜

조선 남용익(南龍翼, 1628~1692), 『호곡집(壺谷集)』, 「청릉이 약속하고 오지 않아서 급히 차운하여 보이다(靑陵有約不來, 走次示韻)」 중에서

쏘가리가 반찬에 오르니 복사꽃 따뜻한데　鱖魚入饌桃花暖
어찌 인간 세상의 시비에 관여하랴　肯關人間有是非

조선 이진망(李眞望, 1672~1737), 『도운유집(陶雲遺集)』, 「서울로 들어가서 원 어른의 암강 한가한 거처에 부치다(入京, 奉寄元丈巖江閑居)」 중에서

쏘가리 노는 흐르는 물에 낚시하는 객은　鱖魚流水垂綸客
풍진 세상에서 한 벼슬을 구함을 부끄러워하네　羞向風塵要一官

조선 심육(沈錥, 1685~1753), 『저촌유고(樗村遺稿)』, 「원미의 「마당 앞 작은 복숭아나무」 시에 차운하다(次元美韻庭前小桃)」 중에서

위는 모두 조선 문사의 시구인데 쏘가리가 속세를 떠난 강호를 상징함을 알 수 있다. 이것이 어떻게 벼슬하고자 하는 욕망을 대변한다고 하겠는가?

조선 후기 어해도(魚蟹圖, 물고기와 게를 그린 그림)로 유명한 옥산玉山 장한종(張漢宗, 1768~1815)의 궐어도는 복사꽃이 흘러가는 물결에 네 마리 쏘가리가 그려져 있고, 오원吾園 장승업(張承業, 1843~1897)의 궐어도에는 세 마리 쏘가리가 그려져 있다.

조용진의 설명대로라면 쏘가리는 대궐과 벼슬을 상징하므로 한 마리만 그려야 하고, 두 마리를 그리면 반역이 된다고 했다. 그렇다면 서너 마리씩 그린 화가는 서너 번씩 능치처참을 당해야 마땅할 것이다. 그러나 그런 일은 한 번도 없었고, 또 애초에 일어날 일도 아니었다. 왜냐하면, 옛사람이 쏘가리를 시로 읊고 그림으로 그린 것은 대궐의 벼슬길을 마다하고 강호로 떠나 은거했던 장지화의 삶을 동경해서였을 뿐이기 때문이다.

청나라 양주팔괴揚州八怪 중의 한 사람인 변수민(邊壽民, 1684~1752)의 궐어도는 수묵 농담水墨濃淡으로 쏘가리 한 마리를 그렸는데, 그 제화시는 다음과 같다.

봄물 넘치는 강남의 버드나무 물굽이에	春漲江南楊柳灣
쏘가리가 푸른 물결 사이에서 발랄하네	鱖魚潑剌綠波間
상강의 어종인지 모르겠는데	不知可是湘江種
상비가 피눈물 흘린 대나무 반점을 띠고 있네	也帶湘妃淚竹斑

상강(湘江, 샹장)은 중국 호남성湖南省 장사長沙에서 동정호(洞庭湖, 둥팅 호)로 흘러드는 소상강瀟湘江이다. 상비湘妃는 순舜임금의 두 비妃인 아황娥皇과 여영女英이다. 순임금이 죽자 두 비가 슬피 울어 떨어진 피눈물

이 대나무에 얼룩져서 반죽斑竹이 되었다고 하는데, 이를 소상반죽瀟湘斑竹이라 한다. 또 두 비는 상수(湘水, 샹장)에 투신하여 상수의 신인 상비가 되었다고 한다.

쏘가리의 알록달록한 반점을 상비가 흘린 피눈물이 묻은 소상반죽의 얼룩무늬로 상상한 것은 새로운 발상이라 하겠다. 이로써 쏘가리는 신화 속의 물고기로 승격했다.

우리나라의 황쏘가리

우리나라 쏘가리와 중국 쏘가리는 그 모양이 다르다. 그 종이 다르기 때문이다. 우리나라 쏘가리는 몸 전체가 부드러운 곡선의 유선형이지만, 중국 쏘가리는 상대적으로 등이 높이 솟아 있다. 중국에도 우리나라와 같은 종이 있는데, 이를 반궐斑鱖이라 부른다.

우리나라의 궐어도 중에 쏘가리의 등이 과장되게 솟아 있는 그림은 아마 중국 그림을 베낀 것이 아닌가 싶다.

쏘가리는 겨울에 동면한다. 온도가 영하로 떨어지면 큰 바위 밑이나 절벽 틈에서 긴 겨울잠을 잔다. 이 3~4개월 동안 아무것도 먹지 않고 봄이 와서 얼음이 풀리기를 기다리는 것이다.

내가 동면하는 쏘가리를 처음 본 것은 장성 황룡강에서였다. 내 부친께서 어느 겨울에 살얼음이 덮인 강물 속으로 잠수하여 겨울잠에 빠져 있는 쏘가리를 두 마리나 잡아냈다. 자신의 젊은 시절 물고기 잡는 솜씨를 어린 아들에게 자랑스럽게 보여주고 싶었으리라. 물 밖으로 잡혀 나온 쏘가리는 나무토막처럼 꼼짝도 하지 않았다.

「어해」, 장한종(張漢宗, 1768~1815), 조선, 국립중앙박물관 소장
자가 광수(廣叟), 호는 옥산(玉山), 열청재(閱淸齋)이다. 화원 출신으로 어해도를 특히 잘 그렸다. 조선 최고의 물고기 화가로 평가된다.

쏘가리가 겨울잠에서 깨어나려면 수온이 영상을 유지해야 하고, 왕성하게 먹이 활동을 하며 낚싯바늘을 물려면 수온이 적어도 10도 이상은 되어야 한다. 그때가 옛사람이 말한 복사꽃이 뜬 도화수가 흐르는 봄철이다.

황쏘가리(학명 *Siniperca scherzeri*)는 오로지 우리나라에서만 사는 특산종이다. 쏘가리와 같은 모양이지만 몸통의 색깔이 황금색이라서 붙여진 이름이다. 황쏘가리는 쏘가리가 백화현상을 일으킨 종으로 파악된다. 그래서 황쏘가리는 치어일 때는 일반 쏘가리의 얼룩무늬를 띠는데 성장하면서 얼룩무늬가 옅어지거나 완전히 사라진다. 색깔도 황금색, 붉은색, 검은색을 띤 황금색 등 다양하다. 황쏘가리는 1000마리의 쏘가리 중에서 한 마리 정도의 비유로 생겨난다고 하고, 북한강, 남한강, 한강, 임진강에서만 발견되는 희귀종이다. 그래서 천연기념물 190호로 지정되었다.

옛 문헌에는 황쏘가리에 대한 기록이 전혀 없다. 허균의 「도문대작」에서 금린어와 궐어를 따로 기록했는데, 혹시 황쏘가리를 금린어로 기록한 것은 아닌지? 요즘 황쏘가리는 관상용으로 인기가 많다고 한다. 황쏘가리가 사랑을 받는 것은 환영할 일이나, 그로 말미암아 자연산 희귀종을 남획하지 않았으면 한다.

어부

부가범택에서 평생을 보내며	浮家泛宅送平生
밝은 달빛 아래 조각배가 동정호를 지나네	明月扁舟過洞庭
행단 위에서 부자의 말을 듣지 않고	壇上不聞夫子語
소택 가로 와서 술 깨어 있는 굴원을 비웃네	澤邊來笑屈原醒
바람 앞에서 작은 피리 불며 가을 포구로 돌아가고	臨風小笛歸秋浦
비 맞으며 찬 도롱이 걸치고 저녁 물가로 향하네	帶雨寒蓑向晩汀
마땅히 세상 사람들이 일 좋아함을 비웃으니	應笑世人多好事
몇 번이나 나를 그려서 병풍으로 만들었던가	幾廻將我畫爲屛

고려 임춘(林椿), 『서하집(西河集)』

●

고려 중기의 문인으로, 자는 기지(耆之), 호는 서하(西河)이다. 무신의 난 때 집안이 몰락하여 벼슬에 나아가지 못했다. 이인로(李仁老)와 오세재(嗚世才) 등과 더불어 죽림고회(竹林高會)의 한 사람이었다.

부가범택은 살림을 할 수 있는 배이다. 배를 집으로 삼는 것이다. 당나라 장지화의 고사를 취했다. 동정호(둥팅 호)는 중국 호북성(湖北省) 북동부에 있는 큰 호수이다.

『장자(莊子)』에 "공자(孔子)가 치유(緇帷)의 숲에서 노닐고 행단(杏亶)의 위에 앉아서 쉬었는데, 제자들은 글을 읽고 공자는 거문고를 타며 노래를 불렀다. 한 어부가 배에서 내려와서 그 노래를 들었다"라고 했다.

굴원(屈原)의 「어부사」에 어부가 굴원에게 홀로 술에 깨어 있지 말고 세상 사람들과 함께 술에 취해 어울리라고 충고했다고 했다.

가난한 선비와 백성의 물고기 청어

고려 이색이 좋아한 물고기

우리 문헌에 청어青魚가 처음 등장한 것은 다음의 시가 아닐까 싶다.

쌀 한 말에 청어가 스무 마리 남짓인데	斗米青魚二十餘
흰 주발에 삶아오니 채소 소반을 비추네	烹來雪椀照盤蔬
세상의 진미를 구한다면 마땅히 많으리니	人間儁求應多物
산 같은 흰 파도가 허공을 치는 곳이리라	白浪如山擊大虛

이색, 『목은고』, 「청어를 읊다[賦青魚]」

고려 말 이색이 청어를 읊은 시이다. 쌀 한 말에 청어가 스무 마리 남짓이라 했으니 참으로 비싼 가격이 아닐 수 없다.

허균의 「도문대작」에 "청어는 네 종류가 있다. 북도北道에서 나는 것은 크고 배 속이 희고, 경상도에서 나는 것은 피부가 검고 배 속이 붉고, 호남의 것은 약간 작고, 해주에서 잡히는 것은 2월에 바야흐로 오는데 맛이 아주 좋다. 예전에는 매우 흔했으나 고려 말에는 쌀 한 되에 마흔 마리밖에 주지 않아서 목로(牧老, 목은 이색)가 시를 지어 슬퍼했다. 세상이 어지럽고 나라가 황폐해져서 모든 물건이 시들어 없어졌으므로 청어도 또한 드물어진 것을 말한 것이다. 명종 이전에는 또한 쌀 한 말에 쉰 마리였는데 지금은 완전히 없어졌으니 괴이하다"라고 했다.

허균의 글에서도 고려 말에 청어가 고가였음을 지적하고 있다. 그리고 허균이 살았던 당시에는 청어가 전혀 생산되지 않았음을 알 수 있다. 청어는 고려 때부터 주요 식용어였는데, 중간에 생산이 감소하여 값이 폭등하였고, 또한 완전히 생산이 중지되기도 했었다.

서해 청어는 흔한데	西海青魚賤
동해 자해는 희귀하네	東溟紫蟹稀

이색, 『목은고』, 「잔생(殘生)」 중에서

달력은 하루 생활의 밑천이고	黃曆資日用
청어는 아침 반찬을 돕네	青魚助晨飧

이색, 『목은고』, 「김공립이 달력을 보내고 또 청어를 보냈다(金恭立以曆日相送, 且饋青魚)」 중에서

「어촌석조도(漁村夕照圖)」, 안견(安堅, ?~?), 조선, 국립중앙박물관 소장
자가 가도(可度) 또는 득수(得守), 호는 현동자(玄洞子) 또는 주경(朱耕)이다. 조선 초 세종과 세조 때의 화원으로 「몽유도원도」가 유명하다.

향기로운 술동이의 새 술을 따르고　　芳樽傾綠蟻
생선 요리로 청어를 구웠네　　鮮食炙靑魚

이색, 『목은고』, 「한평재가 술을 들고 방문한 것에 사례하다[謝韓平齋携酒見過]」 중에서

고려 말 청어의 값이 고가였는데도 이색은 무척 청어를 좋아했었나 보다. 그 옛날부터 청어는 밥반찬과 술안주로 맛 좋은 생선이었음이 틀림없다.

청어가 남해에서 생산되는데　　靑鮮南海産
강어귀에 천 척 배가 들어오네　　江口入千艘
알은 황금 같은 좁쌀을 품었고　　卵抱黃金粟
창자엔 백설 같은 기름이 엉기었네　　腸凝白雪膏
구우면 맛있는 반찬으로 권할 만하고　　炙宜餤美飯
말리면 진한 술안주로도 좋네　　乾可飮香醪
품질이 좋기가 이와 같은데　　品貴能如此
평소에 값이 비쌀까 매우 걱정이네　　偏憂素價高

이응희, 『옥담시집』, 「청어」

조선 이응희의 시인데, 역시 청어를 반찬과 술안주로 좋다고 했다. 이때는 그 가격도 저렴했던가 싶다.

청어의 별칭

청어(학명 *Clupea pallasii*)는 푸른 물고기라는 뜻이다. 우리 옛 문헌에는 청어青魚와 함께 청어鯖魚, 혹은 벽어碧魚라는 용어가 쓰였는데 역시 같은 의미이다.

> 청어(비웃) : 청어는 색이 청색이어서 이름 지은 것이다. 『도경본초圖經本草』에 "청어는 강과 호수에서 살고, 잡는 데 정해진 때가 없다. 산천어[鯇]와 같으면서 등은 정청색正青色이다. 머리 안에는 침골枕骨이 있는데, 쪄서 말리면 색이 호박琥珀 같고, 구워서 두들겨 주기(酒器, 술그릇)나 빗을 만들 수 있다"라고 했다. 『본초강목』에는 "청青은 또한 청鯖으로 적는데, 색으로써 이름 지은 것이다"라고 했다. 이것이 『본초』에 실린 청어이다. 우리나라 청어는 이와 달라서 강과 호수에서 생산되지 않는다. 겨울에 관북關北의 해양에서 생산되고, 겨울 말과 봄 초에는 동해를 따라 남쪽으로 이어져 영남嶺南의 해양에 이르러 그 생산은 더욱 많아진다. 또 서쪽으로 이어져 해서의 해주 앞바다에 이르면 더욱 살찌고 맛있어진다. 그 행렬은 천만 마리가 무리를 이루고 조수를 따라 떼를 지어 오고, 삼월이 되면 그친다. 『본초』의 청어와 이름은 같지만 실질은 다르다. 그래서 『동의보감東醫寶鑑』의 주석에 "『본초』의 청어는 우리나라의 청어가 아니다"라고 했다. 오직 『화한삼재도회和漢三才圖會』에 "청어鯖魚는 모양이 산천어와 같으면서 비늘이 작고, 큰 놈은 한 자 서너 치 정도이다. 등은 정청색인데 중간에 창흑색蒼黑色의 작은 얼룩무늬가 먹줄[纚纆]을 친 것 같다. 그러나 꼬리 주변은 둘씩 서로 마주하여

가시 지느러미가 있다. 그 육질은 달고 약간 신데, 쉽게 물러져서 하룻밤이 지난 것은 사람을 취하게 한다. 사월 중에는 수만 마리가 물결에 표류하는데 낚시하거나 그물을 치지 않아도 잡아낼 수 있다"라고 했다. 그 이른바 수만 마리가 물결에 표류한다고 했는데, 우리나라 청어가 아니면 어찌 이럴 수 있겠는가? 이로써 우리나라와 일본의 청어는 함께 바다에서 생산되고, 『본초』에서 언급한 청어는 별도로 강과 호수에서 생산되는 한 종류라는 것을 알 수 있다. 『화한삼재도회』에서 또 "청어는 등 옆의 뼈 부위를 갈라 열어서 말리는데, 두 조각으로 한 묶음을 만들고, 그 색이 자색이나 적색이면 상급으로 친다. 멸치기름을 발라서 말리면 색이 아름답다"라고 했다. 우리나라의 청어 말린 것도 자색이나 적색을 귀하게 여긴다. 다만 그 말리는 법은 등을 열지 않고 단지 볏짚 새끼줄로 엮어서 햇볕에 건조하는데, 멀리 보낼 수 있고 오래 두어도 부패하지 않는다. 속칭 '관목貫目'이라 하는데 두 눈이 투명하여 새끼줄로 꿸 수 있기 때문이다. 어부가 잡자마자 배 위에서 말리는 것이 품질이 좋다고 한다.

서유구, 『전어지』 중에서

조선 후기 실학자 서유구가 쓴 청어에 대한 기사이다. 송나라 소송(蘇頌, 1020~1101) 등이 편찬한 『도경본초』, 명나라 이시진이 편찬한 『본초강목』, 허준(許浚, 1539~1615)의 『동의보감』, 일본 데라시마 료안寺島良安이 1712년에 편찬한 『화한삼재도회』 등을 참고한 것이다.

청어의 우리말은 '비웃'이라 했다. 비웃이라는 명칭은 역사가 자못 길다. 1527년에 편찬된 『훈몽자회訓蒙字會』에는 '청鯖'자를 풀이하여 '비웃 청'이라 했다. 또 황필수黃泌秀가 1870년에 펴낸 『명물기략名物紀略』에 "청어는 값이 싸고 맛있어 서울의 가난한 선비들이 잘 먹는 물고기라서 비유어肥儒魚라 하였는데 이것이 변하여 비웃이 되었다"라고 했다. 하지만 '비유肥儒'가 '비웃'이 되었다는 주장은 왠지 견강부회가 아닌가 싶다. 비유는 도리어 비웃이라는 원래 우리말에 그럴듯한 한자를 붙인 것인 듯하다.

김려(金鑢, 1766~1822)가 1803년에 펴낸 『우해이어보牛海異魚譜』에서 관북 지방 바다에서 잡히는 비의청어飛衣鯖魚를 언급했는데, '비의飛衣'는 또한 관북 지역에서 청어를 지칭하는 방언 비웃을 음이 비슷한 한자로 표기한 것인 듯하다.

이유원의 『임하필기』에는 "비우어肥愚魚는 서남해에서 생산되는데 통칭 청어라 한다"라고 했는데, '비우肥愚'는 또한 비웃의 가차자이다. 이런 것으로 볼 때 비유肥儒가 비웃이 되었다는 주장은 신빙성이 없다고 하겠다.

'관목'은 말린 청어를 말한다. 이 관목이라는 말이 변하여 지금의 '과메기'가 되었다고 한다. 요즘 흔히 꽁치 말린 것을 과메기라고 하는데, 원래 과메기는 청어를 말린 것이었다. 그동안 청어가 생산되지 않아서 청어 대신 꽁치로 만든 것일 뿐이다.

서유구의 형수 빙허각 이씨(憑虛閣 李氏, 1759~1824)가 1809년에 편찬한 『규합총서閨閤叢書』에는 "비웃을 말린 것을 흔히 관목이라 하는데 잘못 부르는 것이다. 관목어란 비웃을 들고 비추어 보아 두 눈이 서로 통하여 말갛게 마주 비치는 것을 말린 것으로 그 맛이 기이하니 비웃 한 동에 관목 하나 얻기가 어렵다"라고 했다.

이규경의 『오주연문장전산고』 「용어변증설鏞魚辨證說」에서 "연창(煙窓, 굴뚝)에서 연기를 쐬어서 썩는 것을 막는데, 연관목煙貫目이라 부르고 (관목은 말린 청어의 속명이다), 비싸게 팔린다"라고 했다. 연관목은 청어를 훈제하여 말린 것이다.

서유구는 윗글에서 『화한삼재도회』를 인용하여 일본의 말린 청어를 설명하기를 "청어는 등 옆의 뼈 부위를 갈라 열어서 말리는데, 두 조각으로 한 묶음을 만들고, 그 색이 자색이나 적색을 상급으로 친다. 멸치기름을 발라서 말리면 색이 아름답다"라고 했다. 이는 지금 포항 구룡포 등지에서 꽁치나 청어를 이용하여 과메기를 만드는 방법과 같았음을 알 수 있다. 다만 멸치기름을 발라서 말린다는 것만 다를 뿐이다.

그러나 조선의 청어 건조법은 등을 갈라 두 조각으로 벌리지 않고 통째로 볏짚 새끼줄로 엮어서 햇볕에 건조한다고 했다. 그리고 이것을 "속칭 '관목'이라 하는데 두 눈이 투명하여 새끼줄로 꿸 수 있기 때문이다"라고 하고, 또 "어부가 잡자마자 배 위에서 말리는 것이 품질이 좋다고 한다"라고 했다.

정약전의 『현산어보』에는 청어를 네 종류로 나누어 설명하는데, 청어, 식청(食鯖, 속명 묵을충墨乙蟲), 가청(假鯖, 속명 우동필禹東筆), 관목청貫目鯖 등이다. 이 중에 관목청에 대하여 "모양은 청어와 같은데 두 눈알이 관통하여 막히지 않았고, 맛은 청어보다 낫다. 포로 만들면 더욱 맛이 좋다. 그래서 대개 청어의 포를 모두 관목이라 부르는데 사실이 아니다. 영남 바다 안에서 나오는 것이 가장 드물고 귀하다"라고 했다.

위의 여러 기록을 보면 조선시대에도 관목에 대하여 몇 가지 다른 설이 있었던 모양이다. 말린 청어가 관목이라는 설과 두 눈알이 맑게

통해 있는 것이 관목이라는 설이 있었다. 그리고 두 눈알을 새끼줄로 꿸 수 있어서 관목이라 했다는 설도 있었다.

신출귀몰한 청어

청어는 정어리, 명태, 조기, 고등어처럼 떼를 지어 몰려다니는 어종이다. 그런데 다른 군집성 어류와는 달리 수년 혹은 몇십 년을 주기로 한반도 바다 연안에 갑자기 나타났다가 사라지기를 반복했던 것 같다.

> 지금 생산되는 청어가 옛날에도 있었는지 없었는지 알 수 없다. 그러나 해마다 가을철이 되면 함경도에서 생산되는데, 형체가 아주 크게 생겼다. 추운 겨울이 되면 경상도에서 생산되고, 봄이 되면 차츰 전라도와 충청도로 옮겨 간다. 봄과 여름 사이에는 황해도에서 생산되는데, 차츰 서쪽으로 옮겨짐에 따라 점점 잘아져서 천해지므로 사람마다 먹지 않는 이가 없다는 것이다. 『징비록懲毖錄』에, "해주에서 나던 청어는 요즈음 와서 10년이 넘도록 근절되어 생산되지 않고 요동(遼東, 랴오둥) 바다로 옮겨 가서 생산되는바 요동 사람은 이 청어를 신어新魚라고 한다"라고 하였다. 이로써 본다면 그 당시에는 오직 해주에만 청어가 있었다는 사실을 알 수 있다. 이 물고기 따위는 매양 시대의 풍토와 기후를 따라다니므로 요즈음 와서는 이 청어가 서해에서 아주 많이 난다고 하니, 또 저 요동에도 이 청어가 있는지 없는지 알 수 없다.
>
> 조선 이익(李瀷, 1681~1763), 『성호사설(星湖僿說)』, 「만물문(萬物門) 청어」

「어가한면도(漁暇閑眠圖)」, 이상좌(李上佐, ?~?), 조선, 국립중앙박물관 소장
사는 공우(公祐), 호는 학포(學圃)이다. 노비 출신으로 조선 초의 화원으로 활약했다. 그림은 어부가 한가롭게 졸고 있는 것을 그렸다.

청어는 비늘 있는 물고기 중에서 지극히 번성한 종류이다. 명나라 말에 요동 등의 바다에서 생산되어 신어라고 불렀다. 우리나라에서는 100여 년 전에는 매우 많았다. 큰 놈은 거의 작은 버들치[小鯿] 같다. 중간에 종이 끊겨 드물게 되었는데 정조正祖 무오년과 을미년 사이에 다시 나타나서 점차 천해졌다. 그러나 작은 조기(석수어이다)처럼 작았다. 이 물고기는 먼저 북로北路에 나타나고, 관동關東의 동쪽 부근으로 돈다. 동짓달에 처음 영남의 울산蔚山과 장기長鬐 바다에서 생산되고, 점차 남쪽으로 갈수록 점점 작아진다. 그래서 생선 장수가 서울로 멀리 운반할 때 반드시 동지 이전까지 도착해야 한다. 연창에서 연기를 쐬어서 썩는 것을 막는데, 연관목이라 부르고(관목은 말린 청어의 속명이다) 비싸게 팔린다.

대개 연안에서 생산하는 곳은 모두 일정한 기간이 있다. 그러나 동서남북을 물론하고 사계절 동안 항상 있는데 초여름에 해주에 이르러 그친다. 바닷가 군의 어호漁戶들은 청어가 여름과 가을에 점차 드물어져서 진공할 수 없으므로 혹은 그 이름을 바꾸고 당처當處에 판다. 대저 해주의 산물이 나라 안에 널리 유통되는데 기미년 이후 스무 마리를 엮어 한 두름을 만들어서 동전 2~3문文과 바꾸었다. 순조純祖 경인년과 신묘년 사이에 한 두름이 40~50문이 되고 점차 가격이 폭등했다. 헌종憲宗 을미년 이후 다시 점차 가격이 내렸으나 끝내 기미년 이후와 같지 않았다. 생선의 성쇠는 또한 알 수 없다. 속담에 "궁벽한 선비와 가난한 백성이 청어가 없다면 어떻게 육식하겠는가?"라고 했는데 과연 명언이다.

이규경, 『오주연문장전산고』, 「용어변증설」 중에서

청어의 회유 경로를 다룬 이익과 이규경의 기사는 대략 대동소이하다. 이들 기사에 따르면, 청어는 가을에 함경도 지역에 나타나서 강원도 지역으로 내려오고, 겨울에 영남의 울산과 장기 지역으로 내려왔다가 남해안을 돌아서 봄과 초여름에 호남과 충청도 지역에 이르고, 평안도 해주에 이르러 멈춘다고 한다.

그런데 유성룡(柳成龍, 1542~1607)의 『징비록』에 "해주에서 나던 청어는 요즈음 와서 10년이 넘도록 근절되어 생산되지 않고 요동 바다로 옮겨 가서 생산되는바, 요동 사람은 이 청어를 신어라고 한다"라고 했다.

중국으로 간 청어

청어는 냉수성 물고기로서 송나라 때까지 중국 연안에는 나타난 적이 없었다. 그런데 명나라 말에 갑자기 요동 바다에 청어 떼가 나타나서 중국인이 '신어'라고 불렀다는 것이다.

이관명(李觀命, 1661~1733)은 1718년에 사은부사謝恩副使로 청나라에 다녀왔는데, 가는 도중에 청어를 보고 시를 지었다. 그 「청어를 보고 감회가 있어서[見靑魚有感]」라는 시의 주석에 "청어는 우리나라 물고기이다. 이곳에는 평소 없었는데 십수 년 이래 이곳에서 많이 잡힌다고 한다. 이곳 사람들은 처음에 그 이름을 알지 못하고 '조선어朝鮮魚'라고 불렀다고 한다"라고 했으니, 그 당시 중국인이나 조선인은 청어를 조선의 물고기로 알았던 것 같다.

중국 문헌 『본초강목』에서 언급한 청어는 강과 호수에서 나오는 어종이다. 사실 여러 중국 문헌에는 청어라는 물고기를 다룬 기사가 많은데, 단지 푸른색을 띤 강과 바다의 물고기 종을 말하는 것이 많고, 우리나라 바다 청어와는 다르다. 중국에는 우리와 같은, 근대 이전의 청어 식문화가 거의 없어서 최근에 '비어鯡魚'라는 명칭으로 태평양과 대서양의 청어를 지칭한다.

> 이 물고기는 다만 청어靑魚라고 칭해야 하고 청어鯖魚라고 하는 것은 잘못이니, 곧 용어鱅魚이다. 왕기(王圻, 1530~1615)의 『삼재도회三才圖會』에 "제鮆는 준치[鰣] 같은데 더 작고 청색이어서 세속에서 청어라고 부른다"라고 했다. 『왜도회倭圖會』에서는 '제鯯', '용鱅', '추鰌'를 인용하여 모두 청어라고 해석했다. 『청삼통淸三通』에 "바다 청어는 영해(寧海, 절강성 동부 해안 지역 닝하이)에서 나온다. 그것이 올 때는 바닷물에 소리가 나고, 떠날 때는 물결에 부딪치는 것이 화살과 같다"라고 했는데 지금의 청어이다. 송완(宋琬, 1614~1674)의 『안아당집安雅堂集』을 살펴보니, "배 안에서 일도 없는데 문득 고향 해산물의 맛이 생각났다. 그래서 그 형상을 서술했는데 장난삼아 배체(排體, 해학적인 시)로 지었다.
>
> 청어는 길이가 한 자가 못 되고, 푸른 등과 붉은 아가미가 있는데, 입춘 후에 있다. 살은 향기로우나 물러서 젓가락을 따라 벗겨진다. 뼈는 고슴도치 털처럼 많으나 부드러워 입을 찌르지 않는다. 암컷은 배에 알이 있는데 길고 넓게 몸 안에 가득하여 씹으면 소리가 난다. 수컷은 하얀 것이 가장 맛이 좋다(살펴보니, 청어 알은 기장 알 같은 낟알이어서 씹으면 소리가 난다. 수컷의 흰 것은 곧 백포白脬인데 속칭으로 어백아魚白兒라고 한다. 우리나라 속명은 일내(一乃, 이리)이다. 어부의 말을 들어보니, 수컷은 물속에 백포를 풀

어놓는데 점점이 방울로 화살처럼 늘어놓으면 암컷이 그 뒤를 따라 삼켜서 임신하여 알을 낳는다. 바닷말[海藻]의 뻗은 잎 위에 알을 낳으면 구슬 같은데 부화하여 용어가 탄생한다. 그것이 미처 부화하기 전에 바닷가 사람이 바닷말을 채취하여 말리면 알도 또한 함께 마른다. 시장에 내다 파는데 반찬이 되고 간식이 될 수 있다. 청어의 모이주머니에 생물이 있는데 흰 실처럼 가늘다. 서로 얽혀서 작은 덩어리가 되는데 흡사 이 물고기의 살과 같다. 배 속 벌레는 뱀과 같은데 마땅히 제거하고 먹지 말아야 한다). 처음 시장에 들어가면 가격이 자못 높지만 곧 팔려버리는데 사실 10전도 되지 않는다. 바닷가 사람은 그것으로 밥을 대신하는데 청어죽靑魚粥이라고 한다. 시는 '침상 위 봄 꾀꼬리가 새벽 향해 울고, 고향 풍물이 가장 정을 이끄네. 청어 이리는 서시유보다 나은데, 하돈이 멋대로 명성 얻은 것이 우습네[枕上春鶯向曉鳴, 故國風物最關情. 靑魚白勝西施乳, 堪笑河豚浪得名]'라고 했다"라고 했다. 이것은 우리나라의 청어가 아니겠는가? 민중(閩中, 복건성福建省과 절강성 동남 지역)에서 이 물고기의 생산이 몹시 많은 것이 해주와 서로 동등하니 이상한 일이다.

이규경, 『오주연문장전산고』, 「용어변증설」 중에서

이규경이 청나라 초의 저명한 문인 송완의 『안아당집』을 인용하여 중국의 청어를 소개한 글이다. 사실 이 송완의 글은 이규경의 조부인 이덕무가 『청장관전서靑莊館全書』에서 이미 거론했던 것인데, 이규경이 여기에 첨삭을 가하고 본인의 주석을 첨부한 것이다.

이규경은 "민중에서 이 물고기의 생산이 몹시 많은 것이 해주와 서로 동등하니 이상한 일이다"라고 하며, 중국 남부 민 지역에서 생산되는 청어가 우리 황해도 해주에서 생산되는 것과 같은 것에 의문을 표

했다. 그의 조부 이덕무는 "송완은 내양(萊陽, 산동성 연대시烟台市 해안 지역 라이양) 사람이다. 내양은 우리나라의 서해와 연결되어 있으므로, 그 고장에서 생산되는 청어도 우리나라의 것과 같았다. 민중에서도 청어가 생산된다"라고 한 바 있다.

어쨌든 명나라 말에 요동 바다와 청나라 초에 산동성 및 민 지역에 청어가 나타나서 그곳 바닷가 사람들이 밥 대신 청어죽을 먹었다니, 중국으로서는 뜻밖에 하늘이 내린 큰 복이 아닐 수 없었다.

위 기사의 내용 중 이규경이 주석한 "수컷은 물속에 백포를 풀어놓는데 점점이 방울로 화살처럼 늘어놓으면 암컷이 그 뒤를 따라 삼켜서 임신하여 알을 낳는다"라고 한 것은 사실과 다르다. 암컷이 수심이 얕은 연안의 해초에 점액질의 알을 낳으면 수컷이 여기에 방정放精을 하여 알이 부화하게 된다.

그런데 이규경이 청어를 용어라고 단정한 것은 의문이다. 중국 송나라 양극가(梁克家, 1128~1187)의 『순희삼산지淳熙三山志』에 "용어는 색이 푸르고 비늘이 없다"라고 했고, 청나라 노작(盧焯, 1693~1767)이 건륭乾隆 2년에 편찬한 『복건통지福建通志』에는 "용어는 암컷이 알을 낳으면 수컷이 삼켜서 물고기가 태어난다. 청색으로 비늘이 없고 용렬한 물고기이다. 그래서 용어라고 한 것인데, 속칭으로 송어松魚라고 한다"라고 했다. 이런 특징은 우리 청어의 생태와 전혀 닮지 않았다. 용어를 우리 청어라고 한 것은 이덕무와 이규경뿐이다.

익정공翼貞公 한용구(韓用龜, 1747~1828)는 청어를 좋아하여 끼니때마다 반드시 밥상에 올리게 했다. 권두(權頭, 관청 노비의 우두머리)가 찬비(饌

婢, 반찬 만드는 여종)를 꾸짖기를 "재상께서 드시는 밥상에 오직 청어만 올리다니, 그 죄는 볼기를 맞아야 한다"라고 했다. 공이 이 말을 듣고서 웃으며 말하기를 "권두가 나더러 청어를 먹지 못하게 하려는 것이다"라고 했다. 그 당시 청어 한 두름(級, 스무 마리)에 값이 3~4문밖에 되지 않았으니, 곧 미천한 자들이 먹는 것이었으므로 이처럼 하였다. 요즘에는 중국 선박이 해서에 가득 몰려다니면서 우리나라 사람들이 잡은 물고기를 매양 비싼 값으로 사서 가져가 버려서 비록 신분이 존귀한 자라도 먹을 수가 없다. 이로 말미암아 또한 금물禁物을 몰래 매매하는 폐단이 있어 변방에서 실랑이가 자주 발생하는 바람에 조정의 무궁한 걱정거리가 되고 있다. 듣건대 심북深北에서 산출되는 청어는 생김새가 웅어[葦魚]와 같은데 기름기가 많아서 구워 먹기 어렵지만, 이것이 진품眞品이라고 한다.

이유원, 『임하필기』 중에서

한용구는 순조 때 우의정과 좌의정을 지냈다. 이 당시는 청어가 잘 잡혀서 가난한 사람도 먹을 수 있었다. 그런데 중국 배가 청어 산지로 유명한 해주가 있는 황해도에 가득 몰려와서 우리 어부가 잡은 물고기를 비싼 가격으로 사가 버리자 신분이 높은 자도 먹을 수 없게 되었다는 것이다. 마치 오늘날 중국 어선이 우리 영해에 떼로 몰려와서 불법으로 물고기를 잡아가서 바다를 황폐화하는 것을 연상하게 한다.

청어 시편

청어는 고려시대와 조선시대부터 우리의 중요한 물고기 자원이었으므로 청어를 대상으로 한 시편이 적지 않다.

어부 어리지만 행상에 익숙하여	漁人小少慣行商
봄 되자 돛과 돛대를 다시 단장하네	春到帆檣頓改粧
듣자니 벽어가 새로 날뛴다 하니	聞說碧魚新潑潑
내일 아침 재촉하여 칠산 바다로 향한다네	明朝催向七山洋

조선 유명천(柳命天, 1633~1705), 『퇴당집(退堂集)』, 「잡영(雜詠)」

유명천의 주석에 "신사년(1701) 겨울, 나라에 큰 옥사獄事가 있었는데 흉악한 대간에서 날조한 죄를 씌워 다시 나주羅州 땅 지도智島로 귀양을 갔다"라고 했다.

신사년 큰 옥사는 장희빈과 그녀의 오빠 장희재가 인현왕후를 모해했다는 이유로 제거된 사건이다. 유명천은 장희재와 모의했다는 죄명으로 지도로 귀양을 간 것이다.

지도는 조기로 유명한 칠산 바다에서 멀지 않은 곳이다. 이곳에서 청어도 또한 많이 잡혔다.

잣은 가야에 떨어지고	柏實伽倻落
벽어는 동해에서 나네	碧魚東海生
은근한 한 병 술은	慇懃一壺酒

벗의 정인 줄 아네	知是故人情

조선 윤원거(尹元擧, 1601~1672), 『용서집(龍西集)』, 「성주 사군 윤형각에게 부쳐서 사례하다〔寄謝星州使君尹衡覺〕」

윤원거가 성주 목사 윤형각(尹衡覺, 1601~1664)이 동해의 청어를 보내준 것에 사례한 시이다. 윤형각은 1661년(현종 2)에 성주 목사로 있을 때 안렴사按廉使의 탄핵을 받아 관작이 박탈되고 금천으로 유배되었다. 성주는 옛날 가야 지역으로 가야의 고분이 남아 있는 곳이다.

청어 파는 소리가 천둥처럼 아우성치고	鯖魚過賣吼如雷
땀 줄줄 흐르는 이틀 장날 돌아왔네	汗雨淋灕亥市廻
팔백 냥이 한 태의 값인데	八百銅文當一馱
어선이 고슴도치 털처럼 많이 바다 어구에 모였네	漁船蝟集海門隈

조선 김려, 『담정유고(藫庭遺藁)』, 「황성이곡(黃城俚曲)」

황성黃城은 충청도 연산連山이다. 김려는 1817년 10월부터 1819년 3월까지 연산 현감을 지냈다.

작가의 주석에 "청어鯖魚 스무 마리[尾]는 한 두름[級]이고, 100두름이 1태馱이다. 임선賃船일 때는 물고기 값이 몹시 비쌌는데, 올해에 집주선執籌船이 다시 나타나자 물고기 값이 더욱 싸졌다"라고 했다. 임선은 돈을 주고 임대한 배이고, 집주선은 삼남의 세곡을 서울로 실어 나르고자 징발한 배이다.

정약용의 『경세유표』에 "호우(湖右, 충청도)의 어홍은 청어와 석어

「쏘가리」, 오창석(嗚昌碩, 1844~1927),
중국 청나라
초명이 준(俊), 혹은 준경(俊卿)이고,
자는 창석(昌碩), 호는 창석(倉碩),
노창(老蒼), 노부(老缶) 등이다.
임백년(任伯年), 포화(蒲華), 허곡과 함께
'청말해파사대가(清末海派四大家)'라고 한다.
그림에는 장지화의 「어부사」를 적어 놓았다.

(조기)가 그 이익 중에서 가장 높다. 청어는 벽어인데 중국에서 말하는 청어가 아니다"라고 했다. 또 "어홍은 대나무로 발을 엮어서 물속에 함정을 만든 것인데 본래 어전漁箭이라 한다"라고 했다. 이처럼 충청도에서도 청어가 많이 잡혔다.

서해 청어는 많으면서 맛있는데　　西海靑魚多且珍
옛 속담에 가난한 집 반찬이라 전하네　　古俗相傳貧家餐
봄 되자 비린 바람이 성시에 가득하고　　春來腥風滿城市
곳곳마다 언덕과 산처럼 쌓였다네　　處處堆積如邱山
깊고 외진 산골에서도 모두 실컷 먹으니　　深山窮谷皆厭飫
종종 물러진 것은 값도 치지 않았다네　　往往餒敗不論錢
이십 년 동안 갑자기 자취 없으니　　二十年來忽無迹
후세 사람이 어떻게 이름과 모양을 알겠는가　　後生那由名貌識
옛날에는 동어를 본 사람 드물었고　　舊時東魚見者少
권문세가에서나 때로 한 번 먹었네　　權門勢家時一得
서어가 그림자 감추고 동어가 흥하여　　西魚影沈東魚興
일흔 하나 뼈마디에 검푸른 색 빛나네　　七十一節光黯墨

(세상에 전하기를 "동어東魚의 척추뼈는 71마디인데 영남의 고을 수와 일치하고, 서어西魚의 척추뼈는 53마디인데, 호남의 고을 수와 일치한다"라고 한다.)

금년 해산물 고갈되어 온갖 종류 귀한데　　今年海竭百種貴
오직 이것만은 이루 다 먹을 수가 없구나　　惟有此物不勝食
또 들으니 원산의 북쪽 어장에선　　又聞元山北魚場
이번 겨울 고기잡이 풍성히 수확하여　　今冬漁利穫豐穰

일만 톤 윤선에 수송을 맡겨	萬噸輪船委輸去
섬과 육지에 보급해 굶주린 배 채워줬다네	遍及島陸充饑腸
미물의 성쇠도 기의 운행에 관련되니	微物盛衰關氣運
낙양의 두견새를 그대 보지 못했는가	洛陽杜鵑君不見
인간사를 다할 때 운 또한 따르겠지만	人事修時運亦隨
천도의 순환은 알 수 없네	天道循環不可知
돼지나 물고기는 매우 우둔해도 신의가 있으니	豚魚至愚亦有信
황풍이 바다까지 불어옴을 우두커니 보네	佇看皇風薄海吹

조선 김윤식(金允植, 1835~1922), 『운양집(雲養集)』, 「벽어탄(碧魚歎)」

김윤식이 1901년 전남 신안군 지도에서 귀양살이할 때 지은 시이다.

동어는 동해에서 나오는 청어이고, 서어는 서해에서 나오는 청어를 말한다. 청어의 척추뼈 숫자가 영남과 호남의 고을 수와 일치한다는 세간의 말은 황당하기 그지없다. 정약전의 『현산어보』에서는 "영남산 청어는 척추뼈가 74마디이고, 호남산 청어는 척추뼈가 53마디이다"라고 했다. 이는 영남의 청어와 호남의 청어가 같은 종류가 아니라는 의미일 것이다.

시에서 언급한 낙양의 두견새 구절은 송나라 소옹(邵雍, 1011~1077)의 고사를 빌려온 것이다. 소옹이 밤중에 낙양(뤄양)의 천진교(天津橋, 톈진교)에서 예전에 없었던 두견새 소리를 듣고 장차 천하가 혼란스러워지리라고 예언했다고 한다.

돼지와 물고기 구절은 『주역』을 인용한 것이다. 그 「중부괘中孚卦」에 "신의가 돼지와 물고기에게까지 미친다[信及豚魚]"라고 했다.

황풍皇風은 임금의 덕을 말한다.

청어는 전 세계적으로 인류의 식량 자원에 공헌해온 물고기이다. 우리에게도 청어는 유구한 역사를 지닌 식문화의 대상이었다. 그러나 그 어획량은 시대마다 들쭉날쭉했다. 19세기 말에 산더미처럼 생산되었다가 1960년대부터 점차 줄어들었다. 한때는 완전히 자취를 감춘 적도 있었다. 지금은 다시 나타났지만 서해의 청어는 소식이 없고, 동해 영일만 일대 어장에서만 잡히는 실정이다. 해마다 급격히 수온이 올라가는 한반도의 바다 환경에서는 청어가 또 언제 사라질지 모를 일이다.

어부

새벽 색 아득하고 물 기운 찬데	曉色蒼茫水氣寒
차츰 가벼운 안개가 강가를 두른 것을 보네	漸看輕霧繞江干
어옹은 안개 낀 수면 아래서 그물 거두고	漁翁收網烟波底
고생스레 배를 끌고 얕은 여울로 오르네	辛苦挐舟上淺灘

조선 조종저(趙宗著, 1631~1690), 『남악집(南岳集)』

●

자가 취숙(聚叔), 호는 간재(艮齋) · 남악(南岳)이다. 성균관사성, 회양 부사를 지냈다.

어옹도漁翁圖

어옹은 실을 당기고 부인은 실을 뽑고	漁翁牽纑漁婦紡
무릎 위 아이는 얼레를 돌려 소리 내네	膝上兒看掉車響
개울 남북으로 맑은 겨울날을 따르려는데	谿南谿北趁冬晴
물결 세서 배에 새 그물이 많이 부족하네	水急船多欠新網
우는 애 달래며 손길은 분주한데	祝兒休啼手正忙
그물 만들면 너처럼 큰 물고기를 잡으리라	網成得魚如汝長

원나라 정거부(程鉅夫, 1249~1318)

●

초명이 문해(文海)이고, 호는 설루(雪樓), 원재(遠齋)이다. 한림학사와 승지, 편수(編修) 등을 지냈다. 원나라 초의 명신(名臣)이며 시문에도 뛰어났다.

시인의 시가 된 명태

우리나라의 물고기 명태

명태(明太, 학명 *Theragra chalcogramma*)는 대구과에 속하는 냉수성 어종이다. 그 분포하는 지역은 우리나라의 동해, 일본 북부 바다, 오호츠크해, 베링 해 등이다.

그런데 명태의 진정한 주인은 우리라 할 수 있다. 왜냐하면, 오직 한국인만이 명태 식문화를 향유해왔기 때문이다.

> 북해에 한 물고기가 있어서 그 이름을 명태라고 하는데, 또한 북어北魚라고도 하는 것은 북쪽의 물고기이기 때문이다. 그 물고기는 살아 있을 때는 물에서 활발하게 뛰노는 것이 혜자惠子의 구경거리도 못 되고,

죽어서는 밥반찬으로 맛이 별로 없어 공후 귀족公侯貴族에게는 접대할 수도 없다. 다만 그것이 많이 나고 그 값이 싸서 우리나라 사람은 심산궁곡深山窮谷의 노인과 여자, 어린아이 들까지도 북어를 모르는 사람이 없다. 지금 박물원에 있는 어족의 설치를 보니, 유독 북어만 보이지 않았다. 저들도 말하기를 "없는 것은 이것[北魚]뿐이다"라고 했다.

조선 김기수(金綺秀, 1832~?), 『일동기유(日東記游)』, 「물산(物産)」 중에서

김기수는 1876년 일본과의 강화도조약이 체결된 후 예조참의로서 수신사에 임명되어 일본의 개화 현장을 시찰하는 첫 사절이 되었다. 그는 사절단 일흔여섯 명을 인솔하고 동경에서 20일 동안 체류하며 일본의 군사, 교육, 산업 등의 제반 근대 시설을 시찰했다. 그리고 그 견문기를 『일동기유』와 『수신사일기修信使日記』로 남겼다.

위 기사는 김기수가 일본에서 박물원의 물고기 전시관을 둘러보고 쓴 것이다. 그런데 거기에 우리나라에서는 싸고 흔하여 심심산골의 사람들조차도 모두 아는 북어가 전시되어 있지 않은 것을 이상하게 여긴 것이다.

일본은 한국과 같은 바다를 끼고 있어서 명태 자원이 본래 풍부한 나라이다. 그러나 일본은 명태를 식용어로 중시한 적이 없다. 최근에 일본의 몇몇 지역에서 유행하는 명란젓 멘타이코(めんたいこ, 明太子)는 한국의 명란젓을 배워서 일본인의 입맛에 맞도록 약간 변형한 것이다. 그 이름 멘타이めんたい는 우리말 명태를 그대로 빌려다 쓴 것이다. 마치 한국 김치를 기무치キムチ로 만든 것과 같다고 하겠다.

천하를 두른 것은 바다인데 그곳에서 자란 생선은 해내海內에서 공유한다. 다만 동북東北 바다의 물고기는 그 어족의 종류가 『이아爾雅』·『비아埤雅』·『광아廣雅』 등 여러 책에서는 대략도 보이지 않는다. 우리나라 사람만이 홀로 그 이익을 독차지하는 것으로 네 종류가 있는데 명태어明太魚, 대구어大口魚, 청어, 목어牧魚 등으로 모두 속명이다. 목어는 가을과 겨울 사이에 한 번 크게 올라왔다가 사라진다. 청어는 가을과 겨울 이후에 북해에서 처음 포획되고 물길 따라 동남으로 가서 봄에 서해에서 사라진다. 매번 봄에 천둥이 치고 눈이 내리면 많이 포획되는 시후이다. 대구어도 역시 동북 바다에 가득 넘치는데 잡는 자가 겨울에서 봄까지 모여든다. 그러나 그 이익은 크지 않다. 오직 명태어만 북해에서 산출되는데 그 말린 것의 맛은 생것만 못하지만 그 알은 붉고 윤택하여 젓갈을 담글 수 있다. 매년 원산元山에서 실어 나르는 것이 이어진다. 원산은 북쪽의 대도회(大都會, 대도시)이다. 심산궁곡 안에서 외지고 비루하고 깊고 으슥한 곳일지라도 반드시 이것으로써 손님을 접대하고 선조에게 제사 지내는 식품으로 삼으며, 사통팔달한 큰길 안의 번성하고 조밀한 곳일지라도 반드시 이것으로써 술안주와 반찬 만드는 식품으로 삼는다. 도시와 시골의 구별이 없고 귀천의 구별이 없이 이것을 사용하지 않음이 없으니 그 이익이 또한 크지 않겠는가?

조선 성해응(成海應, 1760~1839), 『연경재전집(研經齋全集)』, 「북해어족기(北海魚族記)」 중에서

명태가 『이아』·『비아』·『광아』 등 중국의 옛 문헌에 기록되지 않은 것은 당연한 일이다. 중국에서는 애초에 명태가 생산되지 않아서 명

태의 식문화가 전혀 없었다.

중국에서는 명태를 대구과의 '황선협설黃線狹鱈'이라 하고, 속칭을 '명태어明太魚'라고 하는데 역시 우리말 명태를 그대로 인정한 것이다. 러시아에서도 우리말 명태를 받아들여 '민타이минтай'라고 부른다. 위의 사례들로 볼 때 명태는 우리나라의 물고기가 아닐 수 없다.

명태라는 이름

우리 문헌에 명태라는 이름이 처음 등장한 것은 박계숙(朴繼叔, 1569~1646)과 박취문(朴就文, 1617~1690) 부자의 『부북일기赴北日記』이다. 이들 부자는 울산 출신으로 무과武科에 합격하고 함경도 회령에서 40년 간격으로 각각 1년씩 근무한 적이 있다. 이때의 일을 각각 일기로 남겨 나중에 합본으로 편집했는데, 그 일기 중의 인조 23년(1645) 4월 20일자 내용에 '생명태生明太'가 언급되어 있다.

또 『승정원일기』 효종 3년(1652) 기사에 명태가 언급되었다. 그러니 명태는 17세기 중반에 비로소 우리 식문화에 모습을 드러낸 셈이다. 이는 참으로 수수께끼가 아닐 수 없다. 이 이전에는 명태가 우리 동해에 없었던 것인가?

어떤 이는 『신증동국여지승람』에 함경도 경성도호부鏡城都護府와 명천현明川縣의 특산물로 기록된 무태어無泰魚라는 물고기가 명태가 아닌지 의심한다. 그러나 알 수 없는 일이다.

명천(明川, 함경북도)에 사는 어부 중에 태씨太氏 성을 가진 자가 있었다.

「어물장수」, 『행려풍속도병』, 김홍도, 조선, 국립중앙박물관 소장

어느 날 낚시로 물고기 한 마리를 낚아 고을 관청의 주방 일을 보는 아전으로 하여금 도백(道伯, 각 도의 으뜸 벼슬)에게 드리게 하였는데, 도백이 이를 매우 맛있게 여겨 물고기의 이름을 물었으나 아무도 알지 못하고, 단지 "태 어부太漁父가 잡은 것이다"라고만 대답했다. 이에 도백이 말하기를 "명천의 태씨가 잡았으니, 명태라고 이름을 붙이면 좋겠다"라고 했다. 이로부터 이 물고기가 해마다 수천 섬씩 잡혀 팔도에 두루 퍼지게 되었는데, 북어라고 불렀다. 노봉老峯 민정중(閔鼎重, 1628~1692)이 말하기를 "300년 뒤에는 이 고기가 지금보다 귀해질 것이다" 하였는데, 이제 그 말이 들어맞은 셈이다. 내가 원산을 지나다가 이 물고기가 쌓여 있는 것을 보았는데, 마치 오강(五江, 서울 근처 한강, 용산龍山, 마포, 현호玄湖, 서강 등 나루를 이르던 말)에 쌓인 땔나무처럼 많아서 그 수효를 헤아릴 수 없었다.

이유원, 『임하필기』, 「명태」

위는 명태라는 이름의 유래로 널리 알려진 이야기이다. 물론 이는 전설일 뿐이다. 명태를 지칭하던 함경도 지역 사투리 '망태'라는 말이 지금의 명태가 되었다는 가설이 더 설득력이 있다 하겠다.

서유구의 『전어지』에는 "명태어明鮐魚 : 속명으로 생것을 명태라고 하고, 말린 것을 북어라고 한다"라고 했다. 이로 볼 때 '명태明太'나 '명태明鮐'는 모두 순수 우리말을 한자를 빌려 표기한 가차자임을 알 수 있다.

민중의 제수 물고기

명태가 우리 식문화에 등장한 것은 조선 후기지만 금방 전국적으로 민중의 물고기가 되었다. 대량으로 생산되어 가격이 싸고 말리면 유통하고 보관하기가 편리했기 때문이었을 것이다.

> 우리나라 동북 바다 안에 한 물고기가 있는데 모양은 좁으면서 길쭉하고 길이는 한 자 남짓이다. 입은 크고, 비늘은 작고, 색은 옅은 검붉은 색이다. 뇌에는 길고 둥근 뼈가 있는데 호박씨 같다. 배 속에는 알이 있는데 낱알처럼 작고 차지다. 또 양[羊]의 지방과 돼지 췌장 같은 것이 있는데 고지미膏脂美라고 부른다. 그 이름은 북어이고, 속칭은 명태이다. 봄에 잡는 것은 춘태春太, 겨울에 잡는 것은 동태冬太, 동짓달에 시장에 나오는 것은 동명태凍明太라고 한다. 알젓[卵醢]은 명란明卵이라 한다. 생것은 육질이 무르지만 맛은 담백하고, 말려서 건어로 만든다. 한 지역에 두루 펴져서 한 마리 값이 수 문인데 금방 사방이 동일하게 된다. 일용하는 항상 먹는 반찬이 되는데 여항閭巷의 가난한 백성은 이것으로 육포를 대신해서 신에게 제사 지내고, 가난한 유가儒家에서도 제사에 올리니, 물건은 천하지만 사용은 귀한 것이다.
>
> 이규경, 『오주연문장전산고』, 「북어변증설(北魚辨證說)」 중에서

'고지미', '북어', '명태', '춘태', '동태', '동명태' 등 조선시대에도 여러 이름이 있었는데, 최근에 또 그 가공법에 따라 몇 가지 이름이 더 추가되었다. 명태를 겨우내 얼렸다가 해동하기를 반복하여 노란색으로

말린 것을 '황태'라 하고, 코를 꿰어 매달아 반 건조한 것을 '코다리'라고 한다.

이규경은 「북어변증설」에서 또 말하기를 "북어의 공용功用은 바닷가 사람들이 그 내장을 취하여 기름으로 짜서 등불을 켤 수 있고, 그 껍질은 달여서 아교로 만들어 물건을 붙일 수 있고, 그 머리를 달여 마시면 체한 것을 내려가게 할 수 있고, 그 전체를 진하게 달여서 고약을 만들면 허虛함과 산후 복통産後腹痛을 도울 수 있다. 말린 것은 허기질 때 곧 먹을 수 있고, 이질[血痢]를 멈추게 할 수 있고, 그 쪄서 달이는 기氣를 두풍(頭風, 두통)에 쬐면 효험이 있다. 일본에서는 순산順產 후 금창약金瘡藥으로 사용한다고 하는데 거짓이 아니다"라고 했다.

명태는 참으로 쓸모가 많아서 버릴 것이 없는 물고기이다. 명태로 만들 수 있는 음식은 북어탕, 찜, 명란젓, 창난젓, 아감젓, 명태식해, 명태순대, 북어포, 알탕, 황태구이 등 다양하다. 또 술안주로 명태의 어린 새끼로 만든 노가리구이가 있다.

그러나 무엇보다도 명태는 제사상에 반드시 올려야 하는 제수로 상징적인 물고기이다. 이규경이 지적한바, "여항의 가난한 백성은 이것으로 육포를 대신해서 신에게 제사 지내고, 가난한 유가에서도 제사에 올리니, 물건은 천하지만 사용은 귀한 것이다"라는 말은 참으로 적절하다. 제사에 올리는 물고기의 종류는 수없이 많지만 지역의 한정성과 신분이나 빈부의 격차를 뛰어넘어 명태처럼 우리의 제사상에서 절대적으로 추앙을 받아온 물고기는 없었다. 심지어 현대식 호화로운 고층 건물의 벽에서도 부적처럼 매달려 있는 마른 명태를 심심찮게 볼 수 있다. 아마 명태가 우리의 오랜 제사 문화의 역사 속에서 인간과 신을 이

어준 그 신통력을 인정받아서 복과 벽사를 기원하는 상징이 되었기 때문이리라.

우리 해역에서 사라진 명태

조선 때부터 명태의 주산지는 함경도 원산 바다였다.

서유구의 『전어지』에 "(명태는) 모두 원산에서 남으로 수송한다. 원산은 사방의 상인이 모두 모이는 곳이다. 배로 수송하는 것은 동해를 따라 내려오고, 말로 실어오는 것은 철령鐵嶺을 넘어온다. 밤낮으로 이어져서 팔역(八域, 팔도)에 흘러넘치게 된다. 우리나라 팔역에서 번성한 것은 오직 이 물고기와 청어가 최고인데, 이 물고기는 달고 따뜻하고 독이 없고, 온화한 중에 기를 보태주는 효험이 있어서 사람들이 더욱 중시한다. 속명으로 그 알을 명란이라 하고, 말린 것을 북고北薧라고 한다"라고 했다. 육로로 철령을 넘은 명태 상단은 곧장 서울로 갔고, 뱃길로 동해 연안을 타고 내려온 명태 상선은 남해를 돌아 서해로 올라가면서, 팔도 곳곳에 명태를 풀어놓았다.

북어 실은 배가 앞 강섬에 정박하자	北魚船泊前江洲
임대료를 탐낸 마을 노인이 소에 가득 싣네	貪貰村翁滿馱牛
두 번째 닭 우는 소리에 문을 나서 떠나니	第二雞聲出門去
서릿바람에 날리는 낙엽이 봉두난발을 치네	霜風落葉打蓬頭

조선 허훈(許薰, 1836~1907), 『방산집(舫山集)』, 「전가(田家)」

兩個有人張與李腰
間一斧手中鯉酒酣
何事來河邊應語樵
漁害利耳
歲在乙未仲秋下浣題

「어초문답도」, 작자미상, 조선, 국립중앙박물관 소장
어부와 초부(나무꾼)가 강가에 서로 만나 문답하고 있는 그림이다. 어부는 잉어를 들고 있고, 초부는 허리에 도끼를 차고 있다. 두 은자가 만나고 있는 것이다.

면 원산에서 북어를 실은 배가 강을 타고 올라와서 마을 앞 모래톱에 정박했다. 명태 상인에게 소를 임대한 마을 노인이 명태를 소에 가득 싣는다. 이튿날 새벽에 명태를 싣고 서릿바람을 맞으며 길을 나선다. 아마 뱃길이 닿지 않는 깊은 산골 마을로 명태를 팔러 가는 것이리라.

명태는 원래 동해 북쪽이 주산지인데 남북이 분단되어 지금은 명태 어장이 거의 없어지고 말았다. 그나마 남쪽의 강원도 바다에서 나던 명태도 이제는 완전히 종적을 감춘 지 오래이다. 어떤 이는 명태가 사라진 이유를 명태 치어인 노가리까지 마구 잡은 탓이라 하고, 또 어떤 이는 바다 수온의 변화 때문이라고 한다.

우리 바다에서 명태는 사라졌지만 우리 식탁에서는 명태가 사라지지 않았다. 비록 남의 바다에서 비싼 비용을 치르고 잡아와야 하지만, 오랜 세월 동안 명태 맛에 길들여진 한국인의 입맛은 절대 명태를 포기하지 않을 것이다.

한 가지 다행스러운 일은 우리 바다의 명태를 복원하려고 명태 치어의 방류 사업을 시작했다는 것이다. 부디 다시 우리 동해에서 명태가 뛰노는 때가 왔으면 싶다. 그래서 다시 가난한 시인의 소주 안주가 되고, 시가 되는 것을 보고 싶다.

감푸른 바다 바다 밑에서
줄지어 떼 지어 찬물을 호흡하고
길이나 대구리가 클 대로 컸을 때

내 사랑하는 짝들과 노상 꼬리 치고 춤추며 밀려다니다가

어떤 어진 어부의 그물에 걸리어

살기 좋다는 원산 구경이나 한 후

에지프트의 왕처럼 미이라가 됐을 때

어떤 외롭고 가난한 시인이 밤늦게 시를 쓰다가

쐬주를 마실 때

그의 안주가 되어도 좋다

그의 시가 되어도 좋다

짝짝 찢어지어 내 몸은 없어질지라도

내 이름만 남아 있으리라

명태의 헛 명태라고 헛

이 세상에 남아 있으리라

명태 헛 명태라고

헛 이 세상에 남아 있으리라.

양명문 시 · 변훈 작곡, 「명태」

어부

백발로 푸른 물결 위에서　白髮滄浪上
완전히 시비를 잊었네　全忘是與非
가을 못에 낚시하러 갔다가　秋潭隨釣去
밤 달빛 속에 뱃전 두들기며 돌아오네　夜月叩船歸
안개 그림자는 갈대 언덕에 침범하고　煙影侵蘆岸
조수 흔적은 대나무 사립문에 있네　潮痕在竹扉
말년에 갈매기와 친하니　終年狎鷗鳥
오가며 욕심이 없다네　來去且無機

당나라 두목(杜牧, 803~852?)

●

자가 목지(牧之), 호는 번천거사(樊川居士)로 경조(京兆) 만년(萬年) 사람이다. 황주(黃州, 황저우), 지주(池州, 츠저우), 목주(睦州, 무저우) 등에서 자사를 지냈다. 이상은(李商隱)과 함께 만당(晩唐)의 대표 시인이었다.

바다로 간 민물고기 황어

동해의 황어

내가 황어黃魚를 처음 만난 것은 20여 년 전 동해안 주문진에서였다. 태백준령에는 아직 하얀 잔설이 남아 있고, 여전히 겨울 기운이 쌀쌀한 초봄이었다. 석양에 바닷가를 산책했는데 항구의 끝자락 방파제에서 대여섯 명의 낚시꾼이 뭔가를 바쁘게 낚아 올리고 있었다. 한걸음에 달려가서 살펴보니 20~30센티미터가량의 제법 큼직한 물고기였다. 그 모습은 송어와 흡사했는데 나로서는 처음 보는 물고기였다. 한 낚시꾼에게 무슨 물고기이냐고 물어보니 '황어'라고 했다. 황어? 처음 들어 보는 이름이었다.

이튿날 새벽 일찍 어판장으로 가서 동해의 물고기를 구경했다. 어

황어 ⓒ 박현희
황어는 바닷물고기인데 봄에 동해와 남해의 하천으로 올라온다.

판장 여기저기에 낯선 물고기가 무더기로 쌓여 있었다. 어젯밤 방파제에서 낚시꾼들이 낚던 물고기였다. 자세히 살펴보니 검붉은 몸빛에 세로줄의 빨간 띠가 선명했다. 어부 모두가 그 물고기를 황어라고 하며 초봄에 해안으로 몰려온다고 했다.

그로부터 몇 년이 지나서 최기철의 『민물고기를 찾아서』라는 책을 보고서야 나는 비로소 그때 주문진에서 보았던 물고기가 황어였다는 것을 확인할 수 있었다. 황어는 동해안 일대에서 부르는 황어의 방언이었다. 황어는 또한 지역에 따라서 미리 · 밀하 · 졸황어 · 물황어 · 영황어 · 황고기 · 황어사리 등으로 불린다고 한다.

한강의 황어

황어(학명 *Tribolodon hakonensis*)는 잉엇과의 물고기이다. 잉엇과 물고기 중에서 유일하게 바다로 나가서 성장하고 다시 강으로 돌아와 산란하는 어종이다.

몸의 색은 어두운 청갈색이고, 배 쪽으로는 은백색이다. 산란기 때는 머리부터 꼬리까지 붉은 혼인색이 세 줄기 세로줄로 뚜렷하게 나타나는데, 수컷은 더욱 선명하고 머리와 몸 표면에 오돌토돌한 추성(追星, 물고기가 산란기가 되면 몸이나 지느러미의 표면에 생기는 돌기)이 생긴다. 완전히 성장한 것은 보통 20~30센티미터인데 최대 45센티미터까지 자란다. 삼월 중순 무렵에 맑은 강물 중류로 연어처럼 무리 지어 올라와서 얕은 물 속 자갈과 모래밭에 산란하고 방정한다. 부화한 치어는 일정 정도 자라면 다시 바다로 내려가서 성어가 될 때까지 2~3년을 보낸다. 그런데 그중에는 바다로 내려가는 강해형降海形과 내려가지 않는 육봉형이 있다고 한다. 한반도에서는 육봉형 황어가 아직 보고된 바가 없다.

현재 황어는 한반도의 동해나 남해로 흐르는 하천과 일본과 사할린 등지에 분포한다. 그러나 조선시대에는 서해에도 황어가 있었다는 기록이 있다.

『신증동국여지승람』에는 경기도 부평도호부富平都護府와 통진현通津縣의 특산물로 황어가 기록되어 있다. 부평과 통진은 모두 한강 수계 지역이다.

『세종실록』에 "세종 11년 기유(1429) 5월 29일(갑술), 사신이 두목(頭目, 여러 하인을 거느리는 우두머리) 세 사람을 통진·해풍海豐 등지에 보내어 황어를 잡게 했다"라고 했고, 또 "세종 11년 기유(1429) 6월 18일(계사), 창성昌盛과 윤봉尹鳳 두 사신이 양화도에서 배를 띄워 조강阻江으로 향하였는데, 몸소 황어를 잡으려고 한 것이었다"라고 했고, 또 "세종 12년 경술(1430) 8월 18일(병술), 경기 감사에게 전지傳旨하기를, '강변에 곡물을 쌓아 두고 황제께 진헌할 황어를 잡아 오는 자가 있거든 후하게 상을 주도록 하라' 했다"라고 했다.

명나라 사신이 한강 하구 조강으로 직접 황어를 잡으려고 가고, 세종은 명나라 황제에게 바칠 황어를 구하고자 상금까지 걸었다는 기사이다. 창성과 윤봉이라는 명나라 사신은 원래 조선 사람으로 명나라에 환관으로 바쳐졌던 자들인데, 태감太監이 되어 조선 사정에 밝다는 이유로 사신으로 파견되었다. 조선에 와서 온갖 패악을 저질렀는데, 그들의 사신이라는 신분 때문에 조선으로서는 굴욕을 참고 무조건 잘

대해줄 수밖에 없었다. 어쨌든 이들이 직접 황어를 잡으려고 하고, 또 세종이 황제에게 보낼 황어에 상금까지 걸었던 것은 이례적인 일이 아닐 수 없다. 명나라 황제가 중국에는 없는 조선의 황어 맛을 보고자 했던 것인가?

> 황어: 모양은 자못 잉어와 같고, 크기도 또한 그와 같다. 비늘 색이 순황純黃이라서 황어라고 부른다. 서해안에서 나온다. 항상 날이 비가 내리려 하면 수 길로 뛰어올라 다시 물로 떨어지는데 소리가 마치 물장구치는 듯하다. 그 육질은 지방이 많아 기름져서 맛있다.
>
> 서유구, 『전어지』 중에서

조선 후기 서유구의 기록인데 서해에서 황어가 나온다고 했다.

> 한 구역이 한 산천을 간직하니　一區藏得一山川
> 반곡 도원에 특별한 천지가 있네　盤谷桃源別有天
> 물어보자 거주민이여 무슨 즐거움이 있나　爲問居民有何樂
> 황어와 붉은 게를 값도 치지 않는다네　黃魚紫蟹不論錢
>
> 조선 곽열(郭說, 1548~1630), 『서포집(西浦集)』, 「만흥(謾興)」

반곡盤谷은 지금의 김포金浦시 통진에 있던 옛 지명이다. 이곳은 한강과 임진강이 만나는 조강祖江이 서해로 흘러들어 가는 길목이다. 조선 중기에 서해에서 조강으로 황어와 붉은 게가 흔해서 값도 치지 않을 만큼 몰려들었음을 알 수 있다.

황어는 스스로 뛰지만 통발 허리에 막히고　　黃魚自擲礙筒腰
붉은 게는 옆으로 기며 다리를 넘지 못하네　　紫蟹橫爬不度橋
부끄럽게 강신은 식량을 멀리 보내지 못하는데　　慙愧江神遠相餉
문전엔 하루 두 번 조수가 이르네　　門前一日兩時潮

이건창, 『명미당집』, 「촌거즉사(村居卽事)」

구한말 사대문인四大文人의 중의 한 사람인 이건창이 고향 강화도에서 지은 시이다. 불과 100년 전 구한말에 강화도에도 황어와 붉은 게의 어업이 활발했음을 알 수 있다.

이처럼 조선시대에는 한강을 비롯한 서해에서도 황어가 생산되었다. 그런데 지금은 그 자취가 완전히 없어진 것은 무슨 까닭인지 알 수 없다. 여러 원인이 있겠지만 서해로 흐르는 강물이 크게 오염된 탓이 크지 않나 싶다.

조선의 황어 시편

위에서 이미 살펴보았듯이 황어는 조선 초기부터 우리에게 친숙했다. 나라에 진상하고, 말리거나 젓갈을 담아서 먹는 유용한 물고기였다.

남효온의 『추강집』 「조대기釣臺記」에 "풀을 베어 우묵한 곳을 채워서 두꺼운 자리를 마련하고, 황어와 잉어를 낚아 굽기도 하고 회를 치기도 하여 조촐한 술자리를 열고 청담淸談을 펼쳤다"라고 했고, 이정구의 『월사집月沙集』에 있는 한 편지글에는 "암탉을 삶고 새 보리로 밥을 짓고 황어를 굽고 백주白酒를 기울이는 것이 모두 오늘날 향리의 좋은 흥취인데, 이 늙은이가 잔치에 참석하지 못하는 것이 아쉽습니다"라고 했다. 이처럼 황어는 조선인의 일상 속에서 친숙했다.

낙동강 봄바람 속 눈발 날릴 때	洛水春風雪漲時
황어가 활발하니 다투어 그물을 치네	黃魚潑潑罟爭施
한발을 약속한 듯 물고기 몰려왔는데	年荒若信魚來故
한 번 배부르고 어찌 백 번의 굶주림을 참겠는가	一飽何心忍百飢

조선 이황(李滉, 1501~1570), 『퇴계집(退溪集)』, 「황어」

이황이 기거했던 안동 도산서원 앞 낙동강 지류는 은어가 많이 났던 곳인데 황어도 또한 많이 올라왔던 모양이다. 이황의 주석에 "세속에서 말하기를, 황어가 많이 올라오면 한발이 들 조짐이라 한다"라고 했다. 당시 세속의 속담에 황어가 가뭄의 상징이기도 했던 모양이다.

지금 낙동강에는 황어가 올라오지 않는다. 황어가 스스로 인간 세상의 가뭄을 근심해서가 아니라 낙동강이 황어가 살지 못할 정도로 오염되었기 때문이다.

황어 천만 무리가	黃魚千百群
하나하니 물결 뚫고 오르는데	一一衝瀾上
다만 하늘 높이 올라가고 싶어서	但慕翀天飛
기꺼이 작살과 그물로 떨어지네	甘心落扠網

이식, 『택당집』, 「북천에서 물고기를 잡다가 소나무 아래로 비를 피해서, 즉석에서 절구 얻다

섯 수를 읊다[北川打魚, 避雨松下, 口占十伍絶]」 중 제13수

북천北川은 지금의 강원도 고성군 간성읍을 북동쪽으로 흘러서 동해로 흘러드는 하천이다. 진부령에서 흘러들어 오는 맑은 물을 거슬러 천만 마리 황어 떼가 물결을 일으키며 올라오는 광경은 상상만 해도 황홀하다.

북천은 지금 연어의 회유를 복원하고자 방류 사업을 진행하는 곳이다.

호수와 바다가 부딪는 양 언덕 대숲	湖海之衝兩岸篁
이 지방 물색은 내 고향 같네	此邦物色似吾鄕
삼짇날 좋은 빗속에 황어가 올라오니	重三好雨黃魚上
내일 공께서 나보다 먼저 맛보리라	明日公應先我嘗

조선 어득강(魚得江, 1470~1550), 『관포시집(灌圃詩集)』, 「상정께 올리다[呈橡亭]」

조선 중기 어득강이 상정橡亭 황필(黃㻶, 1464~1526)에게 준 시이다. 작가의 설명에 "이해 삼월에 공이 경주慶州로 부임했는데 내가 영일迎日로 가서 만났다"라고 했다. 당시 영일만 일대에도 황어가 음력 3월 3일 삼짇날 무렵에 올라왔다.

대숲 밖 복사꽃 두세 가지 피니	竹外桃花三兩枝
일 년 풍경을 내가 먼저 아네	一年風景我先知
누가 서로 전송하며 술로 근심 푸는가	有誰相送消憂酒

지금이 바로 황어가 올라올 때이네　　正是黃魚欲上時

조선 조팽년(趙彭年, 1549~?), 『계음집(溪陰集)』, 「봄날 즉석에서 읊다[春日卽事]」

위 시는 소동파의 시 「혜숭의 춘강만경」을 거의 그대로 베낀 것이다. 동파의 시에서는 하돈을 언급했는데 이 시에서는 황어를 언급했을 뿐이다. 어쨌든 복사꽃 피는 초봄은 하돈도 올라오고 황어도 올라오는 시기이다.

큰 들이 아득히 손바닥처럼 평평한데　　大野茫茫平似掌
그 안의 한 냇물이 어찌 그리 바삐 흘러가는가　　中有一川何奔放
얕은 곳은 발목이 드러나고 깊은 곳은 허리가 잠기고　　淺處露脚深沒腰
하류는 지척으로 바다와 통하네　　下流咫尺通海潮
봄비가 장마 져서 밤낮으로 이어지니　　春雨成霖連日夜
물가에서 겨우 소와 말을 분별하네　　渚涯纔能辨牛馬
황어의 성질은 새 물을 좋아하여　　黃魚之性喜新水
물결 거슬러 냇물로 올라옴을 그칠 줄 모르네　　逆浪泝流不知止
턱 문지르고 아가미를 치며 모래 자갈밭을 향하고　　磨頷戛腮向沙磧
곳곳에서 여울 속에 각자 무리를 이루었네　　處處灘瀨各聚族
오늘 아침 물 줄어 어망을 들춰내니　　今朝水落排魚網
나도 내바구니 들고 사람들 따라갔네　　余亦携籃隨衆往
대나무 엮어 통발 만들어 그 물길을 막으니　　編竹爲笱塞其流
끊긴 냇물에서 한 덩어리로 서로 소란하고　　絕溪一擁相喧啾
왼쪽도 오른쪽도 도망칠 곳이 없어　　左者右者無所逃

물밑에서 밖으로 주둥이 드러내고 잠겼다 다시 뛰네	波底喁喁潛復跳
촉고를 더욱 재촉하니 물고기 더욱 다급하고	數罟轉促魚轉急
어부들 어지럽게 작살 잡고 들어가니	漁子紛紛挺叉人
진흙 모랫바닥에 번쩍번쩍 금척이 뒤집히네	泥沙閃閃翻金尺
흰 지느러미 붉은 눈알 붉은 가슴 이어지고	素鬐紅眼仍丹臆
머리 박고 괴로워하며 굳세게 서네	垂頭者困立倔強
버들가지에 꿰어 광주리에 담고	貫之以柳藏諸筐
요리사가 두 손으로 서릿발 칼을 휘두르며	饔人雙手揮霜刀
도마 위에 다투어 쌓은 흰 눈 같은 회가 수북하네	碪上爭堆白雪高
소반에 올려 젓가락 드니 좋은 맛이 먹을 만하여	登盤擧筯美可食
또한 탁주를 따라 몇 잔을 기울이네	且斟濁醪傾數爵
한강의 동자개 잉어를 누가 꼽을 수 있으며	漢江鱨鯉誰化數
금릉의 웅어는 취할 수 없네	金陵葦魚無足取
타향에서 잠깐 즐거움을 누리고	他鄕且耽片時樂
술 취해 돌아오니 해가 저물었네	酩酊歸來日西夕
여생에 배불리 먹는 것도 임금의 은혜이니	殘年飽喫亦君恩
거주민들과 함께 기뻐하네	土之居者同忻忻

조선 심광세(沈光世, 1577~1624), 『휴옹집(休翁集)』, 「율천에서 물고기를 잡는 것을 보고 노래하다(栗川, 觀打魚歌)」

심광세는 광해군 5년(1613) 교리를 지내다가 계축옥사 때 경상도 고성固城으로 유배되었다. 그는 이곳에서 머무는 동안 「고성즉사固城卽事」, 「해동악부海東樂府」 등 고성 지방의 풍속시를 많이 남겼다.

율천栗川에서 통발과 그물로 황어를 잡는 광경을 세세하고 생동감 있게 그려냈다. 남해에서 율천으로 올라오는 수많은 무리의 황어 떼가 눈앞에 삼삼하다.

강가 사람은 황어를 천하게 여기고	江人賤黃魚
맛도 없는 물고기라고 하지만	曰之無味魚
소반에 오색 비늘이 있으니	盤中鱗五色
들녘 손님은 오히려 유쾌하게 웃네	野客猶軒渠

조선 권극중(權克中, 1585~1659), 『청하집(靑霞集)』, 「황어」

강마을 사람에게는 황어가 지천이어서 물린 나머지 맛없는 물고기로 여겨질 수도 있다. 그러나 강에서 먼 산골이나 들녘에서 사는 사람에게는 평소에 접해보지 못한 황어는 오색의 빛이 영롱한 아름다운 물고기이다. 그 맛의 좋고 나쁨이 무슨 상관이겠는가?

황어란 이름만 들어도 이미 신선한데	黃魚聞名已新鮮
풍미가 절로 사람의 침을 흘리게 하네	風味自足流人涎
집어 드니 요동치는데 보고 또 살펴보니	擧之潑剌看又看
붉은 아가미 비단 비늘 더욱 눈부시네	丹腮錦鱗尤輝然
협강의 백 리에 수산물이 특별하니	峽江百里水產別
물고기 시절은 언제나 춘분 전에 좇아온다네	魚候每趁春分前
먼 봉우리의 눈빛이 강 밑에 찬란히 비치는데	遙峰雪映爛江底
천 무리 입 뻐끔대며 물결을 일으키네	千羣噞喁凌淪漣

「귀어도(歸漁圖)」, 이재관(李在寬, 1783~1837), 조선, 개인 소장
자가 원강(元剛), 호는 소당(小塘)이다. 그림은 낚시를 마치고 잡은 물고기를 대나무에 꿰어 귀가하는 것을 그렸다.

어량은 백 척 길이로 형세가 항아리를 세운 듯한데 魚梁百尺勢建瓴
한 차례 파도에 쓸리면 되돌리기 어렵네 一被波捲難回旋
강신이 낙엽 쓸어가듯 서서히 훑어가면 江神掃葉陳陳下
통발 대자리엔 황홀하게 단풍 색 황어가 채워지네 笱簣晃如丹楓塡
어부들 소리치며 물가 횃불 어지러운데 漁郎嚇嚇水燈亂
만선에 마구 실어 물결이 뱃전과 나란하네 滿船橫載波齊舷
강가의 친구가 나의 식탐을 기억하고 江上故人記我饞
십 리 길 하인의 어깨에 땀 흘리게 하였네 十里流汗童奴肩
칼질 소리 도마에서 울리고 용수로 술 거르는 소리 나고
鸞刀響杌酒鳴篘
오늘 그대로 인하여 새해를 맞이했네 今日緣君作新年
한스러운 일로 뼈 많은 준치를 논할 순 있지만 恨事寧論多骨鰣
기이한 맛으로 목 짧은 편어를 셈하기 어렵네 奇味難數縮頸鯿
젓가락 멈추고 하늘 우러러 한 차례 길게 탄식하니 停箸仰天一長歎
대한의 바다 어장을 누가 기꺼이 버렸던가 韓海魚址誰肯捐
미꾸라지 드렁허리 고동 조개조차 한 그물에 없어져서
鰍鱔嬴蛤一網空
어민들 울음 삼키니 강이 가련하네 浦民呑聲江可憐

구한말 황현, 『매천집(梅泉集)』, 「유내극이 황어를 보내와서 사례하다[謝柳乃極饋黃魚]」

100년 전에 섬진강 가 구례에서 살았던 황현의 시이다. 춘분 전에 황어 떼가 몰려와서 1000마리의 무리가 흰 물결을 일으킨다. 이 황어 떼를 잡으려고 곳곳에 커다란 통발이 설치하였다. 어부들이 밤에 횃불

을 밝히고 단풍 색으로 물든 물고기 떼를 거둬들이니 뱃전이 물에 잠길 정도로 만선이다. 벗이 멀리서 하인을 통해 황어를 보내주어서 회를 치고 술을 걸렀다. 봄철 진미를 맛보니 비로소 새해를 맞이한 듯하다. 시인은 문득 젓가락을 멈추고 길게 탄식한다. 대한제국의 바다 어장을 누가 남에게 주었던가? 어민들은 어찌 살 것인가?

이 시는 정미년(1907)에 지은 것이다. 국권 침탈 이전에 이미 개항 때부터 대한제국의 수많은 바다와 강의 어업권이 일본인의 손으로 넘어갔었다.

황현은 1910년 경술국치의 소식을 듣고 비분을 이기지 못하고 음독하여 자결했다. 이후 섬진강의 황어는 무분별한 남획으로 오랫동안 종적을 감추었다. 최근에 다시 황어가 돌아온 것은 참으로 기쁜 일이 아닐 수 없다.

나는 봄마다 섬진강으로 매화 구경을 다니면서 섬진강 지류인 화개천으로 거슬러 올라가는 황어 떼를 여러 번 목격했다. 그때마다 매천 황현을 떠올리곤 했다.

시에서 언급한 축경편縮頸鯿이라는 물고기는 사두편查頭鯿이라고도 하는데 편어鯿魚를 말한다. 당나라 맹호연과 두보의 시에서 언급되어 유명하지만, 중국 남방의 물고기로 우리나라에는 없는 것이다.

지리산의 가사어

지리산 골짜기에 신비한 물고기가 산다고 여러 우리 옛 문헌에서 전한다.

지리산 속에 못이 있는데 그 위에 소나무가 울창하게 늘어서 있다. 그 소나무 그림자가 항상 못에 쌓여 있다. 그 속에 물고기가 있는데 그 무늬가 몹시 찬란하다. 마치 가사袈裟 색과 같아서 가사어袈裟魚라고 이름 부른다. 대개 소나무 그림자가 변한 것인데 잡기가 매우 어렵다. 삶아 먹으면 무병장수할 수 있다고 한다.

조선 이덕무, 『청장관전서』, 「이목구심서(耳目口心書)」 중에서

소나무 그림자가 변한 물고기! 삶아 먹으면 무병장수할 수 있는 물고기! 물론 이런 말은 허황하기 짝이 없다.

그러나 이덕무의 이 기사는 기존의 기록에다 약간의 작가적 상상을 가미했을 뿐, 그 실체가 없는 것은 아니다.

임천瀶川은 마천소馬淺所에 있다. 지리산 북쪽 골짜기 물이 합쳐져서 임천이 되었다. 용유담龍遊潭은 군 남쪽 40리 지점에 있으며, 임천의 하류이다. 담의 양 곁에 편평한 바위가 여러 개 쌓여 있는데, 모두 갈아놓은 듯하다. 옆으로 벌려졌고 곁으로 펼쳐져서, 큰 독 같은데 바닥이 보이지 않을 정도로 깊기도 하고, 혹은 술 항아리 같은데 온갖 기괴한 것이 신의 조화 같다. 그 물에 물고기가 있는데 등에 가사 같은 무늬가 있는 까닭으로 이름을 가사어라 한다. 지방 사람이 말하기를 "지리산 서북쪽에 달공사達空寺가 있고 그 옆에 저연猪淵이 있는데, 이 물고기가 여기서 살다가, 해마다 가을이면 물을 따라 용유담에 내려왔다가, 봄이 되면 달공지達空池로 돌아간다. 그 까닭으로 엄천嚴川 이하에는 이 물고기가 없다. 잡으려는 자는 이 물고기가 오르내리는 때를 기다려서, 바위

폭포 사이에 그물을 쳐놓으면 물고기가 뛰어오르다가 그물 속에 떨어진다"라고 한다. 달공은 운봉현雲峯縣 지역이다.

『신증동국여지승람』 경상도(慶尚道)·함양군(咸陽郡) 중에서

가사어는 지리산 계곡 물 안에서 나온다. 몸의 길이는 한 자가 못 된다. 색은 송어같이 빨갛고 그 맛은 대단히 좋다. 중이 가사를 입은 것 같은 모양을 하고 있어서 가사어라는 이름이 붙은 것이다. 산 아래에 사는 사람들은 수년 동안에 겨우 한 번 본다고 하니, 이상한 물고기이다. 어떤 사람은 소나무 기에 감응하여 생겨났다고 여긴다.

이수광, 『지봉유설』 중에서

이덕무의 기사는 『신증동국여지승람』과 『지봉유설』 등을 참고했음을 알 수 있다.

달공사 아래 수사화는　　達空寺下水梭花
자주색 지느러미 반점 비늘로 맛이 더욱 좋네　　紫鬣斑鱗味更嘉
진중한 광문께서 맛보지 못했는데　　珍重廣文嘗不得
도리어 천령 병부 집으로 왔네　　却來天嶺病夫家

김종직, 『점필재집』, 「운봉 김훈도가 가사어 한 마리를 보내 보여주었다(雲峯金訓導, 送示袈裟魚一尾)」

조선 초에 김종직이 지리산 아래 전라도 운봉현의 훈도(訓導, 종9품)가 가사어 한 마리를 보내 보여주어서 지은 시이다.

수사화水梭花는 승려가 사용하는 물고기를 이르는 은어이다. 그 뜻은 물속을 뚫고 다니는, 베틀의 북과 같다는 것이다. 소동파는 『동파지림東坡志林』에 "승려는 술을 반야탕般若湯, 물고기를 수사화, 닭을 찬리채鑽籬菜라고 하는데 끝내 이익이 되는 바는 없고, 단지 기만일 뿐이다"라고 했다.

광문廣文은 당나라 때 광문관박사廣文館博士를 지낸 정건(鄭虔, 705~764)이다. 두보의 「취시가醉時歌」에 "제공들은 연이어 대성臺城을 오르는데, 광문 선생은 벼슬이 유독 한산하네. 큰 저택에선 분분하게 고량진미를 싫증 내는데, 광문 선생은 밥도 부족한 처지라네[諸公袞袞登臺省, 廣文先生官獨冷. 甲第紛紛厭粱肉, 廣文先生飯不足]"라고 했다. 여기서는 김훈도를 말한 것이다.

천령天嶺 병부病夫는 김종직 자신을 말한 것이다. 천령은 경상도 함안의 옛 이름으로, 김종직은 1470년 함양 군수로 재직했다.

지리산에 살았다는 이 가사어는 아직 학문적으로 구명되지 않은 수수께끼의 물고기이다. 그러나 여러 가지 기록의 정황으로 보아서 나는 막연하나마 가사어가 황갈색의 황어가 아닐까 생각해본다.

최기철은 『민물고기를 찾아서』에서 "이들 고서에 나오는 가사어가 황어와 같은 종인지 아닌지, 현대를 사는 우리에게는 이 문제를 규명해야 할 의무가 있다고 생각한다. …… 『동국여지승람』의 기록 내용으로 보아 가사어가 신화적인 존재는 아니라는 것이 필자의 추측이다. 아니, 가사어를 신화적인 존재로 남기고 싶지 않는 것이 필자의 소망이다. 가사어의 존재를 민족의 꿈으로만 남겨두고 싶지 않다"라고 했다.

두보의 황어 시

중국의 옛 문헌에도 황어라는 이름이 많이 나온다. 그러나 중국의 황어는 우리 황어와는 전혀 다른 어종이다.

날마다 파동 협곡을 보니	日見巴東峽
황어가 물결에서 나와 새롭네	黃魚出浪新
기름으로 개 사육을 겸하는데	脂膏兼飼犬
길고 커서 몸을 숨길 수 없네	長大不容身
통발을 서로 이어온 지 오래인데	筒筩相沿久
바람과 천둥을 기꺼이 신으로 삼네	風雷肯爲神
진흙 모래에서 침을 흘리니	泥沙卷涎沫
머리 돌려 용린을 괴이 여기네	回首怪龍鱗

당나라 두보, 「황어」

당나라 대종代宗 대력大曆 원년(766)에 두보가 기주夔州에 있을 때 지은 시이다.

기주는 지금의 사천성四川省 장강(長江, 창장 강) 상류에 위치한다. 시에서 언급한 파동巴東이 그곳이다.

청나라 구조오(仇兆鼇, 1638~1717)의 『두시상주杜詩詳註』에 "『두억杜臆』에서 '기주 상류 40리에 황초협黃草峽이 있는데 황어가 나온다. 큰 놈은 수백 근이다'라고 했고, 『이아주』에는 전어(鱣魚, 철갑상어)는 몸에 갑甲이 있고, 비늘은 없고, 살은 노랗다. 큰 놈은 길이가 2~3장인데 강동

사람은 황어라고 부른다"라고 했다.

『두억』과 『이아주』에서 모두 황어를 철갑상어라고 한 것이다.

캐비아로 유명한 철갑상어는 그 종이 여럿인데 그중 세 개의 종은 우리나라 서해와 중국 장강 일대, 일본 규수 등지에 서식하는 것으로 알려졌다. 바다에 살며 강으로 올라와 산란한다고 한다. 성어는 1.5미터가 넘는 대형 물고기이다. 예전에는 우리나라 한강까지 올라왔던 물고기였다.

집집이 오귀를 기르니　　家家養烏鬼
끼니마다 황어를 먹네　　頓頓食黃魚

두보, 「장난삼아 배해체로 짓다(戲作俳諧體), 견민이수(遣悶二首)」 중에서

황어를 언급한, 두보의 또 다른 시이다. 이 시의 오귀烏鬼는 역대에 걸쳐 여러 설이 분분하다. 그중에 가마우지라는 설도 있다.

시사詩史, 두보가 말하기를 "집집이 오귀를 기르니, 끼니마다 황어를 먹네"라고 했다. 오귀는 지금의 가마우지[鸕鷀]이다. 황어는 지금 세속에서 이른바 황어이다. 오귀는 물고기를 잘 잡는데, 황어는 느리고 둔하고 힘이 없는 놈이다. 쉽게 포획할 수 있으므로 오귀를 길러서 황어를 잡을 뿐이다. 일찍이 들으니 (임진왜란 때) 명나라 군사 중에 천촉(川蜀, 사천성 촉 지역)에서 온 자가 있었는데, 오귀를 이용하여 물고기를 잡았다고 한다. 그 목을 둘러 묶어놓고 줄로 이어놓은 것은 그것이 달아날까 염려해서이고, 목을 둘러 묶는 것은 그것이 물고기를 잡아서 삼키

지 못하게 하려는 것이다. 꾀가 또한 교묘하다.

조선 고상안(高尚顔, 1553~1623), 『태촌집(泰村集)』, 「효빈잡기(效嚬雜記) · 오귀선포어(烏鬼善捕魚)」 중에서

가마우지는 잠수에 능하여 물고기를 잘 잡는 새이다. 해안가에 서식하는 바다가마우지와 강과 호수에 사는 민물가마우지가 있는데 세계적으로 30여 종이 있다고 한다. 서울의 한강과 석촌호수 등에도 붙박이 가마우지가 산다.

가마우지는 크기가 왜가리나 백로 정도이고 검은색인데, 잠수를 잘하여 50센티미터가 넘는 큰 잉어도 잡아서 단숨에 삼켜버릴 만큼 사냥술과 먹성이 좋다. 고대인은 이런 가마우지의 특성을 이용하여 물고기를 잡는 어법을 개발했다.

지금도 중국의 강남 지역에서는 생업과 관광자원을 목적으로 가마우지 어법을 시행하고, 일본에서도 관광자원을 목적으로 가마우지를 이용한 은어잡이 축제를 벌인다. 중국과 일본의 가마우지 어법은 역사가 긴데 우리나라에는 이런 어법이 없었던 것 같다.

고상안은 "황어는 지금 세속에서 이른바 황어이다"라고 하고 별다른 설명을 하지 않았다. 중국의 황어가 우리나라 황어라는 것인가?

두보가 시에서 언급한 황어가 과연 철갑상어라면 가마우지로 철갑상어를 잡을 수 있었을까? 잉어 정도라면 몰라도 1미터가 넘는 철갑상어는 가마우지가 감당할 수 없는 물고기가 아니겠는가? 이런 모순 때문에 역대 주석 중에는 오귀가 가마우지가 아니라고 주장한 사람이 적지 않다.

울산 반구대 암각화 ©울산암각화박물관

기원전 6000년 경에 한반도 선사인들이 고래잡이를 하고 있는 그림이 그려져 있다. 46마리의 고래가 새겨져 있는데 혹등고래, 참고래, 향유고래. 돌고래 등이다. 낚시와 작살로 고래를 잡고 있는 그림은 인류의 어류문화의 기원을 말해주고 있다.

두시杜詩에서 "집집이 오귀를 기르니, 끼니마다 황어를 먹네"라고 했다. 살펴보니 그 하나가 오귀는 가마우지[鸕鷀]이다. 촉蜀 지역 사람은 모두 가마우지를 길러서 물고기를 잡는다. 또 다른 뜻은 돼지[豬], 노오老烏, 오만烏蠻 등이다. 『귀소설鬼小說』에서 "오만은 전쟁에서 죽은 자인데 사람에게 역질을 일으키므로 제사를 지낸다"라고 했다. 이 시에서는 마땅히 노오신老烏神을 말한 것이고, 혹은 오만귀烏蠻鬼를 말한 것이다. 내가 들으니, 차천로(車天輅, 1556~1615)가 일본에 갔을 때 왜인倭人들이 가마우지를 길러서 물고기를 잡는 것을 보았다고 했다. "이것으로 증명할 수 있다"라고 했다.

이수광, 『지봉유설』, 「당시(唐詩)」 중에서

이수광은 오귀의 뜻에는 가마우지, 돼지, 노오, 오만 등이 있는데 두보의 시에서 언급한 오귀는 중국 강남에서 역신으로 모시는 노오신, 혹은 오만귀를 말한 것이라 했다. 그러니 이수광에 따르면, 두보의 시는 "집집마다 오귀를 공양하여 모시니, 그 귀신이 끼니마다 제물로 바치는 황어를 먹는다"라는 뜻이 된다.

형오의 좋은 일은 강과 호수에 있으니	荊吳勝事在江湖
배들이 서로 따르며 줄을 잇네	艛艓隨方引舳艫
한 끼 황어를 먹는 것이 얼마일 것인가	頓食黃魚何用許
배 가득히 오귀가 새끼를 키우러 왔네	滿船烏鬼養來雛

조선 정사룡(鄭士龍, 1491~1570), 『호음잡고(湖陰雜稿)』, 「포어도에 적다, 4절구(題捕魚圖四絶)」 중 한 수

정사룡이 물고기 잡는 그림[捕魚圖]에 적은 시이다. 형오荊吳는 중국 장강 중하류 강남 지역을 말한다. 황어와 오귀를 언급한 것이 두보의 시를 참고한 듯하다. 정사룡은 두보 시에 나온 황어의 정체를 무엇으로 알았는지 궁금하다.

물고기 잡는 것을 구경하다觀打魚

돌다리에 물 줄고 하늘과 물결 맑은데	石梁水落天波澄
어부가 수달을 풀어주는 것이 매를 날리는 듯하네	漁人放獺如放鷹
대를 얽어 배 만드니 왕래가 편하고	編筠作航來往便
가는 것은 나는 북 같고 오는 것은 화살 같네	往似飛梭來似箭
교룡의 못은 끝없이 깊어 용객은 잠겨 있는데	蛟潭無極龍客幽
강은 비어 수달 굶주리니 어부가 근심하네	江空獺饑漁人愁
어부는 근심하나 하수의 방어는 기뻐하는데	漁人愁河魴喜
푸른 강 한 구비에 한 줄기 연기가 오르네	清江一曲孤烟起

명나라 양신(楊愼, 1488~1559), 『승암집(升菴集)』

●

자는 용수(用修), 호는 승암(升庵)이다. 한림학사(翰林學士)를 지냈다. 수많은 저술을 남겼다. 이 시는 수달을 길들여 물고기 잡는 것을 읊은 것이다.

가마우지가 물고기 잡는 것을 구경하다, 두 수觀鸕鷀捕魚二首

화려한 배에 자리 깔고 술을 함께 나누는데　畫舫開筵酒共傳
가마우지가 물에 나와 물고기 잡은 것이 신선하네　鸕鷀出水得魚鮮
북을 쳐서 놀라 날아가게 하지 마오　莫教鼓吹驚飛去
여울머리에 서서 배에 오르지 않으리라　立在灘頭不上船

파도 속에 한 이파리 같은 작은 배를 저으니　一葉波心棹小航
가마우지는 물속으로 잠수하여 물고기 찾기 바쁘네　鸕鷀没水覔魚忙
뱃사람 박수 치며 서로 놀라 웃는데　舟人拍手相驚笑
물고기 머금고 올라오니 한 자 길이이네　銜得魚來尺許長

명나라 손승은(孫承恩, 1485~1565), 『문간집(文簡集)』

●

자는 정보(貞甫), 호는 의재(毅齋)이다. 예부상서를 지냈고, 서화에 능했다.
가마우지로 물고기를 잡는 것을 읊은 시인데 작가의 고향은 지금의 상해시인 송강이다.

갈대밭의 물고기
웅어

웅어의 별칭

요즘 웅어(학명 *Coilia ectenes*)는 거의 잡히지 않는다. 금강 하구와 낙동강 하구 등 극히 일부 지역에서 명맥을 잇고 있을 뿐 거의 멸종 단계라고 할 수 있다. 그래서 그 이름조차 모르는 사람이 적지 않다. 그러나 조선시대에는 동해안 지역만 제외하고 서해와 남해로 흐르는 강의 유역에서는 어디서나 웅어가 풍성하게 잡혀서 전국에 명성을 떨쳤던 물고기이다.

『세종실록지리지』의 경기도 부평도호부 양천陽川현 조에 "양화도 아래에서 주로 웅어[葦魚]·숭어[水魚]·면어綿魚가 난다"라고 했다. 『신증동국여지승람』에는 경상도, 전라도, 충청도, 황해도, 평안도 등 수십 곳의 특산물로 웅어가 수록되어 있다. 이처럼 조선 초기부터 웅어는 유용한 식용어로 중시되었다. 왕실에서는 종묘의 제수로 웅어를 올렸고, 사가의 제사에서도 마찬가지였다.

웅어는 멸칫과의 어류로 바다에서 성장하고 사오월에 강으로 올라와서 육칠월경에 갈대밭 같은 곳에서 산란한다. 부화한 치어는 가을까지 바다로 내려가서 3~5년 동안 성어로 성장한다. 모양은 옆으로 납작하고, 몸은 가늘고 길어서 전체적으로 긴 칼처럼 생겼다. 길이는 30센티미터까지 자란다.

웅어는 지방에 따라서 우어, 우여, 웅에, 위어, 우여, 차나리 등으로 불린다. 우리 옛 문헌에는 위어葦魚로 표기되어 있는데, 우리말 위어에 음이 같은 한자를 빌려온 것 같다. '위어葦魚'라는 한자 표기는 중국 문헌에는 전혀 보이지 않는 우리만의 것이었다. '위어'의 의미를 한자로 풀어보면 '갈대밭의 물고기'라는 뜻이다. 그러나 과연 처음부터 그런 의미의 이름이었는지는 의문이다.

> 도어魛魚 : 속명은 위어다. 크기는 한 자 남짓이고, 밴댕이[蘇魚]와 비슷한데 꼬리가 몹시 길고, 색은 하얗다. 맛이 지극히 달고 진하여 횟감 중에서 상품이다.
>
> 정약전, 『현산어보』 중에서

> 제어鮆魚는 위어이다. 『이아』에서 이른바 멸도鱴刀이다. 일명 도어, 일명 열어鮤魚, 일명 제어鱭魚, 일명 조어鰽魚이다.
>
> 정약용, 『아언각비』 중에서

웅어 ⓒ 박현희
웅어는 바닷물고기인데 봄에 남해와 서해의 강으로 올라온다. 한강에서 많이 잡혔는데, 조선 때 국가에서 여러 곳에 위어소를 두고 어획했다.

제어 :『본초』에서 이른바 제어는 지금 세속에서 말하는 위어이다. ······ 강과 호수가 바다 입구와 통하는 곳에서 나온다. 매년 사월에 강으로 거슬러 오르는데 한강의 행주幸州, 임진강의 동파탄東坡灘 상·하류, 평양의 대동강에 가장 많다. 사월이 지나면 없어진다.

서유구, 『전어지』 중에서

정약전과 정약용, 서유구의 글 중에서 위어를 제외한 도어, 제어鮆魚, 멸도, 열어, 제어鱭魚, 조어 등은 모두 중국 문헌에서 나온 이름이다. 중국에도 웅어 산지가 많아서 여러 명칭이 생겨났음을 알 수 있다.

한강의 위어소

한강 하류에서는 조선 초기부터 웅어가 많이 산출되었다. 이에 임금의 식사와 궁궐의 음식을 담당하는 사옹원에서는 한강 하류 지역 여러 곳에 웅어를 잡아 진상하는 위어소葦魚所를 설치하여 운용했다.

사옹원이 아뢰기를 "위어소 어부 천호千戶 장귀천張貴千 등이 본원에 소장을 올리기를 '평상시 어부는 다섯 개 읍을 통틀어 300호戶였는데, 1호당 전지田地 8결結을 복호(復戶. 국가가 호에 부과하는 요역徭役 부담을 감면하거나 면제해주던 제도) 받아서 중국 사신이 올 때나 국장國葬 때라 하더라도 일절 침해받지 않았었다. 그러나 난리를 겪은 뒤로 거의 모두 흩어져 없어지고, 현재 남아서 그 역役에 응하는 집은 겨우 100여 호밖에 안 되는데 완전히 복호 받는 전결田結은 단지 2결뿐이다. 그래서 힘들고 과중한 역을 형세상 감당해내기가 어려워 장차 흩어질 지경에 이르렀는데, 와서(瓦署, 왕실에서 쓰는 기와나 벽돌을 만들어 바치던 관아)의 땔나무와 궁궐을 조성하는 데 소요되는 재목을 일반 백성의 호역戶役과 똑같이 분담하고 있으니 원망스럽고 안타깝기 그지없다'라고 했습니다. 어부의 제도를 설치한 것은 오로지 물고기를 잡아 진상하도록 하려는 것으로써 조종조에서 그 전결을 복호해주고, 그 신역身役을 너그럽게 봐준 것은 실로 그럴 만한 뜻이 있었습니다. 그런데 지금 호수戶數도 감소하고 완전히 복호를 받지도 못하는 때에 응당 담당해야 할 신역 외에 크고 작은 각종 잡역을 일반 백성과 동일하게 부과하고 있으니 억울하다고 호소하는 것은 형세상 필연적인 일입니다. 만약 제때에 변통해서 소생할 길을 마련해주지 않는다면 진상하는 일을 어쩔 수 없이 폐하게 될 텐데 다른 이에게 위촉하는 것도 염려스럽기만 합니다. 전결을 복호하는 일을 한결같이 법전대로 해줄 수는 없다 하더라도 땔나무나 궁궐 조성에 쓰는 재목을 마련하는 것 등의 새로운 역은 지금 이후로 일절 부과하지 말고 오로지 물고기를 잡아 진상하는 일만 하도록 승전承傳을 받들어 시행하는 것이 어떻겠습니까?"라고 하니, 윤허한다고 전교하였다.

『조선왕조실록』, 광해군 10년 무오(1618, 만력 46) 4월 1일(경인) 조

위에서 언급한 다섯 개 읍은 한강 하류인 고양, 교하交河, 김포, 통진, 양천 등이다. 이곳에 모두 300호의 어부를 지정하여 요역과 세금을 면제해주고 오로지 어업에 종사시켜 웅어를 진상하게 했다. 그런데 임진왜란을 겪은 후 어부들은 거의 흩어지고 겨우 100호만 남았다. 이런

형편에 애초의 법전에 명시된 요역과 세금 면제는 고사하고 다른 잡역까지 일반 백성과 똑같이 부과되니 생계를 유지할 수 없는 것은 당연한 일이었다.

『승정원일기』 인조 3년 을축(1625, 천계 5) 조에는 "어부의 역은 일반 백성 가운데 가장 과중하여 복호를 많이 해주어도 오히려 싫어하여 피할까 염려되는데, 하물며 복호의 결수結數를 감하고 또 어부의 수를 감하였으니 더 말할 나위가 있겠습니까. 현재 남아 있는 어부가 그 고통을 모두 져야 하므로 도피할 형세여서 장차 유지되지 못할 것이니, 지극히 염려스럽습니다. 통진은 위어가 희귀한데 아직 제대로 잡히기도 전에 감착관監捉官이 먼저 도착하므로 물고기를 잡는 수고가 다른 곳의 백배나 됩니다. 이러하므로 어부를 통진에 많이 배정하였는데 그 의도한 바가 있는 일이었습니다. 몇 해 전에 통진 현감의 보고로 스무 명을 더 배정하였는데 가설加設한 것이므로 지금 감하해야 합니다만, 어공(御供, 임금에게 물건을 바침)에 관계되는 일이니 경중을 헤아려 그대로 존속하게 하고 감하지 말도록 승전을 받들어 시행하는 것이 어떻겠습니까?"라고 했다. 이 또한 통진의 위어소에 소속된 어부의 고단한 형편을 호소하는 내용이다.

위어소에 관련된 다른 기록을 살펴보면 그 담당 관리의 횡포와 수탈도 적지 않았던 것 같다.

새 불을 막 피울 때 복사꽃 피려 하고	新火初生桃欲發
행주와 김포에 웅어가 나오네	杏洲金浦葦魚出
물고기 잡고 위어소를 지나지 마오	捉魚莫過葦魚所

고생하여 얻은 물고기를 관리가 빼앗는다오　　　辛苦得魚官吏奪

조선 김재찬(金載瓚, 1746~1827), 『해석유고(海石遺稿)』, 「어부사시사(漁父四時詞)」

'새 불을 막 피울 때'라는 것은 한식 때 예전 불을 끄고 청명절淸明節에 다시 새로운 불을 피우는 풍속을 말한 것이다. 행주와 김포는 위어소가 있는 곳이다. 이곳에서 위어소 소속이 아닌 일반 어부가 잡은 물고기를 관리가 불법으로 강탈했음을 알 수 있다.

행호의 웅어

행호杏湖는 경기도 양천군 행주幸州 일대의 한강을 일컫는 말이다. 행주는 과거에 행주杏州라고도 표기했다. 행주의 행호는 예로부터 도성에 가까운 승경지로 유명했다. 또한, 계절에 따라 웅어를 비롯한 여러 물고기가 풍부하게 잡혀서 철마다 사대부의 뱃놀이 유람이 그치지 않았던 장소였다. 중국 사신이 오면 뱃놀이로 접대하는 명소이기도 했다.

늦봄에 하돈을 국 끓이고　　　春晩河豚羹
초여름엔 웅어를 회 치네　　　夏初葦魚膾
도화수 넘쳐올 때　　　桃花作漲來
행호 너머에서 그물을 치네　　　網逸杏湖外

조선 이병연(李秉淵, 1671~1751), 「행호의 물고기 구경(杏湖觀魚)」

사천槎川 이병연이 겸재謙齋 정선(鄭敾, 1676~1759)의 그림 「행호관어

杏湖觀魚」에 쓴 시이다. 정선의 「행호관어」라는 그림은 정선이 1740년 12월부터 1745년 1월까지 양천 현감을 지낼 때 그린 『경교명승첩京郊名勝帖』에 있는 그림이다.

정선의 또 다른 그림 「척재제시惕齋題詩」는 척재惕齋 김보택(金普澤, 1672~1717)이 서재에서 시를 짓고 있는 모습을 그린 것이다. 그림 속에는 문이 활짝 열린 서재에서 붓을 들고 앉은 채로 마당에서 긴 생선 꾸러미를 들고 서 있는 하인을 쳐다보는 한 선비가 있다. 생선을 든 사람이 하인이 아니라 생선 장수인지도 모르겠다. 아무튼, 그 그림 속의 생선 꾸러미를 많은 해설가가 웅어라고 설명해왔다.

조각배에 부자가 함께 타니	扁舟同父子
둥실둥실 뜬 배가 내 집이네	泛泛卽吾家
본래 웅어회를 위함인데	自爲葦魚膾
누가 진달래 화전을 부치는가	誰煎杜宇花
솔 그늘은 네 세대를 지낸 나무들이고	松陰四世樹
강의 형세는 십 년간 쌓인 모래밭이네	江勢十年沙
완연히 중류에서 바라보니	宛在中流望
누대에 지는 해 비껴 있네	樓臺落日斜

조선 김창업(金昌業, 1658~1721), 『노가재집(老稼齋集)』, 「행주에 정박하고 사경의 시에 차운하다〔泊幸州次士敬韻〕」

사경士敬은 김창업의 족질인 김시보(金時保, 1658~1734)의 자이다. 작가의 설명에 "도이道以가 이날 향리 사람들과 함께 화전놀이를

「행호관어」,『경교명승첩』, 정선, 조선, 간송미술관 소장

정선이 양천 군수를 지낼 때 그렸다. 행호는 지금의 행주대교 일대의 한강을 말한다. 이곳에 조선 때 웅어소가 있어서 웅어를 대량으로 잡았다. 또한 하돈과 숭어, 농어 등을 어획했던 곳이다.

하려고 행주에 모였다. 뒷산 솔숲은 모두 100년 묵은 나무이고, 정자 앞의 물길은 변하여 모두 백사장이 되었다"라고 했다. 도이는 김창업의 족질 김시좌(金時佐, 1664~1727)이다. 그의 부친은 충주 목사忠州牧使를 지낸 김성최(金盛最, 1645~1713?)이다. 이들 부자는 행주 덕양산의 귀래정歸來亭 주인이었던 죽소竹所 김광욱(金光煜, 1580~1656)의 손자와 증손자이다. 김창업과는 안동 김씨 일가가 된다.

김창업은 또 다른 시의 설명에서 "이튿날 도이 부자와 언신彦信, 이진履晉과 함께 배를 타고 물고기를 구경했다. 압도(鴨島, 고양시 난지도)에 이르러 웅어를 잡아 회를 쳤다. 우이雨以, 순행純行, 이기지李器之, 사안士安이 성안에서 왔다. 사경도 마침내 여러 사람과 배를 함께 타고 쫓아와서 중류中流에서 만났다"라고 했다.

서호의 좋은 일을 그대 스스로 아니 勝事西湖爾自知
웅어 시절이 가장 좋을 때네 葦魚時節最相宜
은실 같은 가는 회는 가을 이슬 따르고 銀絲細膾隨秋露
돌아가는 배와 안개 낀 물결은 모두 좋은 시이네 歸棹煙波摠好詩

조선 김창협(金昌協, 1651~1708), 『농암집(農巖集)』, 「귀로에 돛을 달았다. 중유의 시에 차운하다[歸路擧帆, 次仲裕韻]」

김창협은 감창업의 형인데, 그도 역시 행주에서 열린 웅어회 모임을 함께했다. 서호는 지금의 서강대교 일대 한강의 별칭이다. 중유仲裕는 김창협의 종제 김성후(金盛後, 1659~1713)이다. 웅어 시절에 뱃놀이하며, 그 회를 먹고, 돛을 달고 돌아가는 길의 풍경은 모두 시의 소재로 손색없다고 했다.

조각배로 온 가족을 억지로 이끌고 이사하니　　扁舟强挈渾家移
사는 것이 오히려 한 식솔도 보존하기 어렵네　　棲息猶難保一枝
막다른 길과 같은데 무엇을 바랄 것인가　　等是窮途何所戀
다만 웅어 시절을 홀로 저버리네　　只愁孤負葦魚時

조선 홍주국(洪柱國, 1623~1680), 『범옹집(泛翁集)』, 「행주에서 죽리로 이사하며 사중의 제군들에게 써서 보내다〔自杏洲將移竹里, 書贈社中諸君〕」

행주에서 살다가 다른 곳으로 이사하며 지은 시이다. 이사하게 되어 웅어 시절을 저버리는 것이 아쉽다고 했다. 작가의 설명에 "행주는 위어를 잡는 곳이다[杏洲, 卽葦魚漁所]"라고 했다.

사람들이 행주가 승경이라는데　　人言杏洲勝
좋은 나무가 깊은 거처를 둘렀네　　佳木擁幽居
그물 챙겨 다투어 모이니　　網罟爭來集
봄 물결에 웅어가 올라왔다네　　春波上葦魚

정내교(鄭來僑, 1681~1757), 『완암집(浣巖集)』, 「행주의 봄 물고기잡이〔杏洲春漁〕」

정내교는 역관譯官 출신의 시인이다. 역시 행주의 봄철 웅어를 언급했다.

저습하고 좁은 안자의 거처가 어떠한가　　湫隘何如晏子居

「주유청강(舟遊淸江)」, 『혜원전신첩』, 신윤복, 국보 제135호, 간송미술관 소장
맑은 강에서 뱃놀이하는 것을 그린 것이다. 화제(畵題)는 "저녁 바람 속 피리 소리 들을 수 없는데, 갈매기 나는 아래 물결치는 앞이네(一笛晩風聽不得, 白鷗飛下浪花前)"라고 했다.

도시 누대 조밀한 곳에 한 초가가 있네	市樓稠處一茅廬
문을 닫아도 또한 절로 시절을 아니	關門亦自知時序
웅어 파는 소리가 민어 파는 소리로 이어지네	叫賣鱭魚到鮸魚

유득공(柳得恭, 1749~1807), 『영재집(泠齋集)』, 「가을날 한가한 거처. 백거이 시체를 본떠서 학예에게 보이다(秋日閒居. 效白體示學藝)」

작가의 설명에 "조어는 속칭 위어이고, 면어鮸魚는 속칭 민어民魚이다"라고 했다.

안자晏子는 춘추시대 제나라의 대부大夫 안영晏嬰이다. 『춘추전春秋傳』에 "안자의 집은 저습하고 좁았다[湫隘]"라고 했다. 여기서는 유득공 자신의 가난한 집을 말한다. 호화로운 누대가 줄지은 도시에서 웅어 파는 소리와 민어 파는 소리로 시절을 아는 초가집이다.

중국의 웅어

웅어는 중국에서도 오랜 세월 동안 중요한 식용어였다. 시대와 지역에 따라 여러 이름으로 불렸다.

넘실대는 맑은 항구에 봄빛 출렁이고	溶溶晴港漾春暉
갈대 순 돋을 때 버들솜 날리네	蘆筍生時柳絮飛
도리어 강남 풍물이 있지 않는가	還有江南風物否
복사꽃 흐르는 물에 제어가 살쪘네	桃花流水鮆魚肥

소식, 『동파전집』, 「한로항(寒蘆港)」

제어鮆魚는 웅어이다. 『본초강목』에 "제어鱭魚는 제어鮆魚, 열어, 도어, 조어, 망어望魚이다"라고 했다.

이 시는 소식이 문동(文同, 1018~1079)의 「양주원지洋州園池」 시에 화답한 것이다. 양주는 지금의 섬서성 양현洋縣이다. 이곳 한로항에도 복사꽃 피는 봄날에 웅어가 산출되었음을 알 수 있다.

물고기는 어부의 그물로 얻고　　魚從網師得
물쑥은 보리밭에서 구하네　　蒿自麥田求
회 쳐서 물고기 진미를 맛보고　　斫鱠嘗鮮美
국에 넣어 부드럽게 끓이네　　調羹烹滑柔
강남에서 봄 풍물을 보니　　江南見春物
들판 숙소에서 아침 반찬을 돕네　　野次助晨羞
사람은 각자 향기로운 진미를 달게 여기니　　人各甘香味
농어와 순채는 쉽게 따르지 못하네　　鱸蓴未易侔

송나라 곽상정(郭祥正, 1035~1113), 『청산속집(青山續集)』, 「처음 제어와 물쑥을 먹다(初食鱭魚蔞蒿)」

강남의 봄날에 물쑥국과 웅어회를 먹으니, 그 유명한 송강의 농어회와 순채국보다 낫다는 것이다.

버드나무 빛깔은 막 짙어지고 제비 돌아오고　　柳色初深燕子回
성홍색 천 점 해당화가 피었네　　猩紅千點海棠開
제어와 순채를 마땅히 갖추고　　鮆魚蒓菜隨宜具

또한 꽃 앞에서 한 번 취하여 오네　　也是花前一醉來

송나라 육유(陸游, 1125~1210), 『검남시고(劍南詩稿)』, 「꽃 아래서 술 마시다(花下小酌)」

봄날에 버드나무가 푸르고, 제비가 돌아오고, 검붉은 해당화海棠花가 피었다. 웅어회와 순채국을 차려놓고 꽃 앞에서 술을 마시니 더 바랄 것이 무엇이겠는가?

개울 위 봄 구름이 물결과 함께 날리고　　溪上春雲與浪飛
개울가 봄물엔 제어가 살쪘네　　溪頭春水鮆魚肥
시골 사람은 단지 한가히 일이 없어　　野人只是閒無事
해 뜨면 배 타고 왔다가 달 뜨면 돌아가네　　日出船來月出歸

명나라 장창(莊昶), 『정산집(定山集)』, 「조어도(釣魚圖)」

명나라 장창이 「조어도」에 쓴 시인데, 그 「조어도」는 봄날 배를 타고 웅어 낚시를 하는 그림인가 싶다.명나라 때는 웅어를 시절 음식으로 종묘에 올렸다고 『명사明史』에서 전한다.

흰 물결에서 물고기가 나오는 것이 가장 좋은데　　最愛鮮鱗出素波
금반 옥젓가락에 은북을 올렸네　　金盤玉筯薦銀梭
인생의 일마다 원래 한스러운데　　人生事事元堪恨
어찌 준치만 가시가 너무 많을 뿐이랴　　豈獨鰣魚骨太多

호응린, 『소실산방집』, 「제어(鱭魚)」

작가의 설명에 "제어는 물고기 중에서 가품(佳品, 질이 좋은 물건)이다. 강회(江淮, 장화이)에서는 오직 2월에 있으므로 또한 시어時魚라고 한다. 옛사람은 준치[鰣魚]에 가시가 많다고 한스러워했는데, 이 물고기는 비늘과 가시가 더욱 많다. 나는 그 풍미를 아주 좋아하여 먹을 때마다 반드시 서너 접시를 먹는다. 장난삼아 이 절구를 지었다"라고 했다.

지금 중국에서는 웅어를 봉제어鳳鱭魚라고 하고, 별칭으로 봉미어鳳尾魚 혹은 제어鱭魚라고 한다.

어부사시사

강 위 어부 등불이 서로 응하여 밝고	江上漁燈相應明
쾅쾅 긴 밤에 얼음 깨는 소리 들려오네	丁丁遙夜叩氷聲
손에 푸른 대지팡이 들고 띠집으로 돌아오니	手持青竹歸茅屋
개가 사람 향해 짖는 삼사 경이네	一犬吠人三四更

김재찬, 『해석유고』

●

자가 국보(國寶), 호는 해석(海石)이다. 영의정을 지냈다.
위 시는 「어부사시사」 네 수 중 겨울을 읊은 것이다.

어부사

못의 물고기는 물장구치는 것을 좋아하고 澤魚好鳴水
계곡 물고기는 물결에 오르는 것을 좋아하네 谿魚好上流
어량에서 물고기 잡지 못하여 漁梁不得意
아래 물가에서 몰래 낚시 드리우네 下渚潛垂鈎
어지러운 어리연꽃은 때때로 노에 엉키고 亂荇時礙楫
새로 난 갈대는 또 배를 감추네 新蘆復隐舟
말없이 처음부터 끝까지 몰두하며 靜言念終始
편히 앉아 찌의 오르내림을 보네 安坐看沈浮
흰 머리카락은 바람 따라 날리고 素髮隨風揚
먼 마음은 구름과 함께 노니네 遠心與雲遊
물결 거슬러 먼 포구로 돌아가니 逆浪還極浦
조수에 맡겨 창주로 내려오네 信潮下滄洲
마음이 육체가 부리는 바대로 따르는 것이 아니고 非為徇形役
즐거움은 가고 멈춤에 있다네 所樂在行休

당나라 저광희(儲光羲, 706?~763)

●

산수전원시파에 속하는 시인이다. 관직은 태축(太祝)과 감찰어사(監察御史) 등을 지냈다. 안사(安史)의 난 때 포로가 되어 억류되었는데 난이 끝난 후 영남으로 좌천되었다가 죽었다.

용으로 승천하는 잉어

잉어라는 이름의 유래

잉어(학명 *Cyprinus carpio*)는 잉엇과의 민물고기이다. 전 세계에 널리 분포하고, 고대부터 양식해온 인류의 중요한 식용어였다.

중국 도주공陶朱公의 『양어경』에서 잉어를 양식하여 수억 금을 벌었다고 했는데, 그 양식 방법이 자못 상세히 기록되어 있다. 도주공은 월나라 범려의 다른 이름이다. 그는 월나라 왕 구천을 도와 오나라를 멸망시킨 후 미인 서시를 데리고 오호五湖로 떠났다고 한다. 그 후 그는 이름을 도주공으로 바꾸고 재벌이 되었는데, 그의 치부 수단에 잉어 양식도 한몫했다. 대략 기원전 500년 전의 일이었다.

잉어는 강과 호수가 있으면 어디든 살 수 있고, 혼탁한 3급수의 물에서도 잘 적응하고, 잡식성으로 조개, 게, 작은 물고기, 새우, 곤충, 물풀 등 닥치는 대로 먹어치운다. 그 모습은 붕어와 비슷하지만 잉어의 입 가장자리에는 두 쌍의 수염이 있어서 붕어와 구별할 수 있다. 또한 잉어 성체의 크기는 1미터 20센티미터까지 자랄 수 있다.

『회남자淮南子』에 "첨공詹公이 천년 묵은 잉어를 낚았다"라고 했는데, 실제로 잉어의 수명은 70~80년까지 살 수 있다.

> 잉어(鯉, 이어) : 잉어에는 십자十字 문리文理가 있으므로 그 글자는 리理를 따라 리鯉로 하였다. 물고기의 장長이라서 공리孔鯉의 자를 백어伯魚라고 한 것이다. 옛 문헌에 "잉어 등 안의 비늘 한 줄기 중에는 비늘마다 작은 흑점이 있고, 크고 작건 간에 모두 서른여섯 개의 비늘이 있다"라고 했다. 그 설은 본래 단성식段成式의 『유양잡조酉陽雜俎』, 성무호成武好의 『기이문記異聞』에서 나온 것인데 종종 조궤(弔詭, 기괴)하여 믿을 수 없다. 소송과 나원은 등에 있는 비늘이 아니라 옆구리에 있는 비늘을 말했다. 그러나 옆구리 좌우에서 어떻게 한 줄기를 얻었다고 하겠는가? 지금 증험해보니 등이건 옆구리건 모두 사실이 아니다.
>
> 서유구, 『전어지』 중에서

잉어를 리鯉라고 한 것은 십자 문리가 있기 때문이라고 했다.

공리는 공자의 아들이다. 『공자가어孔子家語』에 "공자가 송나라 개관씨开官氏에게 장가갔는데 1년 만에 백어를 낳았다. 백어가 태어난 지 사흘이 되었을 때 노魯나라 소공昭公이 잉어를 공자에게 하사했다. 공자는 임금의 하사를 영광스럽게 여기고 아들의 이름을 리鯉라고 하고, 자

「잉어」, 이광사(李匡師, 1705~1777), 조선, 간송미술관 소장
자가 도보(道甫), 호는 원교(圓嶠) 또는 수북(壽北)이다. 예조판서를 지낸
진검(眞儉)의 아들로 사대부 집안 출신으로 서화에 뛰어났다.
그림은 이광사와 둘째 아들 이영익(李令翊)이 합작하여 그린 것이다. 화제에
"원교 선생이 잉어도를 그렸는데, 머리와 눈만 그리고 마치지 못했다. 20년 후
아들 영익이 동천 종형의 별장에서 이어서 완성했다.
그 때가 계사년 9월이다〔員嶠先生作鯉魚圖, 寫頭眼而未竟. 後二十年, 子令翊,
續成於洞泉從兄莊中. 時癸巳九月也.〕"라고 했다.

를 백어伯魚라고 했다"라고 했다.

중국의 여러 서적에서는 잉어의 비늘 수가 서른여섯 개라고 했는데, 서유구는 실제로 세어보고 사실이 아니라고 했다. 현대 학자들의 연구를 따르면 옆줄을 기준으로 하여 잉어의 비늘 수는 서른세 개에서 서른일곱 개 정도로 일정하지 않다고 한다.

용문에 오르는 잉어

잉어는 그 생김새가 비범하여서 고대부터 잉어에 대한 많은 전설이 전한다. 그중 하나가 등용문登龍門이다. 잉어가 황하(黃河, 황허 강)의 상류에 있는 물결이 거센 용문龍門으로 거슬러 오르면 용으로 승천한다는 것이다.

> 용문 : 용문산龍門山은 하동 지역에 있다. …… 항상 늦봄이면 황잉어黃鯉魚가 물결을 거슬러 오르는데 올라간 잉어는 곧 변하여 용이 된다. 또 임등林登이 말하기를 "용문 아래는 해마다 늦봄이면 황잉어가 바다와 여러 하천에서 다투어 몰려온다. 한 해 동안 용문에 오르는 잉어는 일흔두 마리에 불과하다. 처음 용문에 오르면 곧 구름과 비가 따르고 천화(天火, 하늘이 내린 불)가 뒤로부터 그 꼬리를 태우는데, 곧 변하여 용이 된다. 그 용문의 물은 깊고 빠르게 용출하여 아래로 흘러가는 것이 7리이다"라고 했다. 『삼진기三秦記』에 내용이 나온다.
>
> 『태평광기(太平廣記)』 중에서

『삼진기』는 한나라 신씨辛氏가 편찬한 지방 지리지이다. 용문은 중국 산서성山西省 하진시河津市 서북쪽과 섬서성 한성시韓城市 동북쪽에서 황하를 사이에 두고 마주 서 있는 산이다.

양 언덕 높이 선 곳에 황하가 흐르니	兩崖峭立黃河奔
하늘이 곤륜산으로부터 한 물줄기를 기울였네	天傾一派從崑崙
지세는 갑자기 꺼져서 세운 항아리를 뒤집은 듯	地勢忽下倒建瓴
반 허공처럼 높은데 깊이 땅속으로 들어가네	高似半空深入坤
잉어가 떼를 지어 하늘로 뛰어오르는데	鯉魚成群仰天躍
벼락의 날리는 불에 꼬리 남지 못하네	霹靂飛火尾不存
슬프다 이마 찧고 옛 굴로 돌아가고	哀哉點額還舊穴
일흔둘만이 옥황상제께 조회했네	七十又二朝天元
높고 높은 하늘 끝까지 오르리니	峻莫峻兮窮上玄
누가 팔을 끌어 붙들 수 있으랴	引臂何人能得捫
한산 나그네 또한 우연일 뿐이니	韓山有客亦偶耳
부친의 책을 익히 읽어 하늘의 근원을 더듬었네	熟讀父書探天原
적선의 남은 경사가 사책에 넘치니	積善餘慶溢史册
안탑으로 머리 돌려 용문을 노래하네	回首雁塔歌龍門

이색, 『목은집』, 「용문가(龍門歌)」

고려 이색의 시인데 등용문의 고사를 빌려서 자신이 과거에 합격한 일을 노래한 것이다. 이처럼 등용문의 고사는 훗날 과거에 합격한 것을 비유하게 되었다.

「어약영일」, 심사정(沈師正, 1707~1769), 조선, 간송미술관 소장
자가 이숙(頤叔), 호는 현재(玄齋), 묵선(墨禪)이다. 영의정을 지낸 심지원의 증손자로 사대부 출신 화가이다.
그림은 잉어가 뛰어올라 해를 맞이하는 광경을 그렸다. 이른바 잉어가 용이 된다는 등용문 고사를 취한 것이다.

또한 명망이 높은 인물과 친해지는 것을 뜻하게 되었다. 한나라 이응(李膺, 110~169)은 청렴하고 고명한 관리였는데, 당시 사람들이 그의 추천을 받는 것을 등용문이라 하여 영광스럽게 여겼다고 한다.

위 시에서 언급한 한산 나그네는 한산 이씨인 이색 자신이다.

안탑雁塔은 당나라 때 현장玄奘이 세운 자은사慈恩寺의 대안탑大雁塔이다. 과거에 급제한 사람이 이 탑에 이름을 적는 것이 풍속이 되어서 안탑은 과거 급제를 뜻하는 말이 되었다.

잉어 배 속의 편지

옛 시문을 읽다 보면 '쌍잉어雙鯉魚'라는 단어를 심심찮게 마주치곤 한다.

어떤 나그네가 먼 지방에서 와서	有客自遠方
나에게 쌍잉어를 전했네	遺我雙鯉魚
배 갈라보고 무엇을 보았던가	剖之何所見
배 속에 비단 편지가 있었네	中有尺素書
위에는 오래 그리워했다 하고	上言長相思
아래엔 지금 어떠한지 물었네	下問今何如
편지 읽고 그대 뜻을 알고서	讀書知君意
눈물 떨구어 옷자락을 적시네	零淚沾衣裾

조선 허초희(許楚姬, 1563~1589), 『난설헌시집(蘭雪軒詩集)』, 「흥을 풀다(遣興)」

난설헌蘭雪軒 허초희의 시이다. 낯선 나그네가 와서 쌍잉어를 전했다. 그 잉어의 배를 갈라보니 한 자 길이의 비단에 쓴 편지[尺素書]가 들어 있었다. 오랫동안 그리웠다고 하고, 또 나의 근황을 묻는 내용이다. 그 마음을 알고 나니, 절로 눈물이 떨어져 옷자락을 적신다. 참으로 애절한 낭군의 편지이다.

그런데 난설헌의 시는 다음의 시에 기초를 두고 있다.

나그네가 먼 지방에서 와서	客從遠方來
나에게 쌍잉어를 전했네	遺我雙鯉魚
아이 불러 잉어를 삶으라 했더니	呼兒烹鯉魚
배 속에 비단 편지가 있었네	中有尺素書
오래 꿇어앉아 비단 편지 읽어보니	長跪讀素書
편지 안에 무슨 내용이던가	書中竟何如
위에는 밥 잘 먹으라고 하고	上言加餐食
아래엔 오래 그리워한다고 했네	下言長相憶

「음마장성굴행(飮馬長城窟行)」 중에서

한나라 때 무명씨의 악부시樂府詩이다. 만리장성으로 군역을 간 낭군이 멀리서 인편을 통해 편지를 전해온 것이다. 그런데 편지의 형태가 참으로 이상하다. 하필 쌍잉어의 배 속에 넣어서 온 편지라니!

역대의 평론가들은 '쌍잉어'는 시적 상상력의 결과라고 하는가 하면, 또 한나라 때는 편지를 보낼 때 비단에 쓴 편지를 쌍잉어 모양으로 접어서 보냈다고 주장하기도 한다. 사실이 어쨌든 간에 이 시로 말미암아 쌍잉어는 편지를 상징하게 되었다.

문득 선생이 보낸 잉어를 보니　忽見先生惠鯉魚
칼 두드리며 귀가를 탄식할 필요 없네　不須彈鋏歎歸歟
아이 불러 불 피워 삶아 오게 하니　呼兒乞火烹來處
곧 배 속에 숨겨놓은 비단 편지를 얻었네　更得中藏尺素書

임춘, 『서하집』, 「잉어 선물에 사례하다(謝惠鯉)」

금비늘의 쌍잉어　金鱗雙鯉魚
배 속에 벗의 편지가 있네　腹有故人書
진중한 벗의 뜻이　珍重故人意
벼슬이 없어도 나에게 소홀하지 않네　白頭不我疏

고려 성석린(成石璘, 1338~1423), 『독곡집(獨谷集)』, 「급히 적어 친구의 잉어 선물에 사례하다(走筆謝友人惠鯉魚)」

문 앞 동쪽으로 흐르는 물　門前東流水
그 안에 쌍잉어가 있으니　中有雙鯉魚
그대 옆에 도달할 수 있을 듯하여　君邊如可到
비단에 짠 글을 부치네　付與錦字書

조선 정두경(鄭斗卿, 1597~1673), 『동명집(東溟集)』, 「강남곡(江南曲)」

임춘과 성석린, 정두경의 시인데 모두 쌍잉어를 편지의 전고로 사용했다.

잉어 그림

물고기를 그린 옛 그림 중에 다른 물고기보다 잉어를 그린 그림이 유독 많다. 그것은 잉어가 용이 되는 많은 설화 덕분에 신성한 물고기로 여겼기 때문이다.

보통 물고기는 못나고 기량 없어서　　衆魚局促無伎倆

보통 화공이 그려도 자못 비슷하네　　衆工下筆頗相類

잉어는 변화하여 신기함이 많으니　　鯉魚變化多神奇

(도은거陶隱居가 말하기를 "잉어는 신통하게 변할 수 있어서 산과 호수를 날아 넘는다"라고 했다.)

신필이 아니면 묘사하기 어렵네　　非有神筆描難似

깊은 강 뛰어넘고 산을 날아 넘고　　跳越深江飛越山

쇠 투구 머리에 규룡의 날개와 이빨이네　　鐵兜鏊首虬翼齒

천둥 번개처럼 뛰어오르니 어찌 붙잡으랴　　雷騰電躍那能致

홀로 금고가 타고서 물속으로 들어갔네　　獨有琴高控入水

일천여 근 무게에 혹은 푸른 문양이 있고　　一千餘斤或青文

서른여섯 개 비늘에 모두 검은 점이 있네　　三十六鱗皆黑誌

정군의 흉중은 강과 바다처럼 넓으니　　鄭君胸中江海寬

신어를 길러 얻음이 수백 마리이네　　養得神魚數百尾

교초에 한 번 그려내니 겨우 열 폭인데　　一掃鮫綃僅十幅

현구와 적기에 황치가 섞여 있네　　玄駒赤驥雜黃雉

(모두 잉어 이름이다.)

「잉어」, 김인관(金仁寬, ?~?), 조선, 간송미술관 소장
조선 중기의 화가이다. 출신이나 생애는 알려지지 않았다. 자는 복야(福也), 호는 월봉(月峯)이다. 특히 물고기 그림을 잘 그렸다. 「어해도」·「조어도」 등이 전한다.

눈 옆에 힘이 솟아 굳센 뜻이 있는 듯한데　　眼旁出力有硬意

안에 전서 을 자를 간직한 듯하네　　髣髴中藏篆乙字

(잉어 눈 옆에 뼈가 있는데 전서 을乙자와 같다.)

내 두렵나니 복사꽃 뜬 물결이 하늘을 칠 때　　我恐桃花浪拍天

떠나가서 용문으로 들어가 꼬리 태우고 갑자기 날아오를까 싶네

去入龍門燒尾歘飛起

고려 이규보(李奎報, 1168~1241), 『동국이상국집(東國李相國文集)』, 「그림 속 잉어 노래, 정득공이 그린 것이다(畫鯉魚行, 鄭得恭所畫)」

이규보가 정득공鄭得恭이 그린 잉어 그림에 적은 시이다. 정득공은 고려에서 직학사直學士를 지낸, 문인 화가로 알려진 인물이다.

이규보의 위 시는 잉어와 관련한 여러 고사를 인용하였다.

도은거는 도홍경(陶弘景, 456~536)이다. 남북조南北朝 때 사람으로 많은 저술을 남겼는데 나중에 구곡산句曲山에 숨어 화양은거華陽隱居라 자호하였다. 그의 『본초』에서 "잉어는 최고의 물고기 중의 주군인데 모양이 본래 사랑스럽고, 또한 신통하게 변화하여 산과 호수를 날아 넘을 수 있다"라고 했다.

『열선전列仙傳』에 "금고琴高는 조趙나라 사람이다. 금琴을 타는 것으로써 송나라 강왕康王의 사인舍人이 되었다. 연자涓子와 팽조彭祖의 법술을 행하며 200년 동안 기주와 탁군涿郡을 떠돌았다. 나중에 사람들과 이별하고 탁수涿水 안에 들어가서 용의 새끼를 잡으려 했다. 여러 제자와 약속하기를 '모두 재계하고 물가에 사당을 짓고 기다려라'라고 했다. 과연 금고가 붉은 잉어를 타고 사당 안에 나타났다. 1개월 동안 머

물다가 다시 물속으로 들어갔다"라고 했다.

『대위제주기大魏諸州記』에 "소평진小平津에 동혈이 있는데 잉어가 그 굴 안으로 출입한다. 큰 놈은 무게가 천근이고, 색은 푸르고, 피부는 상어[鮫魚]의 피부와 같다"라고 했다.

『비아』에 "잉어는 지금의 정리赬鯉이다. 일명 전리鱣鯉이다. 등 안에 비늘 한 줄이 있고, 매 비늘 위에는 작은 흑점 무늬가 있다. 크거나 작거나 모두 서른여섯 개의 비늘이 있고, 물고기 중에서 귀한 것이다"라고 했다.

진나라 장화(張華, 232~300)의 『박물지』에 "남해의 물에 교인(鮫人, 인어)이 있는데, 물고기처럼 물에서 살고, 비단을 짜는 것을 그만두지 않고, 그 눈에서는 눈물로 진주를 만든다"라고 했다. 교초鮫綃는 교인이 짠, 질 좋은 얇은 비단을 말한다.

진나라 최표崔豹의 『고금주古今注』에 "연주兗州에서는 붉은 잉어[赤鯉]는 적기赤驥, 푸른 잉어[青鯉]는 청마青馬, 검은 잉어[黑鯉]는 현구玄駒, 흰 잉어[白鯉]는 백기白騏, 노란 잉어[黃鯉]는 황치黃雉라고 한다"라고 했다. 잉어를 색깔에 따라서 명마의 이름으로 대체하여 부른 것이다.

선생은 저녁에 목숙 나물 밥상 대했는데	先生晚對苜蓿案
비린내가 갑자기 콧속으로 끼쳐오네	腥氣忽然侵鼻觀
놀라 좌우를 둘러보니 보이는 것 없고	驚顧左右無所覿
물고기가 발발하게 종이 면에 있네	有魚潑潑依紙面
물 맑아 완전히 몸을 감출 수 없고	水淸全似不覆身
금비늘은 작고 많은데 둥글둥글한 조각이네	金鱗細數團團片

등지느러미를 곧 펼쳐 일으켜 세우려 하고 背鬣輒張如起立
그 형세가 빈풍과 싸우려 하네 其勢欲與蘋風戰
의도가 문득 깊은 곳 찾아 달아나려는데 意到忽尋深處走
신령한 품성이 어찌 숨고 드러냄을 알았던가 靈性豈或知隱現
지척에서 붉게 쏘는 한 쌍 눈동자 대하니 咫尺紅射一雙眸
사나운 눈동자에 분명히 정신이 어려 있네 悍睛的的精神浮
자세히 보니 진짜 물고기가 아니고 그린 물고기인데
細看非魚即畫魚
화가가 신의 경지에 가까워 정신이 수심 짙네 畫者逼神神應愁
세상 사람들 눈은 있지만 어목과 같아서 世人有眼魚目如
너를 보통 물고기로 볼까 두렵네 竊恐視汝凡鱗儔
용덕은 사람이 알아주지 못함도 상관없으니
龍德不妨人不識
때가 되면 자연히 바람과 천둥이 일어나네 時至自然風雷作
변화를 기다려 용이 되어 오르니 待到變化爲龍騰
뛰어올라 가며 즐겁게 못에 비 뿌리길 끝이 없다네
踔去好施霈澤垂無極

조선 채제공(蔡濟恭, 1720~1799), 『번암집(樊巖集)』, 「주서 정철조가 그린 잉어 병풍에 적은 노래(題鄭注書喆祚畫鯉魚障子歌)」

채제공이 석치石癡 정철조(鄭喆祚, 1730~1781)의 잉어 그림에 적은 시이다. 정철조는 사간원정언司諫院正言을 지낸 문인 화가이다. 그의 그림은 전해진 것이 없으나 정약용이 그의 용 그림을 칭송한 「정석치의 용

그림 작은 병풍에 적다[題鄭石癡畫龍小障子]」라는 시가 있다. 또한, 그는 정조의 어진을 그릴 때 참여했다고 한다.

목숙苜蓿은 거여목이라는 채소의 일종으로 가난한 생활을 표현할 때 흔히 거론한다.

그림 속의 잉어가 비린내를 풍기며 발랄하게 움직인다고 했으니 매우 생동감 있는 그림인 듯하다.

빈풍蘋風은 네가래라는 수생식물 위로 부는 바람이다. 즉, 수면에 부는 바람을 말한다.

결국, 잉어는 용이 되어 인간 세상에 즐겁게 비를 뿌려주는 신령한 물고기이다.

신선이 타는 적혼공

적혼공赤鯶公은 적리(赤鯉, 붉은 잉어)의 별칭이다. 당나라에서 왕실의 성씨인 리李와 잉어의 리鯉가 발음이 같으므로 이를 피하여 적리를 적혼공이라 불렀다고 한다.

한나라 유향(劉向, 기원전 77~기원전 6)은 『열선전』에서 잉어를 타고 신선의 세계로 떠난 두 사람을 소개하였다. 한 사람은 이미 앞에서 소개한 금고이고, 또 한 사람은 자영子英이라는 사람이다.

> 자영은 서향舒鄕 사람이다. 물속에 들어가서 물고기 잡는 것을 잘했다. 붉은 잉어를 잡았는데 그 색이 좋은 것을 사랑하여, 가지고 돌아가서 못 안에 놓아두고 매번 쌀밥을 먹이며 길렀다. 1년이 되자 잉어는 길이

가 한 길 남짓이 되었고, 마침내 뿔이 돋고 날개가 생겼다. 자영이 괴이하게 여기고 공손히 사례하자, 물고기가 말하기를 "나는 그대를 맞이하려고 왔으니, 그대가 내 등에 오르면 그대와 함께 승천할 것이오."라고 했다. 곧 큰비가 내렸는데, 자영은 그 물고기 등에 올라타고 위로 올라 떠나갔다. 그 후 자영은 해마다 옛집으로 돌아와서 먹고 마시며 처자를 보았는데 물고기가 다시 와서 그를 맞이했다. 이같이 하기를 70년이었다. 그래서 오중에서는 집집이 신어神魚를 만들어 걸고 마침내 자영사子英祠를 세웠다고 한다.

한나라 유향, 『열선전』 중에서

남조南朝 양梁나라 임방(任昉, 406~508)의 『술이기述異記』에 "강음(江陰, 강소성 남부에 있는 도시 장인) 북쪽에 자영묘子英廟가 있다"라고 했다.

금고와 자영을 노래한 후대의 시문이 적지 않다.

금고는 잉어 등을 타고 아득히 떠났고　　琴高跨背亦渺茫
자영은 뿔 돋은 잉어 타고 허공으로 솟아올랐네　　子英騎角空騰躑

명나라 유후(劉珝), 「대어도(大魚圖)」 중에서

명나라 유후가 큰 물고기의 그림에 적은 시의 일부이다. 이 큰 물고기는 붉은 잉어인 적혼공이 틀림없다.

은하수 한 줄기 가을 하늘로 쏟아지고　　銀河一派瀉秋空
아래엔 풍이의 만 길 궁전이 있네　　下有馮夷萬丈宮

우습구나 늙은 선승이 주흥이 나니　　笑殺老禪生酒興
깊은 밤에 장차 적혼공을 타려 하네　　夜深將跨赤鯶公

김종직, 『점필재집』, 「선승이 박연폭포에 노니는 그림에, 국이가 나에게 시 짓기를 요구하다〔禪僧遊朴淵圖, 國耳索賦〕」

김종직이 어떤 선승이 박연폭포에서 노니는 그림에 적은 시이다. 풍이馮夷는 황하의 신 하백河伯인데, 물을 맡아 다스리는 수신을 말한다. 폭포가 떨어지는 깊은 소沼에는 적혼공 같은 신령한 물고기가 살기 마련이다. 선승도 주흥이 도도하니 문득 신선이 타는 적혼공을 타고 선계에서 노닐고 싶었던 것인가?

듣자니 그대의 행적이 속세를 벗어나　　聞君浪跡出塵中
강변에 노년을 의탁해 어옹이 되었다네　　投老江邊作釣翁
금고를 향해 소식을 찾아서　　欲向琴高訪消息
가을바람과 함께 적혼공에 오르려네　　秋風同上赤鯶公

조선 김상헌(金尙憲, 1570~1652), 『청음집(淸陰集)』, 「참판 윤시회가 창랑정에 부친 시에 차운하다〔次韻尹參判時晦滄浪亭寄詩〕」

윤시회尹時晦는 윤흔(尹昕, 1564~1638)이다. 시회는 그의 자이고, 예조 참판을 지냈다. 영의정 윤두수의 아들이다.

김상헌은 잠시 벼슬에서 물러난 윤흔을 속세를 떠난 신선 금고로 비유한 것이다.

「선인도해도」, 정선, 조선, 국립중앙박물관 소장

누가 오송강을 끊어왔던가 誰把吳松江翦斷

이 잉어를 얻으니 길이가 한 자 반이네 得此鯉魚長尺半

때마침 이백이 강 건너옴을 만나니 會逢李白過江來

타고서 푸른 하늘에 올라 마음껏 노니네 騎上青天遊汗漫

송나라 왕정규(王庭珪, 1080~1172), 「잉어그림에 적다(題畫鯉魚)」

오송강(吳松江, 우쑹장)은 소주하(蘇州河, 쑤저우허)라고 불리기도 하는데, 중국 소주에서 상해로 흘러가는 강이다.

전설에 시선詩仙 이백(李白, 701~762)은 고래를 타고 신선의 세계로 떠나가서 기경자騎鯨子로 불린다. 왕정규는 잉어 그림을 보고 고래를 타고 선계로 떠난 이백을 상상했는데, 고래를 탔던 이백을 잉어에 태운 것은 그 격을 낮춘 것이 아닌지?

잉어 그림은 잉어가 용이 된다는 전설을 바탕으로 흔히 과거에 합격하여 입신출세하라는 염원을 담은 것으로 해석한다. 물론 그런 그림도 있겠지만, 또 한편으로는 세속을 떠나 신선의 세계를 동경하는 뜻을 담은 잉어 그림도 많다는 것을 잊어서는 안 될 것이다.

제사에 잉어를 올리지 않는 이유

우리네 제사에는 잉어를 올리지 않는다. 그것은 잉어가 단순한 물고기가 아닌 신성한 용이라고 여기기 때문일 것이다.

잉어는 식품 중에서 가장 좋으므로 『신농서神農書』에 "잉어는 최고로 물고기의 임금이다"라고 했고, 『이아』「석어釋魚」에는 잉어를 첫째 편篇으로 삼았다. 『시경』에도 "어찌 물고기를 먹는데, 반드시 황하의 잉어라야 하는가?"라고 했다. 그것이 좋은 제수이고 맛좋은 식품임을 알 수 있다. 대개 물고기를 제수로 올리는 것은 육지에서 나는 산물과는 다르다. 『예기』에서 다만 '천금川禽'이라고 하여서, 말린 물고기만 올릴 뿐이라고 의심하지만, 모두 그 이름이 드러나지 않은 것은 경서 중에 리鯉 자가 없기 때문이다. 그러나 이미 "참으로 제사에 올릴 수 있는 것은 모든 것이 아님이 없다"라고 했으니, 잉어가 제수로 올려질 수 있는 것은 분명하다. 『시경』「주송周頌」에 "자가사리 · 피라미 · 메기 · 잉어로써 향사享祀를 지낸다"라고 했으니, 아마 증명할 수 있지 않겠는가? 황씨黃氏의 제사에는 잉어를 쓰지 않는다는 설이 있는데 무슨 의미인지 알지 못했다. 『이아』를 살펴보고서 나는 그 이유를 깨달았다. 당나라 법률에 잉어의 식용을 금하여, 어긴 자는 곤장 예순 대를 치고, 잉어를 잡으면 즉시 놓아주도록 했다. 잉어를 적혼공이라 불렀는데, 나라의 성씨가 이李였으므로 그 같은 발음을 피한 것이다. 어부(魚符, 둘로 쪼개어 나누어 가지고 있다가 뒷날 서로 맞추어서 증거로 삼던 물고기 모양의 신표)로 패용하는 것은 또한 잉어 모습을 취했는데, 나중에는 잉어를 사용하지 않게 되었다. 아마 반드시 당나라의 옛 풍속이 아니겠는가?

이익, 『성호전집(星湖全集)』, 「김사계의례문해변의(金沙溪疑禮問解辨疑)」 중에서

고대에는 잉어를 제사에 올렸었는데 무슨 이유인지 중간에 제사상에서 사라졌던 것 같다. 이익은 당나라 풍속 때문에 잉어를 제사에 사용하지 않게 되었다고 했다. 그러나 당나라 풍속의 영향으로 조선에

「군리도(群鯉圖)」, 조석진, 1913년

서 잉어를 제물로 사용하지 않았다는 것은 수긍하기 어렵다.

이수광의 『지봉유설』에 "『유양잡조』에 '당나라 법에 잉어를 잡으면 곧 이것을 놓아 보내면서 적혼공이라 불렀는데 대개 휘諱하여(입 밖에 내어 말하기를 꺼리는 것) 하는 말이다'라고 했다. 왕유(王維, 699?~759)의 시에 '시녀가 금소반에 잉어를 회 쳐 내왔네[侍女金盤膾鯉魚]'라고 한 것은 무슨 말인가?"라고 했다.

당나라 구위丘為의 시 「호중에서 왕시어에게 부치다[湖中寄王侍御]」에서도 "어린애도 잉어를 회 칠 수 있네[小童能膾鯉]"라고 했으니, 잉어를 식용하지 말라는 당나라 법이 있었지만, 실생활에서는 잉어는 회를 쳐서 먹었던 인기 있는 물고기였다.

조선의 풍속에서 제사에 잉어를 사용하지 않는 이유는 정확히 알 수 없다. 아마 오랜 세월 속에 잉어에 대한 여러 가지 신비하고 신령한 설화가 쌓여가면서 자연스럽게 잉어 식용을 금기시하게 되었던 것 같다.

잉어는 동아시아에서 중요한 식용어이자 신성한 용과 동격인 물고기이다. 그러나 미국에서는 강과 호수의 생태계를 훼손하는 외래종의 물고기이다. 그래서 잉어를 잡으면 반드시 도태해야 하고 다시 방생하면 벌금을 문다고 한다. 마치 우리나라에서 배스bass를 우리 수중 생태계를 파괴하는 주범 중의 하나로 지목한 것과 간다. 모든 것은 있어야 할 곳에 있어야만 대접을 받는 모양이다.

물고기 잡는 것을 구경하다觀叉魚

추운 겨울 강과 호수가 얼어붙으니　寒冬十月江湖合

물고기 잡는 자들이 서로 만나 인사하네　叉魚之子相逢揖

늙은이는 돌을 쳐내며 긴 호미를 들고　老翁激石把長鋤

젊은이는 얼음을 깨뜨리며 가벼운 노를 젓네　少者椎冰理輕楫

어부는 할 일이 없어서　漁父無所爲

우뚝이 작살을 들고 뱃머리에 서 있네　兀然擁叉船頭立

일제히 소리쳐서 물고기들이 나와 헤엄치니　齊呼魚出游

어부는 푸른 대삿갓을 반쯤 치켜올리네　漁父半敧靑篛笠

작살을 함부로 발사하지 않고 발사하면 헛방이 없으니　叉不輕發發不虛

너희들이 호숫가에서 익숙함을 알겠네　爾曹知在湖邊習

큰 물고기는 자와 같고 작은 물고기는 칼과 같은데　大魚如尺小如刀

버들가지에 아가미를 꿰어도 여전히 빠끔거리네　蒲柳掛頷猶戢戢

모두 함께 천지의 생성물인데　同是天地化中物

너희는 서로 괴롭힘이 어찌 그리 급한가　問爾相戹何太急

어젯밤 관가에서 비첩을 내려서　昨夜官家下飛帖

내일 아침 상객이 귀한 잔치에 모인다 하였네　明朝上客華筵集

회와 구운 고기가 모두 이 강에서 나오니	鱠炙皆從此江出
동자개 모래무지 쏘가리 잉어를 모으지 않음이 없네	鱨鯊鱖鯉無不輯
한 달에 네다섯 번 이바지해야 하는데	一月又有四五供
한 번 이바지에 이삼십 마리가 넘으니	一供動盈二三十
부족하면 도리어 시장에 나온 생선을 사야 하고	不足還買市頭鮮
남으면 팔아서 소반의 양식을 마련한다네	有餘賣作盤中粒
매일매일 강가에서 손은 얼어 갈라지지만	日日江干手凍裂
한 마리 생선도 차가운 부엌에 공급하지 못했네	隻鱗未嘗寒廚給
내가 물고기를 살리면 너희가 굶주릴까 두렵고	我欲魚生恐爾饑
너희의 생계를 위한다면 물고기가 울까 슬프네	將爲爾謀悲魚泣
촘촘한 그물을 못에 넣지 말라 했으니	古聞數罟不入池
어부여 부디 물고기 새끼는 잡지 마오	漁父幸勿魚兒襲
물고기를 찍고 다시 물고기를 찍으니	叉魚復叉魚
물속 물고기여 출입을 신중히 하라	水中之魚愼出入
한 번 도마에 오르면 후회한들 소용없으리라	一登俎机悔何及

조선 송명흠(宋明欽, 1705~1768), 『역천집(櫟泉集)』

●

자가 회가(晦可), 호는 역천(櫟泉)이다. 사화(士禍)를 피해 벼슬에 나가지 않고 학문에 전념했다.

까마귀를 잡아먹는 오징어

오징어라는 이름

오징어는 오징엇과에 속하는 연체동물의 총칭이다. 우리나라에서 주로 식용하는 오징어로는 갑오징어, 물오징어, 무늬오징어, 꼴뚜기, 한치 등이 있다.

오징어라는 말은 순수한 우리말이 아니라 한자어 오적어烏賊魚에서 온 듯하다.

> 『본초강목』에서는 오징어의 별칭을 오즉烏鯽, 묵어墨魚, 남어纜魚라고 하고, 그 뼈의 이름[骨名]은 해표초海鰾蛸라고 했다. 『정자통正字通』에 이르기를 "즉鯽은 일명 흑어黑魚라고 하는데 그 모양은 산가지 주머니[算囊]

와 같다"라고 했다. 소송이 말하기를 "모양은 가죽 주머니와 같고 등 위에 단 하나의 뼈가 있는데 그 모양은 작은 배와 같다. 배 속의 피와 쓸개가 바로 먹물과 같다. 이 먹물로 글자를 쓸 수 있다. 그러나 글자를 쓴 후 1년이 지나면 흔적이 없어진다. 먹물을 품고 예의를 알아서 세속에서는 이것을 해약백사소리海若白事小吏라고 부른다"라고 했다. 이것이 모두 오징어를 말한 것이다.

또 진장기陳藏器가 말하기를 "이는 진왕(秦王, 진시황秦始皇)이 동쪽으로 순행했을 때 산가지 주머니를 바다에 빠뜨려서, 그것이 이 물고기로 변했으므로 모양이 그와 비슷하고 먹물이 항상 배 속에 있다"라고 했다. 소식의 「어설魚說」에 "오징어는 다른 것이 자신을 엿보는 것을 두려워하여서 먹물을 뿜어서 자신을 은폐한다. 해오(海烏, 물새의 일종)가 이를 보고 그것이 물고기인 줄 알고 잡아버린다"라고 했다. 소송이 말하기를 "도은거가 말하기를 '이것은 복조鸔烏가 변한 것인데 지금 그 입과 배를 모두 갖추어서 여전히 서로 비슷하다. 배 속에 먹물이 있어서 사용할 수 있으므로 오즉烏鰂이라 부른다' 했다"라고 했다. 『남월지南越志』에 "그 성질이 까마귀를 좋아하는데 매번 스스로 물 위로 떠오르면 날아가던 까마귀가 그것을 보고 죽은 것이라 여기고 쪼아 먹으려 한다. 그러면 곧 감아 잡아서 물속으로 들어가 먹는다. 그래서 오적烏賊이라 부르는데 까마귀를 해친다는 의미이다"라고 했다. 이시진이 말하기를 "나원의 『이아익』에 '구월에 한오寒烏가 물속으로 들어가 변하여 이 물고기가 되었다. 문묵(文墨, 시문을 짓거나 서화를 그리는 일)을 법으로 삼으므로 오즉烏鰂이라 이름 붙인 것이다. 즉鰂은 즉則이다"라고 했다.

이 여러 가지 설을 근거하면 혹은 산가지 주머니가 변한 것이라 하고,

「조어도」, 서위(徐渭, 1521~1593), 중국 명나라

자는 문청(文清), 나중에 문장(文長)으로 고쳤다. 호는 청등산인(青藤山人), 청등도사(青藤道士), 천지생(天池生), 천지산인(天池山人), 천지어은(天池漁隱) 등이다. 시문과 서화에 뛰어났다. 명나라 최고의 천재 화가로 꼽힌다.

그림은 도롱이를 걸치고 낚시하는 어부를 그렸다. 화제는 "청등산인이 경호의 어부를 그리다[青藤山人圖鏡湖漁者]"이다. 경호는 절강성 소흥 서남쪽에 있는 호수이다.

혹은 먹물을 뿜어서 까마귀에게 해를 당한다고 하고, 혹은 거짓으로 죽은 체하여 까마귀를 잡아먹는다고 하고, 혹은 복조가 변한 것이라 하고, 혹은 한오가 변한 것이라고 하는데 모두 실제로 볼 수 없으므로 인정할 수 없다.

내가 생각건대 오적烏賊이라는 것은 흑한黑漢을 말하는 것으로써 그것이 먹물을 품고 있어서 이름 붙인 것이다. 나중에 물고기 어魚 자를 붙여서 오적鰞鰂으로 썼는데 사람들이 생략하여, 즉鰂이라 쓰고, 또한 익鮘이라 쓰고, 혹은 와전되어 죽쭉竹鰂이라 적는데 다른 의미가 있는 것이 아니다.

정약전, 『현산어보』 중에서

중국의 여러 서적을 인용하여 오징어의 발생설, 그 이름의 유래 등을 소개해놓고 있다. 이 많은 주장은 정약전도 모두 인정할 수 없다고 했듯이 황당한 것들이다. 오징어가 다른 물고기와 모양이 전혀 다르고, 몸속에 먹물을 지니고 있어서 논자들이 갖가지 상상력을 발휘했던 것 같다.

오징어의 여러 이름 중에 '남어纜魚'라는 것은 빨판이 붙은 긴 발 때문에 붙여진 이름이다. '남纜'은 닻줄인데, 오징어가 바람이 불면 긴 발을 뻗어 바위에 빨판을 붙이고 버티는 것이 마치 닻을 내린 듯하다고 상상한 것이다.

해약은 『장자』에 나오는 바다의 신이다. 오징어가 먹물을 지니고 있기에 해약의 행정관이라고 한 것이다. 진나라 최표의 『고금주』에는 오징어를 하백도사소리河伯度事小吏라고 했다. 하백도 또한 물을 관장하는 수신의 이름이다.

진시황이 동으로 순시하며 절강을 건널 때	秦帝東巡渡浙江
중류에서 바람이 몰아쳐 서낭을 떨어뜨렸네	中流風緊墜書囊
지금 갈고 남은 먹을 건져내니	至今收得磨殘墨
여전히 궁중 수레에 실었던 생선 향을 띠고 있네	猶帶宮車載鮑香

송나라 양만리, 『성재집(誠齋集)』, 「오적어」

남송의 4대 시인 중의 한 사람인 양만리의 시이다. 다른 여러 문헌에는 진시황의 산가지 주머니가 변하여 오징어가 되었다고 하는데, 이 시에는 서낭書囊이라 했다. 오징어의 먹물을 강조하고자 바꾼 모양이다.

다산과 동파의 우언

다산茶山 정약용과 동파 소식은 각각 오징어를 소재로 삼아 우언寓言을 지었는데, 한번 읽어볼 만하다. 우언은 한 사물을 빌려서 은근하게 교훈 따위를 실어놓은 시문을 말한다.

오징어가 물가를 가는데	烏鰂水邊行
갑자기 백로의 그림자를 마주쳤네	忽逢白鷺影
새하얗기는 한 조각 눈발 같고	皎然一片雪
물과 함께 빛나며 더불어 조용하네	炯與水同靜
고개 들고 백로에게 말하기를	擧頭謂白鷺

네 뜻을 나는 알 수 없으니	子志吾不省
본래 물고기를 잡아먹으려 하면서	既欲得魚噉
어찌 청백한 절개를 지녔다 하겠는가	云何淸節秉
내 배 속엔 항상 한 주머니 먹물을 간직하고	我腹常貯一囊墨
한 번 토하면 수 길까지 어둡게 만드니	一吐能令數丈黑
물고기 시야는 어두워 지척도 헤매고	魚目昏昏咫尺迷
꼬리 흔들며 도망가려 해도 남북을 분간 못하네	掉尾欲往忘南北
내가 입을 벌려 삼켜도 물고기는 알지 못하니	我開口呑魚不覺
나는 항상 배부르고 물고기는 늘 속는다네	我腹常飽魚常惑
네 날개는 너무 깨끗하고 깃은 너무 기이하니	子羽太潔毛太奇
하얀 의상을 누가 의심할 것인가	縞衣素裳誰不疑
가는 곳에 옥 같은 용모가 먼저 물에 비치니	行處玉貌先照水
물고기가 모두 멀리서 보고 삼가 피하는데	魚皆遠望謹避之
너는 종일 서서 무엇을 기다리려 하는가	子終日立將何待
네 정강이는 항상 시리고 창자는 늘 굶주리네	子脛但酸腸常飢
네가 가마우지를 보고 그 날개를 구한다면	子見烏鬼乞其羽
빛과 함께 오염되어 편리하게 되리니	和光合汚從便宜
그런 연후 잡은 물고기가 산더미 같아서	然後得魚如陵阜
네 아내와 자식을 먹일 수 있으리라	啗子之雌與子兒
백로가 오징어에게 말하기를	白鷺謂烏鰂
네 말도 또한 일리가 있지만	汝言亦有理
하늘이 본래 나에게 결백함을 주었고	天既賦予以潔白
내 또한 스스로 더러움이 없음을 보는데	予亦自視無塵滓

어찌 이 작은 밥통을 채우고자　豈爲充玆一寸嗉
모습을 바꾸어서 이같이 하겠는가　變易形貌乃如是
물고기가 오면 먹고 도망가면 쫓지 않고　魚來則食去不追
나는 오직 똑바로 서서 천명을 기다리리라　我惟直立天命俟
오징어가 머금은 먹물을 내뿜고 화를 내며　烏鰂含墨噀且嗔
어리석구나 너 백로여 마땅히 굶어 죽으리라　愚哉汝鷺當餓死

정약용, 『다산시문집(茶山詩文集)』, 「오징어 노래(烏鰂魚行)」

백로는 하얀 날개와 깃털을 가진 새이다. 주로 물가에서 물고기를 잡아먹는다. 그 사냥법은 얕은 물 속에 서 있다가 옆으로 지나가는 물고기를 부리로 찍어 잡는다.

오징어는 백로의 사냥법을 보고 전혀 효율적이지 못하다고 여겼다. 그 날개와 깃의 하얀색이 너무 눈에 띄어서 사냥의 기본인 위장이 되지 않고, 한곳에 종일 서서 언제 올지 모르는 물고기를 기다리는 방식도 멍청하기 짝이 없다고 생각한다. 그래서 새까만 가마우지의 날개와 깃털을 빌려서 위장하면 좋을 것이라고 충고한다. 그러나 백로는 그 제안을 거절하고 하늘이 부여한 결백을 지닌 채 먹고사는 것은 천명에 따르겠다고 말한다. 오징어는 자신의 충고를 외면하는 백로에게 화가 나서 마땅히 굶어 죽을 것이라고 악담을 퍼붓는다.

다산의 의도는 분명하다. 백로는 양심을 지키는 청백한 인물이고, 오징어는 먹물로 자신을 위장하고 이익을 탐하는 현실주의자이다.

사실 실제의 자연계에서는 호수와 강변에 사는 백로와 바다에 사는 오징어가 만나서 대화할 기회는 거의 없다고 하겠다. 또한, 백로는 생태계의 모든 생물이 다 그러하듯 삶을 위하여 자신에게 유리한 기회를 노리는 영리한 기회주의자이고, 다산이 생각하듯 우직하고 청렴한 새가 아니다. 모두 다 다산의 상상일 뿐이다.

바다에 물고기가 있는데 오적이 그 이름이다. 오적이 먹물을 뿜을 때 바다 까마귀가 언덕 사이에서 놀고 있었다. (오적은) 다른 동물이 자신을 엿보는 것을 두려워하여 먹물을 뿜어서 자신을 은폐하려 한 것이다. 바다 까마귀가 그것을 보고 물고기라고 의심하고 낚아챘다. 아! 다만 스스로 은폐하여 온전함을 구하려 할 줄만 알고, 자취를 없애서 의심을 막을 줄 몰랐으니, 엿보는 자에게 엿보임을 당한 것이다. 슬프구나!

송나라 소식, 「오적어설(烏賊魚說)」

오징어는 적에게 위험을 느낄 때 먹물을 뿜어 자신을 은폐한다. 그런데 이 먹물을 뿜는 행위가 도리어 자신의 존재를 드러내어 없던 위험을 불러들이는 결과가 되고 만다. 이 우언은 짧지만, 인간사를 한 번 돌이켜보게 한다.

조선인의 글에도 소식의 글과 비슷한 것이 있다.

오징어는 먹물을 간직하고 있는데, 먹물을 토하여 자신을 감추려는 것이다. 그러나 스스로 먹물을 믿고 물에 떠서 먹물을 토하면 까마귀가 곧 그 먹물을 알아보고 오징어를 잡아챈다. 작은 꾀를 스스로 믿지만 스스로 패망하는 데 적합할 뿐이다. 또한, 까마귀가 먹물을 토하는 오

「선유도」, 심사정, 조선, 개인 소장
뱃놀이를 그린 것이다. 갑신(1764) 신추에 그렸다.

징어를 잡아챌 때 오징어가 긴 발(오징어의 긴 발을 남纜이라 한다)로 까마귀의 발을 감아서 물속으로 들어가면 까마귀는 죽는다. 까마귀가 잡아채는 능력을 믿는 것이나 오징어가 먹물을 믿는 것이나 그 어리석음은 한가지이다.

조선 위백규(魏伯珪, 1727~1798), 『존재집(存齋集)』, 「격물설(格物說)」 중에서

적자생존의 생태계에서 인간이 배워야 할 것은 끝이 없다고 하겠다.

오징어는 남북조의 문헌에 처음 등장하고, 우리나라에서는 『세종실록지리지』와 『신증동국여지승람』에 여러 지방의 특산물로 기록되어 있다. 그만큼 일찍부터 우리의 중요한 식용어였다.

오징어는 난류성 어종인데 세계적으로 그 종류가 무척 많다. 그중 가장 큰 종류는 대왕오징어이다. 이 종은 길이가 20미터 정도이고, 무게도 500~1000킬로그램까지 나간다고 한다. 북대서양, 뉴질랜드, 북태평양의 심해에서 서식하는데, 향유고래가 즐겨 먹는 먹이라고 한다. 우리나라에서도 간혹 1미터, 혹은 그 이상의 오징어나 한치가 잡혀서 화제가 되곤 한다.

온난화의 영향으로 날로 변하는 기후 조건 때문에 이제는 동해보다 서해에서 오징어가 더 많이 잡힌다고 한다. 그 언젠가는 혹시 한반도에 대왕오징어가 출몰할지도 모르겠다.

어옹漁翁

어옹은 밤에 서암 옆에서 자고	漁翁夜傍西巖宿
새벽에 맑은 상수 긷고 초죽으로 불 때네	曉汲清湘然楚竹
안개 걷히고 해 뜨니 사람은 보이지 않고	煙消日出不見人
어기어차 한 소리에 산수가 푸르네	欸乃一聲山水綠
하늘 끝을 돌아보며 중류로 내려가니	廻看天際下中流
바위 위엔 무심히 구름만 서로 쫓고 있네	巖上無心雲相逐

당나라 유종원

●

자가 자후이고, 하동(河東) 사람이다. 관직은 유주 자사(柳州刺史)를 지냈다. 한유와 더불어 문풍 쇄신 운동을 벌였고, 당송팔대가의 한 사람이다. 시에도 뛰어나 왕유, 맹호연, 위응물(韋應物)과 함께 '왕맹위류(王孟韋柳)'라고 병칭되었다.

썩어도 준치

때를 아는 물고기

준치(학명 *Ilisha elongata*)는 모양이 청어나 밴댕이와 비슷한데 크기가 더 커서 50센티미터까지 자란다. 형태는 옆으로 납작하고, 등은 암청색이고, 배는 은백색이다. 아랫입술이 윗입술보다 길고, 흰 비늘이 유난히 크다.

우리나라 서해와 남해에서 서식하고, 육칠월경에 강의 하류나 하구로 몰려와서 산란한다.

처음 우이도(牛耳島, 전남 신안군)에서 잡히고, 이로부터 점차 북상하여 유월 사이에 비로소 해서에 이르는데 어부들이 쫓아가서 잡는다. 그러나 늦게 잡히는 것은 처음 잡히는 것만 못하다. 작은 것은 크기가 서너 치인데 맛은 몹시 박하다.

『이아』「석어」에는 "구鯦는 당호當魱이다"라고 했고, 곽박의 주에 "바닷물고기인데 편어와 비슷하고, 비늘이 크고, 살이 쪄서 맛이 있고, 가시가 많다. 지금 강동에서는 그 가장 크고 긴 세 자짜리를 당호라고 부른다"라고 했다. 『유편類篇』에 "구가 나오는 것은 때가 있는데 지금의 시어鰣魚이다"라고 했다. 『집운集韻』에 "시鰣와 시鰣는 같다"라고 했다.

정약전, 『현산어보』 중에서

시(鰣, 준치) : 시어는 그 오는 것에 일정한 때가 있어서 항상 사오월에 오므로 글자가 시時 자를 따랐다. 우리나라 세속에서 부르는 이름은 진어眞魚이다. 『동의보감』과 『산림경제山林經濟』에서는 여러 책에서 보완하여 모두 위어葦魚라고 했는데 잘못이다.

서유구, 『전어지』 중에서

정약전과 서유구는 모두 시어의 속명을 준치라고 했다. 정약전은 '준치어蠢峙魚'라고 표기했고, 서유구는 한글 '준치'로 기록했다. 시어는 중국에서 사용한 한자어이고, 준치는 순수 우리말이다. 정약용은 『아언각비』에서 "시어는 준치俊治이다"라고 했고, 이규경은 「어변증설魚辨證說」에서 시어의 우리말 속명을 '준치蹲治'라고 했다. '준치어蠢峙魚', '준치俊治', '준치蹲治'로 각각 다르게 표기했는데, 모두 준치와 발음이 같은 한자를 빌려온 것일 뿐이다.

시어라는 이름은 때를 아는 물고기라는 뜻이다. 시어가 우리 문헌에 처음 등장한 것은 고려 임춘의 『서하집』에 실린 시 「제공이 황보약수가 중원 서기로 부임하는 것을 전별했다. 저는 병으로 가지 못하고 시를 지어 부쳤다[諸公餞皇甫若水赴中原書記. 僕以病不往, 作詩寄之]」에 "언제나 그 약속대로 남쪽으로 유람하여, 함께 시어를 회 치고 죽순을 삶을까[何當依約作南遊, 共膾鰣魚烹苦筍]"라는 구절에서였다.

그러나 시어라는 이름은 국가의 공식 문헌에서는 사용하지 않았다. 대신 '진어眞魚'라는 용어를 사용하였다. 『세종실록지리지』, 『신증동국여지승람』, 『조선왕조실록』, 『승정원일기』 등에는 모두 진어로 기록하고 있다.

진어도 또한 서유구의 지적대로 우리말 속어였다. 중국 문헌에서는 진어를 준치를 가리키는 용어로 사용한 적이 없다.

정약용의 『경세유표』에 "호우의 어홍(어살)은 청어와 석어가 그 이익이 가장 후하다(청어는 벽어이다. 중국에서 이른바 청어가 아니다). 시어와 잡어雜魚가 그 이익의 두 번째인데, 시어는 가시가 많고 세속에서 진어라고 한다"라고 했다. 이처럼 진어는 조기와 청어 다음으로 조선시대에 중요한 어업의 대상이었다.

해산물이 강가 시장에 가득하니	海族塡江市
진어가 반찬으로 올라 기쁘네	眞魚喜人餐
많은 가시는 은실처럼 가늘고	亂鯁銀絲細
둥근 비늘은 눈처럼 흰색으로 차갑네	圓鱗雪色寒

탕을 끓이는 솥에 넣어도 좋고 可下燒湯鼎
회를 진설하는 쟁반에 올려도 좋네 宜登設膾盤
만약 좋은 맛의 뛰어남을 논한다면 若論佳味勝
마땅히 팔진미 안에 넣어지리라 應列八珍間

이응희, 『옥담시집』, 「진어」

조선 이응희의 시 「진어」이다. 진어는 물론 준치이다. 준치는 일찍부터 우리 식생활에서 탕과 횟감으로 사랑을 받았다.

잔가시가 한스러운 준치

준치는 잔가시가 많다. 먹기에 참으로 불편하기 짝이 없다.

팽연재彭淵材가 일찍이 말하기를 "평생 한스러운 것이 다섯 가지 일이다. 첫째 한은 시어에 잔가시가 많은 것이고, 둘째 한은 금귤金橘에 신맛이 많은 것이고, 셋째 한은 순채의 성질이 차가운 것이고, 넷째 한은 해당화에 향기가 없는 것이고, 다섯째 한은 증자고(曾子固, 자고는 증공의 자)가 시를 짓지 못하는 것이다"라고 했다.

송나라 호자, 『어은총화(漁隱叢話)』 중에서

팽연재의 생애는 잘 알려지지 않았다. 다만 북송 신종神宗 때의 의풍宜豊 사람이라고만 알려졌다.

팽연재가 준치의 잔가시가 많아서 한스럽다고 한 말은 역대에 걸쳐 인구에 회자하였다. 그만큼 사람들이 그 말에 공감했던 탓이리라.

준치의 잔가시 많다고 어찌 탄식하랴 鰣魚多骨何須嘆
해당화는 향기가 없지만 또한 절로 기이하네 海棠無香亦自奇
단지 한스러운 것은 동파삼도객이 只恨東坡三島客
평생 귤 속 바둑 두기를 이해하지 못한 것이네 生平不解橘中棋

조선 유희춘(柳希春, 1513~1577), 『미암집(眉巖集)』, 「유후가 바둑 둘 줄 모르는 것을 놀리다(戲柳侯不能棋)」

유희춘의 시인데 팽연재의 말을 그대로 인용했다. 중국의 해당화는 주로 서부해당西部海棠이나 수사해당垂絲海棠을 지칭하는 말이다. 이 꽃은 향기가 거의 없다고 알려졌다. 우리나라에서는 가시가 많은 매괴화를 해당화라고 부른다. 매괴화는 향기가 진하다.

동파삼도객東坡三島客은 소동파를 삼신산三神山의 신선으로 비유한 말이다. 물론 여기서는 유후를 비유하는 말로 사용했다.

시의 말구는 다음의 전설을 인용했다.

공주邛州 민가民家에 귤나무가 있었는데 서리가 내린 후 한 큰 귤이 아름다웠다. 갈라서 그 속을 살펴보니 신장이 한 자쯤 되는 두 노인이 있었는데 수염과 눈썹이 하얗고, 서로 마주하고 바둑을 두고 있었다. 한 노인이 말하기를 "귤 속의 즐거움이 상산商山보다 못하지 않는데 단지 깊은 뿌리와 단단한 꼭지를 얻지 못했을 뿐이다"라고 했다. 다른 노인이 소매 속에서 풀뿌리를 꺼내 물을 뿜으니 한 마리 용으로 변했다. 두

「조환어주(釣還漁舟)」, 김홍도, 조선, 간송미술관 소장
낚시하고 돌아오는 광경을 그렸다. 화제에 "시비는 물고기 낚는데 미치지 못하고, 영욕은 항상 말 탄 사람을 따르네(是非不到釣魚處, 榮辱常隨騎馬人)"라고 했다.

노인은 함께 용을 타고 서서히 허공으로 올라 떠나갔다.

청나라 『사천통지(四川通志)』 중에서

위 전설은 많은 시문의 전고가 되었다.

벗이 편지로 시골 사람 안부 물으니 故人書問野人居

진중한 교정이 늙어도 쇠하지 않았네 珍重交情老不衰

준치의 많은 잔가시가 괴롭다고 하지 마오 莫道鰣魚苦多骨

기름진 뱃살은 월왕이 먹던 것에 비할 만하다네 腹腴堪比越王餘

조선 이만영(李晩榮, 1604~1672), 『설해유고(雪海遺稿)』, 「서울 친구가 편지로 안부 묻고 물고기를 구하므로, 진어 열 마리를 보내며 절구 한 수를 지어 답하다(京友書問求魚, 眞鱗十尾送似, 題一絶以答)」

준치는 잔가시가 많지만 월왕越王이 먹었던 기름진 뱃살에 비할 만하다고 했다. 월왕은 구천이고, 그가 먹었던 기름진 뱃살은 하돈을 말한다. 일명 서시유라고 한다.

안석류 꽃 선홍색으로 곱고 安石榴花猩血鮮

서늘한 연의 높은 잎이 푸르게 뒤덮었네 涼荷高葉碧田田

시어가 시장에 나오니 하돈은 물러가고 鰣魚入市河豚罷

이미 강남 보리타작 시절이 열렸네 已破江南打麥天

송나라 진조(陳造, 1133~1203), 『강호장옹문집(江湖長翁文集)』, 「초여름(早夏)」

안석류는 석류이다. 초여름에 석류꽃이 핀다. 연잎도 푸르게 못을 뒤덮었다. 강남에는 이미 보리타작이 시작되었다. 늦봄에 강으로 올라오는 하돈 대신 시어가 올라와서 시절을 알린다. 사람들은 시장에 나온 시어를 보고 문득 여름이 왔음을 깨닫는다. 그래서 그 이름을 때를 아는 물고기라고 하여 시어라고 한 것이다.

중국의 준치

준치는 중국에서도 고대부터 인기 있는 물고기였다. 또한, 후대의 명나라, 청나라 때에는 특히 왕실에서 소용되었던 중요한 물고기로 태묘太廟에 계절마다 올리는 제물이고, 신하에게 하사하는 공물이었다.

> 선덕宣德 4년 오월 초이틀에 흠차태감欽差太監 창성 · 윤봉 등의 관원이 우리나라에 와서 공손히 선유宣諭를 진하기를, "궁중에서 사용할 해물海物 등의 물건을 바치게 하여 가져오라"라고 하였습니다. 이 뜻을 공손히 받들어 해미(海味, 해산물로 만든 맛이 좋은 반찬) 등의 물품을 갖추어 마련하고 싸서 배신陪臣 좌군동지총제左軍同知總制 권도權蹈를 보내어 북경에 가서 진헌하게 하나이다.
>
> 진어 1830마리, 민어 500마리, 상어[沙魚] 90마리, 망어芒魚 380마리, 홍어 200마리, 농어[蘆魚] 100마리, 연어 500마리, 대구 1000마리, 잉어 200마리, 숭어[秀魚] 440마리, 문어 200마리, 조기 1000마리, 청어 500근, 밴댕이 500근, 도미 500근, 복어 700근, 고등어 200근, 오징어 200근, 대하 200근, 황어젓 6통桶, 잉어젓 1통, 토화土花젓 9병[甁], 굴[石

花]젓 3병, 생합生蛤젓 4병, 송어젓 3병, 백하白鰕젓 7병, 자하紫鰕젓 4병, 조기새끼젓 4병, 홍합젓 2병, 조해채早海菜 500근, 해채 1000근, 사해채絲海菜 300근, 해채이海菜耳 300근, 곤포昆布 400근, 해의海衣 100근, 감태甘苔 200근, 해화海花 200근, 황각黃角 300근, 잣 1000근, 황주黃酒 5병, 소주 5병입니다.

『세종실록』 세종 11년 기유(1429, 선덕(宣德) 4)년 7월 19일(계해) 기사 중에서

명나라에서 조선에 요구한 여러 가지 물목 중의 해산물들이다. 이 중에서 진어(준치)가 가장 많았음을 알 수 있다. 그만큼 중국 왕실에서 준치의 사용량이 많았다. 중국에서 준치는 주로 남쪽 장강과 주변 해역에서 산출된다.

준치는 예로부터 하돈과 웅어[刀魚]와 함께 장강의 3대 생선으로 손꼽혔다. 그런데 북방의 도성까지 준치를 신선한 채로 운반하려면 얼음을 채우고 밤낮을 가리지 않고 역마가 목숨을 걸고 달려가야 했다. 그 옛날 남방의 여주와 용안육을 싱싱한 상태로 장안長安의 양귀비에게 바치고자 수만 명이 목숨을 걸어야 했던 것에 버금가는 폐해가 있었다.

오월에 시어가 이미 연경에 도착하니	五月鰣魚已至燕
여지와 노귤은 앞서지 못하네	荔枝盧橘未應先
하사한 생선이 중서의 집까지 두루 미치고	賜鮮徧及中璫第
제물로 올리려 누가 종묘의 제단을 여는가	薦熟誰開寢廟筵
대낮 먼지바람 날리며 역마가 내달리고	白日風塵馳驛騎
염천에 얼음 채워 강배를 보호하네	炎天冰雪護江船

은비늘 잔가시의 너를 사랑하니　銀鱗細骨堪憐汝
옥젓가락 금소반으로 전해주길 바라네　玉筯金盤敢望傳

명나라 하경명(何景明, 1483~1521), 『대복집(大復集)』, 「시어」

오월에 준치는 북경으로 공물로 바쳐진다. 이 남방의 귀한 공물은 궁중 관리들에게 하사하고, 종묘의 제물로 올린다. 밤낮으로 달려온 역마와 얼음 채운 배로 실어온 것이다.

오월 준치가 은빛처럼 흰데　五月鰣魚白似銀
반찬으로 전함이 자못 후궁의 사람에게 미쳤네　傳餐頗及後宮人
얼음 채운 공물의 폐지를 주저하니　躊躇欲罷冰鮮遞
태묘에 해마다 계절 제물로 올리네　太廟年年有薦新

명나라 왕세정(王世貞, 1526~1590), 『엄주사부고(弇州四部稿)』, 「홍치궁사 십이수(弘治宮詞十二首)」

홍치(弘治, 1488~1505)는 명나라 효종孝宗 때의 연호이다.
태묘에 올리는 준치의 진공을 쉽게 폐지할 수 있겠는가?

옛날에 물고기 담아 노친을 봉양했는데　古有盛魚奉老親
금린을 상방의 진미로 막 얻었네　錦鱗初得尚方珍
비록 밤낮으로 역마를 달려 전해온 것이지만　雖然星夜傳馳驛
어찌 신선한 것이 물에서 금방 나온 것 같은가　豈似鮮新出水濱

청나라 강희제(康熙帝, 1654~1722), 『성조인황제어제문집(聖祖仁皇帝御製文集)』, 「송강

에서 시어를 진설하여 감회가 있어서(松江進鮮鰣魚有懷)」

황제는 먼 남방의 송강에서 잡은 준치를 밤낮으로 역마를 달려 연경까지 가져온 수많은 사람의 고생을 알고는 있었던 것인지?

봄 강이 새로 차오르니 물결 푸르고 春江新漲緑漣漪
바로 시어가 강물로 오를 때이네 剛是鰣魚上水時
어부들 그물을 넓게 펼치니 網集漁人施濊濊
객선은 지금 은실 같은 회를 기다리네 客帆正待鱠銀絲

청나라 건륭제(乾隆帝, 1711~1799), 『어제시집(御製詩集)』, 「푸른 물에 강배를 띄우다(江帆緑漲)」

건륭제는 제위 시절 무려 여섯 번이나 남방으로 순행했던 황제였다. 그래서 싱싱한 준치 맛을 누구보다 잘 알았을 것이다.

버들가지로 꿰니 발랄한데 貫以柳條仍撥剌
죽순과 함께 삶아서 생선 맛을 더했네 芼之筠笋佐鮮肥
훗날 서울서 모든 반찬을 싫어하게 될 테니 他年京洛憎凡饌
하정에서 먹었던 때를 잊지 못하리라 莫忘河亭染指時

송나라 갈승중(葛勝仲, 1072~1144), 『단양집(丹陽集)』, 「시어」

갈승준은 지금의 강소성에 속하는 단양군丹陽郡 사람이다. 남방 출신인 그는 준치 맛을 무척 사랑했던 것 같다.

중국에서 준치는 으레 죽순과 함께 요리하였던 모양이다.

조선의 준치 시

썩어도 준치라는 말이 있다. 준치는 원래 맛있는 생선인데 썩어도 그 맛이 변하지 않는다는 말이다. 물론 준치는 썩으면 먹을 수 없다. 다만 그 빼어난 맛을 강조하는 말일 뿐이다.

사월 남풍에 보리가 누런 시절　四月南風麥黃節
시어가 헤엄치며 강과 호수로 올라오네　鰣魚鱍鱍游江湖
두툼한 살과 작은 가시는 좋은 횟감이니　豐肌細骨佳鱠材
품평이 강동의 농어를 넘으려 하네　品題欲右江東鱸
석양은 해문에서 금빛으로 부서지고　斜陽海門金破碎
저녁 조수는 막 올라 줄과 부들을 잠기게 하네　晚潮初上沒菰蒲
은도와 옥척 같은 물고기 발랄한 곳에　銀刀玉尺撥剌處
갈매기가 미리 알려 어부를 부르네　白鷗先報漁人呼
긴 줄에 넓게 펼친 백여 개 낚싯바늘인데　長繩廣張百餘釣
연파 속에 작은 얼레가 요동치네　投下烟波搖小車
순식간에 끌어서 육칠십 마리 잡아내니　須臾曳得六七十
양 아가미 뻐끔대고 기름진 뱃살 파닥이네　呀呷雙腮戰腹腴
나루 앞에 날마다 베와 쌀이 쌓이고　津頭日日積布米
장날도 되기 전에 사람들이 다투어 사가네　未到亥市人爭沽
어부의 구복을 부러워할 만하니　堪羨漁夫口腹分

「귀어도」, 이숭효(李崇孝, ?~?), 조선, 국립중앙박물관 소장
자(字)는 백달(伯達)이고, 조선 중기 화원이다. 화원 이상좌의 아들로, 그의 동생 이흥효와 그의 아들 이정등이 모두 화원이다.

여름날 소반 위 신선한 물고기를 맛보네　　暑月盤上嘗鮮魚

그대 보지 않았는가 관선이 얼음에 채워 서울로 올라감을

君不見官船氷雪上京都

옥찬은 본래 백성들이 제사 음식을 남긴 거라네　玉饌由來民餕餘

조선 권극중, 『청하집』, 「준치 노래(鰣魚行)」

준치잡이의 광경을 생생하게 묘사한 시이다. 보리가 누렇게 팰 무렵 준치가 강과 호수로 올라왔다. 그 회의 맛은 강동의 송강 농어보다 나을 듯하다. 준치잡이는 작은 얼레에 수백 개의 낚싯바늘을 매단 주낙으로 한다. 낚시하는 강 하구의 해문에는 갈매기가 떼로 몰려왔다. 준치 떼를 따라온 것이다. 어부는 갈매기 떼를 보고 어장을 가늠한다. 얼레가 요동치고 돌며 은도와 옥척 같은 하얀 준치를 순식간에 60~70마리나 낚아내니 솜씨 좋은 어부가 틀림없다. 나루 앞에는 장날도 아닌데 준치를 사려는 사람이 몰려와 준칫값으로 베와 쌀이 산처럼 쌓인다. 어부가 호기롭게 싱싱한 준치회를 맛보는 것이 부럽기만 하다. 관선은 준치를 얼음에 채워 서울로 실어간다. 임금의 옥찬(玉饌, 매우 값지고 맛있는 반찬)이 본래 백성이 제사 지내고 남긴 음식에 불과한 것이다.

최근 준치 어획량은 미미한 수준이다. 조선시대보다 훨씬 못한 것이다. 준치의 산란장인 강 하류를 인위적으로 파괴하고 남획을 일삼은 것이 그 원인일 것이다.

물고기 잡는 노래捕魚詞

뒤 그물 처음 잠기고 앞 그물 일어나고	後網初沈前網起
부부는 태어나서부터 그물질을 생업으로 삼았네	夫婦生來業淘水
문득 그물 무거움에 놀라며 힘이 당기기 어려운데	忽驚網重力難牽
큰 물고기를 잡아 만선에 기뻐하네	打得長魚滿船喜
가져가 팔지 않고 남쪽 나루로 가서	不教持賣去南津
강 머리를 향해 수신에게 제사 올리네	且向江頭祭水神
부디 해마다 신이 주인이 되어	願得年年神作主
온 가족 무사하길 빌며 보슬비 속에 누웠네	無事全家臥煙雨
성중에서 물고기의 귀천을 따지지 않지만	不論城中魚貴賤
술로 바꿔 귀가하니 나는 원망하지 않네	換得酒歸儂不怨

명나라 고계(高啓, 1336~1373)

●

자가 계적(季迪), 호는 사헌(槎軒)이고, 지금의 강소성 소주 사람이다. 명나라 초의 시문 3대가였다. 호부우시랑(戶部右侍郎)을 지냈다. 나중에 주원장의 적이었던 장사성(張士誠)을 찬양했다는 의심을 받고 요참(腰斬, 죄인의 허리를 베어 죽이는 형벌)을 당했다.

그물을 뛰어넘는 숭어

숭어의 생태

숭어(학명 *Mugil cephalus*)는 숭엇과에 속하는 바닷물고기이다. 한반도 모든 바다에서 서식한다. 숭어는 특히 민물을 좋아하여 연안과 강의 하류에서 서식하므로 옛날의 어획은 주로 강물과 바닷물이 교차하는 기수 지역에서 이루어졌다. 그래서 서유구는 『전어지』에서 숭어를 강어로 취급했다.

허균의 「도문대작」에 "수어水魚는 서해에 모두 서식한다. 경강京江의 것이 가장 좋고, 나주에서 잡은 것은 지극히 크다. 평양平壤의 것은 언 것[凍者]이 좋다"라고 했다. 경강은 한강의 뚝섬에서 양화도에 이르는 지역을 일컫는 말이다. 조선시대에는 한강 깊숙이 숭어가 올라왔음을 알 수 있다. 나주는 영산강을 말한다. 영산강 하구가 댐으로 막히기 전 최근까지 무안, 몽탄, 영암, 나주 등은 숭어 생산지로 유명했다. 평양의 것은 대동강의 숭어를 말한다. 조선 초의 기록에 대동강의 동수어(凍秀魚, 얼린 숭어)가 많이 언급되어 있다. 아마 겨울철에 생산된 것이 아닌가 싶다.

> 치어(鯔魚, 속명은 수어秀魚이다) : 큰 것은 길이가 대여섯 자이고, 몸은 둥글고 검다. 눈은 작으면서 노랗고, 머리는 납작하고, 배는 희다. 성질은 의심이 많아서 화를 피하는 데 민첩하다. 또 헤엄을 잘 치고, 뛰어오르기를 잘하여 사람의 그림자만 보아도 곧 뛰어 달아난다. 물이 몹시 탁하지 않으면 낚시를 무는 적이 없고, 물이 맑으면 그물이 열 길쯤 떨어져 있어도 이미 기색을 알아차리고, 그물을 들어 올려 비록 그물 안에 들어오더라도 또한 뛰어나갈 수 있다. 그물이 뒤에 있으면 차라리 언덕으로 뛰어들거나 진흙에 엎드려서 물로 나오려 하지 않는다. 그물에 걸려도 진흙에 엎드려서 전신을 흙 속에 파묻고 오직 한 눈동자로 동정을 살핀다. 맛은 달고 진하여 어족 중에 제일이다. 어획은 정해진 때가 없으나 삼사월에 산란하므로 이때 그물로 잡는 것이 많다. 개펄이나 흐린 물이 아니면 잡을 수 없으므로 흑산 바다에도 간혹 이 물고기가 나타나지만 잡을 수 없다.
>
> 그 작은 것은 속명으로 등기리登其里라 부르고, 가장 어린 것은 속명으로 모치毛峙라고 부른다. 또한 모당毛當, 혹은 모장毛將이라 부른다.
>
> 정약전, 『현산어보』 중에서

치어는 중국 문헌에 나오는 숭어의 한자어이다.

숭어는 위험에 처할 기미를 잽싸게 알아차리는 영리한 물고기이다. 숭어가 뛰니 망둥이도 덩달아 뛴다는 말이 있듯이 숭어는 수면 위로 잘 뛰어오른다. 또한, 그물을 벗어나는 데도 선수이다.

숭어는 80센티미터가 넘게 성장하고, 떼를 지어 다니는 습성이 있고, 개흙에 붙은 규조류나 남조류 등을 개흙과 함께 훑어 먹는다.

지역마다 숭어의 방언이 풍부하여 수십 가지에 이른다. 그 대부분은 성장 과정의 크기에 따라 붙여진 별칭이다. 위에서 정약전이 소개한 등기리와 모치 등도 역시 크기에 따른 별칭임을 알 수 있다.

숭어라는 이름

숭어라는 명칭은 순수 우리말인데, 음이 같은 한자를 빌어 수어水魚, 혹은 수어秀魚라고 표기했다.

조선 초기 성현의 『용재총화慵齋叢話』에 "산나물이 아닌 것이 없는데도 삽주 싹[朮芽]을 산채山菜라 이름 부르고, 수족水族이 아닌 것이 없는데도 숭어[秀魚]만을 수어水魚라 이름 부르는 것은 우리 속어俗語가 그러하였다. 중국 사신이 우리나라에 와서 숭어를 먹고 맛이 좋아서 묻기를 '이 물고기 이름이 무엇이오?'라고 하니, 통사通使가 대답하기를 '수어秀魚라 합니다'라고 했다. 중국 사신이 웃으며 말하기를 '비늘 있는 것이 수만 종이거늘 어찌하여 이 고기만 수어水魚라 하는가? 물속에 있는 물고기를 모두 수어水魚라 해야 하지 않겠는가?'라고 했다. 이는 수秀와 수水의 발음이 서로 같아 통사가 이를 분별하지 못한 까닭이다"

라고 했다.

성현의 글에서 조선 초기부터 숭어를 수어秀魚로 표기했음을 알 수 있다. 그런데 또한 『세종실록지리지』와 『세조실록』에 수어水魚와 건수어乾水魚의 표기가 사용되었다.

치(鯔, 숭어) : 치어鯔魚는 그 색이 치흑鯔黑이므로 글자가 치鯔 자를 따른 것이다. 월(粤, 월越) 지역 사람은 자어子魚라고 부르는데 그 알이 가득하고 맛있기 때문이다. 우리나라 세속에서는 수어秀魚라고 부르는데 그 모양이 길고 빼어나기 때문이다. 강과 바다에 모두 서식한다. 몸은 둥글고, 머리는 납작하고, 뼈는 연하고, 육질은 단단하다. 성질은 진흙을 먹는 것을 좋아하므로 숭어를 먹으면 비장에 유익하다. 큰 것은 대여섯 자이고, 작은 것도 수 자 남짓하다. 강에서 나는 것은 색이 선명하고 깨끗한데 드물게 잡히고, 바다에서 나는 것은 참숭어와 가숭어 두 종류가 있다. 참숭어는 강에서 나는 것과 차이가 없지만, 색이 약간 칙칙하다. 가숭어는 색이 검고, 눈도 또한 검다. 숭어는 대개 물고기 중에서 가장 크고 맛있다. 그래서 좌사左思의 「삼도부三都賦」에 '교치비파鮫鯔琵琶'라는 구정의 주에 "치어는 길이가 일곱 자이다"라고 했다. 이시진은 숭어의 길이가 한 자 남짓이라고 했는데, 이것은 다만 작은 것만 보았을 뿐이다. 사오월에 알이 배에 가득 차는데, 두 개 알집이 함께 꼭지에 매달린다. 날알은 작으면서 차지며 부드럽고, 햇볕에 말리면 색이 호박과 같은데 부유하고 권세 있는 사람들이 진귀한 반찬으로 여긴다. 그 작은 것은 세속에서 모장어牟章魚라고 부른다. 남쪽 사람들은 또 동어同魚라고 부르는데 이는 숭어의 새끼이다. 삼사월 사이에 크기가 엄지손

「조어산수」, 최북(崔北, 1720~?), 조선, 개인 소장
초명이 식(埴)이고, 자는 성기(聖器)·유용(有用)·칠칠(七七), 호는 월성(月城)·성재(星齋)·기암(箕庵)·거기재(居基齋)·삼기재(三奇齋)·호생관(毫生館) 등이다. 중인 출신의 화가로 숙종과 영조 때 활동했다.

가락만 한데 미어[illegible]라고 하고, 점차 성장하여 겨울이 되면 길이가 한 자 남짓이 되고, 2~3년이 되면 길이가 대여섯 자가 된다.

서유구, 『전어지』 중에서

서유구는 숭어의 모양이 길고 빼어나서 수어秀魚라고 한다고 했다. 그러나 이는 우리말 숭어를 음차한 한자를 보고 유추한 것일 뿐이다.

치어와 자어는 중국 문헌에 나오는 용어이다.

치어는 모양이 잉어 같은데, 머리가 납작하고, 몸은 둥글고, 눈은 붉고, 입은 작다. 그 비늘이 검어서 치어라고 이름을 붙인 것이다. 그 알이 배에 가득하여서 또한 자어라고 부른다. 이 물고기는 진흙을 먹으므로 백약百藥과 꺼리는 것이 없다. 배 속에 누런 지방이 있어 맛이 좋으므로 수달이 즐겨 먹는 물고기이다. 『물산지』에 "모든 바닷물고기는 큰 것이 작은 것을 잡아먹는데 오직 치어만이 그 동류를 잡아먹지 않는다. 또한, 성품이 지혜로워서 그물 속에 들어오지 않는다"라고 했다.

『흠정속통지欽定續通志』 중에서

치어는 숭어의 검은 색을 보고 지은 이름이고, 자어는 배 속에 알이 가득하여서 붙인 명칭이다.

숭어알은 여러 어란 중에서도 상품에 속하는 진미 식품이었다. 어란은 주로 젓갈로 가공하지만, 그중 몇몇은 건어란으로 가공하였다. 『승정원일기』 인조仁祖 조에 수어란秀魚卵이 언급되어 있고, 영조英祖와 고종高宗 조에 건수어란乾秀魚卵이 기록되어 있다. 이들 기록에 따르면 수어란과 건수어란은 주로 황해도에서 바치는 공물이었다. 그런데 최근까지 숭어 어란으로 유명한 곳은 전남 영암이다. 영산강 하류가 막히기 전까지 풍부하게 생산되었던 숭어알로 영암에서 건어란을 만들었다.

그 제조 방법은 봄철 산란하려고 올라온 숭어를 잡아 알을 채취하여 소금물에 핏물을 빼내고 간장에 담가 색과 맛을 입힌 뒤에 말리는 것이다. 조금 마르면 돌로 눌러서 납작하게 하고 마를 때까지 참기름을 수십 번 발라야 완성된다. 이렇게 완성한 숭어 건어란은 본래 그 색이 새까맣고 맛은 몹시 짰다. 표면의 색이 까만 것은 참기름을 수십 번 발랐기 때문이고, 짠맛은 냉장고가 없던 시절에 부패를 막으려면 어쩔 수 없는 선택이었다. 그래서 얇게 베어내어 반찬과 술안주로 올리면 그 색이 호박색으로 아름답고 짠맛도 적당하게 된다. 근래에는 소비자의 취향에 따라 겉가죽의 새까만 색은 노랗게 변하고, 짠맛은 더욱 싱겁게 되었다.

서유구는 숭어의 건어란을 부자와 권세가가 진귀한 음식으로 여긴다고 했는데, 지금도 그 사정은 변하지 않았다. 숭어의 건어란은 여전히 서민이 감당하기 어려운 고가이기 때문이다.

숭어는 학문적으로 여러 종류가 있지만, 우리가 주로 어획하는 것은 참숭어와 가숭어이다. 지금도 일반인 사이에서 이 둘의 구분에 논쟁이 분분한 모양이다.

정약전은 『현산어보』에서 "가치어(假鯔魚, 속명은 사릉斯陵이다) 모양이 진치(眞鯔, 참숭어)와 같은데 다만 머리가 약간 더 크고, 눈은 검으면서 크며, 더욱 민첩하다. 흑산에서 나오는 것은 단지 이 종류이다. 그 어린 것은 몽어夢魚라고 부른다"라고 했다. 이서구 또한 "가숭어는 색이 검고, 눈도 또한 검다"라고 했다.

정약전은 앞에 참숭어를 소개한 글에서 "눈은 작으면서 노랗다"라고 했다. 조선시대에는 눈이 노란 것을 참숭어라고 했음을 알 수 있다.

중국의 숭어

숭어는 중국에서도 최고의 횟감이었다.

> 선인 개상介象은 자가 원칙元則이고 회계 사람이다. 여러 방술方術을 지니고 변화를 부릴 수 있었다. 오이와 채소와 각종 과일을 심었는데, 모두 즉시 자라나서 먹을 수 있었다. 오주(吳主, 삼국시대 오나라 왕 손권孫權)가 그와 함께 물고기 회를 논하면서, "무엇이 가장 맛있는가?"라고 물으니, 개상이 "숭어가 최상입니다"라고 했다. 오주가 "이것은 바다 안에서 나오는데 어떻게 얻을 수 있겠는가?"라고 하니, 개상이 "얻을 수 있습니다"라고 했다. 곧 사람을 시켜 마당 안에 네모난 웅덩이를 파게 하고 물을 길어다가 가득 채우게 했다. 개상이 일어나서 낚싯줄을 드리우자, 과연 금방 숭어를 낚아 올렸다. 오주가 놀라고 기뻐하며 주방에서 회를 치게 했다. 오주가 말하기를 "촉의 생강으로 양념을 만들 수 없는 것이 한스럽다"라고 했다. 개상이 부적符籍 한 장을 써서 청죽장靑竹杖에 붙이고, 사람을 시켜 눈을 감고 지팡이를 타고 촉의 도성 성도成都에 가서 생강을 사오게 했다. 금방 다녀와서 생강을 주방에 보내니 마침 회 치는 것을 마쳤을 때였다.
>
> 동진(東晋) 갈홍(葛洪, 283?~343?), 『신선전(神仙傳)』 중에서

선인 개상이 오나라 왕 손권을 위해 마당에 웅덩이를 파고 숭어를 낚아 회를 치게 했다는 것이다. 또한, 사람을 시켜 마술을 건 대나무 지팡이를 타고 촉의 생강을 구해오도록 하여 양념으로 쓰게 했다는 신이한 이야기이다. 이 이야기는 훗날의 문인들이 숭어를 언급할 때 사용하는 한 전고가 되었다.

한 자 길이 은빛 숭어가 좋으니	一尺銀鱸美
동하는 또한 물의 고을이네	東河亦水鄉
숭어 날뛸 때 여름비가 지나고	躍時過暑雨
숭어 살찔 때 가을빛이 가깝네	肥處近秋光
서시의 그물로 잡아내어	收得西施網
개상의 생강으로 양념을 하네	調成介象齏
오나라 배가 술 파는 시장에 통하니	吳船通酒市
풍미를 주방 아낙에게 맡기네	風味付廚娘

청나라 여악(厲鶚, 1692~1752), 『번사산방집(樊榭山房集)』, 「숭어를 먹다(食鱸魚)」

동하(東河, 둥허)는 호북성에 있는 장강의 한 지류가 흐르는 곳의 지명이다. 이곳에도 숭어가 많이 산출되었던 모양이다.

봄에 알을 풀어버린 여름 숭어는 맛이 없어 개도 먹지 않는다고 하지만, 가을 숭어는 살이 올라 기름져서 고소하다.

개상의 생강은 바로 선인 개상의 고사를 인용한 것이다.

조선의 숭어

한치윤(韓致奫, 1765~1814)의 『해동역사海東繹史』에 발해에서 729년(무왕 11)에 당나라에 사신을 파견하여 외교 선물로 숭어를 바쳤다고 했다. 한반도의 숭어 역사는 이처럼 유구하다.

조선에서도 숭어는 생산이 풍부하고 맛이 좋아서 백성은 물론이고, 왕실에서도 중시했던 생선이었다.

패강 강물은 쪽빛보다 푸르고 浿江江水綠於藍
강에서 나는 숭어는 맛이 유독 달콤하네 江出鯔魚味獨甘
몇 번이나 오가며 일찍이 먹었던가 幾度往來曾染指
오늘은 아득히 강서와 남방이 막혔네 渺然今日隔西南

강서 태수는 사군의 부친인데 江西太守使君親
멀리서 강물 속의 거울 옥비늘을 보내왔네 遠送江心凍玉鱗
노인의 은택이 나에게까지 미치니 老老餘恩應及我
남쪽 음식이 끝내 강서의 진미에게 양보하네 南烹終亦讓西珍

조선 소세양(蘇世讓, 1486~1562), 『양곡집(陽谷集)』, 「지주의 부친이 강서에서 대동강 동숭어 두 마리를 지주에게 보냈는데 한 마리를 나에게 나눠주었다[地主父親自江西送大同江凍秀魚二尾于地主, 以 分我]」

패강浿江은 대동강의 옛 명칭이고, 강서군江西郡은 평안남도 남서부에 있는 군이다. 지주地主는 현감이나 군수 등 지방관을 지칭하는

「원포귀범」, 이징(李澄, 1581~?), 조선, 국립중앙박물관 소장

말이다.

평양의 동숭어는 예로부터 유명했는데 귀한 예물로 쓰이거나 왕실의 잔치에 올랐다.

고봉高峰 기대승(奇大升, 1527~1572)이 퇴계退溪 이황에 보낸 기사년(1569) 12월 6일의 편지에 "동숭어와 생치(生雉, 말리거나 익히지 않은 꿩고기) 한 마리씩을 자루에 넣어 보내오니 기쁜 마음으로 받아주시기 바랍니다"라고 했다.

『승정원일기』 고종 23년 병술(1886, 광서 12) 10월 22일 조에는, 대왕대비전의 생신 잔치에 숭어찜[秀魚蒸]과 동숭어회[凍秀魚膾]를 올렸다고 했다.

왕실에 진공하는 숭어가 많다 보니 그 폐해도 적지 않았다.

> 비록 토산물이라 할지라도 경주의 전어錢魚 같은 것은 명주 한 필로 바꾸고, 평양의 겨울 숭어[冬秀魚] 같은 것은 정포(正布, 품질이 좋은 베) 한 필로 바꿉니다. 여러 고을에서 진상하는 물가가 이와 같은 것이 어찌 이것뿐이겠습니까? 더구나 그것을 수송하는 데 소용되는 색리色吏의 양식과 경리京吏의 뇌물이 하나같이 백성에게서 나옵니다. 먼 지방의 물건을 얼음에 채우니 짐이 무거우므로 말의 등이 온전한 것이 없어서, 역마가 지탱하기 어려우면 백성의 소를 끌어냅니다. 그리고 황해 · 충청 · 강원 · 양남兩南 지방의 역에는 크고 작은 사신의 행렬과 왜倭, 야인野人 등의 왕래가 빈번하여 능히 지탱하지 못하게 되어 열 집에 아홉이 비었습니다.
>
> 조선 조헌(趙憲, 1544~1592), 『동환봉사(東還封事)』 중에서

궁중의 잔치에는 이처럼 백성의 고통이 뒤따랐다.

그대 생각나는데 어떻게 보내주랴　　思君何以贈
붓에 입김 불어 자세히 편지 쓰네　　呵筆細裁書
평양의 달콤한 홍로주와　　平壤甘紅露
중화군의 겨울 숭어이네　　中和凍秀魚
술잔 드니 경액과 같고　　引醺瓊液是
회를 집으니 설화와 같네　　飛膾雪花如
두 진미가 항상 좋아하던 것이라　　兩味知常嗜
은근한 뜻이 넉넉하네　　辛勤意有餘

조선 정원용(鄭元容, 1783~1873), 『경산집(經山集)』, 「마침 기성의 술과 요포진의 물고기를 얻고, 무척 경집에게 진미를 나눠주고 싶은데 글로 대신하다(適得箕城酒腰浦魚, 甚思景執分味, 代書)」

기성箕城은 평양의 옛 이름이고, 요포腰浦는 평안도 중화군中和郡에 있는 나루 이름이다. 대동강 하류에 있다. 『신증동국여지승람』에 중화군의 토산은 "사(絲, 삶아서 익히지 않은 명주실) · 삼 · 숭어 · 수유(酥油, 우유를 끓여서 만든 기름)"라고 했다. 조선 초부터 숭어 산지로 유명한 곳이었음을 알 수 있다. 작가의 설명에 "평양의 홍로주紅露酒는 나라 안에서 가품이고, 우리나라 세속에서는 치어를 수어秀魚라고 한다"라고 했다.

지금도 대동강의 숭어국은 냉면과 함께 평양을 대표하는 유명한 음식 중의 하나라고 한다. 그 숭어국은 조선시대부터 전통을 이어온 유래 있는 음식인 것이다.

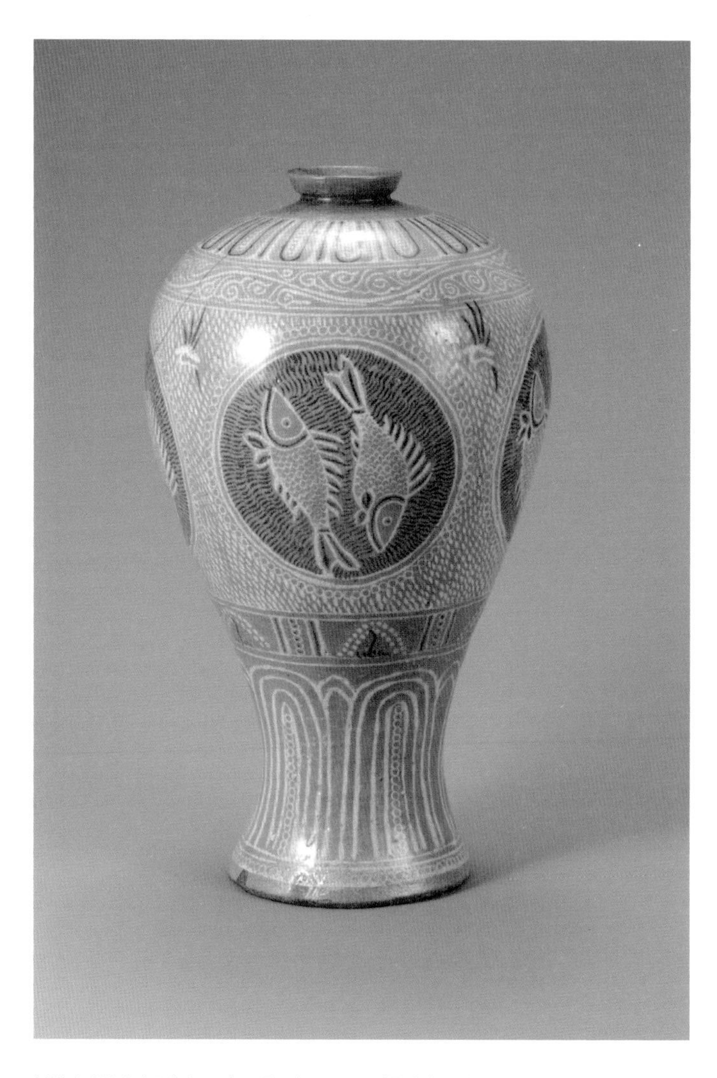

분청사기상감어문매병, 조선, 보물 제347호, 국립중앙박물관 소장

그물網

큰 그물의 그물눈이 많은데	大罟網目繁
빈 강의 물결이 검네	空江波浪黑
침침하게 물결 아래 가라앉으니	沈沈到波底
흡사 물결과 함께 같은 색이네	恰共波同色
끌어 올릴 때 많은 물고기가 들어서	牽時萬鬐入
이미 천 균의 힘이 드는데	已有千鈞力
오히려 강물을 가로로 막지 못함을 후회하며	尚悔不橫流
남들이 더욱 많이 잡을까 근심하네	恐他人更得

당나라 육구몽

●

자가 노망(魯望), 호는 천수자(天隨子), 강호산인(江湖散人), 보리선생(甫里先生)이다. 장주(長洲, 쑤저우) 사람이다. 호주와 소주 자사의 막료를 지내고, 나중에 송강 보리(甫里, 푸리)에 은거했다. 항상 강호 사이를 배를 타고 다니며 세속과 어울리지 않았다. 위 「어구시」는 열다섯 수 중의 한 수이다.

근래 동강에서 낚시얼레 하나를 얻었다. 습미가 강호에 은거하는 사상을 즐겁게 여기는 것을 생각하고 얼레를 꺼내어 완상하다가 곧 세 편의 수답시를 지었다

頃自桐江得一釣車. 以襲美樂煙波之思, 因出以為玩, 俄辱三篇復抒詶答

일찍이 낚시 친구들 불러 맑은 물가로 내려가니	曽招漁侶下清潯
한 가닥 낚싯줄은 막 한 개 추를 따라 잠기네	獨繭初随一錘深
안개 속 작은 구르는 소리에는 바큇자국 없는데	細輾煙華無轍跡
조용히 바람 기운 머금고 얼레가 소리 내네	静含風力有車音
서로 들밥을 불러서 향기로운 풀밭에 차리고	相呼野飯依芳艸
산 노래 서로 화답하며 먼 숲에 머물렀네	迭和山歌逗遠林
득실은 도랑에 맡겨두고 다만 즐거움만 취하니	得失任渠但取樂
시비의 마음을 낸 적이 없다네	不曽生箇是非心

당나라 육구몽

●

습미는 피일휴의 자이다. 육구몽과 피일휴는 서로 친하여 많은 시를 주고받았는데, 그 시편들이 『송릉집(松陵集)』이라는 공동 시집으로 편찬되어 전한다.

전라도의 물고기
홍어

삭혀 먹는 물고기

홍어(洪魚, 학명 *Roja kengei*)는 가오릿과의 바닷물고기로 다 자란 성체는 1.5미터에 이른다. 상어와 같은 연골 생선으로 방석처럼 넓적하다. 형태는 마름모꼴이며 긴 꼬리가 달려 있다. 암놈에게는 꼬리가 하나 있고, 수놈은 긴 꼬리 하나가 중심에 있고 그 옆에 두 개의 짧은 꼬리가 있는데 그 짧은 꼬리는 수놈의 생식기이다. 홍어는 암수가 교미하여 수정한 후 산란한다. 산란기는 늦가을에서 초봄 사이이다.

> 분어(鱝魚, 속명은 홍어洪魚이다) : 큰 것은 넓이가 예닐곱 자이고, 암놈은 크고 수놈은 작다. 몸은 연잎과 같고, 색은 적흑색이다. 부드러운 코

는 머리 부분에 달려 있는데 밑 부분은 풍성하고 끝은 뾰족하다. 부드러운 코 밑에, 가슴과 배 사이에 일자형의 입이 있다. 등 뒤 위쪽(부드러운 코의 밑 부분이다)에 코가 있고, 코 뒤에 눈이 있다. 꼬리는 돼지 꼬리와 같다. 꼬리 중심부에는 어지러운 가시가 있다. 수놈은 양경(陽莖, 음경)이 두 개 있고, 그 양경은 곧 뼈인데 모양은 굽은 칼 같다. 경 밑에는 알주머니가 있다. 양 날개에는 작은 가시가 있는데 암놈과 교미할 때 날개의 가시로 걸고서 교미한다. 간혹 암놈이 낚싯바늘을 물고 엎드리면 수놈이 가서 교미하는데 낚시를 들어 올리면 함께 따라 올라온다. 암놈은 식욕 때문에 죽고 수놈은 음욕 때문에 죽으니, 음욕을 탐하는 자는 경계로 삼을 만하다.

암놈은 산문(産門) 외에 한 구멍이 있어서 안으로 세 구멍과 통한다. 중간 구멍은 창자 양쪽으로 통하면서 태(胎)를 형성한다. 태 위에 알 같은 것이 붙어 있는데 알이 없어지면 곧 태가 형성되어 새끼가 나타난다. 태 속에는 네다섯 마리의 새끼가 있다(상어도 산문 외에 속에 세 개의 구멍이 있는 것이 홍어와 같다).

동지 후에 처음 잡히고, 입춘 전후에 살이 찌고 제맛이 난다. 이월에서 사월이 되면 몸이 수척해져서 맛이 떨어진다. 회, 구이, 국, 포 등에 모두 적합하다. 나주에서 가까운 고을에 사는 사람들은 삭힌 홍어를 즐겨 먹는데 지방에 따라 기호가 다르다.

가슴과 배 속이 뭉치는 고질이 있는 사람은 삭힌 홍어로 국을 끓여 먹으면 더러운 것이 제거된다. 이 국은 또 술기운을 풀어주는 데 가장 효과가 있다. 그리고 또 뱀은 홍어를 기피하므로 그 비린 물을 버린 곳에는 뱀이 감히 가까이 오지 않는다. 대체로 뱀에 물린 데에는 홍어 껍질

「조어도」, 서위, 중국 명나라
화제는 "큰 바다에 고래와 자라가 있는데, 오악이 그 코에 걸렸네, 임공이 낚시하러 오지 않는데 번거롭게 한 줄기 눈이 내리네(大海有鯨鰲, 伍嶽額其鼻. 任公釣不來, 煩爾一線雪)"라고 했다. 임공은 임나라 공자를 이른다. 『장자』「외물(外物)」편에, 임나라 공자가 매우 큰 낚시와 굵은 낚싯줄을 만들어 50마리의 소를 미끼로 꿰어, 회계산에 걸터앉아 동해에 낚싯대를 드리운 지 1년이 넘은 뒤에야 이루 헤아릴 수 없이 큰 고기가 물었다. 임나라 공자는 이 고기를 쪼개 말려서 포를 만들었는데, 절강 동쪽으로부터 창오산 북쪽에 사는 사람들 모두가 이 고기를 실컷 먹었다는 고사가 있다.

을 붙이면 잘 낫는다.

정약전, 『현산어보』 중에서

분어는 중국 문헌에 나오는 한자 명칭이고, 홍어는 우리만이 사용했던 이름이다. 분어라는 이름은 정약전 이외에 이익, 이덕무, 이규경 등 조선 후기의 몇몇 실학자의 문헌에서만 보인다. 그러니 일반인의 실생활에서는 분어라는 이름은 전혀 사용하지 않고 홍어라는 이름만 사용하였던 것 같다.

정약용의 『아언각비』에서 "분어는 홍어이다(이시진이 이르기를, "모양은 연잎 같고, 일명 포비어鯆魮魚, 일명 번답어蕃蹹魚이다"라고 했다)"라고 했다.

홍어는 일찍부터 우리의 중요한 식용어였다. 조선 초의 문헌인 『세종실록지리지』와 『신증동국여지승람』에 조선 팔도의 전 해역에 걸친 홍어 산출 지역이 많이 기록되어 있다. 그런데 당시 홍어라는 명칭은 여러 종류의 가오리를 함께 포함하는 가오릿과의 총칭이었던 것 같다.

홍어는 본래 일찍이 궁중 잔치에 사용하고, 전국에서 모두가 즐겨 먹던 생선이었는데 언제부터인가 전라도를 상징하는 물고기가 되었다. 그 이유는 전라도에는 크고 작은 경조사에 귀천과 빈부를 막론하고 홍어 요리를 반드시 올려야 하는 전통 음식 문화가 있었기 때문일 것이다. 또한, 다른 지역과는 달리 홍어를 삭혀서 머는 독특한 식습관이 있는 것도 그 원인이 되었을 것이다. 홍어를 삭혀 먹는 전라도의 식습관은 조선시대부터 비롯되었다. 정약전이 "나주에서 가까운 고을에 사는 사람들은 삭힌 홍어를 즐겨 먹는데 지방에 따라 기호가 다르다"라고 한 것이 그 증거이다.

나주 영산포는 최근 1960년대까지 돛단배가 서해의 각종 해산물을 싣고 영산강을 거슬러 와서 화물을 부려 놓았던 내륙의 항구였다. 근대식 등대를 처음 설치한 곳이기도 하다. 그만큼 내륙 교통의 중심지였다는 것이다. 흑산도 바다에서 잡은 홍어를 돛단배에 실어 영산포까지 오는 동안 홍어가 자연스럽게 삭아서 그 삭힌 홍어로 만든 음식이 그 지역에 정착되었다고 한다.

전통적인 전라도의 홍어 음식으로 홍어회 이외에도, 초봄에 홍어 간과 내장을 막 돋아난 보리 싹과 함께 된장을 풀어 끓이는 홍어앳국, 미나리와 함께 생홍어를 무쳐 먹는 홍어미나리초무침 등이 있다. 또한, 근래에는 묵은 김치와 삶은 돼지고기와 생홍어를 함께 먹는 삼합이라는 요리가 개발되어 대중의 인기를 끌고 있다.

홍어는 암놈이 수놈보다 맛이 있어서 가격이 두 배나 차이가 난다. 또한, 그 간과 코와 양 날개는 미식가에게 특히 인기가 있다.

홍어와 가오리

홍어는 많은 가오리 중의 하나이다.

> 해요어(海鰩魚, 가오리)는 형태가 쟁반처럼 둥글고, 또한 큰 연잎과 같다. 그 색은 황흑黃黑색이고, 비늘이 없고 발도 없다. 눈은 이마 위에 있고, 입은 가슴 아래에 있다. 꼬리는 좁고 길며 마디가 이어져 나란하다. 꼬리 끝에는 침 같은 단단한 가시가 있다. 사람을 쏘면 강한 독이 있으므로 즉시 치료하지 않으면 독이 배 속으로 들어가서 죽게 된다. 『본초습

유本草拾遺』에 "어호죽魚扈竹과 해달피海獺皮로 해독할 수 있다"라고 했다.

서유구, 『전어지』 중에서

홍어(무럼생선)는 모양과 색이 모두 해요어와 같은데 꼬리는 자못 넓적하고, 가시가 없어서 사람을 찌르지 않는다. 육질은 무르면서 부드럽고, 뼈와 가시가 없다. 어부들이 잡는 것은 항상 삼월인데 맛이 좋아서 삶거나 구워도 모두 마땅하다. 우리나라 사람들은 독미어(禿尾魚, 도미) 등과 함께 즐겨 먹는다. 세속에서는 홍어洪魚라고 부르는데 어떤 사람은 홍洪 자는 마땅히 공鯕 자로 적어야 한다고 의심한다. 곧 『유양잡조』에는 황홍黃魟이라 하고, 『우항잡록』에는 공鯕이라 했는데, 홍洪과 공鯕은 음이 가깝고 글자가 비슷하여 와전된 것이다. 그러나 공어魟魚는 가시가 있어서 사람을 찌르고, 홍어洪魚는 가시가 없어서 사람을 찌르지 않으니, 동일한 물고기가 아니다.

서유구, 『전어지』 중에서

서유구는 홍어와 가오리의 차이를 꼬리에 독침이 있느냐 없느냐로 구분했다. 그러나 모든 가오리가 다 독침이 있는 것은 아니다.

곽박의 「강부江賦」에 "윤어鯩魚 · 전어鱄魚 · 후어鱟魚 또는 새우[鰕] 따위와 붙어 자라 · 서북이 모든 것이 생겨난다" 했는데, "전어는 붕어[鯽魚]와 흡사하고 꼬리는 돼지 꼬리처럼 생겼으며 몸통은 부채와 같이 둥글다"라고 했다. 이는 우리나라에서 이른바 공어鯕魚라고 부르는 것이다. 꼬리는 돼지와 같고, 모양은 납작한 부채와 같고, 날개를 저어 다니며,

「어렵도(漁獵圖)」, 정세광(鄭世光, ?~?), 조선, 국립중앙박물관 소장
조선 중기의 사대부 출신 화가이다. 부사 양종(穰從)의 증손자이다. 그림은 강에 그물을 넣어두고 일정한 시간마다 기중기처럼 밧줄로 당겨서 물고기를 잡는 것을 그렸다.

두 눈은 윗면에 있고 입은 아랫면에 있으니, 붕어와는 다르다.

분어의 주에 이르기를, "둥근 쟁반과 같고, 입은 배 밑에 있으며, 꼬리 끝에는 독이 있다"라고 했다. 이는 바로 우리나라에서 이른바 가올어(嘉兀魚, 가오리)라고 부르는 것이다. 가올어는 생김새가 홍어와 서로 비슷하나 맛은 훨씬 못하다. 꼬리 끝에는 침이 있어서 사람을 쏘는데 독이 아주 심하다. 사람들이 그 꼬리를 가져다가 뿌리나 밑동에 꽂아두면 말라서 죽지 않음이 없다. 『본초』에는 꼬리에 독이 있는 것을 홍어라고 하였는데 세속에서 부르는 이름과 다르다.

이익, 『성호사설』, 「전분(鱄鱝)」 중에서

이익은 전어를 우리의 공어라고 하고, 분어를 가오리라고 했다. 분어를 우리의 홍어라고 한 정약전과는 견해가 달랐다.

조선인은 대개 홍어와 가오리의 구분을 꼬리에 독침이 있는지 없는지로 했던 것 같다.

가오리는 종류가 많은데, 정약전은 『현산어보』에 소분(小鱝, 속명 발급어發及魚), 수분(瘦鱝, 속명 간잠間簪), 청분(青鱝, 속명 청가오青加五), 흑분(黑鱝, 속명 묵가오墨加五), 황분(黃鱝, 속명 황가오黃加五), 나분(螺鱝, 속명 나가오螺加五), 응분(鷹鱝, 속명 매가오每加五) 등 여러 가오리를 소개해놓았다.

모양은 여러 어패류와 다르고　　狀貌殊群錯
형용은 많은 생선들과 다르네　　形容異衆鮮
몸은 커서 움직이기 어렵고　　身洪難起動
체중은 무거워 경쾌하게 다니지 못하네　　體重未輕遷

부드러운 뼈는 씹기가 좋고	軟骨宜專嚼
풍성한 살은 국 끓이기 좋네	豐肌可入煎
날뛸 만한 용기는 없지만	跳梁無一勇
발호하면 하늘에 오르듯 하리라	跋扈似登天

이응희, 『옥담시집』, 「홍어」

홍어는 지금도 인기 있는 어물인데 국내의 생산이 수요에 훨씬 미치지 못한다. 흑산도를 비롯하여 충청도, 백령도 등지에서 생산되고 있지만, 그 수량이 미미하여 대부분 칠레, 아르헨티나, 뉴질랜드 등지에서 수입한 홍어에 의존하는 형편이다.

「주상탄금」, 이경윤(李慶胤, 1545~1611), 조선, 서울대학교박물관 소장
자가 수길(秀吉), 호는 낙파(駱坡), 낙촌(駱村) 또는 학록(鶴麓)이다. 익양군(益陽君) 이관(李懷, 성종의 11자)의 종증손으로 서화에 능했다. 학림정(鶴林正)에 봉해졌다. 그림은 배 위에서 금을 타는 것을 그렸다.

두포에서 물고기 잡는 것을 본 노래豆浦觀打魚歌

두포의 물은 드넓게 공활하고	豆浦之水浩空濶
천 이랑 만 이랑 유리처럼 푸르네	千頃萬頃琉璃碧
모래 따뜻한 갈매기 해오라기 섬이 사랑스럽고	可愛沙暖鷗鷺洲
다시 하늘 맑은 교룡 댁을 깨닫네	更覺天晴蛟龍宅
편주에 늘어진 돛은 중류에서 평온하니	扁舟緩帆中流穩
호탕한 신심이 모두 양쪽을 풀어주었네	浩盪神心俱兩釋
앞 여울 늙은 어부가 나에게 절하는데	前灘漁叟向我拜
두 귀밑머리 하얗고 두 다리는 벌겋네	雙鬢雪白兩脚赤
키 머리에서 손들어 한 번 부르니	柂頭擧手一招招
여러 인부들 힘을 합해 사역에 응하네	衆工齊力聽使役
그물 치며 빠르게 노질하니 날듯이 가고	布網疾棹去如飛
큰 강을 가로로 자르며 한 획으로 달리네	横截大江走一畫
금방 둘러싸서 다시 성을 이루며	須臾轉繞復成城
화급하게 몰리며 점차 서로 쫓네	火急縮來漸相迫
큰 고기 작은 고기 모두 그물로 드니	大魚小魚俱入網
무리가 무려 수천만이네	戢戢無慮數千百
입으로 거품을 불거나 꼬리를 흔들고	或口吹沫或揚尾
머리를 진흙에 박거나 등을 드러내고	或頭沒泥或露脊

도망가 숨었으나 오히려 미칠 수 있고	或逃遁而猶可及
멋대로 날뛰어 온통 자취가 없네	或跋扈而渾無跡
흰 해가 빛을 쏘니 은도가 찬란하고	白日射光銀刀爛
미풍이 비린내를 부니 금린이 쌓였네	微風吹腥金鱗積
작은 물고기 팔딱거려 새어 나가고	小小發發故見漏
열 중 절반만 겨우 잡아 올리네	在十去五纔所獲
늙은 어부 돛을 내리고 와서 정을 표하며	漁叟下帆來致眷
스스로 귀신처럼 빠르다고 자랑하며 말이 분분하네	自誇神捷語嘖嘖
서로 대하고 뱃전 두들기며 웃으며 보니	相對叩舷笑以視
붉은 아가미 흰 지느러미 길이가 한 자가 넘네	丹腮素鬐長盈尺
초록 부들로 다투어 싸매며 작을까 꺼리는데	綠蒲爭裹猶嫌小
남은 거품이 옷 적심을 누가 애석해하리오	餘沫霑衣誰肯惜
요리사가 칼을 치며 회 치느라 겨를이 없어	饔子皷刀未暇膾
돌아가 부인에게 주어 졸이고 굽게 한다네	歸遺細君擬煎炙
이처럼 생물에게 포악하게 하며 기꺼이 즐겁게 여기니	以此暴物甘爲樂
남호에서 방생하는 객에게 부끄럽네	有愧南湖放生客

조선 박윤묵(朴允默, 1771~1849), 『존재집(存齋集)』

●

자가 사집(士執), 호는 존재(存齋)이다. 현종 때 평신진(平薪鎭) 첨절제사(僉節制使)를 지냈다.
두포(豆浦)는 두모포(豆毛浦)라고 하는데, 중랑천이 한강으로 흘러드는 곳에 있었던 유명한 나루였다. 지금의 동호대교 북단에 있었다.

무장공자 게

게의 별칭

게는 갑각류 중에서 다리가 열 개인 십각목 게아목에 속한다. 게는 세계적으로 대략 5000여 종이 있고 우리나라에는 180여 종이 서식한다고 한다. 이 중에서 식용하는 것은 극히 소수에 불과하다.

> 해蟹 : 『주례周禮』 「고공기考工記」의 주에 "옆으로 가는 것은 게의 종류이다[仄行蟹屬]"라고 했고, 그 소疏에 "지금 사람들이 방해旁蟹라고 하는 것은 그것이 옆으로 가기 때문이다"라고 했다. 부현傅肱의 『해보蟹譜』에는 방해螃蟹라고 적었고, 또한 횡행개사橫行介士라고 했는데 그 외골外骨 때문이다. 『포박자抱朴子』에는 무장공자無腸公子라고 했는데 그 속이 비

어 있기 때문이다. 『광아』에는 "수놈은 낭예蜋螘라고 하고, 암놈은 박대博帶라고 한다. 대개 배꼽이 뾰족한 것은 수놈이고 배꼽이 둥근 것은 암놈으로 구별한다. 또 집게발이 큰 것은 수놈이고 집게발이 작은 것은 암놈이다. 이것이 그 암수의 구별이다"라고 했다. 『이아익』에는 "게는 여덟 개의 궤(跪, 발)와 두 개의 집게[螯]를 가졌는데 여덟 개의 발을 꺾고 얼굴을 숙이므로 궤跪라 하고, 두 집게를 접고 얼굴을 들므로 오螯라고 한다"라고 했다(『순자荀子』의 「권학편勸學篇」에 게를 육궤이오六跪二螯라고 한 것은 잘못이다. 게의 다리는 8궤이다).

정약전, 『현산어보』 중에서

횡행개사와 무장공자는 게의 별칭으로 가장 널리 알려진 것이다.

여기에 곽삭郭索이란 별칭이 또 있다. 곽삭은 게가 기어갈 때 나는 소리를 말한다.

예로부터 내황후를 칭송했는데	從來歎賞內黃侯
풍미가 술동이 앞에서 제일류이네	風味尊前第一流
다만 마땅히 비틀대며 탕 끓이는 솥에 이르니	秖合蹣跚赴湯鼎
고생하며 술지게미 언덕에 오를 필요 없으리라	不須辛苦上糟丘

송나라 증기(曾幾), 『다산집(茶山集)』, 「노헌이 게를 보내어 사례하다(謝路憲送蟹)」

내황후內黃侯는 또한 게의 별칭이다. 그 속이 노래서 붙인 이름이다.

정약전은 『현산어보』에 몇 가지 게의 종류를 소개했다. 무해(舞蟹, 속명은 벌덕궤伐德跪이다), 시해(矢蟹, 속명은 살궤殺跪이다), 농해(籠蟹, 속명이다),

「게」, 김홍도, 조선, 국립중앙박물관 소장
화제는 "유 노인이 여행할 때 반찬을 위해 그려주다(爲柳老贐行饌需寫贈)"이다.

팽활(蟛螖, 속명은 돌장궤突長跪이다), 소팽(小彭, 속명은 참궤參跪이다), 황소팽(黃小彭, 속명은 노랑궤老郎跪이다), 백해(白蟹, 속명은 천상궤天上跪이다), 화랑해(花郎蟹, 속명이다), 주복해(跦腹蟹, 속명은 모음살궤毛音殺跪이다), 천해(川蟹, 속명은 진궤眞跪이다), 사해(蛇蟹, 속명이다), 두해(豆蟹, 속명이다), 화해(花蟹, 속명이다), 율해(栗蟹, 속명이다), 고해(鼓蟹, 속명은 동동궤鼕鼕跪이다), 석해(石蟹, 속명은 가재可才이다), 백석해白石蟹 등이다.

게와 궤는 우리말이고, 해蟹는 한자어이다.

헤엄을 잘 치는 꽃게

정약전이 소개한 게 중에 시해는 서해와 남해에서 나오는 꽃게이다. 꽃게는 게 중에서 헤엄을 잘 치는 종류이다.

시해(속명은 살궤이다) : 큰 놈은 지름이 두 자가량이고, 뒷다리 끝은 부채처럼 풍족하게 넓다. 두 눈 위에 한 치 남짓한 추(錐, 송곳)가 있는데 이로써 이름을 얻은 것이다. 색은 적흑색이다. 대개 게는 모두 달릴 수 있지만 헤엄칠 수는 없는데 유독 이 게만은 헤엄칠 수 있다(부채 같은 다리 때문이다). 헤엄칠 때는 큰바람이 부는 시기이다. 맛은 달고 맛있다. 흑산에서는 드물어서 귀하고, 항상 바닷속에 있는데 때때로 낚시에 올라온다. 칠산 바다에서는 그물로 잡는다.

청안(晴案, 이청李𪰸이 보완한 내용)에 "이는 곧 유모蝤蛑의 종류이다"라고 했다. 소송이 말하기를 "그것은 납작하면서 가장 크고, 뒷다리가 넓은데 유모라고 한다. 남쪽 사람들은 발도자撥棹子라고 하는데 그 뒷다리가 노와 같기 때문이다. 일명 심蟳이라 하는데 조수를 따라 물러가기 때문이다. 껍질을 한 번 벗으면 한 번 성장하는데 큰 놈은 됫박만 하고 작은 놈은 접시만 하다. 두 집게발이 손처럼 생긴 것이 다른 게와 다른 점이다. 그 힘이 몹시 강해서 팔월이 되면 호랑이와 싸울 만한데 호랑이가 당하지 못한다"라고 했다. 『박물지』에 "유모 중에 큰 놈은 호랑이와 집게발로 싸우고 사람을 잘라 죽인다"라고 했다. 지금 말하는 시해가 그 같은 모양을 가진 게 중에서 가장 큰 놈이다. 이것이 곧 유모이다.

정약전, 『현산어보』 중에서

정약전이 꽃게를 설명한 기사이다. 기사에서 언급한 소송은 북송 때 태자태보太子太保를 지내고, 『도경본초』를 지었다. 『박물지』는 서진의 장화가 편찬한 서책이다.

시해라는 명칭은 중국 문헌에서는 전혀 보이지 않으니, 이것도 또한 살궤처럼 우리말을 한자로 지어낸 이름일 것이다.

이익의 『성호사설』에 "유모는 도은거가 말한 '집게가 강하여 호랑이와 다툰다'라는 설로 보건대 바닷속의 큰 게가 아닌가 싶다. 색은 붉고 게딱지에 뿔 가시가 있다. 곧 속명으로 암자巖子라는 것이다. 발도자撥掉子는 뒷다리가 노처럼 넓고 얇아서 물을 헤치며 떠다닌다. 속명이 관해串蟹인데 게딱지에 꼬챙이 같은 양 뿔이 있기 때문이다"라고 했다.

도은거는 남조 양나라 도홍경이다. 그의 호가 화양은거이므로 도은거라고 한 것이다. 저서에 『본초경주本草經注』가 있다.

> 유모 : 『성화사명군지成化四明郡志』에 "모든 게는 발이 열 개이고, 해변의 진흙 굴 안에서 산다. 작으면서 노란 것은 석유모石蝤蛑라고 하고, 가장 큰 것은 청심靑蟳이라 하고, 작은 것은 황갑黃甲이라 하고, 뒷다리가 넓은 것은 발도자라 한다. 성동城東 강가에 유모묘蝤蛑廟가 있는데 세속에서 전하기를 '어떤 어부가 한 거대한 유모를 잡다가 큰 집게에 물려서 죽었다'라고 한다. 지금 묘는 그 지역에 있는데, 전현前賢들이 사명(四明, 쓰밍)을 유모주蝤蛑州라고 부른 것이 많다. 서라당舒嬾堂이 지은 『이언里諺』에 '팔월에는 유모가 호랑이처럼 굳건해진다' 했고, 『비아』에는 '유모의 양 집게는 몹시 강하여 호랑이와 다툴 만하다' 했다"라고 했다.
>
> 『절강통지』 중에서

서라당은 송나라 서단(舒亶, 1041~1103)이다.

위에서 소개한 여러 기사를 종합해보면 유모는 바다 게의 총칭인 듯하다. 여기에는 조선시대 살게라고 불렀던 서해의 꽃게를 포함하는 듯한데, 바로 헤엄을 잘 친다는 발도자가 아닌가 싶다.

유모는 지금 중국에서 청해靑蟹라고 한다. 우리나라에서는 낙동강 하구에서 소량이 잡히는데 청게라고 하고, 학술 용어로는 톱날꽃게라고 한다. 이 종은 동남아 일대에서 머드크랩mud crab이라고 부르는 게이다. 뒷다리는 꽃게처럼 납작하지만 몸이 더 통통하며 거대한 집게는 가히 호랑이와 겨룰 만하다는 상상을 불러일으키기에 충분하다.

청해라는 이름은 『신증동국여지승람』에 경기도 여러 곳의 특산물로 기록되어 있다. 『신증동국여지승람』에는 해와 청해를 구분하여 기록해놓았다. 해는 민물 참게이고, 청해는 톱날꽃게가 아니라 꽃게가 아닌가 싶다. 청해라고 이름한 것은 꽃게의 게딱지가 암청색이고, 다리가 청색이기 때문이 아니었을까. 심상규의 『만기요람』에 궁궐 잔치에 소용되는 품목으로 청해해青蟹醢가 들어 있는데, 이는 청해로 만든 젓갈이다.

민물의 참게

조선시대 식용하였던 게의 대부분은 참게였다고 짐작한다. 자연환경이 오염되지 않아서 하천이 있는 곳이면 어디서나 참게가 나왔을 것이다.

> 천해(속명은 진궤이다) : 큰 놈은 사방 서너 치이고, 색은 청흑색이다. 수놈은 다리에 털이 있고, 맛이 가장 좋다. 섬(흑산도) 안의 개울에도 간혹 있다. 나의 생가가 있는 열수 물가에서 이 게를 보았는데, 봄에 강물을 거슬러 올라와서 논 사이에다 알을 낳는다. 가을에는 강물을 따라 내려가는데, 어부들이 얕은 여울로 가서 돌을 모아서 담을 만들어 새끼줄을 치고 벼 이삭을 매달아 놓고, 매일 밤 횃불을 들고 손으로 잡는다.
>
> 정약전, 『현산어보』 중에서

민물 참게에 대한 기사이다. 참게를 지칭하는 천해와 진궤는 모두 정약전만 사용한 표기이다.

위 내용 중에 "봄에 강물을 거슬러 올라와서 논 사이에다 알을 낳는다"라는 것은 잘못이다. 참게는 바다에서 산란하고, 바다에서 태어난 어린 게가 봄에 강으로 올라와서 성장한다. 다 자란 성체는 가을에

「게」, 신윤복, 조선

화제는 "서문장법(徐文長法)"이라 했다. 서문장은 명나라 서위이다. 서위의 게 그림을 본받았다는 것이다.

바다로 내려간다.

오늘날 참게는 주로 미끼를 넣은 그물 통발로 포획하지만, 옛날에는 냇물을 막고 함정을 설치하는 방식을 썼다. 그 미끼로는 벼 이삭이나 수수 이삭을 다발로 매달아 놓았다.

대나무 베어 발을 엮어 푸른 물결 막고　　伐竹編籬截碧流
물가 띠 움막이 조각배처럼 작네　　水邊茅幕小如舟
밤 되면 둥근 배꼽 암게를 잡으리니　　夜來獵得團臍者
내일 유인의 밥상 반찬에 오르리라　　明日幽人盤上羞

조선 정희맹(丁希孟, 1536~1596), 『선양정집(善養亭集)』, 「게 함정을 읊다〔題蟹箭〕」

게잡이 어부들은 낮에 대나무로 엮은 발로 냇물을 막아놓고, 임시로 지은 움막에서 휴식하며 밤을 기다린다. 밤에 게를 잡는 것은 참게가 밤에 활동하는 야행성이기 때문이다.

배 부분에 둥근 무늬가 있는 것이 암놈인데 단제團臍, 전대轉帶라 하고, 수놈은 그 무늬가 뾰족한데 첨제尖臍라고 한다. 단제는 둥근 배꼽, 첨제는 뾰족한 배꼽이란 뜻이다.

유인幽人은 어지러운 세상을 떠나 조용한 곳에서 숨어 사는 사람을 말한다.

잔잔한 저녁 물결 문전에 이르고　　淪漣夜水到門前
곽삭은 가을 되어 하나하나 둥그네　　郭索秋來箇箇圓
물결 얕아서 솔 횃불 빛이 쉽게 나뉘고　　波淺易分松火照

풀밭 깊지만 대발 치기는 장애가 없네　　草深無礙竹簾編
맨머리로 조각배 타고 갈대 도랑으로 저어 가고　　科頭小艇撐蘆港
무릎 빠지는 푸른 갯벌에서 볏논으로 들어가네　　沒膝靑泥入稻田
쌍 집게발을 쪼개어 노인에게 보내와서　　劈得雙螯酬社老
막걸리 새로 걸러내니 더욱 사랑스럽네　　濁醪新榨更堪憐

조선 조수삼(趙秀三, 1762~1849), 『추재집(秋齋集)』, 「앞 물가에서 게를 잡다[前浦捉蟹]」

곽삭은 게의 별칭이다.

참게가 살이 오른 가을이 참게를 잡는 때이다. 소나무 횃불을 비추며 풀밭에 대나무 발을 친다. 갈대 우거진 물길로 조각배를 저어 가고, 무릎까지 빠지는 진창을 뒤지며 볏논을 살핀다. 가을밤 참게 잡는 광경이 눈앞에 여실하다.

팽기라는 게

옛 문헌에는 팽기蟛蜞라는 게를 다룬 기사가 많이 있다.

『증성도고사增成都故事』에 "왕길王吉이 밤에 꿈을 꾸었는데 팽기 한 마리가 도정都亭에 있다가 사람 말을 지어 말하기를, '내가 다음날 마땅히 여기에 머물 것이다'라고 했다. 왕길이 꿈을 깨고 이상하게 여겼다. 사람을 시켜 도정에 가서 기다리게 했는데 사마장경司馬長卿이 오는 것을 보았다. 왕길이 말하기를 '이 사람은 문장으로 한 시대를 횡행할 것이다'라고 했다. 그 때문에 팽기를 장경長卿이라 불렀다. 탁문군卓文君은 일생 팽기를 먹지 않았다고 한다"라고 했다.

『어제연감류함(御製淵鑑類函)』 중에서

왕길은 서한西漢 때 박사간대부博士諫大夫를 지낸 인물이다. 사마장경은 곧 문장으로 유명한 사마상여司馬相如이다. 탁문군은 사마상여의 부인으로 또한 시를 잘 지었다.

팽기가 어찌하여 사마상여로 변신하여 왕길의 꿈속으로 들어왔던가?

『세설신서世說新書』에 "채모(蔡謨, 281~356)가 처음 강을 건널 때 팽기를 보고 크게 기뻐하며 '게[蟹]는 발이 여덟 개이고, 집게가 두 개이다'라고 하고, 그것을 삶게 했다. 이미 먹은 후에 토하고서 죽을 지경에 이르렀다. 비로소 그것이 게가 아님을 알았다. 나중에 사상謝尙에게 가서 이 일을 설명했다. 사상이 말하기를 '경은 『이아』를 읽고도 익숙하지 못하여, 권학勸學 때문에 죽을 뻔했다' 했다"라고 했다.

『어제연감류함(御製淵鑑類函)』 중에서

채모는 자가 도명道明이고, 동진의 중신重臣이었다.

채모가 『이아』라는 백과사전에서 게에 대하여 배웠는데 팽기를 게로 잘못 알고 잡아서 삶아 먹었다가 죽을 뻔했다는 것이다.

팽기는 일종의 게이다. 그런데 해蟹와 구별한 것은 식용하지 않았기 때문인 듯하다.

이익의 『성호사설』에 "팽기는 팽활蟛螖보다는 크고 보통 게보다는 작으며 팽월蟛越과 비슷하면서 조금 크고 털이 있는데, 밭고랑 가운데에 구멍을 뚫고 다니니, 이는 즉 채도명蔡道明이 게인 줄로 착각하고 먹었다가 거의 죽을 뻔했던 게가 이것이다"라고 했다.

이익은 팽기를 밭고랑 가운데에 구멍을 뚫고 다니는 게라고 했다. 해변이나 강 하구의 늪지나 밭두둑에서 구멍을 파고 사는 대표적인 게로는 말똥게(학명 *Sesarma dehaani*)가 있다. 중국에서 출판한 도감을 보니 팽기는 바로 말똥게이다. 말똥게는 우리나라에서는 식용을 거의 하지 않지만, 중국 등지에서는 중요한 식용 게이다.

김려의 『우해이어보』에 "마분해馬糞蟹 : 게와 비슷하지만, 좁고 길며 온몸에 모두 털이 있다. 배 속에 말똥 같은 살이 있는데 맛이 달면서 약간 쓰다. 지역민은 모두 구워 먹는다"라고 했다. 마분해는 글자 그대로 말똥게이다.

말똥게는 붉은발말똥게와 흰발말똥게 두 종류가 있다. 붉은발말똥게는 우리나라에서 서식지 파괴로 멸종 위기에 처하여 보호종으로 지정되었다.

『수신기搜神記』에 "진나라 태강太康 4년에 회계군의 팽기와 게가 모두 쥐로 변했다. 그 무리가 들을 뒤덮고 벼를 크게 먹어치워서 재앙이 되었다. 처음 변했을 때 털과 살은 있었으나 뼈는 없었다. 그 기어가는 것은 밭두둑을 넘을 수 없었다. 수일 후에는 모두가 건장해졌다"라고 했다.

『어제연감류함』 중에서

게가 쥐로 변했다는 것은 맹랑한 말이다. 아마 밭두둑에서 사는 말똥게가 밭의 작물과 논의 모를 해치는 것을 이런 식으로 표현한 것이리라.

게 때문에 발생한 벼 수확의 손실을 해손蟹損이라 하는데, 우리나라에도 해손이 적지 않았다.

> 공주公州 · 노성魯城 · 정산定山 · 은진恩津 · 홍산鴻山 · 남포藍浦 · 한산 등 일곱 읍의 기름진 논에는 벼가 이따금 건잠(愆蠶, 누에에 병이 듦)과 준축(蹲縮, 땅이 주저앉아서 우그러짐)의 걱정이 있고, 그중에 은진 · 한산 · 남포의 세 읍에는 해손까지 발생하여 피해가 작지 않다고 하였습니다.
>
> 『각사등록(各司謄錄)』, 「충청감영계록(忠淸監營啓錄)」 ○철종(哲宗) 4년(1853) 6월 24일 조 중에서

> 서산 · 태안泰安 · 해미 · 결성 · 서천舒川 등 다섯 읍에 충재(蟲災, 해충으로 농작물이 입는 피해)가 크게 발생하였고, 남포에는 해손이 치성(熾盛, 불길같이 성하게 일어남)하여 농작물의 피해가 작지 않다고 합니다.
>
> 『각사등록』, 「충청감영계록」 ○고종 11년(1874) 7월 28일 조 중에서

> 금년은 복사(覆沙, 모래가 물에 밀려 논밭을 뒤덮음) 1031결 87부負 3속束, 미이(未移, 모내기를 하지 못함) 270결 81부 9속, 수침(水沈, 물에 잠김) 674결 90부 6속, 건잠과 준축 180결 43부 3속, 풍손(風損, 바람 때문에 발생한 손해) 858결 61부 1속, 고손(枯損, 농작물이 시들어서 발생한 손해) 70결 87부 9속, 해손 88결 55부 2속, 도합 각 명목名目의 재탈災頉이 3176결 3속입니다. 연형(年形, 농사가 잘되고 못된 형편)을 일반적으로 논하면 소강小康[?]

이라고 할 수 있으니, 총 재해를 얼핏 보면 다소 많은 듯합니다. 하지만 하나의 읍으로 보아서는 비록 적은 양이지만, 전도(全道)를 합계하면 저절로 이 수효에 이릅니다. 저 실농(失農, 농사에 실패함)한 백성을 생각하면 곧 풍년이 든 해의 걸인이니 비록 동쪽의 것을 덜어다가 서쪽에 보태주려 하여도 갑(甲)의 것을 덜어다가 을(乙)에 더해 주는 것과 다름이 없습니다. 그 사정을 생각하면 더욱 가련하고 측은합니다.

『각사등록』, 「충청감영계록」 ◎고종 12년(1875) 10월 30일 조 중에서

게 때문에 발생하는 벼 수확의 손실이 벼가 말라 죽는 손실보다 컸다는 것을 알 수 있다. 이러한 해손을 초래하는 게는 바로 말똥게였다고 짐작한다.

게딱지 지붕과 자해

갑충(甲蟲, 갑각류) 중에서 게가 가장 크다. 큰 놈은 그 게딱지가 수십 곡(斛)을 담을 수 있다. 이런 게는 낚시나 그물로 잡을 수 없다. 토착민이 말하기를 "큰 게는 1000년 만에 껍질을 벗는데 그 게딱지가 종종 바다 위로 떠오른다. 뱃사공이 그것을 건져다가 지붕을 덮는다"라고 한다. 그러나 내가 바닷가 갑충의 종류를 보니 모두 1년에 한 번 껍질을 벗는다. 게도 또한 그러하다. 그렇다면 1000년 만에 껍질을 벗는다는 설은 지나치게 신기하고 교묘한 이야기에 가깝다. 그러나 그 게딱지가 바다 위로 떠서 올라온다는 것은 분명하다. 지금 영남 지방의 어촌에서는 바다 섬에서 게딱지를 주워와서 염전 지붕(鹽屋)이나 밭의 원두막

[田店]과 주점의 가건물[酒店假家]에 지붕으로 덮은 것이 많다. 둥글게 솟은 것이 기와지붕과 같고, 아래에는 대여섯 사람을 수용할 수 있다. 잡卡은 토착민이 지붕을 이은 것을 부르는 말이다.

내가 「우산잡곡牛山雜曲」을 짓기를 "큰 바다 동쪽에 달빛 아득하고, 갈매기는 맑은 모래밭에서 날고 있네. 짧은 대숲 우거진 깊고 서늘한 곳에서, 게딱지 지붕의 주막을 멀리서 바라보네"라고 했다.

한 종류는 자해紫蟹라고 하는데 온몸이 자적紫赤색이고, 항아리만큼 크다. 배 속에는 창자가 없고 모두 물고기, 새우, 소라, 고동, 모래뿐이다. 게딱지는 일고여덟 말이 들어갈 수 있다. 그 다리와 몸통은 살이 두툼하고 맛있다. 토착민은 포로 만드는데, 색이 선홍색이어서 사랑스럽고, 맛은 달고 연하여 참으로 진품珍品이다. 토착민이 말하기를 "한 마리 게로 포 수십 정脡을 얻는다"라고 했다.

내가 「우산잡곡」을 짓기를 "진남문鎮南門 밖 양아兩丫거리, 거리 입구 초가 처마에 술집 간판이 있네. 새로 단장한 예쁜 아가씨가 섬섬옥수로, 검은 소반에 대게 포를 담아오네"라고 했다.

김려, 『우해이어보』 중에서

영남 지역 바닷가에서는 염전과 밭의 원두막, 주점 건물은 커다란 게딱지로 지붕을 올렸다고 했다. 그 지붕을 올릴 만한 크기의 게딱지는 주인이 누구인가? 바로 자해이다. 자해는 경상도, 강원도, 함경도 등지의 동해에서 나오는 홍게와 대게를 말한다.

서해의 청어는 지천인데 西海青魚賤

동해의 자해는 희귀하네　　東溟紫蟹稀

이색, 『목은집』, 「잔생」 중에서

고려 때 동해의 자해는 희귀한 존재였던 모양이다. 그런데 자해라는 명칭은 시인들이 민물 참게를 지칭하는 데도 사용하곤 했다.

산 밖 강고기는 먹으니 절로 신선하고　　山外江魚食自鮮
시냇가 자해는 궤연에서 비추네　　沿溪紫蟹照几筵

이색, 『목은집』, 「전장에서 스스로 웃다(田莊自笑)」 중에서

가을 되면 그윽한 흥취 낚시터에 있었고　　秋來幽興在漁磯
물 줄어든 앞 냇가엔 자해가 살쪘었네　　水落前溪紫蟹肥

조선 김수항(金壽恒, 1629~1689), 『문곡집(文谷集)』, 「나일소를 곡하다(哭羅一昭)」 중에서

강산에 낙엽 지니 기러기 남쪽으로 날아가고　　江山搖落雁南飛
물나라엔 가을 깊어 자해가 살쪘으리라　　水國秋深紫蟹肥

조선 이승소(李承召, 1422~1484), 『삼탄집(三灘集)』, 「영천군 정이 장단 석벽으로 유람 가는 것을 전송하다(送永川君定 遊長湍石壁)」 중에서

이들 시구에 사용한 자해는 동해의 홍게나 대게가 아니고 강에서 나는 참게를 말한 것이다.

허균은 「도문대작」에서 "게 중에서 삼척에서 나는 것은 크기가 강아지[小犬]만 하며, 그 다리는 큰 대나무와 같은데 맛이 달고 포로 만들

어 먹으면 또한 좋다"라고 했다. 이는 바로 동해의 대게를 말한 것이다.

또 말하기를 "동해凍蟹는 안악安岳에서 나는 것이 가장 좋다"라고 했다. 이는 겨울철에 황해도 서해에서 나는 꽃게를 말한 것이다.

게장 이야기

게는 회로 먹거나 찜을 하거나 탕을 끓여도 맛 좋은 식재료이다. 그러나 게 요리 중에서 게장이야말로 별미일 것이다.

> 옛사람은 고을을 요청할 때, 게를 얻을 수 있고 감독하는 통판通判이 없는 곳을 선택하려 했다. 대저 게는 해물 중에서 맛있는 것이고, 게장은 또한 게 요리 중에서 맛있는 것이다. 어떤 한 백정[屠者]이 몰래 관청 주방으로 들어와서 게장을 보고, "이것이 무엇이오?"라고 물었다. 주방 사람이 "게장이오"라고 했다. "게에게 장醬이 있습니까?" "있소." "맛이 어떠하오?" "아주 좋소." 백정은 즉시 집어서 모조리 씹어 먹었다. 주방 사람이 크게 노하여 붙잡아다가 위에 알렸다. 태수가 "네가 정말 게장을 먹었느냐?"라고 물으니, "그렇습니다"라고 대답했다. "네가 감히 관청 음식을 훔쳐서 먹었으니, 죄가 형벌을 벗어나기 어려울 것이다." 백정이 말하기를 "소인은 한마디 올리고 형벌을 받기를 원합니다"라고 했다. 태수가 "네가 무슨 말을 하려는가?" 하니, 대답하기를 "소인은 비록 명색이 백정이지만, 또한 농민입니다. 해마다 뼛골이 빠지게 일하면서 새벽부터 저녁까지 비바람을 견디며, 물불과 진자리·마른자리를 가리지 않고, 봄가을과 추위와 더위를 알지 못했습니다. 그 때문

「게」, 나빙(羅聘, 1733~1797), 중국 청나라
자가 둔부(遁夫), 호는 화지사승(花之寺僧), 의운화상(衣雲和尙)이다. 청나라 양주팔괴(揚州八怪) 중의 한 사람이다.
그림은 손가락으로 먹과 물감을 묻혀서 게와 갈대 이삭을 그린 지두화이다.

에 안색은 청황색이 되고, 손발에는 굳은살이 박였습니다. 그러나 심은 벼와 삼과 콩과 보리는 항상 관청에 바치기에도 부족하여 장을 담글 수가 없습니다. 그래서 소인은 한 해가 저물도록 장맛을 맛본 적이 없습니다. 소인만 그런 것이 아니고, 소인과 함께 농사짓는 열세 집이 모두 장을 담글 수 없는 집입니다. 이것으로 추측건대 어찌 한 지경 내에서만 장을 맛볼 수 있는 자가 드물 뿐이겠습니까? 대개 게는 큰 바다에서 나오는데 방합(蚌蛤, 조개)과 이웃이 되어 물기슭의 섬돌을 집으로 삼고, 수초를 갉아 먹고 벌레를 잡아먹으며, 오곡의 이름을 안 적이 없습니다. 농민은 만물의 영장이고, 국가의 근본입니다. 손수 오곡을 심고서도 오히려 장을 담글 수 없는데 게가 어찌 장을 지닐 수 있습니까? 제가 생각건대 이것은 게장이 아니고 곧 게 똥입니다. 우리 고을은 크면서 강산의 승경을 겸하고, 보배를 간직함이 물고기 비늘처럼 많고, 재용(財用)이 집합하고, 진기한 물건이 모이고, 자미(滋味)가 풍족합니다. 그런데 어찌 구하려 해도 얻을 수 없고, 어찌 먹으려 해도 공급할 수 없고, 오히려 이런 것에 불쾌한 것입니까? 백정이 한 마리 게의 똥을 다투는 것은 자잘한 일이 아니겠습니까? 이웃 고을에 소문나게 할 일이 아닙니다. 그렇지 않다면 제가 어찌 형벌을 꺼리겠습니까. 이미 죄를 깨달았습니다"라고 했다. 태수가 크게 웃고 그를 풀어주었다.

조선 이광정(李光庭, 1674~1756), 『눌은집(訥隱集)』, 「망양록(亡羊錄)」 중에서

감히 관청의 게장을 훔쳐 먹다니 참으로 간이 큰 백정이다. 그런데 변명하는 그 언변이 청산유수이면서 조리가 있다. 백정이 적반하장으로 은근히 태수를 협박하니, 태수는 어이가 없으면서 또한 맹랑하여

그저 한 번 웃고 백정을 풀어줄 수밖에 다른 도리가 없었다.

오른손에는 술잔 왼손에는 게 집게발

천하의 술꾼에게 좋은 안주가 있다면 세상 부러울 것이 없을 것이다. 그 안주가 게 집게발이라면 더 말할 것이 없다. 술꾼 이백도 "게 집게발은 신선의 금액이고, 술지게미 언덕은 봉래산이네[蟹螯卽金液, 糟丘是蓬萊]"라고 주장한 바가 있다.

> 필탁畢卓은 자가 무세茂世이고 신채新蔡 사람이다. 탁은 젊어서 방달放達했는데 호모보지胡母輔之가 알아주었다. 태흥太興 말에 이부랑吏部郎이 되었는데 항상 술을 마시며 업무에 태만했다. 비사랑比舍郎의 술이 익자, 탁은 술에 취하여 밤에 그 술독으로 가서 술을 훔쳐 마셨다. 술을 관리하는 자가 살피지 못하고, 도둑이라 생각하고 붙잡아 묶어두었다. 비사랑이 가서 보니 필 이부畢吏部였다. 급히 포박을 풀어주니, 탁은 주인을 이끌고 술독 옆에서 술자리를 펴고 취한 후에 떠나갔다. 탁은 일찍이 남에게 말하기를 "술 수백 곡을 배에 가득 싣고, 사철의 진미를 머리맡 양쪽에 놓아주고, 오른손에 술잔을 들고, 왼손에 게 집게발을 들고, 술배 안에서 떠다니며 노닐면 곧 만족하게 일생을 마칠 것이다"라고 했다.
>
> 『진서』 중에서

진나라 필탁은 세속의 예절을 무시하고 세상을 마구 희롱했던 술꾼이었다. 세속의 영달은 그의 목표가 아니었고, 오로지 오른손에 술잔을 들고 왼손에 게 집게발을 들고 일생을 마치고 싶다고 했다. 이 말은 후세에 인구에 회자하였다.

근래 중국의 위대한 화가 제백석(齊白石, 1864~1957)의 그림 한 점을 북경에서 경매에 부쳤는데, 그 가격이 무려 중국 돈 800만 원이었다. 그 그림은 바로 필탁이 술을 훔쳐 마시고 술독에 기대어 잠든 것을 그린 「필탁도주畢卓盜酒」였다. 그 그림에 적힌 시는 "재상이 시골로 은퇴하여, 주머니에 돈이 없었네. 차라리 도둑질할망정, 청렴을 해치지 않았네[宰相歸田, 囊底無錢. 寧肯爲盜, 不肯傷廉]"라고 했다.

동쪽 울타리 노란 국화 절로 피니 黃菊東籬自在開
이웃집에선 심부름꾼을 보내 술을 보낼 줄 아네 鄰家解送白衣來
어찌 반드시 전주학을 찾을 것인가 何須更覓錢州鶴
왼손엔 게 집게발 들고 오른손엔 술잔 드네 左手持螯右手杯

서거정, 『사가집』, 「남이 술과 게를 보내주어 기뻐하다(喜人送酒蟹)」

시의 앞 구절은 도연명의 고사를 빌린 것이다. 도연명이 중양절에 동쪽 울타리 가에서 국화를 따며 무료하게 있는데, 명절에 술이 없는 도연명에게 강주자사江州刺史 왕홍王弘이 백의白衣 사자를 시켜 술을 보내주었다고 한다.

전주학錢州鶴은 돈 10만 냥, 양주 자사揚州刺史, 학을 줄인 말이다. 옛날에 어떤 사람들이 각자 소원을 말했는데, 그중 한 사람은 양주 자사가 되고 싶다 했고, 또 한 사람은 많은 재물을 갖고 싶다 하고, 또 한 사람은 학을 타고 신선으로 승천하고 싶다고 했다. 그중 또 다른 한 사람이 말하기를 "나는 허리에 10만 꿰미의 돈을 차고, 학을 타고 양주로 올라가서, 앞서 말한 세 사람의 소원을 겸하여 이루고 싶다"라고 했다고 한다.

마지막 구절은 필탁의 말을 빌린 것이다.

눈 가득 쌓인 강 언덕에 얼음 녹지 않았는데　雪滿江皐凍未消

이때가 노란 게 가격이 더욱 높을 시기이네　此時黃蟹價增高

보낸 게를 손으로 쪼개고 술잔 들고 바라보니　贈來手劈持杯看

풍미가 필탁의 집게발보다 훨씬 낫네　風味全勝畢卓螯

서거정, 『사가집』, 「동지 후에 마을 사람 중에 노란 게를 보낸 이가 있었다[至日後, 村人有贈黃蟹者]」

게는 가을철이 제철이다. 동지가 넘으면 희귀해지니 그 가격은 부르는 것이 값이 된다. 황해黃蟹라는 것은 속이 노랗게 꽉 찬 게를 말하는 듯하다. 필탁의 집게발보다 더욱 맛있는 황게! 무엇을 더 바라랴!

진펄의 풍미를 예전에 맛보았는데　草泥風味昔曾嘗

십 년 간 술잔 들고 오른손은 비었었네　十載持杯右手空

누가 관동에 좋은 손이 없다 했던가　誰道關東無好客

술동이 앞에서 지금 내황공을 대하네　樽前今對內黃公

조선 이우(李堣, 1469~1517), 『송재집(松齋集)』, 「게를 먹다[食蟹]」

퇴계 이황의 숙부인 이우의 시이다. 역시 필탁의 고사를 취했는데 오른손이 비었다고 한 것은 잘못이 아닌가 싶다. 필탁은 왼손에 게 집게발을 쥔다고 했다. 내황공內黃公은 게의 별칭이다.

이규보의 게찜 시

고려 이규보는 게찜을 먹고 그 감동을 장편 시로 적었다.

그대 보지 못했는가　君不見
필랑은 술을 좋아해 다른 일은 않고　畢郎嗜飮無餘營
단지 소원은 게 집게 들고 일생을 보내는 것이네　但願持螯了一生
또 보지 못했는가　又不見
전경이 지방관을 청할 때 다른 것은 구하지 않고　錢卿乞郡非他求
오직 게만 있고 고을 감독관이 없는 것이었네　唯思有蠏無監州
성성이 입술과 웅장은 입맛에 잘 맞지만　猩脣熊掌易爽口
다만 이 맛은 더욱 술안주에 좋다네　只應此味尤宜酒
강가 아이들이 나에게 살진 게를 보내니　江童餉我蝤蛑肥
큰 게딱지 둥근 배꼽으로 암게가 많네　厴大臍團多是雌
동해에 벼 까끄라기를 지금 이미 보냈으니　東海輸芒今已了
(게는 팔월에 동해 신東海神에게 벼 까끄라기를 보낸 연후에 먹을 수 있다.)
뒷다리 약간 넓은 것이 진짜 발도이네　後脚差闊眞撥棹
(영남에서는 유모를 발도자라고 한다. 그 뒷다리가 노처럼 넓기 때문이다.)
평생 독서하여 방게와 팽기를 구별하니　平生讀書辨蟧蟛

진정 사도가 옛날 삶아 먹었던 것이 아니네 定非司徒舊所烹

삶아 와서 단단한 붉은 게딱지를 가르니 烹來剖破硬紅甲

반 껍질에 누런 기름과 푸른 즙이 섞여 있네 半殼黃膏雜靑汁

뻘 밭에 뛰는 것이 비록 너에겐 좋지만 草泥跳躑雖爾宜

오히려 조왕 윤의 분노를 당했었네 猶被王倫餘怒移

차라리 나의 왼손에 들려서 不如人我左手把

매일 술 마실 때 안주가 되는 것만 못하리라 日飲無何聊得佐

시인은 살림이 냉담하여 먹을 물고기 없어서 詩人冷淡食無魚

조롱박을 삶으니 객이 비웃네 爛蒸瓠壺客盧胡

조롱박을 다 먹으니 또 무엇을 먹을 것인가 瓠壺食盡又何續

다시 푸른 소반에 목숙 나물이 쌓였음을 보네 更見靑盤堆苜蓿

딱딱한 비늘 썩은 고기도 오히려 오래 먹고 싶었는데 硬鱗腐肉猶長饞

하물며 이 해물은 사탕처럼 달콤함에랴 況此海產如糖甜

급히 아이 불러 새 술동이 파내보니 急呼赤脚撥新甕

흰 거품 어지럽게 향기가 진동하네 玉虹星沸香浮動

게는 금액이고 술지게미 언덕은 봉래산이니 蟹卽金液糟蓬萊

하필 단약을 복용하고 신선을 구할 것인가 何必服藥求仙哉

이규보, 『동국이상국집』, 「게찜을 먹다[食蒸蟹]」

필랑畢郎은 필탁이다. 이부랑을 지냈으므로 필랑이라 한 것이다.

전경錢卿은 송나라 전곤錢昆이다. 그가 지방관으로 나가려 했을 때 어떤 사람이 "어느 고을을 바라느냐?"라고 묻자, "게만 있고 통판이 없는 고을이면 된다"라고 대답했다. 송나라 초기에는 감독관인 통판이

지주知州보다 높다면서 권력 다툼을 하는 고을이 있었으므로 그렇게 대답한 것이다.

성성이 입술과 곰의 발바닥인 웅장은 팔진미八珍味 중의 두 가지이다.

사도司徒는 팽기를 게로 알고 잘못 먹고 죽을 뻔했던 채모이다.

조왕趙王 윤倫은 사마륜司馬倫이다. 『진서』「해계전解系傳」에 "진나라 해계는 조왕 윤과 함께 반란한 강羌족을 토벌했다. 나중에 윤이 유감을 품고 해계의 형제를 붙잡아 들였다. 양왕梁王 동肜이 구해주려 하니, 윤이 말하기를 '나는 물속에 있는 게만 보아도 증오스러운데 하물며 이들이 나를 경멸함에 있어서이랴!'라고 하고, 마침내 해치고 말았다" 라고 했다. 윤이 게를 미워한 것은 해蟹와 해계解系의 해解가 발음이 같기 때문이다.

"게는 금액이고 술지게미 언덕은 봉래산이다"라고 한 것은 이백의 「월하독작月下獨酌」의 시구를 빌린 것이다.

게 요리에 게찜만 있는 것은 아니다. 탕 요리도 또한 빠질 수 없다.

둥근 배꼽 암게의 살찐 집게발을 먼저 떼어내고	團臍先劈折肥螯
산초와 소금을 붉은 살에 뿌리네	手進椒鹽下紫膏
솥단지에 생황 소리 울려나고 향기로운 안개 오르니	笙泣鼎中香霧起
급히 게집종을 불러 이웃집 술을 가져오라 하네	急呼村婢問隣醪

조선 정운희(丁運熙, 1566~1635), 『고주집(孤舟集)』, 「게탕(蟹湯)」

조선 중기에는 게탕 요리에 산초와 소금이 들어갔나 보다.

게 그림

게는 그 생김새가 특이하여 예로부터 화가들이 즐겨 그렸던 소재였다. 동아시아 역대 게 그림 중에 유명한 화가의 작품이 적지 않다.

저녁 강 가을 물결 푸르고	暮江秋水碧漣漪
옥빛 게와 은빛 순채가 물결 따라 출렁이네	玉蟹銀蓴逐浪移
변화하여 청천의 삼매수로 들어오니	幻人菁川三昧手
도리어 종상의 완상 자료로 충당하네	却充宗相玩中資
진형을 빼앗아 얻으니 풀어 보낼 수 없고	奪得眞形不放歸
종횡하며 정처 없고 의지할 곳도 없네	縱橫無處又無依
묵지의 남은 은택이 생활할 만하니	墨池餘潤堪生活
아이들에게 시비를 따지지 말게 하오	莫遣兒曹說是非

조선 최숙정(崔淑精, 1433~1480), 『소요재집(逍遙齋集)』, 「하해도(蝦蟹圖)」 두 수

최숙정이 새우와 게를 그린 그림을 읊을 시이다.

청천菁川의 삼매수三昧手라고 했는데, 청천은 진주의 별칭이다. 삼매수란 빼어난 솜씨라는 뜻으로 곧 진주 강씨인 강희안(姜希顔, 1417~1464)을 말한 것이다.

강희안은 자는 경우景愚, 호는 인재仁齋이고, 벼슬은 중추원부사中樞院副使를 지냈다. 그는 시서화詩書畫에 뛰어났고, 저서로 『양화소록養花小錄』이 있고, 전하는 그림으로는 「교두연수도橋頭烟樹圖」, 「산수인물도山水

「게」, 서위, 중국 명나라

화제는 "삭삭 기어다니다가, 다시 풀로 묶어놓으니, 감히 횡행하지 못하는데, 모래밭 물이 밤에 빠졌네〔郭郭索索, 還用草縛. 不敢橫行, 沙水夜落〕"라고 했다.

人物圖」, 「고사관수도高士觀水圖」, 「고사도교도高士渡橋圖」, 「강호한거도江湖閑居圖」 등이 유명하다.

시구에서 언급한 종상宗相은 종실 출신의 재상이라는 뜻인데, 강희안의 이모부가 세종世宗이어서 그렇게 부른 것이다.

바람 부는 창가에서 다시 깊은 술잔을 불러서 風軒聊復喚深卮
미소 짓고 공연히 번거롭게 왼손으로 드네 一笑空煩左手持
강호로 돌아갈 생각을 어찌 금하겠는가 江湖歸興那禁得
붉은 게와 서리 맞은 순채 있는 팔월이라네 紫蟹霜蓴八月時

남공철, 『금릉집』, 「이생의 부채 그림에 적다. 이 그림은 장한종의 묵해이다[題李生扇畵, 畵是張漢宗墨蟹也]」

조선 후기 화가인 장한종이 부채에 수묵으로 그린 게 그림을 읊은 시이다.

장한종은 자가 광수廣叟이고, 호는 옥산玉山, 열청재閱淸齋이다. 화원 집안 출신으로 그도 또한 화원이었다. 그는 물고기, 게, 새우, 조개 등 어족을 사실적으로 잘 그린 조선 제일의 화가였다. 한마디로 장한종은 물고기 화가라고 할 수 있다. 장한종이 그린 게 그림으로는 국립중앙박물관 소장의 「어해도」 팔 폭 병풍과 『어해화첩魚蟹畵帖』 등이 있다. 또 개인 소장의 「어해도」가 적지 않다.

순채는 수련과의 수생식물로 늪이나 저수지에서 자란다. 하얀 우무질로 싸여 있는 어린잎과 줄기는 예로부터 인기 있는 나물이었다. 순채와 함께 그려진 자해는 동해의 홍게나 대게는 아닐 것이다. 그것은 참게라고 짐작한다.

> 이 그림은 게의 배와 등 양면을 그렸는데 힘을 들이지 않고 완성했다. 마른 붓으로 칠하여 형태를 이루었는데 꿈틀거리며 날아오를 듯하여 달리려 하고 일어서려고 함을 그치지 않는다. 문장文長의 인지印識가 있음을 징험할 수 있다.
>
> 남공철, 『금릉집』, 「서문장의 묵해첩지본[徐文長墨蟹帖紙本]」

남공철이 서문장徐文長의 수묵 게 그림첩에 쓴 글이다.

서문장은 명나라 서위(徐渭, 1521~1593)로 문장은 그의 자이다. 호는 천지天池, 청등노인青藤老人, 청등도사青藤道士 등이다. 서위는 시문, 희곡, 서화에 두루 능했던 천재였다. 그의 그림은 사물의 형사(形似, 눈에 보이는 형태)를 구하지 않고 신사(神似, 눈에 보이지 않는 내면)를 구했는데, 산수 · 인물 · 화조 · 죽석 등 뛰어나지 않은 것이 없었다. 그의 게 그림도 또한 유명한 것이 많다.

서위의 이른바 「황갑도黃甲圖」는 게 그림 중에서도 널리 알려졌다. 수묵으로 가을의 시든 연잎 아래에 있는 게 한 마리를 그린 것이다. 그 제화시는 "올연한 어떤 사람 기세가 호방한데, 여러 해 전부터 명주를 지녔는지 묻지 마오. 외로운 의표를 양성했으나 남들은 알지 못하고, 때가 되면 황갑이 홀로 이름 전하리라[兀然有物氣豪粗, 莫問年來珠有無. 養就孤標人不識, 時來黃甲獨傳臚]"라고 했다.

이 시는 자못 풍자적이다. 올연(홀로 우뚝한 모양)하게 기세가 호방한 사람은 남에게 굽히지 않는 그 자신이다. 그는 스스로 명주明珠를 품고 있다. 세상 사람들이 빼어난 의표를 알아보지 못하지만, 때가 되면 황갑黃甲이 홀로 이름을 전할 것이다.

황갑은 큰 게를 말하지만, 노란 종이에 적힌 진사 합격자 명단을 뜻하기도 한다. 전려傳臚는 회시會試의 이갑제일명二甲第一名을 말한다. 또한 전려傳臚는 전로傳爐와 발음이 같은데, 전로는 게를 쪄서 올리는 것을 의미한다. 이처럼 중의법을 사용하여 당시 실력도 없으면서 연줄이나 뇌물로 진사가 되는 것을 풍자한 것이다.

서위의 또 다른 게 그림 「추해도秋蟹圖」는 진창 위에서 뒤집힌 채 버둥거리는 게를 수묵으로 그린 것이다. 그 제화시는 "벼 익은 강촌에 게가 지금 살찌고, 쌍 집게를 싸울 듯이 진창에서 추켜올리네. 만약 종이 위에서 몸이 뒤집힌 걸 본다면, 마땅히 둥근 동탁의 배꼽 같으리라[稻熟江村蟹正肥, 雙螯如戰挺青泥. 若教紙上翻身看, 應見團團董卓臍]"라고 했다.

동탁董卓은 한나라 말에 황제를 끼고 권력을 누리다가 결국 여포呂布에게 죽임을 당하고 시장에 시신이 버려졌다. 그 배꼽에 심지를 박고 불을 붙이니 여러 날 동안 탔다고 한다. 게가 진창에서 날카로운 집게발을 들고 설치지만 결국 동탁처럼 최후를 맞으리라는 것이다. 이는 당시의 권세가들을 풍자한 것이다.

게 그림을 일방적으로 과거 합격을 기원하는 것이라고만 해석하는 것은 오류일 것이다. 강호를 선망하는 것일 수도 있고, 서위의 그림처럼 세상을 풍자하는 것일 수도 있다.

어화漁火

밤안개 낀 강 하늘은 한 번 바라보니 평평하고	宿霧江天一望平
동남쪽 어딘들 어둡지 않으랴	東南何處不冥冥
오직 물고기 잡는 사람만 여울 언덕에 있는데	惟有打魚灘上岸
관솔불 서너 점이 절로 분명하네	松燈數點自分明

조선 박민(朴敏, 1566~1630), 『능허집(凌虛集)』

●

자가 행원(行遠), 호는 능허(凌虛)이다. 정구(鄭逑)의 문인으로 학문에 전념하며 출사하지 않았다. 정묘호란 때 의병을 일으켰다.

우천의 물고기잡이 牛川打魚

황혼에 벗과 약속하여 우천에 내려가니	黃昏約伴下牛川
그물 아래 은빛 물고기 발랄하네	網底銀鱗潑剌然
여울 소리 점차 높아지고 강물에 비친 달이 흰데	灘響漸高江月白
하늘 가득 바람 이슬 속에 홀로 배를 돌리네	滿天風露獨廻船

조선 신익성(申翊聖, 1588~1644), 『낙전당집(樂全堂集)』

●

자가 군석(君奭), 호는 낙전당(樂全堂) · 동회거사(東淮居士)이다. 선조의 부마(駙馬)로, 정숙옹주(貞淑翁主)와 혼인하여 동양위(東陽尉)에 봉해졌다.

동방의 물고기 비목어

가자미 나라

역대에 걸쳐 중국에서 우리나라를 지칭하는 명칭은 자못 많았다.

> 우리나라를 배척하여 멀리할 때는 구이九夷니 육부六部니 하고, 예우禮遇하여 가까이할 때는 군자국君子國이니 예의방禮義邦이니 소중화小中華니 하며, 통틀어 말할 경우에는 조선·삼한三韓·해동海東·좌해左海·대동大東·청구靑丘·접역鰈域·진단震檀·근화향槿花鄕이라 한다.
>
> 이규경, 『오주연문장전산고』, 「우리나라 옛 명칭 고사에 대한 변증설(東方舊號故事辨證說)」 중에서

이 중에서 '접역'은 곧 '가자미 나라'라는 뜻이다. 접鰈은 가자미의 한자이다.

이규경은 접역을 아래와 같이 설명했다.

> 접역 : 한나라 허신許愼의 『설문說文』에 "접鰨은 접어鰨魚인데 낙랑 번국樂浪藩國에서 생산된다"라고 했고, 『집운』에는 "접鰨은 혹은 접鰈으로도 쓴다"라고 했다. 『이아』 「석지釋地」에는 "동방東方에 비목어比目魚가 있는데, 나란히 짝을 이루지 못하면 가지 못한다"라고 했는데 바로 이 물고기를 말한 것이다.
>
> 지봉 이수광의 『유설類說』에는 "가좌어加佐魚는 접鰈이다"라고 했는데 광어나 설어舌魚 같은 종류는 모두 접이다.
>
> 청나라 왕사진王士禛의 『향조필기香祖筆記』에 "정강성(鄭康成, 강성은 정현鄭玄의 자)의 『상서중후尙書中候』의 주에 '비목어는 일명 동접東鰈이다'라고 했는데, 『감주집紺珠集』에 나타나 있다"라고 했다.
>
> 이백약李百藥의 「황덕송皇德頌」에는 "귀서龜書·용갑龍甲·하도河圖가 장차 동접(동방의 비목어)과 서겸(西鶼, 서방의 비익조)에 노닐 것이다"라고 했다.
>
> 이로 인해 접역이란 호칭을 쓰게 되었다.
>
> 이규경, 『오주연문장전산고』, 「우리나라 옛 명칭 고사에 대한 변증설」 중에서

중국 문헌에 우리나라를 접역이라고 한 것은 매우 이른 시기였음을 알 수 있다.

우리 스스로 가자미 나라라고 자칭한 것은 신라 최치원崔致遠의 글에서 처음 보이는데 신라를 '접수鰈水'라고 칭했다.

> 접鮫은 『집운』에는 접鰈으로 되어 있고, 『이아』에는 "동방에 비목어가 있으니, 나란히 짝을 이루지 못하면 가지 못한다"라고 했다. 지금 세속에서는 가좌어를 접鰈이라고 한다. 지봉 이수광이 말하기를 "비목어는 동해에서 난다. 그러므로 우리나라를 접역이라고 한다"라고 했고, 허준이 말하기를 "비목어는 바로 지금의 광어와 설어의 종류이다"라고 했다.
>
> 조선 한치윤, 『해동역사』, 「어류(魚類)」 중에서

가좌어加佐魚는 우리말 가자미를 한자로 음차한 것이고, 설어는 서대를 말한다.

> 몸이 접역에 있으면서 편벽되게 비이슬이 대지를 적시는 것과 같은 은혜를 받았고, 눈이 황제의 뜰을 바라보매 강릉의 수를 거듭 축원하옵니다[身居鰈域, 偏承雨露之恩, 目注龍墀, 倍祝岡陵之壽].
>
> 이색, 「술과 의복을 내려준 데 사례하는 글(謝御酒御衣起居表)」

고려 이색이 중국 황제에게 올린 표문인데 우리나라를 접역이라고 표기했다.

조선 세조 7년 신사(1461)에 명나라에 파견한 우리 사신이 황제에게 올린 표문에 "신은 삼가 마땅히 접역에서 길이 울타리를 지키겠으며, 항상 장수하시기를 거듭 축복하겠습니다"라고 했다. 조선시대에도 국가의 공식 문서에 접역이라는 용어를 겸칭으로 사용했다.

가자미의 여러 이름

가자미의 한자어는 매우 많다. 우리나라에서는 주로 접어와 비목어라는 명칭을 사용했다.

접어(鰈魚, 가자미): 접어는 일명 혜저어鞋底魚, 일명 비목어, 일명 개魪, 일명 허魼, 일명 겸鰜, 일명 판어版魚, 일명 노갹어奴屩魚, 일명 비사어婢蓰魚이다. 동해에서 나온다. 서남해에도 간혹 있으나 동해에서 많이 나오는 것만 못하다. 모양은 창어(鯧魚, 병어)와 같으면서 머리가 돌출하지 않았다. 몸은 납작하고 배는 평평하고, 머리는 작고 입은 뾰족하고, 비늘은 잘고 자흑색이다. 좌우에 있는 긴 지느러미가 옆구리에서 꼬리까지 뻗어 있다. 아가미는 작은데 어깨에 붙어 있고, 꼬리는 갈라지지 않았다. 두 눈은 매우 가깝게 붙어서 위로 향했는데 서로 나란하여 비목어라고 부른다.

고금의 제가는 모두 접어는 다 눈이 하나이므로 반드시 두 마리가 함께 합쳐야만 다닐 수 있다고 여겼다. 그 설은 대개 『이아』에 "동방에 비목어가 있는데 두 마리가 나란하지 않으면 다닐 수 없다"라는 글에서 비롯한 것이다. 그러나 지금 징험해보니, 접어는 실제로 눈이 두 개이고, 또한 반드시 서로 나란하게 다니지 않는다 『이아』에 기록한 것은 본래 이 일종이 아닌가 싶다. 『이아』의 곽박이 단 주에 "모양은 소의 비장脾臟 같고, 비늘은 잘고 자흑색이다. 눈이 하나여서 두 마리가 서로 합쳐져야 갈 수 있다. 지금 물속에 이런 일이 있다. 강동에서는 왕여어王餘魚라고 부르고, 또한 판어라고 하고, 또 비목어라고 한다"라고 하

「물고기, 시리즈: 큰 물고기」, 안도 토키타로 히로시게(1797~1858), 1832년경, 기메국립아시아박물관 소장
하급 무사 집안의 화가이다. 판화와 풍경화로 유명하다. 그림은 붉은 돔과 검은 돔을 그렸다.

고. 그 찬贊에 "비목어는 다른 이름이 왕여어인데 비록 두 조각이 있으나 실은 한 마리 물고기이다. 합쳐져서 밀접할 수 없고, 분리하여 떨어질 수 없다"라고 했다.

『사기史記』「봉선서封禪書」에 "동해에서 비목이를 바쳤다"라고 했고, 『한서漢書』「사마상여전司馬相如傳」에 "우우허탑禺禺魼鰨"이라 했는데, 그 주에 "허魼와 탑鰨은 비목어이다. 두 마리가 서로 합쳐져야 갈 수 있다"라고 했다. 좌사의 「오도부吳都賦」에 "조양개罩兩魪"라고 했고, 또 "쌍雙이면 비목比目이고, 한쪽[片]이면 왕여王餘이네"라고 했다. 유달劉逵의 주에 "개魪는 좌우가 있고, 개는 눈이 하나인데 이른바 비목어이다. 반드시 두 마리 물고기가 함께 합해야만 헤엄칠 수 있다. 만약 홀로 가면 낙백(落魄, 넋을 잃음)하여 다른 물건에 붙어서 사람에게 잡히므로 양개라고 한다. 단양과 오회에 있다"라고 했다. 또 "비목은 동해에서 산출되는 것이고, 왕여는 그 몸이 반 조각이다"라고 했다.

『임해이물지臨海異物志』에 "비목어는 좌우가 나뉜 물고기 같은데 남월에서는 판어라고 한다"라고 했다.

이 외에 『육서六書』와 『본초』 등 여러 서책의 설은 대략 같은데 모두 접어는 눈이 하나이므로 두 마리가 함께 합쳐진 후에야 갈 수 있다고 했다. 이는 특히 의심스럽다. 지금 세속에서 이른바 접어가 『이아』의 비목어가 아니라면 "모양은 소의 비장 같고, 비늘은 잘고 자흑색이다"라고 한 곽박의 주와 합치할 것이고, 지금 세속에서 이른바 접어가 『이아』의 비목어라면 제가가 이른바 "눈이 하나이므로 두 마리가 함께 합쳐진 후에야 갈 수 있다"라는 설과 현격한 차이가 날 뿐만이 아니다.

나는 『이아』에서 기록한 동방의 비목어, 남방의 비익조比翼鳥, 서방의 비

건수比肩獸, 북방의 비견민比肩民은 모두 황복(荒服, 먼 변방)의 기이한 소문이고, 중국에 항상 있는 것이 아니므로 해설자가 지금의 접어가 실로 그러하다고 오해한 것이다. 접어는 본래 동해의 산물이므로 중국인이 익숙히 보지 못해서 『본초』의 제가는 곽박의 해설을 답습하여 접어가 진짜 눈이 하나라고 여기고, 스스로 그 실상을 알지 못한 것이다.

왕여어는 곧 회잔어膾殘魚이다. 세속에서 전하기를, 오왕 합려闔閭가 강길을 가다가 회를 먹고 나머지는 물속에 버렸는데 이 물고기로 변했다고 한다. 둥글고 작으며 하얀 것이 회를 친 물고기 같은데 접어와 판이하다. 그런데 곽박과 유달은 모두 접어의 반쪽 몸이라고 여겼는데 또한 오해가 비롯한 한 가지임을 증명할 수 있다.

서유구, 『전어지』 중에서

혜저어는 신발 밑창이라는 뜻이고, 판어는 널빤지 같다는 뜻이고, 노갹어는 노복의 짚신 같다는 것이고, 비사어는 여종의 체와 같다는 것이다. 모두 가자미의 납작한 모양에서 생겨난 이름이다.

가자미는 처음 알에서 태어났을 때는 일반 물고기처럼 눈이 양쪽에 있는데 성장하면서 눈이 한곳으로 몰리게 된다. 밑바닥은 하얗고 등은 흑갈색이어서 마치 한 마리 물고기를 반 토막으로 잘라놓은 것 같다. 그래서 가자미에 대한 여러 가지 인간의 상상이 생겨난 것이다.

서대와 넙치

서유구는 가자미와 서대와 넙치를 구분해놓았다. 모두 가자미의 일종이라 하겠다.

우설(牛舌, 서대) : 모양은 접어와 비슷하지만 좁고, 두 눈이 모두 한곳에 있고, 등은 흑황색이고, 배는 회백색이고, 비늘은 작다. 뾰족한 꼬리는 비늘이 없고, 꼬리가 없는 곳에서 뻗어 있다. 서남해에서 사는데 항상 사월에 석수어(조기)를 잡을 때 함께 그물과 통발로 들어온다. 살펴보니, 『화한삼재도회』에 "우설어牛舌魚는 접어와 같은데 좁고 길며, 옆은 적흑색이고, 비늘이 잘고, 꼬리가 없다. 큰 것은 한 자 남짓이다. 마설어馬舌魚는 우설과 비슷한데 배는 하얗고, 등의 양 변은 검고, 모두 접어의 종류이다"라고 했다. 우리나라 설어는 우설과 마설의 사이에 있다.

서유구, 『전어지』 중에서

화제어(華臍魚, 넙치) : 곧 지금의 광어이다. 동남해에서 나오는데 모양은 접어와 비슷하지만, 그 크기는 두 배에서 다섯 배가 된다. 알은 태보(胎褓, 태아를 둘러싼 막과 태반) 안에 있는데 한 태보에 양쪽 틈이 있어서 마치 부인婦人의 작은 속바지 같다. 어부들이 잡아서 배를 가르고 등뼈를 제거한 후 펴서 말려 담박한 건어로 만들어 서울에 판다. 유糯와 갱粳 두 종류가 있는데, 갱은 육질이 거칠며 맛은 담박하고, 유는 기름지며 윤택하여 이에 달라붙고 맛은 더 낫다. 살펴보니, 『천주부지泉州府志』에 "화제어는 배에 배자[帔]와 같은 띠가 있다. 새끼가 생기면 그 위에 붙어 있어서 일명 수어綬魚라고 한다. 모양은 올챙이와 같은데 큰 것은 쟁반만 하다"라고 했다. 『화한삼재도회』에 "화제어는 시월에 잡는데 삼월 이후에는 약간 드물어지고, 여름과 가을에는 없어진다. 모양

조선왕실의 시전지, 국립고궁박물관 소장

은 둥글고 납작하며, 살은 두텁고, 위는 크고, 등은 검고 배는 희다. 눈과 코는 위로 향했고, 입은 넓고, 지느러미는 짧고, 뼈는 부드러운데 벌려 늘어져 있고, 맛은 담백하며 달다. 다만 잘라서 삶을 때 줄을 아랫입술을 꿰어서 지붕 대들보에 매달아 놓고 입에다 물을 부어서 물이 입 밖으로 넘치도록 하는 것을 방식으로 삼는다. 먼저 목 껍질을 절단하고 다음으로 온몸의 껍질을 벗겨낸다. 만약 법도대로 하지 않으면 살이 껍질과 뼈에서 분리되지 않는다"라고 했다.

두 책을 살펴보니, 언급한 모양과 색, 할법[illegible] 등이 지금의 광어임이 의심할 바 없다. 좌사의 「오도부」에 "교치비파[illegible]"라는 말이 있는데 그 주에 "화제어는 비늘이 없고, 모양이 비파와 같아서 일명 비파어[illegible]라고 한다"라고 했다. 지금 징험해보니, 수어는 비늘이 없었던 적이 없는데, 특히 비늘이 잘고 드물어서 혹은 비늘이 없다고 할 뿐이다.

서유구, 「전어지」 중에서

서유구가 중국의 『천주부지』와 일본의 『화한삼재도회』를 인용하여 서대와 광어를 설명한 글이다. 천주(泉州, 취안저우)는 지금의 복건성 동남부에 있는 곳의 지명이다. 『화한삼재도회』는 일본 데라시마 료안이 1712년경에 펴낸 백과사전이다.

서대는 우리말이고 우설은 한자어이다. 생김새가 긴 혀와 같다. 그 종류는 참서대, 개서대, 용서대 등이 있고, 서대와 비슷한 박대라는 것도 있다.

광어는 우리말 넙치를 한자로 훈차한 것이다. 『신증동국여지승람』 등에 주로 쓰였던 용어이다.

넙치를 중국의 화제어로 본 것은 서유구가 유일하다. 그런데 중국과 일본 서적의 글을 빌려서 넙치를 설명한 내용이 매우 의심스럽다. "화제어는 배에 배자와 같은 띠가 있다. 새끼가 생기면 그 위에 붙어 있어서 일명 수어라고 한다. 모양은 올챙이와 같은데 큰 것은 쟁반만 하다"라고 했는데, 넙치는 배에 배자 같은 띠를 두르지 않으며, 새끼가 어미 몸에 부착하여 사는 것도 아니고, 모양이 올챙이 같지도 않다. 또한 화제어는 비늘이 없고 모양이 비파와 같다고 한 것도 넙치와는 맞지 않는다. 그 물고기를 손질하는 활법도 이해가 되지 않는다. 아무래도 화제어는 우리 넙치가 아닌 듯하다. 지금 중국에서는 화제어를 우리 동해의 도치처럼 배에 빨판이 있는, 심해에 사는 물고기의 명칭으로 사용한다.

정약용은 『아언각비』에서 "접어는 광어라고 하는데 그중 작은 것은 가좌미加佐味라고 한다"라고 했다. 정약전도 접어의 속칭을 광어라고 했다.

한편 김려는 『우해이어보』에서 도다리를 다음과 같이 소개했다.

> 도달어鮡達魚도 또한 소(穌, 가자미)의 종류이다. 눈이 나란하고, 등은 짙은 흑색이다. 맛은 달고 좋은데 구워 먹으면 더욱 좋다. 이 물고기는 가을 후에 비로소 비대해지는데 큰 것은 네다섯 자이다. 그래서 토착민은 가을 도달어[秋鮡]라고 하고 혹은 상소霜穌라고 한다.
>
> 내가 「우산잡곡」을 짓기를 "단풍잎 색 바래고 국화 노란데, 다래는 부드럽게 익고 해감 향기롭네. 동쪽 물가 어부들 맑은 새벽에 떠들썩하고, 새로 잡은 가을 도다리가 수 자나 된다네[楓褪殘紅菊已黃, 獼桃軟熟海

柑香. 東溟漁子淸晨噪, 新捉霜鯱數尺長]”라고 했다.

김려, 『우해이어보』, 「조달어(鯱達魚)」

도다리는 광어와 비슷한데 눈이 쏠린 방향이 서로 다르다.

소穌로 가자미를 표기한 것은 김려가 유일하다. 『우해이어보』에 황소鱑穌, 청소靑穌, 반소班穌, 목면소木棉穌 등 여러 가자미를 소개해놓았다.

사랑의 상징 비목어

당나라 백거이白居易의 「장한가長恨歌」는 현종과 양귀비의 사랑과 사별을 읊은 장편 서사시이다. 그 마지막 구절에 다음과 같이 말했다.

하늘에 있을 때는 비익조가 되고	在天願作比翼鳥
땅에 있을 때는 연리지가 되고 싶네	在地願爲連理枝

비익조는 날개를 하나만 가진 새인데 암수가 나란히 날아야만 날 수 있다. 연리지連理枝는 뿌리가 다른 나무가 서로 가지를 합하여 한 몸이 된 것이다.

비목어도 또한 비익조와 연리지처럼 사랑의 상징으로 시문에서 읊어졌다. 그것은 눈이 하나이어서 암수가 함께 나란히 짝을 이루어야 갈 수 있다는 전설 때문이다.

이별할 줄 몰랐는데	不解有離別

「강상조어도」, 조영석(趙榮祏, 1686~1761), 조선, 국립중앙박물관 소장
자가 종보(宗甫), 호는 관아재(觀我齋) 또는 석계산인(石溪山人)이다. 사대부 화가이다.
산수와 인물을 잘 그렸다.

어찌 긴 그리움을 알았으리오　　焉識長相思
스스로 비목어에 견주고　　自擬比目魚
또 연리지에 견주네　　亦擬連理枝

조선 신흠(申欽, 1566~1628), 『상촌고(象村稿)』, 「맹주(孟珠)」

신흠이 옛 악부시 「맹주」를 본떠서 지은 것이다.

이별한 어떤 여인이 오랜 그리움 속에서 자신을 스스로 비목어와 연리지에 견주며 마음의 위안으로 삼고 있다.

이웃집 배 위의 어린 아가씨　　鄰家船上小姑兒
어찌하여 이별했나 서로 묻네　　相問如何是別離
쌍으로 늘어뜨린 묶은 머리 하나로 굽은 눈썹　　雙墮髻一彎眉
붉은 비늘 비목어를 사랑스레 보네　　愛看紅鱗比目魚

송나라 설사석(薛師石), 「어부사」

이별한 사람들이 서로 이별의 사연을 물어본다. 그리고 항상 짝과 함께하는 비목어를 부러워한다.

푸른 물의 바닥을 볼 수 없는데　　綠水不見底
물 깊으니 정이 더욱 깊네　　水深情更深
그 안에 비목어가 있으니　　中有比目魚
눈을 함께하고 마음을 함께한다네　　同目復同心

명나라 당문봉(唐文鳳), 『오강집(梧岡集)』, 「녹수곡(綠水曲)」

비목어는 짝과 함께 눈을 나란히 해야만 갈 수 있다. 눈을 나란히 하니 절로 마음도 함께하게 된다.

이때의 이별 어찌 말로 할 수 있겠는가	此時離別那堪道
이 날 빈 침상에서 향기로운 못을 대하니	此日空牀對芳沼
향기로운 못에는 비목어만 헤엄치고	芳沼徒遊比目魚
깊은 오솔길엔 발심초가 다시 자랐네	幽徑還生拔心草

당나라 낙빈왕(駱賓王, 640? ~ 684?), 『낙승집(駱丞集)』, 「염정, 곽씨를 대신하여 노조린에게 답하다(艶情代郭氏答盧照鄰)」

멀리 떠난 사람의 빈 침상을 보니 마음이 너무 참담하다. 못에는 비목어만 헤엄치고 있고, 깊은 오솔길에는 발심초가 다시 자라났다.

발심초는 베어내도 다시 자란다는 풀인데 숙망宿莽, 혹은 권시초卷施草라고 한다. 발심초는 이별한 사람의 근심이고, 그리움인 것이다.

비목어는 남녀의 사랑만 상징하는 것이 아니다.

위대한 요임금이 보위에 오르니	大堯登寶位
기린과 봉황이 궁궐에서 빛났고	麟鳳煥宸居
바다 굽이까지 은택이 미치니	海曲霑恩澤
다시 비목어가 살아났네	還生比目魚

당나라 진도(陳陶), 「속고이십구수(續古二十九首)」

예로부터 위대한 성군이 보위에 오르면 기린과 봉황 같은 상서로

운 영물이 나타나서 축하한다고 한다. 그런데 그 은혜로운 정치적 혜택이 먼 변방까지 미치면 비목어가 나타난다고 한다. 실로 비목어는 기린과 봉황 같은 신성한 존재였다.

천렵을 구경하다觀川獵

통발을 엮어 어량을 받치고 돌을 물에 던지며	織薄承梁石打波
아이들이 다투어 물고기 떼를 몰아가네	羣兒爭趁衆魚過
순식간에 팔딱이는 물고기가 통발에 가득하니	須臾潑潑盈�裏
이번이 가장 많이 잡혔다며 웃으며 말하네	笑道今番得最多

조선 윤기(尹愭, 1741~1826), 『무명자집(無名子集)』

●

자가 경부(敬夫), 호는 무명자(無名子)이다. 남포 현감(藍浦縣監)·황산 찰방(黃山察訪)·병조참의 등을 역임하였다.

낚싯대釣竿

대나무 쪼개 낚싯대 만들고	斫竹作釣竿
누에 실 뽑아 낚싯줄 만드네	抽繭作釣絲
창주에 날 따뜻하고 물결 잔잔한데	滄洲日暖波漣漪
푸른 부들 무성하고 버들잎 늘어졌네	綠蒲茸茸柳葉垂
낚싯바늘 작고 미끼 향기로운데 물고기는 모르고	鉤纖餌香魚不知
돌비늘에 치는 물결에 개울 풀이 흔들리네	石鱗激水谿毛動
옥색 제비 돌며 날고 낚싯대 끝이 무거운데	玉燕迴翔竿尾重
큰 물고기 반찬으로 오르니 아가미가 붉네	大魚入饌腮頰紅
작은 물고기는 도리어 못의 소용돌이에 놓아주고	小魚却放淵沄中
다시 축원하니 작은 물고기여 내 뜻을 알아서	更祝小魚知我意
편안히 깊은 못으로 들어가 미끼를 탐하지 말라	穩向深潭莫貪餌

명나라 유기(劉基, 1311~1375)

●

자가 백온(伯溫)이고, 명나라 개국공신으로 국가의 기틀을 정착시키는 데 큰 공로를 세웠다. 시문에 뛰어나서 송렴(宋濂), 고계와 함께 명나라 초의 3대 문인이다.

바다의 보배 전복

전복의 명칭

전복은 예로부터 바다의 보배였다. 역대의 유명한 왕이나 권력가 중에 전복을 특히 좋아했던 인물이 한둘이 아니다. 그만큼 전복이 귀하고 맛이 뛰어났기 때문일 것이다.

> 복鰒도 역시 합(蛤, 조개)의 종류인데 합의 색은 조가비[貝]와 같다. 그래서 우리나라 사람은 복의 껍데기를 가짜 조가비[假貝]라고 한다. 그 크고 작음은 한결같지 않은데, 신선한 것을 생포生包라고 하고, 말린 것을 전복全鰒이라고 한다.
>
> 포包는 복의 우리말이다. 『한서』「왕망전王莽傳」에서 "복어鰒魚를 먹었

다"라고 했는데, 곧 이 복을 말한 것이다.

김려, 『우해이어보』 중에서

전복은 조개의 한 종류인데 한자어로 복어鰒魚라고 한다. 우리 옛 문헌에서는 전복과 복어라는 용어를 함께 혼용했다. 그런데 전복은 우리나라에서만 사용했던 말이다.

김려는 전복은 말린 것을 말한다고 했다. 그러나 우리 문헌에 건복乾鰒이라는 말을 많이 사용한 것으로 보아 전복은 복어와 더불어 생것과 말린 것을 모두 지칭하는 총칭이었다고 여겨진다.

왕망王莽은 서한을 강탈하여 신新나라를 세운 인물인데 전복을 즐겨 먹었다고 한다.

복은 조개와 같은데, 비늘은 없고 껍데기가 있고, 한 면은 바위에 부착되어 있다. 작은 구멍이 여러 개인데 일곱 개 혹은 여덟 개이다. 곽박의 『이아주』에 "이 물고기는 더욱 기이한데 약품으로 들어가는 것은 구멍이 일곱 개나 여덟 개 있는 것이 좋다"라고 했다. 북제北齊의 안지추顏之推가 말하기를 "복은 곧 석결명石決明이다. 안쪽에 1년마다 구멍이 하나씩 생겨서 스무 개에 이르러 그치는데 연수年數를 합산할 수 있다. 등주에서 나오는 것은 그 맛이 진미로 빼어난데, 광무제光武帝 때 장보張步가 청주靑州와 서주徐州를 점거하고서 사자를 파견하여 대궐에 이르러 글을 올리고 복어를 헌상했다고 했는데 곧 이것이다"라고 했다. 도굉경陶宏景이 말하기를 "복어는 껍데기를 바위에 부착하여 사는데 큰 것은 손바닥만 하고, 오색이 밝게 빛난다. 안에는 장漿을 머금고 있는데 청맹靑

盲과 실정失精을 주로 치료한다"라고 했다. 『속박물지續博物志』에 "이름은 구공라九孔螺이고 영남嶺南의 고을과 내주의 해안에 모두 있다. 모양과 크기는 작은 조개[蚌蛤]와 같고, 한쪽 바깥 껍질은 몹시 거칠고, 작은 구멍이 여러 개다. 안은 밝게 빛나고, 등 쪽에는 한 줄로 구멍이 있는데 뚫려 있는 것은 일곱 개에서 아홉 개이다. 바위 비탈 위에서 잘 자라는데 바닷가 사람이 수영하여 물에 들어가서 그것이 알아채지 못한 틈을 타서 즉시 쉽게 잡아낸다. 그렇지 못하면 견고하게 달라붙어서 떼어내기 어렵다. 그 효능은 눈을 밝게 하므로 석결명이라 부른다"라고 했다.

호세안, 『이어도찬전』 중에서

전복의 다른 별칭으로 석결명과 구공라가 있다. 모두 약용으로 쓰는 전복 껍데기를 말한 것이다. 진주모眞珠母, 복어갑鰒魚甲, 천리광千里光, 포어피鮑魚皮, 금합리피金蛤蜊皮, 진해결眞海決, 해결명海決明, 관해결關海決, 포어각鮑魚殼, 구공석결명九孔石決明이라고도 부른다.

복어의 또 다른 별칭은 왜라倭螺이다. 송나라 원문袁文의 『옹유한평甕牖閑評』에 "복어는 왜라이다. 지금 『한서』「왕망전」에 '왕망은 오직 술만 마시고 복어만 먹었다'라고 한 것의 주에 '해어海魚이다'라고 했다. 아마 안사고顔師古는 이것이 왜라인지를 몰랐던 것 같다"라고 했다.

송나라 고사손高似孫의 『위략緯略』에는 "『위지魏志』에 '왜국倭國 사람은 바다로 들어가 복어를 잡는데, 물이 얕고 깊음을 가리지 않고 모두 잠수하여 잡는다' 했다"라고 했다. 중국 삼국시대에 이미 일본인의 전복 잡는 일이 알려진 듯하다.

소동파의 전복 노래

소동파는 황주(黃州, 황저우)에 유배되어 있을 때 산동성 등주를 방문하여 전복을 먹었다. 그리고 그 맛에 감동하여 장편의 전복 노래를 지었다. 등주는 중국에서 예로부터 전복이 유명한 곳이다. 역대에 걸쳐 황실에 전복을 진상했다.

점대 사람 흩어지고 긴 활을 쏘았는데	漸臺人散長弓射
처음 전복을 먹고도 사람들은 몰랐네	初啖鰒魚人未識
서릉의 쇠로한 노인의 장막 비었는데	西陵衰老繐帳空
어찌 북하로 친히 음식을 보냈던가	肯向北河親饋食
두 영웅은 똑같이 한나라를 도둑질했고	兩雄一律盜漢家
기호도 또한 대략 같았네	嗜好亦若肩相差
(왕망과 조조는 모두 전복을 좋아했다.)	
매번 먹을 때 전복을 대하고 먼저 탄식하니	食每對之先太息
목이 메어서가 아니고 상처 딱지 때문이네	不因噎嘔緣瘡痂
중간에 강제로 점거해 관문과 교량 막히니	中間霸據關梁隔
전복 한 개에 천금 가격일 뿐이었던가	一枚何啻千金直
백 년 동안 남북으로 생선과 채소가 통하니	百年南北鮭菜通
종종 남은 것은 종들도 배불리 먹었네	往往殘餘飽臧獲
동쪽에서 바다를 운항하는 큰 배를 따라온 것은 왜라라고 불렀고	東隨海舶號倭螺
이방의 진보가 더욱 많이 왔었네	異方珍寶來更多

모래 씻어내고 삶아서 큰 고깃점을 이루고　磨沙瀹沈成大胾
조개를 갈라 포로 만들어 은택을 나누네　剖蚌作脯分餘波
그대 듣지 않았는가 봉래각 아래 타기도는　君不聞蓬萊閣下駝棋島
팔월 변풍에 오랑캐 사냥을 대비한다네　八月邊風備胡獠
큰 배가 파도를 넘으니 악어 자라가 놀라고　艅艎跋浪黿鼉震
긴 끌로 깎아낸 곳엔 바위 골짜기 뒤집히네　長鑱鋒處崖谷倒
요리사가 잘 요리하여 화려한 대청에 올리니　膳夫善治薦華堂
앉아서 아로새긴 그릇에 광휘가 나게 하네　坐令雕俎生輝光
육지와 석이는 꼽을 수 없고　肉芝石耳不足數
초모 어피는 참으로 담에 기댈 만하네　醋芼魚皮眞倚墻
중도의 귀인들이 이 맛을 진미로 여기니　中都貴人珍此味
술지게미에 적시고 기름에 넣어 멀리 보내네　糟浥油藏能遠致
기름진 살을 잘라 만 전의 주방 음식 배불리 먹으니
割肥方厭萬錢廚
눈초리 흘기며 천 일의 취함을 깰 수 있네　決眥可醒千日醉
삼한의 사자가 금정을 가져오니　三韓使者金鼎來
사각 궤짝을 담아 보내느라 종복들이 힘쓰네　方奩饋送煩輿臺
요동 태수가 멀리서 바치니　遼東太守遠自獻
임치의 아전 중에 누가 재능이 있었던가　臨淄掾吏誰為材
내가 살아서 동쪽으로 돌아갈 때 열 말을 거두어서
吾生東歸收一斛
뇌물로 화려한 집에 아첨하지 않고　包苴未肯鈷華屋
국물 재료로 나누어주어 눈을 밝게 하면　分送羹材作眼明

「수향귀주도(水鄕歸舟圖)」, 이정(李楨, 1578~1607), 조선, 국립중앙박물관 소장
자가 공간(公幹), 호는 나옹(懶翁) · 나재(懶齋) · 나와(懶窩) · 설악(雪嶽)이다. 증조부 소불, 할아버지 배련, 아버지 숭효로 이어지는 화원집안 출신이다. 30세 미만에 요절했다.

도리어 작은 글씨도 노안에 방해되지 않으리라 卻取細書防老讀

소식, 『동파전집』, 「복어행(鰒魚行)」

점대漸臺는 한무제漢武帝가 건장궁建章宮과 태액지太液池 가운데 세운 누대 이름이다. 한나라 말엽 유현劉玄의 군대가 선평문宣平門으로 들어가자 왕망이 도망하여 점대 위에 있다가 마침내 군사들에게 죽임을 당했던 곳이다. 왕망은 한나라를 강탈하여 자신이 세운 신나라가 멸망할 위기에 처하자 불안감에 싸여 식사를 못하고, 오직 술만 마시고 전복만 먹었다고 한다.

서릉西陵은 조조의 능묘이다. 조조는 생전에 전복을 무척 좋아했는데 죽은 후에 그의 아들 조식曹植이 서주 자사徐州刺史 장패臧霸에게 전복 200개를 보내게 하여 조조의 제사에 올렸다고 한다.

왕망과 조조는 모두 한나라를 찬탈했던 인물인데 또한 우연하게도 둘 다 전복을 무척 좋아했다고 한다.

남조 송나라 유옹劉邕은 상처 딱지 먹기를 좋아했는데 그 맛이 전복과 같다고 말했다고 한다. 참으로 혐오스러운 취향이 아닐 수 없다.

『남사南史』 「저언회전褚彦回傳」에 "당시 회북淮北은 강남에 속했는데 다시 복어가 없었다. 간혹 어렵게 얻은 것이 있으면 한 개 값이 1000전에 이르렀다. 어떤 사람이 저언회에게 복어 서른 개를 보내주었다. 저언회는 당시 신분은 존귀했으나 가난이 매우 심했다. 문생門生이 계책을 올려 전복을 팔라고 하면서 '10만 전을 벌 수 있습니다'라고 했다. 전언회가 얼굴빛이 변하며 말하기를 '나는 이것을 음식물로 생각하고 재물로 여기지 않는다. 또한, 팔아서 돈을 벌 줄도 모른다. 내가 이것을 받은 것은 비록 근검함이 결핍하였지만, 어찌 보낸 것을 팔아서 돈을 벌겠는가?'라고 하고, 모두 친한 사람들에게 나누어주고 먹게 했다. 며칠 안에 전복이 곧 없어졌다"라고 했다.

봉래각蓬萊閣은 등주 단애산[丹崖山]에 있는 정자이다. 그 아래에 드넓은 바다가 내려다보이고, 타기도駝棋島라는 섬이 있다. 등주는 고대로부터 해상 교통의 요지였다. 그래서 외국의 선박이 수시로 드나들던 곳이었다.

명나라 도본준의 『민중해착소』에 "석결명은 속명이 장군모將軍帽이다. 온주(溫州, 윈저우)와 등주의 바다 안에 모두 있다. 곧 이름이 복어이다. 온주 사람은 소금에 절여서 사용하고, 등주 사람은 싱겁게 햇볕에 쬐어 말려 꿰어서 서울로 보낸다"라고 했다. 소식의 시에서는 술지게미에 적시고 기름에 넣어 멀리 보낸다고 했다. 당시 전복 가공법의 일부를 알 수 있겠다.

임치(臨淄, 린쯔)는 지금의 산동성 청주青州이다. 일찍이 동한東漢 초년 군벌軍閥이었던 장보가 이곳을 차지하고서 광무제에게 전복을 헌상했던 일이 있다.

소식은 귀양살이에서 살아 돌아간다면 전복 열 말을 장만하여 뇌물로 쓰지 않고 주위에 두루 나눠주어 노안에 도움을 주겠다고 했다. 참으로 소박한 독서인의 생각이 아닐 수 없다.

조선의 전복 진상 폐해

조선에서도 전복은 귀물이었다. 외교 선물, 사신 접대, 왕실 잔치, 신하에게 내리는 하사품 등 전복은 국가적 수요가 많았다. 그런데 그 공급이 적었으므로 나라에서 직접 전복을 채취하는 배를 운용했다.

『각사등록』「충청수영관첩忠淸水營關牒」에 수리해야 할 진상채복선進上採鰒船이 마흔일곱 척, 침복선沈鰒船이 한 척이라고 했다. 채복선의 숫자가 수십 척이었음을 알 수 있다. 통영統營과 좌수영左水營에도 채복선이 있었다.

또 한편으로는 대부분 전복은 각 지역의 공물로 충당했다. 여기에 수많은 폐단이 발생하여 전복 때문에 백성이 받는 고통은 이루 말할 수 없었다.

> 전라도 관찰사 이극균李克均에게 하서下書하기를 "이제 듣건대 도내道內의 광양·순천·흥양·낙안樂安 등의 고을 사람들이 세인복細引鰒·원전복圓全鰒을 마련하고자 바다 가운데 먼 섬에 깊이 들어가서 큰 전복을 따다가 왜선倭船과 만나서 서로 죽이고 노략질한다고 하니, 장차 변경에 분란이 일어날까 몹시 염려된다. 가까운 섬에는 큰 전복이 나지 아니하는지와 전복을 따는 먼 섬의 지명과 기타 채취하는 해산물의 명목을 자세히 물어서 계달啓達하라"라고 했다.
>
> 『성종실록』 성종 5년 갑오(1474) 9월 11일(계해)

전라도 백성이 불법으로 먼 무인도에 들어가서 전복을 따다가 왜선과 만나 서로 살육이 일어나자 국제간의 외교 마찰을 걱정하는 내용이다. 이 백성은 자신에게 공물로 할당된 전복을 구하고자 목숨을 걸었다.

대신이 다시 아뢰기를 "이희태李喜泰는 일 처리가 전도顚倒되고 장문(狀聞, 임금께 장계를 올려 아룀)한 바가 몽롱하여, 그대로 중요한 해방海防의 자리에 있게 할 수가 없으니, 그의 관직을 삭탈하게 하소서. 대개 바닷가 포구의 백성으로서 제주의 외양外洋에서 전복을 따는 자들은 으레 도회관都會官의 공문公文을 받는데, 간사한 백성은 세금 내는 것을 싫어하여 사사로이 제주에 들어가 채취하므로, 사람을 시켜서 금하지만 배가 빠르고 사람이 많아 힘으로 당하지 못하며, 혹은 의복을 약탈하고 혹은 몰래 죽여서 말하지 못하게 합니다. 그래서 이형상(李衡祥, 1653~1733)이 일찍이 사사로이 채취하는 무리를 엄금하자고 청하였고, 이희태의 장계狀啓도 역시 이 일을 말한 것인데, 그 말이 경보警報처럼 되어 조정에서 바야흐로 해적을 걱정하고 있으므로 상하가 놀랐으나, 재계再啓가 들어옴에 미쳐 모두 무사하였습니다"라고 했다.

『숙종실록』 숙종 30년 갑신(1704, 강희 43) 5월 5일(계묘)

제주 목사 이희태가 해적의 소탕에 대한 일을 치계馳啓했다는 내용이다.

전복이 고가이므로 일부 무리가 전복 산지로 유명한 제주에 잠입하여 전복을 채취하면서 간혹 민가를 약탈하고 살인까지 저질렀다는 것이다. 해적은 왜구만 있었던 것이 아니다.

통제사統制使 이한응李漢膺을 잡아다 국문하여 처치하도록 명하였다. 봉진한 전복의 맛이 상했기 때문이었다.

『영조실록』 영조 44년 무자(1768, 건륭 33) 9월 6일(신묘)

봉진한 전복이 상한 일로 통제사를 국문하게 했다는 것이다. 통제사는 수군의 최고사령관이다. 그런데 진상한 전복을 상하게 하여 국문을 당한 것이다.

참으로 통제사를 잡아먹는 무서운 전복이 아닐 수 없다.

하교하기를 "과인寡人이 왕위에 오른 뒤에 실질적인 혜택이 아직도 팔도의 백성에게 두루 미치지 못하였다. 더구나 제주는 바다 밖에 떨어져 있는 데다 최근에는 흉년이 드는 해가 많아서 백성이 부황(浮黃. 오래 굶주려서 살가죽이 들떠서 붓고 누렇게 되는 병)이 들었으니, 매번 이 점을 생각하면 내 몸이 아픈 듯하다. 지금 제주 목사가 올린 장계를 보건대, 전복을 채취하기 어려운 상황이 눈에 선하다. 이 점을 일찍이 알았으므로 매번 그 폐단을 바로잡으려 한 지가 오래되었거니와 멀리 떨어진 지역에 유화정책을 써야 하는 도리로 보더라도 마땅히 구제하는 정책이 있어야 하겠다. 차라리 어공을 줄이는 한이 있더라도 어찌 우리 백성을 수고롭게 할 수 있겠는가.

연례年例로 진공하는 회전복灰全鰒 5508첩貼 17관串 내에서 임시로 줄인 것과 아직 줄이지 않은 것을 특별히 영구히 감면하여 도민島民이 겪는 작은 폐해를 제거해줌으로써 그들이 정착하고 살 수 있게 하라. 이것은 대개 선왕이 남기신 뜻이다. 이러한 내용으로 백성에게 효유曉諭하고 그 거행한 상황을 즉시 장계로 보고하도록 비국(備局, 비변사)에서 분부하라"라고 했다.

조선 정조, 『일성록(日省錄)』 중에서

정조가 제주에서 진공하는 회전복을 영구히 감면하라고 명한 내용이다.

정조는 백성에게 자비심을 베풀어 전복 진상의 수효를 줄이라고 했다. 그러나 없애라고는 하지 않았다.

전복 따는 잠수부 몰인

전복은 물속 바위에 붙여서 생활하므로 그물로 잡을 수 없다. 사람이 직접 바닷속에 잠수하여 쇠꼬챙이로 따야 한다.

조선에서는 잠수하여 전복과 여러 해산물을 채취하는 사람을 몰인沒人이라 했다. 이들은 모두 남자이다.

동해의 기이한 산물 중 이것이 진보이니 東溟異產此爲珍
멀리서 부친 전복이 시야에 새롭네 遠寄團圓觸眼新
껍데기 벗기니 비린 바람 좌석에 진동하고 解甲腥風生一坐
전복을 먹으니 진미의 냄새가 세 번이나 감도네 傾包絶味嗅三巡
시 재촉하여 나에게 시흥을 깨닫게 하니 催詩覺我添吟興
술과 더불어 전복이 전생의 인연임을 아네 與酒知渠有宿因
잠수부가 한 번 죽음을 가볍게 여김을 참을 수 없는데 不忍沒人輕一死
나에게 대접하니 도리어 반가운 손님이 아님이 부끄럽네
餉余還愧靡佳賓

조선 홍섬(洪暹, 1504~1585), 『인재집(忍齋集)』, 「복어 요리를 보고 사례하다[見鰒菜謝人]」

홍섬은 영의정 언필彦弼의 아들로, 어머니는 영의정 송일宋軼의 딸이다. 본인도 또한 영의정을 세 번이나 역임한 고관이었다.

누군가 동해의 진귀한 전복을 선물했던 모양이다. 몰인이 목숨을 걸고 딴 전복이다. 그 몰인의 고충은 상상할 수 있으나 맛 좋은 전복을 외면할 수 있겠는가?

망향정 앞 늙은 잠수부 望洋亭前老潛手
파도 위에서 헤엄침이 비무와 같네 遊戲波濤若飛舞
허리엔 큰 박통을 묶고 가는 줄은 끌며 腰懸大瓢引細繩
당돌하게 곧장 여룡의 입을 시험하네 唐突直試驪龍口
순간에 다시 물거품이 솟구쳐 나오고 斯須却滾浪花出
기는 긴 무지개 이루고 굶주린 송골매가 울부짖네 氣作長虹叫餓鶻
날이 추워 바닷물에 피부와 살이 얼어붙어 天寒海水皮肉凍
바위 사이에서 나뭇등걸 불태워 등을 쬐네 炙背岩間燒榾柮
한 번 잠수하여 전복 하나 따니 一回沈水一箇鰒
종일 힘들어도 밥도 못 먹네 終日矻矻不入腹
돌아오니 도리어 관리의 닦달을 받고 歸來却被官吏驅
겨우 창고에서 몇 말 묵은 곡식을 얻었네 纔得陳倉數斗粟
네 인생이 풍파 속에 있음이 불쌍한데 憐渠一生風波裏
고생해도 처자를 돌봐줄 수 없구나 契闊不足煦妻子
바닷속 큰 고래가 설산만 한데 海中長鯨如雪山
죽이는 것이 구슬 탐하는 관리에겐 미치지 못하네 相殘不及貪珠吏
그대 보지 않았나 부잣집 권세가의 일을 君不見朱門豪貴事

잔치 자리 가무가 날마다 이어지며 宴席歌舞留連日
부엌 아래 굽고 남은 음식에 구더기가 피어 炮炙餘殘廚下生蟲蛆
땅 가득히 넘치는데 개도 먹지 않는다네 滿地淋漓犬不食

조선 이춘원(李春元, 1571~1634), 『구원집(九畹集)』, 「전복 따는 노래[採鰒行]」

망양정望洋亭은 지금의 경상북도 울진군 기성면箕城面 해안에 있는 정자로서 관동팔경關東八景의 하나이다.

이춘원은 1607년(선조 40) 7월 동래 부사로 부임하여 1608년 2월까지 근무했다. 이 시기에 망향정에 들렀다가 전복을 따는 늙은 잠수부를 목격하고 그 처참한 생활상을 시로 읊은 것이다.

전복[鰒魚]은 진귀하다. 상군(裳郡, 거제도)에서 생산된 것이 가장 진귀하다. 군의 죽림포竹林浦에서 전복 채취를 생업으로 하는데 그 이익이 다른 어업보다 많다고 한다. 죽림포 사람 중에 전복을 팔러 온 사람이 있어서, 내가 묻기를 "생업의 이익이 어떠한가?"라고 하니, 대답하기를 "이것은 천한 생업입니다. 어찌 물을 만하겠습니까? 저 바다는 사지死地인데 전복은 반드시 바다 깊은 곳에 있습니다. 또한, 그물이 아니고 꼬챙이나 갈고리로 포획할 수 있고, 반드시 바다 밑까지 잠수해야 합니다. 호흡을 멈추고 잠깐 머물러서 탐색하여 잡아내는데, 또한 반드시 신속하게 갈고리 날로 찔러야 포획할 수 있습니다. 만약 조금이라도 늦으면 전복이 갈고리 날을 물어버립니다. 비록 온 힘을 다해도 뽑히지 않고 전복은 움직이지 않습니다. 서로 대치하다가 지체하면 익사하여, 나오지 못한 자가 있습니다. 또한, 바다에는 악독한 물고기가 많

「방당인필어선도(倣唐人筆漁船圖)」, 조영석, 조선, 국립중앙박물관 소장
이 그림은 당나라 사람의 필법을 모방하여 그린 것이다. 화제는 "관아재의 그림은 우리나라 제일이고, 인물화는 관아재가 제일이고, 이 그림은 관아재의 그림 중에 제일이다. 나는 일찍이 수십 년 전에 이 그림을 보았는데 지금 다시 본다. 표암이 적다(觀我之畵爲我東國第一, 人物畵觀我之第一, 此幅爲觀我畵之第一, 余曾於數十年見此, 今又重觀, 豹菴題)"라고 했다. 관아재의 그림에 표암 강세황이 적은 것이다.

아서 사람을 잘 붊니다. 바다 밑은 또한 추위가 심하여 비록 한여름일지라도 잠수하는 사람은 항상 몸이 떨려서 잠수하기가 어렵습니다. 그래서 열 살 남짓할 때 얕은 물에서 연습하다가 점차 깊은 곳에서 연습하고, 스무 살이 되어서야 능할 수 있는데 마흔 살이 되면 즉시 그만둡니다. 또한, 잠수부는 항상 바다에 있어서 그 머리칼은 그을리고 메마르고, 그 피부는 거칠고 얼룩지고, 그 평소의 모습이 보통 사람과 다릅니다. 그래서 사람들이 동료로 여기지 않고 천시합니다. 그 생업이 고생스럽고 천한 것이 이와 같습니다. 관청에 바쳐야 할 것도 공급하지 못하는데, 무슨 이익이 있겠습니까?"라고 했다. ……

조선 김진규(金鎭圭, 1658~1716), 『죽천집(竹泉集)』, 「몰인설(沒人說)」 중에서

김진규는 송시열宋時烈의 제자로 당색이 노론이었다. 이조좌랑 등을 역임하던 중 1689년 기사환국으로 남인이 집권하자 거제도로 유배되었다. 이 시기에 거제도의 몰인을 보고 지은 글이다.

거제도는 당시 전복이 많이 생산된 곳으로 유명했다.

물가에 임해 물고기 보며 석대에 앉으니 臨水觀魚坐石臺

소반에 복어를 올려 왔네 就中盤進鰒魚來

어부가 깊은 물속의 복어를 알아보고 浦人洞見深深物

물속에서 따낸 것이 잠깐 동안 수십 번이네 摘出須臾數十回

조선 조문명(趙文命, 1680~1732), 『학암집(鶴巖集)』, 「만경대에서 복어 잡는 것을 구경하다〔臨萬景臺觀摘鰒〕」

만경대萬景臺는 삼척의 동해 바닷가에 있던 정자이다.

삼척 동해에서 잠수부가 전복을 따는 것을 보고 지은 시이다.

제주도의 여자 잠수부 잠녀

육지에서 전복을 따는 잠수부가 대부분 남자였다면 제주도에서는 그 역할을 여자가 담당했다. 아마 여자 잠수부는 세계에서 제주도가 유일하지 않나 싶다.

술 방울은 금반의 이슬이고	酒滴金盤露
안주는 교실의 진미이네	肴分鮫室珍
영균이 이것을 만났다면	靈均若逢此
기꺼이 홀로 술 깬 사람이 되었겠는가	肯作獨醒人

조선 정온(鄭蘊, 1569~1641), 『동계집(桐溪集)』, 「이목사가 가을 이슬 내릴 때 전복을 보내 주어 사례하다. 대정에 있을 때이다〔謝李牧使送秋露全鰒, 在大靜時〕」

정온은 영창대군의 피살과 폐모론의 부당함을 주장하다가 광해군의 분노를 사서 제주도에 위리안치가 되었다. 이후 10년간 귀양살이 하다가 인조반정 때 풀려났다.

교실鮫室은 전설 속의 일종의 인어人魚인 교인이 산다는 곳이다. 용궁쯤 된다고 하겠다.

영균靈均은 전국시대 초나라 충신 굴원이다. 간신의 참소를 받아 귀양 갔다가 물에 투신하여 자결했는데, 그의 「어부사」에서 "세상 사람들은 모두 술에 취했으나 나 홀로 깨어 있다"라고 자신의 결백을 주장한 바 있다. 홀로 술에 깬 사람으로 남겠다고 맹세한 굴원이지만, 바다의 진미인 전복이 눈앞에 있다면 과연 굴원이 자신의 맹세를 지킬 수 있었을까?

제주도는 전복이 많이 나는 곳이라 귀양객도 그 진미를 맛볼 수 있었다. 물론 목사의 특별한 배려 때문이다.

> 해산물에는 단지 생복生鰒, 오적어, 분곽(粉藿, 미역), 옥두어(玉頭魚, 옥돔) 등 몇 종류가 있는데, 또 이름은 있지만 몇 종류인지 알 수 없는 물고기 이외에는 다른 물고기가 없다. 그중에 평소에 천한 것은 미역이다. 미역을 채취하는 여자를 잠녀潛女라고 한다. 이월 이후부터 오월 이전까지 바다에 들어가서 미역을 채취한다. 그 미역을 채취할 때 이른바 잠녀는 벌거벗은 몸으로 신체를 노출하고 두루 바닷가에 가득하다. 낫을 가지고 바다에 떠 있다가 바다 밑으로 거꾸로 들어가서 미역을 채취하여 끌고 나오는데, 남녀가 서로 섞여도 수치로 여기지 않으니 보는 사람이 놀랄 만하다. 생복을 잡는 것도 또한 이처럼 한다. 관가에서 징수하는 역에 응하고, 그 남은 것으로써 내다 팔아 의식衣食을 마련한다. 그 생계를 꾸리는 고생은 말로 할 수 없다. 만약 청렴하지 못한 관리가 있다면 멋대로 탐욕스럽고 추잡한 마음을 내어서 교묘하게 명목을 만들어 징수하여 구하는 것이 헤아릴 수 없어서 1년의 생업이 그 역에 응하기에 부족하다. 그 관문官門에 실어다 바치는 고통은 이서(吏胥, 아전)가 간사함을 부리는 폐단으로 끝이 없다. 하물며 그 의식을 꾸릴 자본을 바랄 수 있겠는가? 이런 이유로 만약 탐관을 만난다면 이른바

잠녀의 무리는 구걸하지 않을 사람이 없을 것이니, 보는 사람이 불쌍하게 여길 만하다.

이건, 『규창유고』, 「제주풍토기」 중에서

이건은 선조의 일곱째 아들 인성군 이공李珙의 아들인데, 인성군이 역모죄로 모함을 받아서 그 가족은 제주도로 유배되었다. 이건은 형 이길李佶·이억李億 등과 더불어 제주도 정의현에서 유배 생활을 했다.

이른바 잠녀는 잠수를 생업으로 삼아서 미역을 채취하거나 전복을 딴다. 그러나 전복을 따는 것은 미역을 채취하는 것에 비교한다면 매우 어렵고 고생이 더 심하다. 그 얼굴은 검고 초췌하며, 근심과 괴로움에 싸여 죽음을 벗어나려는 모양을 띠고 있다. 내가 그것을 위로하며 그 일의 상세함을 물었다. 대답하기를 "저는 물가로 가서 땔나무를 쌓아 놓고 불을 피우고, 저는 내 몸을 벌거벗고 테왁(匏, 둥근 박)을 가슴에 부착하고 망사리(繩囊, 줄로 엮은 망)를 테왁에 묶습니다. 예전에 채취했던 본조갱이(甲, 전복 껍데기)를 망사리에 넣고 손에 빗창(鐵尖, 쇠꼬챙이)을 쥐고 헤엄치다가 마침내 잠수합니다. 물 바닥에 이르면 한 손으로 비탈진 바위를 더듬어서 전복이 있는 것을 알아냅니다. 그러나 바위에 붙어 있는 전복은 단단하고 껍데기 속에 잠복하여 있습니다. 단단하므로 즉시 채취할 수 없고, 잠복하여 있으므로 그 색이 검어서 바위와 혼동됩니다. 이에 본조갱이를 뒤집어 놓아두면 그 숨은 장소를 알 수 있습니다. 그 안쪽 면이 밝아서 빛나므로 물속에서 살펴볼 수 있습니다. 이에 내 호흡이 몹시 급해져서 즉시 나와서 테왁을 껴안고 숨을 쉽니다. 그 숨비소리가 획연히 오래 울리는데 몇 번인지 모릅니다. 그런 후에 기운을 차리고 마침내 다시 잠수합니다. 좀 전에 표시해두었던 장소로 가서 쇠꼬챙이로 채취하여 망사리에 넣고 나옵니다. 물가에 이르면 차갑게 얼어서 몸이 떨림을 참을 수 없습니다. 유월일지라도 또한 그러하니, 마침내 땔나무 불로 몸을 덥히고서 살아납니다. 간혹 한 번 잠수하여 전복을 발견하지 못하고 다시 잠수하여도 결국 채취하지 못한 적도 있습니다. 전복 하나를 채취하다가 거의 죽을 뻔한 적이 많습니다. 게다가 물 밑의 바위는 간혹 날카로워서 부딪히면 죽게 됩니다. 그 속의 벌레와 뱀 같은 악독한 생물에게 물리게 되면 죽습니다. 그래서 저와 동업하는 자 중에 급사하거나 추위로 죽거나 바위와 벌레 때문에 죽은 자가 줄을 이었는데, 나는 비록 다행히 살아 있지만 병으로 고통스럽습니다. 제 얼굴색을 살펴보시면 제가 민망할 것입니다. 또한, 전에 말씀드렸듯이, 공公께서는 전복을 따는 어려움은 알지만 제가 전복을 사는 것이 더욱 어렵다는 것은 모릅니다."

내가 말하기를 "너는 지금 전복을 따는 사람이다. 장차 네게서 전복을 사야 하거늘 어찌하여 네가 스스로 산단 말이냐?"라고 하니, 대답하기를 "저는 소민이고 전복은 맛 좋은 음식물입니다. 소민은 맛 좋은 음식물을 가져다가 상공(上供, 진상)에 충당하고, 관인官人의 음식을 준비합니다. 또 관인이 다른 사람에게 선물로 보내는 것을 공급합니다. 이것이 제 직분입니다. 제가 비록 저의 의식을 마련할 자본이 없더라도 항상 관인과 그가 선물을 보내는 사람을 생각합니다. 비록 그것이 최하일지라도 당연히 저에게 부가되지만, 제가 감히 직분을 다하지 않겠습니까? 비록 병이 들어도 감히 원망하겠습니까? 오직 관인이 매우 좋아하는 것만 생각하고, 오직 그 말을 따르지 못할까 두려워합니다. 그 욕심을 만족하게 할 수 없는 것은 천하고 비루하지만 저와 다를 바가 없습니다. 다만 붉은 분을 칠하고 비단옷을 입은 것만 다릅니다. 좋아하는 것이기에, 나는 전복을 항상 그 때문에 채취합니다. 말을 따르고자 하므로 더욱 징수의 독촉이 그치지 않고 반드시 많이 채취해야 만족합니다. 많이 채취하고자 하므로 흩어서 내다 팔아 그 부유함을 더 보탭니다. 제가 만약 병이 들어 채취할 수 없거나, 혹은 채취해도 소득이 없다면 징수를 독촉하는 다그침을 당하게 됩니다. 그래서 때때로 채취하는 곳으로 가서 전복을 사다가 다시 관청에 바칩니다. 저 파는 것과 사는 것은 각기 하고자 하는 것입니다. 지금 제 형세가 사지 않을 수 없음을 알므로 그 가격을 최고로 높여서 팝니다. 저는 이에 파산하게 되었습니다. 전복 하나는 그 채취해야 하는 근심이 저 자신에게만 있지만, 그 사야 하는 재앙은 가족을 모두 보존할 수 없게 만드니, 제가 어찌 몹시 곤궁하고 매우 어려운 처지가 아니겠습니까?"라고 했다.

내가 말하기를 "태산泰山의 호랑이와 영주永州의 독사가 있는 곳에는 다행히 가혹한 정치와 잔혹한 세금이 없었는데 지금 너는 전복을 채취하는 어려움과 전복을 사야 하는 고통을 겸했으니, 참으로 불쌍할 뿐이구나!"라고 했다.

김춘택, 『북헌집』, 「잠녀설(潛女說)」

김춘택은 1701년 소론의 탄핵을 받아 부안에 유배되었으며, 희빈 장씨禧嬪張氏의 소생인 세자를 모해하였다는 혐의를 입어 서울로 잡혀가 심문을 받고, 1706년 제주로 옮겨졌다.

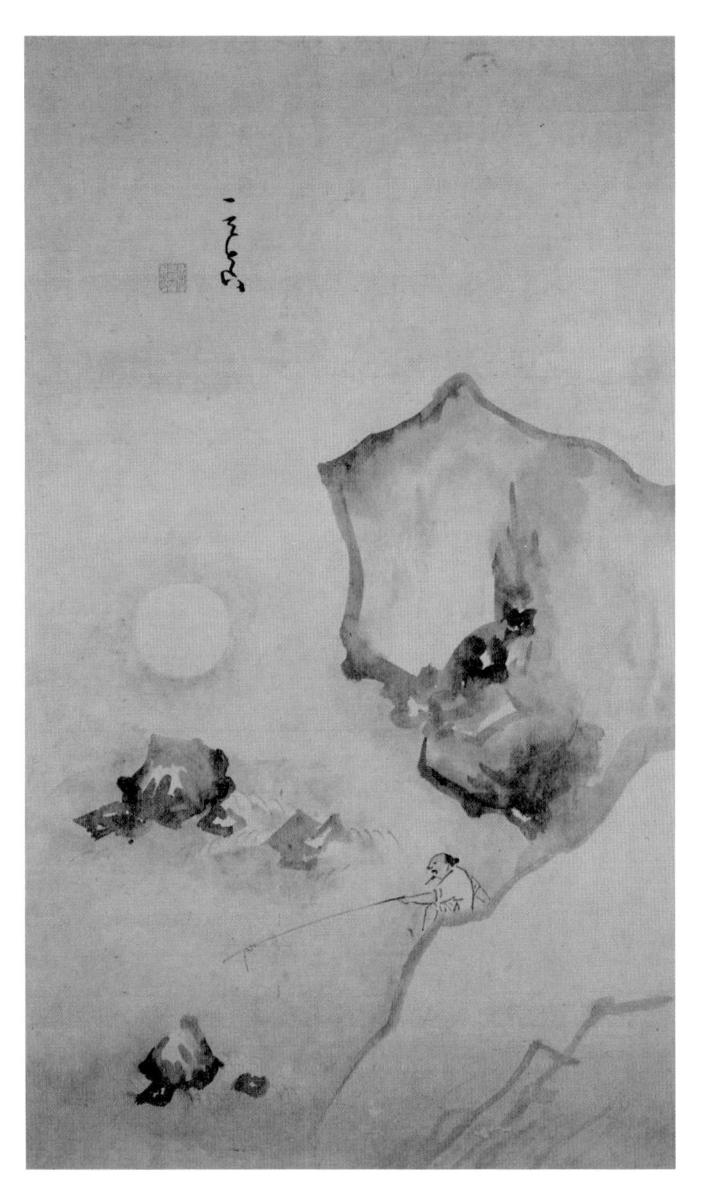

「조어도」, 현진, 조선, 국립중앙박물관 소장
시대나 성명 모두 알려지지 않은 화가이다.

태산의 호랑이는 공자가 말한 "가정맹어호苛政猛於虎"의 고사를 말한다. 가혹한 정치는 호랑이보다 더 무섭다는 것이다. 영주의 독사는 당나라 유종원의 「포사자설捕蛇者說」을 말한다. 영주에서 독사를 잡아 바치며 세금을 면제받는 땅꾼의 이야기이다. 태산에서 세금을 피해 살다가 호랑이에게 잡아먹힌 일가족의 비극과 영주에서 독사를 잡은 땅꾼의 삶보다 잠녀의 생애가 더욱 비참하다고 한탄한 것이다.

각도各道의 어호는 단지 수역水役에만 응하고 약간의 진상에도 또한 가격을 지급하는 때가 있습니다. 본도本島는 모두 다른 역을 겸했습니다. 섬 안의 풍속은 남자는 전복을 채취하지 않고, 단지 잠녀에게 책임을 맡겼습니다. 여인이 관역官役에 대답하는 것은 오직 홀로 본주本州만 그러합니다. 하물며 대정大靜과 정의旌義 두 관청은 목자(牧子, 나라의 말과 소를 치는 사람) 무리의 우두머리를 모두 여보女保로서 정급定給하고 있습니다. 이것으로써 추측하건대 경계境界를 상상할 수 있습니다. 남편은 포작(鮑作, 전복젓을 만드는 일)과 배를 운행하는 격군格軍 등 많은 고역苦役을 겸하고 있고, 처는 잠녀로서 1년 안에 진상할 미역과 전복을 마련하여 바칩니다. 그것이 고역인 것은 목자보다 열 배나 됩니다. 대략 1년의 통계로는 젓갈을 만들어 납품하는 가격은 스무 필疋 이하가 아니고, 잠녀가 납품하는 것이 또한 일고여덟 필에 이릅니다. 한집안 안의 부부가 납품하는 것은 거의 서른여 필에 이르게 되니, 포민(浦民, 갯가에 사는 백성)이 죽음에 저항하고 도피하려고 꾀하는 것은 형세가 참으로 그러한 바입니다. 중년中年 이상은 포작의 원래 숫자가 많게는 300여 명에 이르고, 혹은 옥에 갇히고 혹은 곤장을 맞아도 오히려 책임에 응할 수 있습니다. 지금은 단지 여든여덟 명인데 상을 당하거나 여러 탈을 당해도 또한 이 안에서 있지만 실제로 역에 응하는 것은 더욱 몹시 영성(零星, 보잘것 없음)합니다. 추복搥鰒 3900여 첩, 조복條鰒 260여 첩, 인복引鰒 1100여 첩, 회전복 3860여 첩, 도합 9100여 첩이고, 오적어 860여 첩, 분곽, 조곽早藿, 곽이藿耳 등의 역을 모두 여든 명이 책임지고 있습니다. 이는 땅에서 거두고 밭에서 수확하는 자가 아니면 어찌 지탱하여 감당할 수 있겠습니까? 뿌리를 붙이고 도망갈 수 없는 사람 이외에는 모두가 흩어져 도망쳤습니다. 본관 장사將士의 지공支供과 공사의 수응酬應에 대한 경영이 또한 이 숫자밖에 있습니다.

조정의 이목은 본래 멀리 미치지 못하고, 인품과 풍약豐約은 각자 본래 같지 않습니다. 세금을 거두어 모으는 많고 적음은 규검糾檢할 수 없습니다. 이로써 추측하건대 여든 명이 1년에 납품하는 것은 거의 만여 첩에 이릅니다. 만약 별도의 법식으로 변통하지 않는다면 이런 종류를 수년간 지탱하기는 아마 또한 어려울 것입니다. 귀로 듣고 눈으로 본 것이 놀랍고 가련합니다. 밤낮으로 생각하고 헤아려도 한 가지 좋은 계책이 없습니다. 그것을 지탱하여 감당하는 여부는 비록 논의할 겨를이 없지만, 막중한 진상은 결국 반드시 봉진하지 못하게 된 후에야 그치게 될 것입니다. 신하의 분수와 의리가 이에 이르니, 황송하고 민망함이 어떠하겠습니까?

인을 그치지 않게 하려면 한 가지 방도가 있습니다. 본도에서 회록會錄한 상평청常平廳 모전미耗田米 300석을 특별히 획급畫給해 준다면 삼읍三邑에서 납품하는 추복, 인복, 조복, 오적어는 이에 값을 지급하고 사들일 수 있습니다. 회전복, 분곽, 조곽, 곽이 따위는 나누어 정하여 받들어 올리게 하여서 조정의 진휼軫恤하는 뜻을 보여준다면 혹시 지탱할 수 있을 것입니다. 이것은 예에 따라서 마땅히 지급해야 할 일이 아니겠습니까? 관용官用을 금지할 수 없어서 이에 도리어 나라의 곡식을 얻기를 청하니, 신은 비록 우매하지만 어찌 황송하고 부끄럽지 않겠습니까? 그러나 형세가 어쩔 수 없는 바이며 힘이 미치지 못하는 바입니다. 천만번 생각하고 근심해도 단지 이러한 한 줄기 길이 있을 뿐입니다. 조정에 명하여 예例에 따라 처리하게 하심이 어떠하옵니까?

이형상, 『병와집(瓶窩集)』, 「제주민막상(濟州民瘼狀)」 중에서

조선 500년 동안 수많은 제주 목사가 있었지만, 그중에 세종 때의 기건(奇虔, ?~1460)과 이형상을 제주도에 가장 은혜를 끼친 목사로 기념하고 있다.

기건은 잠녀가 한겨울에 잠수하여 전복을 잡는 모습을 보고 평생 전복을 먹지 않았다고 하며, 제주도의 백성을 위해 많은 치적을 남겼다. 이형상도 제주도 백성을 위해 많은 인정을 베풀었다. 두 사람이 모두 청백리에 들어간 것은 당연한 일이었다.

1703년(숙종 29) 제주 목사였던 이형상의 위 상소문을 통하여 잠녀의 비참한 신분과 생활상을 알 수 있다.

추복은 망치로 두들겨 포처럼 만든 전복이고, 인복은 말린 전복을 길게 잡아 늘인 것이고, 조복은 가닥으로 만든 전복이다.

탐라의 여아는 수영을 잘하니 耽羅女兒能善泅
열 살에 이미 앞개울에서 수영을 배운다네 十歲已學前溪游

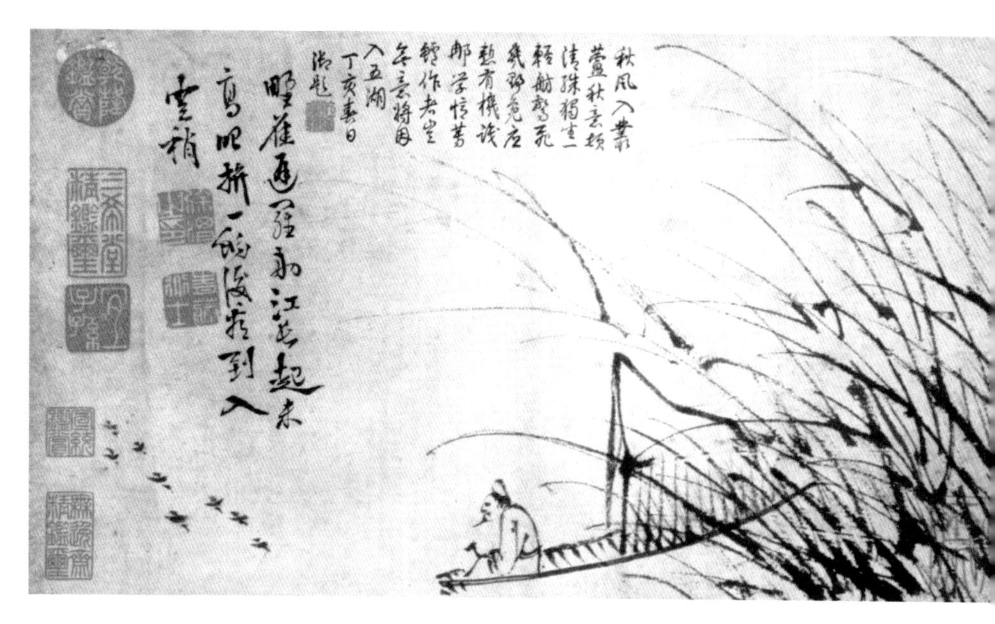

「조어도」, 서위, 중국 명나라

가을바람이 부는 갈대밭에서 어선을 타고 기러기들이 구름 끝으로 날아가는 것을 보고 있는 것을 그렸다.

토속이 혼인에서 잠녀를 중시하니　　土俗婚姻重潛女

부모는 의식 걱정이 없다고 자랑하네　　父母誇無衣食憂

나는 북쪽 사람이라 듣고도 믿지 못했는데　　我是北人聞不信

사명 받들고 지금 와서 남해를 돌아다녔네　　奉使今來南海遊

제주성 동쪽에 날씨 화창한데　　城東二月風日暄

집집의 아녀들이 물가로 나왔네　　家家兒女出水頭

호미 하나 다래끼 하나 뒤웅박 한 개 들고　　一鍬一笭一匏子

맨몸에 짧은 바지가 어찌 부끄러우리　　赤身小袴何曾羞

곧장 뛰어들며 깊고 푸른 물을 겁내지 않고　　直下不疑深靑水

분분히 낙엽처럼 허공에서 몸을 던지네　　紛紛風葉空中投

북쪽 사람은 놀라지만 남쪽 사람은 웃고　　北人駭然南人笑

물장구치며 서로 장난치며 물결에 몸을 싣네　　擊水相戱橫乘流

갑자기 오리 새끼처럼 잠수하여 사라진 곳엔　　忽學鳧雛沒無處

다만 뒤웅박만 두둥실 물 위에 떠 있네　　但見匏子輕輕水上浮

순식간에 푸른 파도 속에서 솟구쳐서　　斯須湧出碧波中

급히 뒤웅박 줄을 당겨 뒤웅박에 올라타고 머물며　　急引匏繩以腹留

일시에 길게 휘파람 불며 숨을 토해내니　　一時長嘯吐氣息

그 소리가 깊은 수궁까지 슬프게 진동하네　　其聲悲動水宮幽

인생의 생업이 어찌 반드시 이것뿐이겠는가　　人生爲業何須此

너희들은 이익을 탐하여 죽음까지 가볍게 여기는가　　爾獨貪利絶輕死

어찌 듣지 못했던가 육지에선 농사짓고 양잠하고 산에선 나물 캘 수 있는데　　豈不聞陸可農蠶山可採

세상의 험난한 것은 물속 같은 것이 없으리라　　世間極險無如水

능한 자는 백 자 깊이까지 들어가서 能者深入近百尺
종종 굶주린 상어의 먹이가 된다네 往往又遭飢鮫食
균역법 시행한 이후로 날마다 바치는 것 없어지고 自從均役罷日供
관리들이 돈을 주고 산다고 하지만 官吏雖云與錢覓
팔도의 진상품이 서울로 올라가니 八道進奉走京師
하루에 몇 바리의 생전복과 말린 전복이던가 一日幾駄生乾鰒
금관자 옥관자 고관의 주방과 金玉達官庖
비단옷 입은 공자의 식탁에 오르지만 綺羅公子席
어찌 그 고통의 유래를 알겠는가 豈知辛苦所從來
겨우 한 입 먹고는 상을 물린다네 纔經一嚼案已推
잠녀여 잠녀여 너희 즐거워 보이나 나는 슬프니 潛女潛女爾雖樂吾自哀
어찌 남의 생명을 가볍게 여겨 내 배를 채우랴 奈何戲人性命累吾口腹
아 나는 서생으로 해주 청어도 먹기 어려워서 嗟吾書生海州青魚亦難喫
아침저녁으로 염교 나물 하나로도 만족한다네 但得朝夕一韲足

조선 신광수(申光洙, 1712~1775), 『석북집(石北集)』, 「잠녀가(潛女歌)」

신광수는 1763년 사옹봉사를 지내고, 다음 해에 금부도사로 제주에 가서 45일간 머물면서 제주민의 고충과 풍물을 노래한 「탐라록耽羅錄」을 지었다. 위 시는 「탐라록」에 있는 것 중 한 편이다.

잠녀의 잠수하는 모습을 사실적으로 묘사하고 그 생애를 슬퍼했다. "너희는 이익을 탐하여 죽음까지 가볍게 여기는가"라고 했지만, 잠녀가 어찌 이익을 탐하여 목숨을 건 것이겠는가? 농사지을 땅이 없으니 부득이하여 물질할 수밖에 없을 뿐이다.

물고기 먹을 때 전복은 먹지 마오　食魚莫啖鰒
부인을 취할 땐 반드시 길쌈하는 여인이어야 하네　取婦須績纑
길쌈하면 죽어서 함께 묘지에 묻히지만　績纑死同穴
전복 먹으면 생선 배 속을 사모하게 된다네　啖鰒慕鮮腴
주살을 당겨 기러기를 쏘고　援繳亦射鴈
미끼 던져 농어를 낚을 수 있는데　投餌亦釣鱸
누가 물속 전복을　誰令水中鰒
진미라고 소반에 올리게 하는가　珍味充盤需
아 저 전복 따는 아낙은　噫彼採鰒女
생사를 순간에 부쳤네　生死寄斯須
처한 곳이 본래 갯벌이어서　處地本潟鹵
양잠과 농사는 생각할 수 없네　蠶穀非所圖
이름은 어부의 명부에 오르고　名參漁蠻籍
발은 교인의 거처를 밟는다네　足踏鮫人居
하얀 피부에 붉은 머리털은　霜膚赤髮髮
어찌 요괴나 역귀와 다를 것인가　何異魈與魖
구월과 시월 사이에　九月十月交
큰 물결이 밤낮이 없는데　驚浪無朝晡
모래밭 앞에 술동이 늘어놓고　沙頭列酒缸
배 속 덥히노라 먼저 한 병 마시네　煖腹先一壺
집채만 한 은빛 파도가 넘실대니　洶洶白銀屋
땅에 서 있어도 오히려 근심인데　立地猶愁予
사람을 저 물결로 들어가라 함은　教人到彼中

어찌 호랑이를 치는 어리석음이 아니겠는가	奚翅撲虎愚
아낙은 곧 돌아보며 미소 짓고	女乃顧之笑
기쁜 듯이 치마저고리를 벗네	怡肰脫裙襦
칼을 쥐고 팔뚝에 매달고	持刀綰手腕
줄을 끌어 몸에다 묶네	牽繩約身軀
먼저 줄을 끌고 물로 들어가서	先將繩抵水
커다란 통박을 물 위에 띄우고	拍浮三石瓢
마침내 몸이 따라가니	終乃以身隨
별안간 강 위의 오리와 같네	瞥若江中鳧
음침한 유리 빛 물이 푸르고	陰沈碧琉璃
밝고 명랑한 한 소리에 놀라네	晃朗驚一噓
용당과 자패궐은	龍堂紫貝闕
옛날에 듣고서 모두 거짓임을 알았네	曩聞皆知誣
해초는 바다의 문양인데	苔藻海之文
미끄럽게 예쁜 발등으로 올라오네	滑澾登姸跗
하늘대는 붉은 지느러미 물고기는	依依赤鬚鬐
머리에 부딪치자 놀라서 뛰어 달아나네	頭觸驚騰逋
푸른 구공려는	靑蒼九孔鼇
편편한 비탈 모퉁이에 납작하게 붙어 있네	匾貼盤陀隅
잠긴 몸은 가까운 앞을 조심하여도	潛身悄近蒔
바람 부는 물결은 드넓게 출렁대는데	風水浩自如
칼 빼어 들고 갑자기 잠수하여	挺刀卒肰下
한 번에 깎아내며 주저함이 없네	一斲無趑趄

「춘강수조도(春江垂釣圖)」,
황신(黃愼,1687~1770), 중국 청나라
자가 공수(恭壽), 호는 영표자(癭瓢子),
동해포의(東海布衣)이다. 청나라
양주팔괴 중의 한 사람이다. 그림은
봄 강에서 낚시를 드리우고 있는 것을
그렸다.

조금도 놀라 알아채지 못하게 하고	無令稍驚覺
가루로 부수어 떼어내지 않고	粉碎不脫除
둥글게 껍데기를 손에 쥐니	團團握中殼
어찌 호주의 진주일 뿐이겠는가	何但賈胡珠
물 밖으로 나갈 곳을 반드시 알아야 하니	要知出水處
물거품이 순간에 솟아나네	泡沫湧須臾
차츰 머리와 얼굴이 드러나니	稍稍頭容露
창백한 안색이 처참하네	慘慘顏色沮
휙 한 번 긴 숨을 쉬니	騞肰乃一喙
물고기 밥을 면했음을 알겠네	而今知免魚
불가에 모닥불을 피우고	爐中置炭火
이마에 땀이 나니 비로소 소생하였네	額泚方始蘇
조용히 치마끈을 정돈하고	從容整裙帶
차례로 갓난애를 챙기네	次第提乳雛
쓸쓸한 흰 띠집에는	蕭蕭白茅屋
우물가 절구에 석양이 흘러가네	井臼殘陽徂
남편이 쌀을 사서 돌아오니	夫壻糴米回
비로소 아침밥을 염려하네	始念晨饔餗
이웃 사람들 언덕 위에 모였는데	鄰人簇岸上
세금 독촉하러 관청 아전이 오네	督促來府胥
신선하고 기름진 전복과 미역 잎 회로 만든다고	鮮肌藿葉膾
급히 번갈아 관청 주방으로 보내네	急遞歸官廚
연이어 꿴 말린 전복은 누런 밀랍처럼 빛나는데	聯串黃蠟光

구해다가 서울 관리에게 보낸다네　乞與京官輸
하얀 석결명을　紛肽石決明
이 아낙은 술잔으로 사용한다네　是女當栝盂
대문 앞의 여인이 사랑스러우니　生憐對門女
수영을 잘하여 가마우지 무리 같은데　善泅烏鬼徒
피부 따뜻하여 한기를 느끼지 않고　肌溫不瀮痒
정력은 열여섯 살 때 같고　精力破瓜初
잠수는 스무 길까지 들어갈 수 있고　沒水二十丈
숨을 멈추고 한 식경 남짓 참을 수 있네　閉息飯頃餘
어려서 근심 하나 없으니　生小百無憂
구혼이 문전에 넘친다네　求婚溢門閭

이학규, 『낙하생집』, 「전복 따는 여자[採鰒女]」

이학규는 1801년(순조 1) 신유사옥 때 천주교도라는 의심을 받고 친척인 이승훈李承薰 등과 함께 투옥되었다. 전라도 능주綾州로 유배되었다가, 그해 10월 고종사촌인 황사영黃嗣永의 백서 사건으로 다시 국문을 받고 김해金海로 옮겨져서 24년 동안 귀양살이했다.

위 시는 경남 남해안에서 전복을 채취하는 여자를 읊은 것이다. 전복 따는 잠녀는 제주도 이외에 육지의 바닷가에도 있었다.

횡간도에서 전복 따는 아이　橫干島裏採鰒兒
노란 눈동자 붉은 머리털 그 모습 괴이해라　黃瞳赤髮形怪奇
헤엄치다 뒤집더니 두 발꿈치까지 잠기고　泅水飜倒雙踝沒

보이는 건 오직 일렁이는 초록 물결 只看綠浸生紋纈
잠시 후 천천히 파도 위로 머리 내밀더니 須臾冉冉出波頭
표주박에 엎드려 긴 숨 쉬고 다시 물로 들어가네 伏瓠長嘯還自投
어린애 땔감 하고 돌아와 뽕나무 아래 잠자니 小兒樵歸桑下睡
할미가 와서 두들겨 깨워 성내며 말하길 嫗來擊起生嗔恚
이웃집 계집아이 나이 겨우 열셋이나 隣家小嬌年十三
늘 포구에 다니며 물속 깊이 들어간다 常遊浦口能入深
너는 남자가 되어 저만도 못 하면서 爾獨爲男不如彼
언제나 뽕나무 아래서 꿈만 꾸는구나 長在桑下做夢裏
집안 살림 언제나 넉넉해질 것이냐 家業何時有饒餘
언제 어른이 되어 칭찬을 들을 것이냐 하네 何時成人聞稱譽
가련해라 누군들 자식 사랑하지 않겠는가만 可憐誰不愛其子
목숨 아낄 줄 모르고 이런 것을 가르쳐서 不愛性命而教此
그것을 얻어 생계 삼고 得此以爲生
그것을 자랑하며 영예로 삼다니 誇此以爲榮
머리 돌려 한 번 탄식하고 거듭 감개하노니 回頭一歎重感慨
세간의 수많은 부형들도 그 사랑을 잘못하여 世間多少父兄失其愛
부지런히 글 가르쳐 벼슬의 바다로 나가게 하네 勤教文字赴宦海

김윤식, 『운양집』, 「전복 따는 아이(採鰒兒)」

횡간도橫干島는 원래 전라도 순천부에 속하는 섬이었다. 지금은 제주도 추자면에 속한 섬이 되었다.

김윤식은 1880년 순천 부사에 임명되었다. 그동안 순천부의 금오도, 횡간도 등 여러 섬을 시찰했는데 당시 여수 일대의 섬들이었다.

열세 살의 어린 계집아이가 잠녀가 되어가는 과정을 읊은 것이다. 경상도와 전라도의 남해안에 제주도와 마찬가지로 조선시대 잠녀가 많았음을 알 수 있겠다.

전복은 불과 10여 년 전만 해도 서민은 쳐다볼 수도 없는 귀물이었다. 그러나 최근에 완도 등지에서 양식으로 대량생산을 할 수 있게 되었다. 공급이 확대되자 심지어 전복을 넣어 파는 라면집도 등장하게 되었으니, 이제 서민도 마음만 먹으면 전복을 맛볼 수 있는 세상이 된 것이다.

물고기 잡는 것을 구경하다觀打魚

오월 호수가 기름처럼 초록인데	五月湖水綠如油
물 밑을 내려다보니 물고기를 잡을 만하네	下見水底魚可求
남방의 잠수부는 물의 성질에 익숙하여	南方沒人慣水性
물속에서 나오고 물속으로 들어감이 갈매기와 같네	出水沒水如白鷗
한 번 잠수하면 작은 물고기를 잡고	一沒捉小魚
두 번 잠수하면 큰 물고기를 잡아내네	再沒攫大魚
큰 물고기 날뛰고 작은 물고기 화내며	大魚撥剌小魚怒
사람의 칼날 아래로 오려 하지 않네	不肯下就人刀鋸
흰빛 날리고 푸른 실 같은 회가 맛이 최고이니	雪飜青絲味無兩
사방 좌석에서 젓가락질하며 정이 호탕하네	四座落筯情浩蕩
풍악 소리 하늘에 울리고 저녁에 배를 돌리니	簫鼓轟天晚回船
화살처럼 빠르게 이미 강가 누대 앞에 정박했네	箭疾已迫江樓前
봉창에 기대 타어편을 읊으려 하니	倚蓬欲賦打魚篇
재능 짧아 몹시 소릉선에 부끄럽네	才短遠愧少陵仙

조선 유한준(兪漢雋, 1732~1811), 『자저(自著)』

●

자가 만청(曼倩)·여성(汝成), 호는 저암(著菴)·창애(蒼厓)이다. 형조참의를 지냈다.

몰인은 남자 잠수부를 말한다. 소릉선(少陵仙)은 당나라 두보이다. 두보의 시에 「관타어가(觀打魚歌)」와 「우관타어(又觀打魚)」가 있다.

투명한 물고기
뱅어

얼음 밑의 물고기

뱅어(학명 *Salangichthys microdon*)는 뱅엇과에 속하는 물고기로서 한자로 백어白魚라고 한다. 색이 희고 투명하기 때문이다. 길이는 10센티미터 정도이다. 몸체는 가늘면서 길고, 옆으로 납작하고, 머리는 상하로 납작하고, 아래턱이 튀어나와 있다. 암놈은 비늘이 없고, 수놈은 뒷지느러미 기저基底 위에 열여섯 개에서 열여덟 개의 큰 비늘이 한 줄로 늘어져 있다.

뱅어는 바닷가에 가까운 민물이나 기수 지역에 살며, 삼사월에 하천으로 올라와 산란한다. 뱅엇과의 어류는 붕통뱅어 · 도화뱅어 · 젓뱅어 · 실뱅어 · 국수뱅어 · 벚꽃뱅어 등이 있다.

우리 옛 문헌에는 백어라는 용어가 주로 사용되었다.

> 빙어(氷魚 뱅어) : 길이는 겨우 몇 마디이고, 비늘이 없고 온몸이 하얗게 빛난다. 다만 두 눈은 검은 점으로 구별할 수 있다. 그것이 오는 시기는 반드시 동지 전후이며, 얼음을 깨고 그물을 던져서 잡는다. 입춘 이후에는 색이 점차 파래지고, 나오는 것도 드물어진다. 얼음이 녹으면 볼 수 없으므로 이름을 빙어라고 한 것이다. 지금 세속에서 백어라고 하는 것은 그 색을 말한 것이다. 『화한삼재도회』에 "빙어는 가을에 와서 초겨울에 어량에 모이면 그물을 당겨 잡는다"라고 했다. 대개 일본의 시후는 우리나라보다 1~2개월 빠르기 때문이다. 또 일본 이름을 초록하여 빙어를 소鮹라고 했다. 그러나 자서字書를 찾아보니, 단지 소는 작은 물고기라고만 하고 형상을 분명히 말하지 않았으니, 과연 이 물고기인지 알 수 없다. 중국에도 이 물고기가 있는지 또한 알 수 없다. 우리나라에서는 한강에서 나오는 것이 가장 좋고, 장단長湍의 임진강과 평양의 대동강의 것이 그다음이다. 호서(湖西, 충청도)의 금강 상·하류와 호남의 함열咸悅 등지와 영남의 김해 등지에도 또한 있다.
>
> 서유구, 『전어지』 중에서

서유구가 말하는 빙어는 뱅어를 말한 것이고, 요즘 강원도 등지에서 얼음낚시 축제를 벌이는 피라미 비슷한 빙어(학명 *Hypomesus olidus*)와는 전혀 관계가 없다.

요즘 빙어라고 하는 것은 본래 바다와 강을 오가는 물고기인데, 1920년대에 함경남도 용흥강에서 나오는 것을 잡아다가 의림지義林池

뱅어 ⓒ 박현희
뱅어는 백어라고 표기하고, 또 빙어라고 한다. 한겨울 얼어붙은 강의 얼음 아래서 어획했다.

같은 저수지에서 육봉형 민물고기로 양식한 것이다. 『세종실록지리지』에 함경도의 정평도호부定平都護府와 고원군高原郡의 토산으로 실린 과어瓜魚가 요즘 빙어라고 부르는 물고기가 아닌가 추측할 뿐이다. 어쨌든 지금의 빙어는 옛 문헌에는 거의 언급되지 않았던 생소한 물고기였는데, 최근에 전국의 여러 저수지와 댐에서 식용어로 양식하여 자못 유명해진 것이다.

서유구는 조선과 일본에서 뱅어를 겨울에 잡는다고 했다. 또 뱅어의 산지로 전국 여러 곳을 언급했다.

허균의 「도문대작」에 "백어는 얼음이 얼었을 때 경강의 것이 가장 좋고, 임한林韓과 임피臨陂 지역은 정월과 이월에 잡은 것이 국수처럼 희고 가늘어서 먹으면 매우 좋다"라고 했다. 임한은 충청도, 임피는 전라도 군산 지역이다.

이규경의 『오주연문장전산고』에 "백어는 밤에 얼음 위에서 불을 밝히고, 얼음을 깨고 구멍을 만들어 견사망繭絲網을 던져서 잡는데, 밤새 그치지 않는다"라고 했다.

허균과 이규경의 언급에서도 뱅어는 겨울에 얼음 밑에서 잡는 것임을 알 수 있다.

남은 회가 변한 물고기

정약전은 중국 문헌에 나오는 회잔어鱠殘魚가 우리의 뱅어라고 했다. 회잔어는 회를 먹고 남은 물고기라는 의미이다.

회잔어(속명은 백어이다) : 모양은 젓가락 같고, 칠산 바다에 많이 있다(지금 보충한다). 살펴보니, 『박물지』에 "오왕 합려가 물고기 회를 먹고 남은 것을 물에 버렸는데 그것이 변하여 물고기가 되었다. 그 이름을 회잔鱠殘이라고 했는데, 곧 지금의 은어銀魚이다"라고 했다. 『본초강목』에는 일명 왕여어王餘魚라고 했다. 『역어류해譯語類解』에 면조어麵條魚라고 했는데, 그 모양이 비슷하기 때문이다. 이시진은 "혹은 또한 월왕이라고 적었는데, 보지 스님[僧寶志]을 언급한 것은 더욱 견강부회하여 변별할 수 없다"라고 했다. 또 말하기를 "큰 것은 길이가 네다섯 마디인데, 은처럼 결백하고, 비늘이 없는 것이 회를 쳐놓은 물고기 같다. 다만 눈에는 두 개의 흑점이 있다"라고 있다. 지금 백어라고 하는 것이 이것이다.

정약전, 『현산어보』 중에서

『역어류해』는 조선의 역관 신이행愼以行과 김경준金敬俊 등이 1690(숙종 16)년에 중국어에 한글 음音을 달아 편찬한 어학서語學書이다.

면조어는 국수 가닥 같은 물고기라는 뜻이다.

회잔어에 대한 중국 기록을 좀 더 살펴보면 다음과 같다.

회잔어 : 『태평광기』에 실린 『낙양가람기洛陽伽藍記』에 "보지 대사[釋寶誌]가 일찍이 대성에서 양무제梁武帝를 대하고 회를 먹었는데 다 먹고 나자, 무제가 말하기를 '짐朕은 맛을 모른 지 20년이오. 대사는 어떠하오?'라고 했다. 보지 공이 이에 작은 물고기를 토해내니, 살랑살랑 비늘과 꼬리를 흔들었다. 지금 말릉秣陵에 여전히 회잔어가 있다"라고 했

다. 내가 살펴보니, 월왕 구천이 회계를 지키면서 물고기를 잘라 회를 쳤는데, 오병吳兵이 왔다는 소식을 듣고 그 남은 것을 강에 버렸다. 그것이 변하여 물고기가 되었는데 여전히 회를 친 모양을 하고 있었다. 그래서 이름을 회잔어라고 했다. 또한 왕여어라고 한다. 이로써 회잔어를 알았는데 보지 공에서 비롯한 것이 아니다. 또 『박물지』에 "손권이 일찍이 강 위를 가다가 회를 먹었는데 남은 것을 중류에 버렸더니 변하여 물고기가 되었다. 지금 물고기 중에 여전히 이름이 오여회吳餘膾라는 것이 있는데 길이가 몇 마디이고, 큰 것은 젓가락 같고, 여전히 회를 친 모양과 비슷하다. 「오도부」에 '편즉왕여片則王餘'라고 했는데, 왕일王逸의 주에 '왕여어이다. 그 몸은 반쪽이다. 세속에서 말하기를, 월왕이 물고기를 회 쳤는데 다 먹지 못하고 그 반쪽을 버렸더니 물고기가 되었다고 한다. 끝내 그 반쪽이 없어서 왕여王餘라고 한다'라고 했다.

오증, 『능개재만록』 중에서

먹고 남은 회를 버린 주인공이 문헌마다 다름을 알 수 있다. 뱅어가 마치 회를 쳐낸 모양의 흰색 투명한 물고기라서 시대마다 그럴듯한 주인공을 내세워 제각기 다른 상상력을 발휘했던 것 같다.

소식하는 사람은 부엌이 정결하고 伊蒲人自潔齋厨
향반은 다년간 나물만 먹었는데 香飯多年啖野蔬
어찌하여 지공은 연설 아래서 何事誌公蓮舌底
거연히 회잔어를 토해냈던고 居然吐出鱠殘魚

청나라 진정경(陳廷敬, 1639~1710), 『오정문편(吾亭文編)』, 「금릉에서 여관 주인의 벽에 적고, 또 자취를 회고하며 열 수를 짓다[金陵留題逆旅主人壁兼詠懷古蹟十首]」

지공誌公은 보지寶誌 대사이다. 향반香飯은 승려가 먹는 밥을 말하는 것이고, 연설蓮舌은 승려의 혀를 말한다.

금릉金陵은 남조 양梁나라의 서울로 보지 대사가 양무제와 회를 먹고 토해냈던 곳이다. 양무제는 불교에 관심이 많아서 일찍이 달마 대사와 토론을 벌였던 인물이다.

그런데 회잔어라는 용어는 정약전의 언급 이외에는 우리 문헌에 전혀 나오지 않은 말이었다.

뱅어포의 정체

뱅어포는 실 같이 가늘고 작은 어린 물고기 새끼를 삶아서 김처럼 엷게 붙여서 말린 것이다. 뱅어포를 만드는 치어는 살아 있을 때는 온몸이 투명하고 눈동자만 까만 점으로 박혀 있다. 삶아서 말리면 하얗게 변한다.

옛날에도 뱅어포는 인기 있는 반찬이며 술안주였다.

백어포白魚脯는 바다 안에서 나오는 세백어細白魚를 찧어서 즙을 만들어 섞어서 고르게 펴고, 납작한 조각을 종이처럼 한 장 크기로 만든다. 펴서 말린 후 큰 상 위에 펼쳐놓고 미끄럽고 둥근 돌 머리를 싸서 여러 번 굴리면 완연히 우포牛脯와 같게 되는데, 칼로 그 사방을 가지런히 정돈하면 육포의 모양과 똑같이 된다. 첩으로 만들어 사용한다. 우리나라

「어주도」, 정선, 조선, 국립중앙박물관 소장

에서는 우포 10조條를 1첩이라 한다. 호남의 수재(守宰, 수령)와 이교(吏校, 서리와 군교軍校)는 항상 이 포로써 서울의 귀한 자에게 보낸다. 호서의 내포內浦, 예산禮山, 덕산德山의 장시場市에 백어건편白魚乾片이 나온다. 둥글고 손바닥만큼 큰 것을 파는데, 서울 사람들이 사다가 친한 사람에게 선물로 준다. 기름장을 발라서 구우면 안주와 반찬이 될 수 있다. 내가 생각건대 경강의 백어는 동지섣달에 나와서 정월에 이르고, 호서 연해의 바닷가 서천, 한산, 비인庇仁, 남포 등 군과 현縣에는 사월 사이에 처음 나오고 보리가 노랗게 익을 때 이르러 가장 왕성하다. 2~3문에 한 바리[盂]를 살 수 있는데 모두 소백어小白魚이다. 갈아 부수어 즙을 만들고 백어를 섞어서 햇볕에 건조한 후에 돌 머리를 굴려 눌러서 조각을 만들면 또한 완성할 수 있다. 경강의 백어는 값이 치솟아서 포로 만들기 어렵다. 호서 연해 바닷가의 백어를 잡는 곳에서는 포로 만들기가 매우 쉽다.

일찍이 호서의 한산과 서천 양 군에서 망조어望潮魚를 1문에 40~50수首를 팔았는데 생것과 익힌 것 모두 끈끈하다. 생것은 두들겨 부수어 즙으로 만들고 망조어 몇 수를 섞어서 햇볕에 말린 후 미끄럽고 무거운 돌로 여러 번 힘껏 굴리면 절로 압축하여 한 조각을 이룰 수 있는데 포를 만들어 첩으로 이루면 백어포와 똑같이 된다. 목첨木簽으로 꿴 건골독이乾骨篤伊와 더불어 좋다. 망조어는 속명이 골독이骨篤伊이니, 망조포望潮脯라고 개칭한다면 어찌 건골독이보다 낫지 않겠는가?

이규경, 『오주연문장전산고』, 「산구준여변증설(山臞餕餘辨證說)」 중에서

백어포는 뱅어포이다. 이 백어포를 만드는 재료는 바다에서 나오

는 작은 백어인 세백어라고 했다. 그런데 그 만드는 방법이 지금과는 다른 것 같다. 생백어를 완전히 찧어 짓이겨서 포를 만들어 햇볕에 말린 후 다시 둥근 돌을 굴려 납작하게 만드는 것이다.

이 백어포는 서울의 고관들에게 인기가 있었던 것 같다. 지방 수령과 아전이나 군교 들이 서울의 고관들에게 뇌물로 바쳤다.

백어포의 산지는 주로 전라도와 충청도였다. 충청도에서는 또한 백어포 이외에도 망조어라고 불린 꼴뚜기를 포로 만들었던 것 같다.

그런데 이규경이 말하는 세백어와 소백어가 과연 뱅어인지 의심스럽다. 지금 충청도 당진과 태안 등지에서 생산하는 뱅어포는 전국적으로 유명하다. 이 뱅어포를 만드는 치어를 실치라고 한다. 그러나 이 실치는 사실 뱅어의 치어가 아니고 베도라치(학명 *Pholis nebulosus*)의 새끼이다. 베도라치는 모양이 미꾸라지와 비슷하며 그 종류가 많다.

한 겨울철에 얼음이 언 강에서 생산되는 뱅어와 달리 바다에서 사월에 잡는 세백어와 소백어는 베도라치의 새끼인 실치일 가능성이 크다고 여겨진다. 사실 뱅어포를 만드는 실치가 베도라치 치어라는 것이 알려진 것도 불과 최근의 일이다.

뱅어 시

백어白魚는 우리말 뱅어를 발음이 비슷한 한자를 빌어다가 표기한 것이다. 중국인은 뱅어를 백어로 표기한 적이 없다. 그러므로 중국의 옛 문헌에 나오는 백어는 우리의 뱅어와 전혀 관련이 없다.

주나라 무왕의 배 안으로 일찍이 뛰어들었는데　　周武舟中曾躍人
언제 대동강 물가로 왔던가　　幾時來到大同湄
벗이 정답게 보내주어 풍미를 맛보니　　故人情餉知風味
선가에서 육지를 굽는 것을 부러워하지 않네　　不羨仙家煮肉芝

조태억, 『겸재집』, 「전적 이시항이 기성의 백어를 보내주고 겸하여 절구 한 수를 보내어 즉시 그 운에 따라 시를 지어 사례하다[李典籍時恒餉箕城白魚, 兼示一絶, 依韵卽謝]」

시의 첫 구절은 주周나라 무왕武王의 고사를 사용한 것이다.

무왕이 주紂를 정벌하려고 맹진孟津을 건널 때 중류에서 백어가 왕의 배로 뛰어들었다. 왕이 몸을 굽혀 물고기를 잡았는데 길이가 석 자이고, 눈 아래 붉은 문양이 있어서 글자를 이루고 있었다. 주를 정벌할 수 있다고 말하고, 왕이 세世 자를 쓰자 물고기 문양이 사라졌다. 물고기를 구워 하늘에 고하니, 불덩이가 하늘로부터 내려와서 왕의 지붕에서 멈추었다. 다시 흘러가서 붉은 까마귀[赤烏]가 되었는데, 까마귀는 곡식을 물고 있었다. 곡식은 후직后稷의 덕을 기념하는 것이고, 불은 물고기를 구워서 하늘에 고한 데 하늘이 불을 아래로 흘려보내어 상서로움으로 응한 것이다. 마침내 동쪽으로 주를 정벌하고 목야牧野에서 승리했다. 군대가 칼날에 피 칠을 하지 않고 천하가 귀순했다.

명나라 진요문(陳耀文), 『천중기(天中記)』 중에서

무왕의 배 안으로 뛰어든 백어는 물론 뱅어가 아니다. 그 물고기의 정체는 알 수 없다. 조태억도 무왕의 백어가 대동강의 뱅어가 아님을 알았을 것이다. 그런데 여기에 언급한 것은 단지 시인의 익살이었을 것이다.

육지肉芝는 먹으면 불로장생한다는 버섯의 일종이다.

희고 흰 물고기의 맛이 절로 뛰어나니	白白江魚味自長
물고기 중에서 이것이 왕임을 깨닫네	知於鱗族是爲王
부쳐오니 인정 어린 마음에 몹시 감사하여	寄來偏感恩情重
언 붓을 입김으로 녹여 짧은 시로 화답하네	凍筆呵來和短章
구리 쟁반에 옥 가지가 빼어남을 기쁘게 보는데	銅盤喜見玉樣長
미나리 햇볕 같은 정성을 왕에게 올리고 싶네	芹曝忱誠欲獻王
국을 끓이고 회를 치게 하니	喚作燖羹兼作膾
쇠한 창자를 보하여 문장을 돕게 하네	衰腸能補助文章

서거정, 『사가집』, 「칠휴가 백어를 보내주어 사례하다[謝七休寄白魚]」

칠휴七休는 손순효(孫舜孝, 1427~1497)의 호인 칠휴거사七休居士이다. 손순효가 백어를 보내주어 답례한 시이다.

조선 초에 이미 뱅어는 선물로 주고받을 만한 진미의 물고기였다. 서거정은 뱅어를 물고기의 왕이며, 임금에게 올리고 싶은 진미라고 했다.

미나리와 햇빛은 옛 고사를 취한 것이다. 『열자列子』 「양주楊朱」에 "어떤 사람이 미나리[芹]를 먹어 보고 맛이 좋다 하여 고을에 사는 부호富豪에게 바쳤더니, 부호가 먹어 보고 맛없다고 비웃었다"라고 했다. 또 "송나라의 농부가 추운 겨울에 햇볕이 몸을 쪼여서 따뜻함을 신기하게 여겨 그의 아내에게, '이 좋은 것을 아무도 모르니, 임금께 바치면 반드시 중한 상을 받으리라'라고 말했다"라는 고사가 있다.

희고 흰 물고기가 아름다운데	白白江魚美
바구니 열고 기쁨을 참을 수 없네	開籃喜不禁
나란한 머리는 옥젓가락처럼 가지런하고	騈頭齊玉箸
모인 꼬리는 은비녀를 묶은 듯하네	簇尾束銀簪
다만 소반의 안주를 다 먹은 것만 알고	但覺盤飧盡
어찌 술잔이 깊은 것을 근심하랴	寧愁酒斝深
만 전으로 한 끼 식사를 차렸는데	萬錢供一食
영고숙은 또한 무슨 마음이었던가	穎考亦何心

이승소, 『삼탄집』, 「백어를 먹다〔食白魚〕」

진나라 때의 정승인 하증何曾은 사치가 극에 달하여, 한 끼 식사에 만 전을 들여서 음식을 장만해도 먹을 만한 것이 없다고 한탄했다고 한다.

영고숙穎考叔은 춘추시대 정鄭나라 영곡穎谷의 봉인封人이다. 당시에 정 장공鄭莊公이 아우 숙단叔段의 반란과 관련하여 친어머니인 강씨姜氏를 유폐했는데, 영고숙이 장공이 내려준 고기를 어머니를 생각해 먹지 않자, 마침내 영고숙의 행실에 감동하여 정상적인 모자 관계를 회복했다고 한다.

이 물고기는 배에 뛰어든 나머지가 아닌데	此魚非是入船餘

어느 곳 언 물가에서 그물로 잡았는가	何處氷汀擧網魚
오늘 아침 칼 퉁김을 끝냄을 도리어 기뻐하니	却喜今朝彈鋏罷
부드러운 살은 성근 이빨에 적당하네	軟肌能合齒根疏

조선 심의(沈義, 1475~?), 『대관재난고(大觀齋亂稿)』, 「창방이 백어를 보내주어 사례하다〔謝昌邦惠白魚〕」

시의 첫 구절은 무왕의 배 안으로 뛰어든 백어 고사를 취한 것이다. 셋째 구절은 전국시대 제나라 풍환馮驩의 고사를 취한 것이다. 풍환은 맹상군孟嘗君의 문객이 되었을 때, 좌우가 그를 천시하여 음식을 소홀하게 제공하자, 기둥에 기대어 손으로 검을 치면서 노래하기를 "장협아, 돌아가야겠다. 먹자 해도 물고기가 없구나"라고 했다고 한다.

백소가 추위 타고 물 가득히 생겨나서	白小乘寒滿水生
얼음 부수고 그물로 막으니 금방 가득 차네	剖氷遮網忽來盈
꺼내어 가는 꼬리 잘라내니 은실이 어지럽고	出分細尾銀絲亂
얼어붙은 두툼한 살과 옥빛 근육 투명하네	凍合豐肌玉筋明
색이 비치는 꽃그릇에 흰 눈이 엉겼고	色映花磁凝素雪
부드럽게 삼키는 치아엔 새로 삶은 맛이네	軟呑牙齒味新烹
잔치 자리 부잣집에서 다투어 가져가니	華筵甲第爭相致
이 물고기 비록 작지만 값은 싸지 않다네	此物雖微價不輕

성현, 『허백당집』, 「백어. 곧 두보의 시에서 이른바 백소이다. 지금 사람들은 면조어라고 부른다〔白魚. 卽杜詩所謂白小. 今人謂之麪條魚〕」

백소白小는 뱅어이다.

얼음을 깨고 그물로 잡아낸 뱅어는 은실처럼 어지럽고 옥빛으로 투명하다. 꽃문양이 있는 사기그릇에 담아놓으니 흰 눈이 엉킨 듯하고, 그 식감은 부드럽고 맛이 좋다. 부잣집에서 다투어 사가니 값이 싸지 않다.

성현이 언급한 두보의 시는 아래와 같다.

백소의 무리가 천명을 나누어　　白小羣分命
천연스럽게 두 마디 물고기이네　　天然二寸魚
작은 물고기에 은택을 미치니　　細微霑水族
풍속이 채소를 대신하네　　風俗當園蔬
시장에 들어가니 은화가 어지럽고　　入肆銀花亂
상자를 기울이니 설편이 공허하네　　傾箱雪片虛
생성된 알조차 주으니　　生成猶拾卵
모조리 잡는 뜻은 무엇인가　　盡取義何如

두보, 『두공부시집(杜工部詩集)』, 「백소(白小)」

이 시의 주석에 "백소는 지금의 면조어이다"라고 했다. 면조어는 뱅어의 별칭이다.

중국에서는 뱅어를 은어銀魚로 표기하고, 그 속칭 및 별칭으로 면조어, 빙어氷魚, 파리어玻璃魚, 왕여王餘, 합잔어蛤殘魚, 은조어銀條魚 등을 인정한다.

명나라 때 태호 은어는 송강 농어, 황하 잉어, 장강 시어와 함께 중국의 사대명어四大名魚로 꼽혔다고 한다.

위 두보의 시에서 은색 꽃과 눈송이이라 한 것은 투명한 뱅어를 묘사한 말이다.

긴 강 얼어붙어 물고기잡이 끊겼는데 長江凍合斷叉漁
얼음 아래 옥어가 있는 줄 누가 알았는가 氷下誰知有玉魚
맛 좋은 음식으로 이제 부모를 공양할 수 없는데 甘旨奉親今不得
새 음식 맛보니 눈물이 옷자락 적심을 몹시 깨닫네 嘗新偏覺波沾裾

이정암, 『사류재집』, 「겨울 백어(凍白魚)」

뱅어는 한겨울에 얼음을 깨고 잡는 물고기이다. 얼음 밑에서 잡은 투명한 뱅어는 옥어玉魚라고 부를 만하다. 맛있는 뱅어를 대하니 돌아가신 부모 생각이 간절하다.

삼여를 보낼 만한데 可以度三餘
눈 덮인 언덕엔 붉은 해오라기 날고 雪岸飛朱鷺
얼음 언 깊은 물엔 백어가 모였네 氷潭聚白魚
조용히 연객의 그림을 평가하고 靜評煙客畫
한가히 표암의 글씨를 비평하네 閑批豹菴書
돌아다녀도 전혀 피곤하지 않으니 旅游殊未倦
맑고 외진 것이 내 집보다 낫네 淸僻勝吾廬

정약용, 『여유당전서』, 「겨울날에 권순의 백수정에서 제공과 함께 모이다(冬日權純百水亭, 同諸公集)」

작가의 설명에 "이때 사륙문四六文을 지었다. 정자는 마포에 있고, 십이월이었다"라고 했다.

삼여三餘는 책을 읽기에 알맞은 세 가지 여가로 곧 겨울과 밤과 비가 올 때를 말한다. 연객煙客은 영조 때 시서화의 삼절三絶로 이름났던 허필許佖의 호이다. 표암豹菴은 당시에 시서화의 삼절로 명성이 있었던 강세황姜世晃의 호이다.

그때는 십이월에 얼어붙은 마포의 한강에 뱅어가 모여들었다. 지금은 마포의 한강에서 뱅어를 볼 수 없다. 한강 곳곳에서 다시 뱅어를 볼 날이 언제일까? 그런 날이 오기는 올 것인가?

십팔일 밤에 물고기 잡는 것을 구경하다 十八日夜見叉魚

병풍산 앞에 좋은 물고기 굴이 있어	屛風山前嘉魚穴
날 저물어 첨벙이며 물고기들 노니네	日暮瀺灂衆魚游
태수는 물고기 구경하며 마음 절로 한가한데	太守觀魚心自閑
어부는 도리어 부엌 음식을 위해 도모하네	漁人却爲廚具謀
어젯밤 달 밝아 물고기를 잡지 못했는데	昨夜月明未叉魚
오늘 밤은 바람 고요해 물고기를 잡을 수 있네	今夜風靜魚可求
횃불로 강 비추니 군재가 붉고	爇火照江郡齋紅
안개 속 배가 별주를 지나감을 알겠네	知是煙艇過別洲
눈앞의 물고기 잡는 것 많은 데 있지 않으니	眼前得魚不在多
놀란 물고기 암굴로 다 도망가지 않게 하오	莫窮驚鱗竄巖幽
금 연주 끝낸 높은 누대에 물고기가 쟁반에 있으니	高軒琴罷魚在盤
등불 앞 발랄했던 물고기가 하얗게 회 쳐져 머물렀네	潑剌燈前片雪留
그대 보지 못했는가 썩고 비린 것을 쪼고 삼키는 것이 서울에 가득한데	君不見啄腐呑腥滿京華
이 중에서 물고기 맛을 아는 이가 있는가	此中魚味有知不

조선 김창흡(金昌翕, 1653~1722), 『삼연집(三淵集)』

●

자가 자익(子益), 호는 삼연(三淵)이다. 평생 벼슬에 나가지 않고 학문과 시문에 전념했다. 형 김창협(金昌協)과 함께 당시 학문과 시문으로 명성을 떨쳤다.

바다의 카멜레온 문어

머리에 발 달린 물고기

문어는 일찍부터 우리의 중요한 식용 어류였다. 문어가 많이 생산되는 동해안을 끼고 있는 지역에는 경조사에 반드시 문어를 올리는 곳이 많다. 안동이나 영주 같은 깊은 내륙에 큰 문어 시장이 있는 것은 경조사에 반드시 문어를 올리는 풍속 때문이다.

나라에서도 문어의 수요가 많아서 일찍부터 중요한 공물이었다. 『신증동국여지승람』에는 문어의 특산지로 남해와 서해의 여러 지역을 기록해놓고 있다.

문어는 두족류頭足類에 속하는 대표적인 물고기이다. 두족류는 오징어, 한치, 꼴뚜기, 주꾸미처럼 머리에 발이 붙어 있는 물고기이다. 그러나 그 머리는 사실 내장이 들어 있는 몸통이며 머리가 아니다. 그러니 문어는 다른 물고기와 달리 내장이 들어 있는 몸통 아래에 눈과 입이 있고, 그 아래에 다리가 붙어 있는 괴이한 모습인 것이다. 이 괴이한 모습은 인류에게 괴물을 연상하고, 또 화성인 같은 외계인을 상상하게 했다.

문어는 뼈가 없는 연체동물인데 그 지능이 자못 높다고 알려졌다. 또한, 그 피부 세포는 주위 환경과 같은 색으로 순식간에 변화하는 능력이 탁월하다. 그 변색의 재간은 육지의 카멜레온과 솜씨를 겨룰 만하다.

장어(章魚, 속명은 문어이다) : 큰 것은 길이가 일고여덟 자이고(동북해에서 산출되는 것은 간혹 길이가 두 길 남짓이다), 머리는 둥글고, 머리 아래는 견갑(肩胛, 어깨) 같은데 여덟 갈래의 긴 발이 나와 있다. 발 아래 한쪽에는 국화 같은 둥근 꽃[圓花, 빨판)이 서로 마주하고 늘어져 있는데 곧 다른 물건에 흡착하는 것이다. 일단 흡착하면 그 몸이 끊어질지언정 떨어지려고 하지 않는다. 항상 바위 굴에 잠복해 있고 갈 때는 그 빨판을 이용한다. 여덟 개 발로 둘러싸인 가운데에 한 구멍이 있는데 곧 그 입이다. 입은 매의 부리 같은 두 개의 이빨로 되어 있는데 매우 단단하다. 물에서 나와도 죽지 않는데 그 이빨을 뽑아버리면 주시 죽는디. 배 속 내장은 도리어 머리 안에 있고, 눈은 그 목에 있다. 그 색은 홍백색인데 그 피막(皮膜, 껍질)을 벗기면 눈처럼 하얗다. 빨판은 정홍正紅색이고 맛은 복어(전복)처럼 달고, 회를 쳐도 좋고 말려도 좋다. 배 속에 물체가 있어서 세속에서 온돌溫突이라 부르는데 종기를 고칠 수 있고, 물에 갈아서 단독(丹毒, 피부가 상한 곳으로 세균이 들어가서 붓거나 쑤시고 아픈 전염병)에 바르면 신통한 효험이 있다. 『본초강목』에 "장어는 일명 장거어章擧魚, 희어傼魚이다"라고 하고, 이시진은 "남해에서 나오고, 모양은 오적(오징어)과 같으나 더욱 크고, 8족足이 있는 몸 위에 살로 붙어 있다"라고 하고, 한퇴지韓退之가 이른바 "장거章擧와 마갑주馬甲柱는 다투어 괴이함으로써 스스로 드러냈네"라고 한 것은 모두 지금의 문어이다. 또 『영남지嶺南志』에 "장화어章花魚는 조주趙州에서 산출되는데 여덟 개 발이 있는 몸에는 눈 같은 살이 있다"라고 했다. 『자휘보字彙補』에 "『민서閩書』에 '장어鱆魚는 일명 망조어이다' 했다"라고 했는데 또한 모두 이 물고기이다. 우리나라에서는 팔초어八梢魚라고 부른다. 동월의 『조선부朝鮮賦』에 "물고기로는 금문錦紋, 태항鮐項, 중순重脣, 팔초八梢 등이 있다"라고 했는데, 그 자주에 "팔초는 강절江浙 지역의 망조望潮인데 맛은 그다지 좋지 않다. 큰 것은 길이가 네다섯 자이다"라고 했다. 『동의보감』에는 "팔초어는 맛이 달고 독이 없으며, 몸에는 여덟 가닥의 긴 발이 있고, 비늘이 없고 뼈가 없다. 또 이름이 팔대어八帶魚인데 동북해에서 산출되고 속명을 문어라고 한 것이 바로 이 물고기이다"라고 했다.

정약전, 『현산어보』 중에서

장어章魚, 장거어, 희어, 장화어, 장어鱆魚, 망조어 등은 모두 문어를 지칭하는 중국의 한자어이고, 문어, 팔초어, 팔대어 등은 우리가 사용했던 용어이다.

한퇴지는 당나라 한유인데 여기에 인용한 것은 「처음 남쪽에서 식사하고, 원십팔 협률에게 주다[初南食, 貽元十八協律]」라는 시의 구절이다.

마갑주는 강요주江瑤柱로 조개의 관자를 말린 것이다.

허준의 『동의보감』에서 말한 동북해는 동해 북쪽인 함경도 지역을 말한다. 조선시대 문어 생산지로 유명했던 곳이다.

조선의 특산물

중국의 옛 문헌에도 문어를 다룬 기사가 적지 않다.

> 『우항잡록』에 "바닷가의 물고기 중에 괴이한 것은 이름이 장거章巨인데 큰 것은 석거石拒라고 부른다. 바위 굴에 살면서 사람이 잡으려고 하면 발을 바위에 붙이고 사람에게 저항하므로 그렇게 이름 지은 것이다. 모양은 산대(算袋, 산통)와 같고, 여덟 개 발에 길이가 두세 자이고, 발 위에 못대가리 같은 것이 울퉁불퉁하게 다닥다닥 붙어 있는데 각 못대가리에는 구멍이 있다. 죽은 생물처럼 바다에 뜨거나 모래 속에 있다가 까마귀가 쪼려고 하면 즉시 발로 감아서 물속으로 들어간다. 그리고 발의 못대가리를 붙이고 빨아 먹어서 배를 불린다. 그중 작은 것은 이름이 장거章舉이고, 또 장어章魚라고 한다. 별도의 한 종류가 바다 진흙 속에서 사는데 이름이 망조이고, 몸은 한두 치이고 발은 그 두 배이다. 토착민은 도희塗蟢라고 부른다. 또 한 종은 발이 짧고 못대가리가 없는데 이름이 쇄관鏁管이고 영태寧台와 온주에 모두 있다. 그 이름이 장거인 것은 강동의 자제子弟들이 부른 바이다. 항우項羽가 강동의 병졸을 이끌고 진秦나라와 전쟁할 때 진나라 장수 장한章邯이 항거했으나, 마침내 항우에게 항복했으므로 강동에서 이 생물을 장거章拒라고 부른

「어주도」, 서위, 중국 명나라

어선이 갈대밭을 부수는 것을 그렸다.

것이다. 사람이 비겁하여서 용감하다는 명성을 저버린 자를 또한 장거章巨라고 부른다"라고 했다.

『어서漁書』에 "망조는 지방민[里人]들이 장어章魚라고 부르는데 바다 펄[海泥] 안에서 산다. 조수가 이르면 굴에서 나오는데 잡아서 먹는다. 그래서 이름으로 삼았다. 비늘이 없고 껍데기[介]도 없이 몸만 있고 뼈는 없다. 발은 여덟이고 그 포대[帶]도 없다. 배에 입을 감추고 머리를 내장으로 삼았는데 그 안에 먹물이 있으니 대개 모두 묵어(오징어)의 일파一派인데 모양만 다를 뿐이다. 그 머리는 승려와 같은데 양옆에 귀가 없으며 발 안의 살이 절로 원을 이루고 줄줄이 늘어져 문장[章]이 있다. 이것이 장어라는 이름이 붙어진 유래이다. 또한, 발이 무더기로 괴이하므로 나어癩魚라고 부른다. 모두 여러 종이 있는데 명칭은 장각이長脚蛸, 후수候水 등이 있고, 모두 가을과 겨울에 이르러 살이 오른다. 모양은 장어와 서로 같으나, 장어는 참으로 별도의 일종이다. 그중 가장 작은 것은 머리가 탄환처럼 둥글고, 옆에 두 귀가 있고, 크기는 한 치가 되지 못하고, 이름은 호니胡泥라고 하고, 봄에 태어난다. 가장 큰 것은 석거石巨인데 바위틈에서 살고, 머리가 됫박만큼 크고, 발은 수 자로 길고, 무게는 십수 근이 된다. 바닷가 사람들이 작은 돼지를 데리고 물가에서 놀면 잚어지고 가버리는 것이 많다. 속담에 '석거가 돼지를 감다가 도리어 돼지에게 감김을 당한다'라고 하는데, 또한 그 크기를 과장되게 말한 것일 뿐이다"라고 했다.

호세안, 『이어도찬전』 중에서

호세안의 『이어도찬전』은 명나라 양신의 『이어도찬異魚圖贊』에 주석을 붙인 책이다. 호세안와 양신의 이 책은 조선인도 많이 보았다.

『우항잡록』은 명나라 풍시가가 지은 것인데 역시 조선인이 애독했던 서적이다. 이덕무는 「우항잡록어명雨航雜錄魚名」이란 글에서 "석거石拒는 우리나라에서 이르는 문어이고, 장거章擧는 곧 낙제(絡蹄, 낙지)이며, 망조는 곧 골독(骨篤, 꼴뚜기)이다"라고 했다.

중국의 문어 산지는 남방의 바다였으므로 북방의 지식인에게 그다지 알려진 물고기가 아니었다. 앞에서 언급한 당나라 한유도 광동성 조주(趙州, 자오저우)로 귀양 갔을 때 처음 문어를 보고 괴이하다고 했다.

중국 지식인은 오히려 한반도의 문어를 통하여 그 존재를 알았던 것 같다. 북송의 승려 찬녕贊寧의 『물류상감지物類相感志』에 "산동의 등주와 내주에서는 이름이 팔대어이고, 금주위金州衛에서는 고려의 명칭인 팔초어라고 한다"라고 했다. 산동의 등주와 내주, 그리고 발해의 금주위는 역대에 걸쳐 한반도와 교류하는 해상 교통의 요지였다.

청나라 건륭 때 편찬된 『흠정속통지欽定續通志』에 "팔초어는 길이가 네다섯 자이고, 머리가 하나이고 몸이 여덟인데 조선에서 나온다. 『사물감주事物紺珠』에 보인다"라고 했다. 그러니 팔초어와 팔대이는 한반도에서 건너간 이름인 것이다.

한반도의 문어가 중국에 전해진 것은 오래전이었다. 한치윤의 『해동역사』에 "당나라 개원 26년(738, 문왕 2)에 발해에서 마른 문어 100구口를 바쳤다"라고 했다.

특히 조선 초에는 명나라 황제의 요청으로 문어를 끊임없이 보내야 했다.

「강인야박도(江岸夜拍圖)」, 김홍도, 조선, 개인 소장
밤에 강가에서 어선을 정박한 것을 그렸다.

진응사進鷹使 이징규李澄珪가 빠진 사목을 보내어 말하기를 "윤봉이 성지를 전하며 이르기를 '큰 문어를 좋아하니 모름지기 속히 진헌하라'라고 했습니다"라고 하니, 즉시 함길도 · 강원도 관찰사에게 유시하여 빨리 500마리를 갖춰 보내도록 했다.

세조 4년 무인(1458, 천순 2) 윤2월 10일(무진)

성지聖旨에 이르기를 "해청(海靑, 해동청, 매의 일종)은 몸이 크고 작거나 수가 많고 적은 데에 구애하지 말고 즉시 바쳐 오도록 하라. 황응(黃鷹, 매의 일종)은 큰 것을 찾아서 바쳐 오도록 하고, 백응(白鷹, 매의 일종)은 몸체가 크고 작은 것에 구애하지 말라. 문어는 다만 모든 사신이 올 때 혹은 400~500마리씩 혹은 700~800마리씩 바쳐 오도록 하라" 하였다.

세조 6년 경진(1460, 천순 4) 8월 26일(기사)

첨지중추원사 박대손朴大孫을 보내어, 명明나라에 가서 해청 1련連과 문어 1000마리를 바치게 했다.

세조 7년 신사(1461, 천순 5) 11월 20일(병진)

위는 모두 『조선왕조실록』의 기사인데 참으로 적지 않은 우리 동해의 문어를 명나라에 바쳤다.

허균의 「도문대작」에 "팔대어는 문어인데 동해에서 난다. 중국인이 좋아한다"라고 했다. 이처럼 중국인이 문어를 좋아한다는 인식이 조선에 널리 퍼져 있었다. 그래서 중국 사신이 올 때마다 문어 요리를 대접하고, 외교적 선물로 주었다.

버들 우거진 황성에 물이 도랑에 가득하고 柳暗荒城水滿渠
몇 집의 대문이 마을 터에 있는가 幾家門巷帶邨墟
정전 제도 폐지된 지 천년 후인데 井田已廢千年後
옛 보루는 일찍이 백번 전쟁을 치렀네 故壘曾經百戰餘
과수 아래 삼 척의 말은 다시 없는데 果下更無三尺馬
소반에는 때때로 팔초어가 오르네 盤中時有八梢魚
남은 봉분 옛 무덤은 어디에 있는가 遺封舊墓知何在
수레 멈추고 역관에게 물어보네 試一停車問象胥

명나라 왕창(王敞, 1453~1515), 「기자의 옛 성을 지나며 감회가 있어서[過箕子故城有感]」

왕창은 명나라 효종 때 1488년에 동월과 함께 조선에 사신으로 온 자이다. 평양에 있는 기자의 묘를 방문하고 지은 시인데 당시 조선 측에서 팔초어를 조선 특산물로 대접했음을 알 수 있다. 당시 함께 왔던 동월은 『조선부』에서 "팔초는 강절 지역의 망조인데 맛은 그다지 좋지 않다. 큰 것은 길이가 네다섯 자이다"라고 한 바가 있다.

이족이 동해에서 오니 異族來東海
이 물고기가 상도에서 나왔네 鮮鱗出上都
한 몸은 수행과 함께하고 一身同水荇
여덟 발은 천오를 본받았네 八足擬天吳
옥젓가락으로 먹는 음식 몹시 맛있고 玉筯餐偏美

금반에 올린 진미가 외롭지 않네　　金盤薦未孤
당년에 오후의 객도　　當年五侯客
이것을 배불리 먹어보지 못했으리라　　飽飫此君無

호응린, 『소실산방집』, 「이날 세숙의 좌석에서 팔대어를 내어 식사를 대접했다. 나는 일찍이 들어본 적이 있는데 본 적은 없었다. 즉석에서 다시 이 시를 지었다(是日, 世叔座中, 出八帶魚供饌. 余夙聞未覩, 即席復成此章)」

호응린이 왕세숙王世叔의 좌석에서 팔대어를 대접받고 지은 시이다. 팔대어라는 이름만 알았는데 처음으로 실물을 본 것이다. 그런데 이 팔대어가 동해에서 온 이족이 가져온 것이라고 했다. 다시 말해 조선에서 온 물고기라는 것이다.

수행水荇은 노랑어리연꽃으로 그 어린싹은 나물로 사용한다. 아마 당시 수행을 문어와 함께 넣어 국으로 끓였던 것 같다.

천오天吳는 수신인데 여덟 개의 머리, 여덟 개의 얼굴, 여덟 개의 발, 여덟 개의 꼬리를 가졌다고 한다. 여기서는 문어의 발이 여덟 개라서 전고로 사용한 것이다.

오후는 한나라 성제成帝의 외구外舅 5형제로서 동시에 후侯에 봉해진 왕담王譚, 왕상王商, 왕립王立, 왕근王根, 왕봉王逢 등이다. 이들은 서로 권력을 견제하느라 사이가 좋지 못했는데, 누호婁護라는 사람만이 능변의 재능이 있어 오후의 객으로 환대를 받았다.

오후는 서로 누호에게 각종 진미를 대접하며 누호와 친하려고 했다. 누호는 이 오후의 음식을 모두 합하여 오후정五侯鯖이라 했는데 후세에 천하의 진미를 상징하게 되었다. 그런데 호응린은 오후의 객으로서 천하의 진미를 맛보았던 누호도 문어만은 먹어보지 못했다고 하며 문어 요리를 찬양한 것이다.

조선의 문어 시

문어는 오징어, 낙지, 꼴뚜기, 주꾸미 등과 함께 옛사람의 중요한 식용어였다. 우리 식문화에서 그 지위가 범상치 않았기에 그를 읊은 시문도 적지 않다.

바닷물고기는 크고 작은 것이 많은데	海魚紛鉅細
이 물고기가 가장 좋네	此物最佳哉
들자니 두건이 더욱 아름답다는데	聞說巾尤美
누가 정수리를 드러내고 오게 했던가	誰教露頂來

성석린, 『독곡집』, 「함유후가 문어를 보내주어 사례하다〔謝咸留後惠文魚〕」

고려 말과 조선 초에 살았던 성석린의 시이다. 문어의 머리는 삭발한 사람의 민머리를 연상하게 한다. 옛 문화에서는 교양 있는 사람이라면 반드시 두건을 써야 했다. 정수리를 그대로 드러내는 것은 예법에 벗어나는 행위였다. 문어는 타고난 민머리인데 정수리를 드러냈다고 꾸짖는 것은 시인의 익살일 뿐이다.

늙은이 이빨 없는 것을 가련하게 여기고	應憐老子口無齒
진귀한 생선의 기름진 뱃살을 보내주었으리라	爲寄珍鮮腹裏腴

반찬 삼으니 맛이 장창의 젖보다 낫고　　加餐味過張蒼乳
문어를 씹어 먹으니 병이 절로 낫네　　兼嚼文魚病自蘇

조선 신광한, 『기재집(企齋集)』, 「고지가 문어를 보내주어 사례하다(又謝惠古之文魚)」

장창張蒼은 한나라 문제文帝 때 승상을 지낸 인물이다. 승상에서 면직된 후 늙어서 치아가 없어지자 젖만 먹으면서 100세까지 살았다고 한다. 문어는 잘 삶아 놓으면 치아가 부실한 노인도 부드럽게 씹어 먹을 수 있다.

둥근 머리에 길이는 수 척인데　　圓頭長數尺
형색은 괴이하여 알기 어렵네　　形色異難知
칼로 자르면 금빛 진액이 나오고　　斫罷生金液
불로 구우면 옥색 기름이 흘러나오네　　炮成泣玉脂
용을 삶은들 어찌 귀할 것인가　　烹龍何足貴
봉황을 끓여도 기이할 것이 없네　　湯鳳亦無奇
온 세상이 잔치를 벌일 때마다　　擧世張高宴
좋은 안주로 반드시 너를 바란다네　　佳肴必汝期

이응희, 『옥담시집』, 「문어」

시의 5~6구는 당나라 이하李賀의 「장진주將進酒」에 "용을 삶고 봉황을 구우니 옥 같은 기름이 흘러나오고[烹龍炮鳳玉脂泣]"라고 한 구절을 이용한 것이다.

용과 봉황 같은 진귀한 안주인들 문어보다 나을 것인가?

협곡 수령이 오늘 아침 돼지를 잡지 않으니 峽守今朝不殺猪
기쁘게 소반 위에 팔초어를 얻었네 盤中喜得八梢魚
온몸이 흰 바탕이고 문으로 이름 지으니 全身白質文爲號
네 허명이 진정 나와 같음이 우습구나 笑汝虛名政類余

조선 이현석(李玄錫, 1647~1703), 『유재집(游齋集)』, 「강릉 수령이 방어와 백문어를 보내주어 사례하다, 두 수〔謝江陵倅惠魴魚及白文魚二首〕」

강릉은 바다를 끼고 있는 산골이다. 그래서 산에서 나오는 산물과 해산물이 풍부한 곳이다. 이곳 수령이 방어와 문어를 보내주어서 두 편의 시로 답례했는데 그중 한 수이다. 문어의 이름에 대한 유래는 정확히 알 수 없다. 먹물이 있어서 문어라고 지었다는 설이 있는데 이것 또한 다만 한 가지 추측일 뿐이다.

네가 북해의 팔초어임이 사랑스러운데 憐渠北海八梢魚
어랑이 보낸 변방의 편지를 지니고 있네 帶得漁郎塞下書
내 종가에 보내 사당에 제물로 올리면 歸我宗家薦祠廟
제생의 정성스러운 진미가 다시 누구와 같겠는가 諸生情貺更誰如

조선 이단하(李端夏, 1625~1689), 『외재집(畏齋集)』, 「경성의 어랑과 유생 등이 내가 황폐한 곳에서 굶주리고 고생한다는 소식을 듣고, 합력하여 가는 베 한 필과 문어 두 마리를 보내왔다. 베는 난삼을 지을 것이고, 문어는 장차 제사에 올리려고 한다. 이에 두 절구를 지어 사례하다〔鏡城漁郎儒生等, 聞余廢處飢窮, 合力備細布一匹文魚二尾送來. 布則裁爲襴衫, 魚則將助祠祭, 仍賦兩絶以謝之〕〉

경성鏡城은 함경도에 있는 지명이다. 이단하는 함경도 병마평사兵馬

評事를 지낸 적이 있다. 이때 문어를 선물로 받고 답례한 시이다.

문어를 장차 종가의 제사에 올리겠다고 했으니, 문어를 제물로 사용한 것은 오랜 풍속이었던 것 같다.

철문어여	鐵文魚
어찌 사람의 묵정밭은 갈지 않고	何不杷人畬
도리어 사람을 침탈하는가	而反爲人漁
세 갈래로 굽은 손톱으로	三叉屈折如指爪
백성의 살을 파내고 백성의 기름을 빠네	爬民之肉吮民腴
너를 농막으로 보내면	而輸爾田廬
또 우리의 소 수레를 부수리라	又敝我牛車
계림에 이로부터 철이 없어졌으니	鷄林自此鐵無餘
활을 들고 가서 수문어를 쏜다네	抨弓去射水文魚

이학규, 『낙하생집』, 「철문어(鐵文魚)」

이학규가 김해에서 유배 생활을 할 때 1808년에 지은 「영남악부嶺南樂府」 중의 한 수이다.

작가의 설명에 "고려 말에 배원룡裵元龍이라는 자가 계림 부윤鷄林府尹이 되었는데 백성을 침탈하고, 심지어 백성의 쇠스랑까지 빼앗아서 집으로 실어갔다. 부민들이 그를 철문어 부윤이라 했다. 팔초어는 속명이 문어이다. 쇠스랑의 모양이 문어와 비슷해서 그렇게 말한 것이다"라고 했다. 원래 배원룡에 대한 기사는 『고려사절요高麗史節要』에 실려 있다. 이를 토대로 시를 지은 것이다. 탐학한 관리를 철문어로 비유했는데 동해의 문어가 이를 알았다면 비통해했을 것이다.

문어는 결코 괴물이 아니다. 문어는 바위틈에 알을 낳고, 그 알이 부화할 때까지 식음을 전폐하고 알을 지킨다. 그 기간이 대략 50일 동안이다. 알이 부화하면 어미는 미련 없이 죽고 만다. 참으로 그 모성애가 감동적이다.

어부사

노옹이 낚싯대를 손에 들고	老翁手把一竿竹
조용히 이끼 낀 바위에 앉아 석양에 잠자네	靜坐苔磯睡夕陽
물고기가 낚시를 물어도 모두 깨닫지 못하고	魚上釣時都不覺
저녁 조수가 대추나무 울타리 옆까지 몰려오네	晩潮來浸棘籬傍
술 사서 물가에서 금린어를 낚는데	沽酒臨流釣錦鱗
버들꽃 날려서 강에 봄이 가득하네	柳花飄蕩滿江春
한 조각배 안에서 생애가 풍족하니	一扁舟裏生涯足
누가 세상의 부귀인인가	誰是人間富貴人

이수광, 『지봉집(芝峯集)』

●

자가 윤경(潤卿), 호는 지봉(芝峯)이다. 대사간, 대사헌 등을 지냈다. 『지봉유설』 등의 저술이 있다.

월척의 물고기 붕어

장자와 붕어

붕어(학명 *Carassius aurate*)는 잉엇과의 물고기로 잉어보다 작다. 모양은 잉어는 전체적으로 길고, 붕어는 옆면이 더 납작하다. 성체는 보통 35~43센티미터 정도로 자란다. 혹은 50센티미터까지 자라기도 하는데 이런 것은 극히 드물다.

낚시꾼이 흔히 말하는 월척越尺이라는 말은 붕어를 기준으로 한 것으로 한 자가 넘는 붕어라는 뜻이다. 그만큼 큰 붕어는 드물므로 낚기가 어려워서 월척을 낚으면 낚시꾼은 어탁을 떠서 기념한다. 만약 다섯 자짜리 붕어를 잡아냈다면 평생 자랑할 만하다.

민물낚시의 주 대상어인 붕어는 한반도 전역에 분포하며, 동아시아 지역을 비롯한 세계 전역에 널리 분포한다. 환경에 잘 적응하여 3급수의 물에서도 잘 살며 가뭄에도 잘 견딘다. 강과 호수는 물론 작은 도랑이나 논의 웅덩이에서도 서식할 수 있다. 따라서 언제든지 어획할 수 있고 맛도 좋아서 고대부터 인류의 식용어로서 중요한 물고기였다.

> 장주莊周는 집이 가난하여 감하후監河侯에게 양식을 빌리러 갔다. 감하후가 "빌려드리리다. 내가 장차 봉읍의 세금을 받으면 300금을 빌려주면 되겠소?"라고 했다. 장주가 화를 내고 얼굴색을 붉히며 "내가 어제 올 때 도중에 나를 부르는 자가 있어서 돌아보니 수레바퀴 자국에 생긴 웅덩이에 붕어가 있었소. 내가 묻기를 '붕어야, 네가 무슨 일이냐?'라고 했더니, 붕어가 대답하기를 '나는 동해의 파신波臣인데 그대가 혹시 한 말이나 한 되의 물로 날 살려줄 수 있겠소?'라고 했소. 내가 말하기를 '그렇게 하겠다. 내가 장차 남쪽 오와 월의 땅으로 여행하여 서강西江의 물을 터서 너를 맞이하도록 하면 되겠는가?'라고 했소. 붕어가 화를 내고 얼굴을 붉히며 '내가 내 물을 잃고 내 거처가 없는데, 한 말이나 한 되의 물을 얻는다면 살아날 수 있소. 그런데 그대가 이처럼 말하니 건어물을 파는 시장에서 일찍이 나를 찾는 것이 좋을 것이오' 했소"라고 했다.
>
> 『장자』, 「외물(外物)」 중에서

고사성어 학철부어涸轍鮒魚 이야기이다. 곤궁에 처하여 다급하게 구원을 청하는 내용이다.

수레바퀴 자국 속의 붕어는 실제로 있을 수 있는 이야기이다. 장마

「어구(魚具)」, 장한종, 조선, 국립중앙박물관 소장

가 져서 하천이 범람하면, 범람한 물길을 따라 올라온 붕어가 물이 빠진 뒤 여기저기 작은 웅덩이에 갇혀 있는 것을 목격하기는 어렵지 않다.

붕어가 고대 이야기 속에 등장한 것은 흔하여 친숙한 물고기였기 때문일 것이다. 학철부어는 후세 많은 시문에서 전고로 사용했다.

아침엔 새 마름을 머금고	朝唧新藻遊
저녁엔 진흙 밭에서 쉬네	暮託淤菹息
다행히 학철의 근심이 없으니	幸無涸轍憂
감하후의 은혜를 바라지 않네	不望監河澤

명나라 고린(顧璘,1476~1545), 『식원존고(息園存稿)』, 「어피(魚陂)」

고린의 시인데 학철부어의 고사를 그대로 인용했다.

조선의 붕어

붕어는 한자어 부어鮒魚를 우리말로 읽은 것이다. 붕어의 또 다른 한자어는 즉어鯽魚이다. 우리 문헌에서는 부어와 즉어를 함께 사용했다.

청나라 호세안의 『이어도찬전』에 "『양어경』에 '토부土附라는 물고기가 있는데 검은 잉어와 비슷하지만 더욱 짧고 작다. 흙바닥에 붙어서 가는 것이 다른 물고기가 물에 떠서 다니는 것과 같지 않아서 지은 이름이다'라고 했다. 『경구록京口録』에 '머리가 크고 몸이 작아서 토보吐鮑라고 한다'라고 했다. 『우항잡록』에 '토포어吐哺魚는 토부라고 부르는데 그것이 흙바닥에 붙어서 가기 때문이다. 어떤 이는 먹이를 먹고 씹다가 토하므로 지은 이름이라고 하는데 한 가지를 살피지 못한 것이 아니겠는가?' 했다"라고 했다. 이로 보면 부어라는 이름은 물속 흙바닥에 붙어서 다니므로 지어진 것임을 알 수 있다.

붕어는 조선 초부터 중요한 공물이었다. 궁중의 중요한 잔치에는 반드시 붕어찜이 올라왔다. 1년 사철 어느 때나 포획할 수 있어서 도리어 공물이 할당된 백성에게는 폐단이 심했다.

> 중추원사中樞院使 기건이 졸卒하였다. 기건은 기현奇顯의 후손인데, 성품이 맑고 검소하고 정고貞固하여 작은 행실도 반드시 조심하며 글 읽기를 좋아하였다. 일찍이 연안延安 군수가 되었는데, 군민郡民이 붕어[鯽魚]를 바치는 것 때문에 그물질하여 잡기에 피곤해하니 3년 동안 먹지 않고 또 술도 마시지 않았다. 체임(遞任, 벼슬이 갈림)하여 돌아올 때 부로父老들이 전송하니, 기건이 종일토록 마셔도 취하지 않았다. 부로들이 탄식하기를 "이제서야 우리 백성을 위하여 술을 마시지 않은 것을 알겠다"라고 했다.
>
> 『세조실록』 세조 6년 경진(1460, 천순 4) 12월 29일(신축) 기사 중에서

황해도 연안은 붕어가 토산물로 유명했는데 붕어 공물로 백성의 폐해가 심했던 모양이다.

기건처럼 백성의 고초를 덜어주려는 수령도 있었지만, 보통 백성을 수탈하는 수령이 더 많았을 것이다.

붕어는 조선 팔도에서 모두 나는 물고기지만, 붕어 명소로 특별히 유명한 곳이 많았다.

허균의 「도문대작」에 "붕어는 팔방八方에 모두 있다. 그러나 강릉부江陵府 경포鏡浦는 바닷물과 통하므로 맛이 가장 좋고 토기土氣가 없다"라고 했다. 강릉 경포대의 붕어가 당시에 유명했던 모양이다.

이규경의 「어변증설」에 "세속에서는 호서 제천현堤川縣 의림지의 붕어는 먹어보면 비리지 않고 맛이 또한 가장 좋다고 말한다. 그리고 호남 전주부全州府 삼례역參禮驛 붕어찜[鮒魚蒸]도 또한 유명하고, 또 관서 평양부平壤府의 붕어찜과 의주부義州府의 붕어 반찬[鮒饌]도 나라 안에서 최고라고 한다. 관북 경흥부慶興府의 적지赤池 붕어는 적색을 띠고, 눈동자도 또한 붉어서 용어[鱅, 청어]의 아가미가 혈색을 띠고 있는 것 같다. 가장 큰 것은 거의 수 자에 이르고, 맛도 또한 지극히 좋다고 하는데 각자가 본 바대로 말한 것이다"라고 했다.

홍양호(洪良浩, 1724~1802)의 「공주풍토기孔州風土記」에 "경흥 적지는 붕어가 많은데 길이가 간혹 두 자 남짓하다. 한 읍에서 모두 그물로 잡는데 먹어도 다 먹을 수 없다"라고 했다.

붕어 시편

우리나라 문헌에 붕어가 언급된 것은 신라 최치원의 글에서 처음 확인할 수 있고, 고려의 문헌에도 빈번히 나타난다. 조선의 시문에서는 더욱 많이 등장했다.

빗물이 봄 개울로 들어가니 물이 진정 불어나고	雨人春溪水政肥
순채는 가늘고 매끄럽고 붕어는 날뛰네	蓴絲細滑鯽兒飛

문득 나에게 강마을의 흥을 일으키는데 忽然攪我江村興

슬프구나 귀향하려 해도 돌아가지 못하네 惆悵思歸苦未歸

서거정, 『사가집』, 「김직강이 순채와 붕어를 보내어 사례하다(謝金直講送蓴菜鯽魚)」

순채는 수련과의 수생식물인데 그 어린줄기는 나물로 이용한다. 특히 물고기탕을 끓일 때 좋은 식재료였다.

순채와 붕어를 보니 강마을의 옛 추억이 떠올랐다. 바로 고향 마을이다. 그러나 지금의 처지는 고향으로 돌아갈 형편이 아니다. 그러니 슬플 수밖에 없다.

발랄한 은빛 물고기를 회 치니 신선하고 撥剌銀鱗膾割鮮

부친께 쟁반으로 올리니 병이 나았네 親盤一進病仍痊

지금까지 인사하지 못하고 가서 사례하려는데 至今禮闕趨門謝

빗물이 넘쳐나니 더욱 슬프네 雨水淋淫益悵然

조선 김인후(金麟厚, 1510~1560), 『하서전집(河西全集)』, 「문암이 붕어회를 보내와서 부친에게 올렸는데 병이 마침내 나아서 사례하다(謝門巖致鯽魚膾, 獻親病遂愈)」

아는 이가 붕어회를 보내주어 병든 부친께 올렸더니 그 병이 나았다. 보낸 이에게 감사도 전하지 못했는데 직접 가서 인사를 올리러 했더니 장마가 져서 갈 수가 없다.

홍만선(洪萬選, 1643~1715)의 『산림경제』에 붕어의 약효를 『증류본초證類本草』를 인용하여 "순채와 합하여 국을 끓여 먹으면 위가 약하여 음식이 내려가지 않는 것을 치료하고, 회를 만들어 먹으면 오래된 적백

리(赤白痢, 이질)를 치료한다"라고 했다. 그러니 붕어회는 약용으로 보낸 것이었다.

천 길 깊은 못물 아래　千丈深潭下
잠긴 물고기 중에 붕어가 있네　沈鱗有鮒魚
낚시 던져도 잠겨서 걸려들지 않고　投綸潛不出
그물 펼쳐도 숨어서 잡기 어렵네　施罟匿難漁
통발로 세 마리를 잡으니　罶取三頭得
쟁반 안에 몇 촌 남짓하네　盤中數寸餘
푹 끓여서 맛있는 죽을 만드니　濃烹成美粥
허약한 기운 돋운다고 다투어 말하네　爭道補羸虛

이응희, 『옥담시집』, 「붕어」

붕어는 잉어와 마찬가지로 보양식으로 인기 있는 물고기이다. 그래서 지금도 월척의 붕어는 약이 된다고 하여 귀하게 여긴다.

동쪽 이웃에서 음식을 보내 친한 정을 담으니　東隣一餽荷情親
보리와 붕어가 동시에 맛이 가장 좋네　麥鯽同時味最眞
방아를 찧어오니 새로 수확한 이삭이고　雲碓搗來新穫穗
물동이에 넣어오니 진정 노니는 물고기이네　水甌提送政游鱗
솥에 삶은 빛나는 보리밥은 점심에 적합하고　釜炊爛熳宜亭午
칼로 회 친 어지러운 회는 매운 양념과 어울리네　刀鱠紛綸合錯辛
정결하고 향기로운 진미를 어찌 스스로 얻겠는가　羞膳潔馨何自得

나그네 얼굴에 근심 풀리는 걸 오늘 아침 깨닫네　　旅顔愁破覺今晨

조선 신유(申濡, 1610~1665), 『죽당집(竹堂集)』, 「이중선이 햇보리쌀과 산 붕어를 보내어 사례하다[謝李仲宣惠新麥米, 活鯽魚]」

이웃에서 햇보리와 산 붕어를 보내주었다. 보리밥을 짓고 붕어를 회 쳐서 오랜만에 객지에서 맛있는 음식을 먹을 수 있었다. 타향살이의 근심도 잠시 잊을 수 있었다.

신유는 1657년(효종 8) 대사간으로서 국왕을 능멸했다고 하여 강계로 유배되었다가 수원으로 이배되었다. 이 시는 수원에서 귀양살이할 때 지은 것이다.

창의 달이 삼현인데 병이 낫지 않고　　窓月三弦病未蘇
가을 만나니 용모가 너무 수척하네　　逢秋容鬢不勝癯
건강해진들 무슨 쓸모가 있겠는가　　縱令康健知何用
괜히 진수를 궁궐 부엌에서 내리셨네　　枉費珍羞降御廚

채제공, 『번암집』, 「병진년 초가을 노부가 일흔일곱 살 때 이질에 걸려 한 달이나 침석에 누워 있었다. 손이 떨려서 글씨를 쓰기 어려워 거의 마음에 간직한 것을 위로할 바가 없었다. 임금께서 매일 각리를 보내 내 병환이 어떠한지를 물으셨다. 또 붕어찜 큰 사발 한 그릇을 하사하여 맛보게 하셨다. 은혜에 감격한 눈물로 자리를 적시지 않은 날이 없었다[丙辰孟秋, 老父七十七, 患痢三旬倚枕, 手戰艱草, 庶可爲無恤懷中之藏也夫. 上日遣閣吏問賤疾如何, 又賜鮒魚蒸一大椀俾嘗之, 感恩之淚, 無日不霑席也]」

이질에 걸린 채제공에게 정조가 붕어찜을 하사한 것은 병을 낫게 하려는 것이었다.

「모우독조(冒宇獨釣)」, 심사정, 조선, 간송미술관 소장
삿갓과 도롱이를 걸치고 비를 맞으며 홀로 낚시하는 것을 그렸다.

정조는 채제공을 영의정으로까지 기용했는데, 그것은 채제공이 남인으로서 평생 사도세자를 옹호하는 정치적 노선을 걸었기 때문이었다.

십 리 제방의 물이 초록색을 펼쳐놓았고	十里堤水綠羅鋪
물고기가 있어서 이름이 붕어라네	有魚有魚名爲鮒
비단 비늘 옥빛 아가미 길이가 한 자가 되는데	錦鱗玉腮長盈尺
수성의 좋은 산물로 이것을 먼저 꼽네	隋城嘉產此先數
봄과 여름이 교체할 때 천기가 따뜻하여	春夏之交天氣暖
잠겨 있던 놈들이 수면으로 나와 서로 입김을 부네	潛者出水交相呴
어찌 병혈을 향해 진미를 따지랴	豈向丙穴論美味
공연히 사두어의 명구가 있다는 걸 들었네	空聞槎頭有傑句
어지러운 저 낚시꾼 천만 무리인데	紛彼釣漁千百羣
물고기잡이로 생업을 삼아 밤낮이 없네	採以爲業無朝暮
큰 그물이 가로로 끊으니 성처럼 길고	巨網橫截長如城
작은 낚싯대 무수히 벌여놓으니 빗발처럼 조밀하네	細竿簇列森似雨
크거나 작거나 모두 가격이 있으니	或大或小俱有價
누가 능히 물고기 있는 곳을 찾아 잡아내는가	誰能取適在魚取
푹 삶아 찜을 하니 옥빛 살이 연하고	爛烹包蒸玉膚軟
가늘게 썰어 회를 치니 눈빛이 하야네	細切膾縷雪色素
흩어져 경성의 부귀가로 들어가니	散入京城富貴家
모두 늘어선 솥에서 아침저녁의 반찬이 되네	盡作列鼎朝夕具
어부는 어찌 한 조각 맛본 적이 있었던가	漁夫何曾嘗一片
진흙에 정강이가 빠져서 넘어질 뿐이네	淤泥沒脛徒顚仆

만약 촉고를 사용하지 못하게 한다면 若使數罟不許人
그 무리가 번식하여 넉넉하게 되리라 其類寔繁有餘裕
비실대거나 활기차게 각자 있을 곳을 얻어서 圉圉洋洋各得所
하루에 천 리를 가며 마음껏 뻐끔대네 日行千里任吞吐
그런 후에 항정에 앉아 구경할 수 있고 然後杭亭坐以觀
호량 천년의 남은 아취가 있으리라 濠梁千載有餘趣

박윤묵, 『존재집』, 「축만제의 붕어 노래(祝萬堤鮒魚歌)」

축만제祝萬堤는 경기도 수원에 있는 서호西湖를 말한다. 1799년(정조 23)에 수원성을 쌓을 때 일련의 사업으로 내탕금 3만 냥을 들여 축조한 것이라고 한다.

수성隋城은 수원의 옛 이름이다.

병혈은 맛 좋은 물고기가 있는 곳이다. 진나라 좌사의 「촉도부蜀都賦」에 "좋은 물고기는 병혈에서 나오고 좋은 나무는 부곡裒谷에서 나온다"라고 했다. 또 당나라 두보의 시 「성도 초당으로 가는 중에 먼저 지어 정공과 엄공에게 부치다[將赴成都草堂途中有作先寄嚴鄭公]」에 "병혈의 고기가 원래 맛 좋은 줄 아네[魚知丙穴由來美]"라고 했다.

사두槎頭는 사두편槎頭鯿이라는 물고기이다. 『기구전耆舊傳』에 "현산峴山 아래 한수漢水 에서 편어가 생산되어 살찌고 아름다우므로, 사람들의 포획을 금하고자 사목槎木으로써 물을 끊어 놓았다. 그래서 사두 축항편槎頭縮項鯿이라 이른다"라고 했다. 당나라 맹호연의 「현담시峴潭詩」에 "시험 삼아 대낚시를 드리우니, 과연 사두편을 잡았네[試垂竹竿釣 果得槎頭鯿]"라고 했고, 두보의 시에 "부질없이 사두 축항편을 낚고 있네

[謾釣槎頭縮項鯿]"라고 했다.

촉고數罟는 그물눈이 작은 그물이다. 일찍이 맹자가 저수지에 촉고를 치지 않으면 자자손손 물고기를 먹고도 남을 것이라고 했다.

호량濠梁은 호수濠水의 다리이다. 지금의 안휘성安徽省 봉양현鳳陽縣 동북에 있다. 『장자』「추수秋水」에, 장자가 혜자와 함께 호수의 다리 위에서 노닐면서, 물고기들이 조용히 노니는 것을 보고 물고기가 즐거움을 아는지 모르는지를 변론했다는 내용이 보인다.

축만제는 서울 인근이라서 1970~1980년대까지 붕어 낚시터로 유명했던 곳이다. 이 시를 통하여 그 유래가 오래임을 알 수 있다.

붕어는 지금도 민물낚시에서 제일의 대상어이다. 사시사철 월척을 노리는 낚시꾼이 꿈속에서 그리는 물고기이다. 다만 우리의 날씬한 토종 붕어는 날로 사라져가고 대신 일본 붕어인 떡붕어가 날로 늘어나는 것은 바람직하지 않은 것 같다. 무슨 대책이 있어야 하지 않나 싶다.

물고기 잡는 것을 보고 노래하다觀打魚歌

면주 강물의 동쪽 나루에	綿州江水之東津
방어가 팔딱이며 색이 은빛보다 낫네	魴魚鱍鱍色勝銀
어부가 배 띄우고 큰 그물을 드리워서	漁人漾舟沈大網
강물을 끊고 수백 마리 물고기를 감아올리네	截江一擁數百鱗
모든 물고기는 평범한 재능이라 모두 포기하지만	衆魚常才盡卻棄
붉은 잉어는 뛰어오름이 신통력이 있는 듯하네	赤鯉騰出如有神
잠룡은 소리 없고 늙은 교룡은 분노하니	潛龍無聲老蛟怒
도는 바람 쏴쏴 모래 먼지를 날리네	回風颯颯吹沙塵
요리사는 좌우에서 쌍도를 날리니	饔子左右揮雙刀
금반에 회가 날리고 백설처럼 높이 쌓였네	膾飛金盤白雪高
서주의 독미어는 추억할 수 없고	徐州禿尾不足憶
한음의 사두어는 멀리 달아나 숨네	漢陰槎頭遠遁逃
방어의 기름진 맛이 제일임을 아니	魴魚肥美知第一
이미 배불리 먹고 즐거운데 또한 쓸쓸하네	既飽歡娛亦蕭瑟
그대 보지 못했는가 아침에 흰 지느러미 잘려서	君不見朝來割素鬐
지척의 파도에서 영원히 상실했음을	咫尺波濤永相失

두보, 『두공부시집』

●

자가 자미(子美), 호는 두릉야로(少陵野老), 세칭 두소릉(杜少陵)이라 한다. 후세에 시성(詩聖)으로 추숭을 받았다.

이 시는 762년 7월에 면주(綿州)에서 지은 것이다. 면주는 지금의 사천성 면양(綿陽) 동쪽 지역이다.

두만강의 물고기
송어

송어에 대한 옛 기록

송어(松魚, 학명 *Oncorhynchus masou*)는 연어과의 바닷물고기로 연어처럼 동해안 하천으로 올라와서 산란하는 물고기이다.

송어는 연어와 비슷하지만 연어보다 몸이 둥글고 작다. 주둥이도 뾰족한 연어와 달리 뭉텅하게 생겼다. 성체의 길이는 60센티미터가량이다. 색깔은 등은 짙은 남색이고, 배는 은백색이고, 옆구리는 암갈색의 반점이 있다. 산란기에는 수컷의 주둥이가 길어지고, 붉은색의 무늬가 나타난다.

송어는 오뉴월경에 동해안의 하천으로 올라와서, 팔구월경에 상류에서 알을 낳은 후 암수 모두 죽어버린다. 부화한 어린 물고기는

1~2년간 하천에 머물다가 다시 바다로 내려간다. 그리고 바다에서 2~3년간 성체로 자란다.

송어는 조선 초의 『세종실록지리지』와 『신증동국여지승람』에 경상도, 강원도, 함경도 등 여러 지역의 특산물로 기록되어 있다. 허균의 「도문대작」에 "송어는 함경도와 강원도에 많다. 바다에서 잡은 것은 좋지 않다. 그 알은 연어알에 미치지 못한다"라고 했다.

예전에는 강에서 주로 잡았을 것이나 지금은 바다에서 주로 잡는다. 1990년대까지도 주문진과 고성 등지의 바다에서 많이 어획했다.

> 두만강豆滿江에서 송어가 나오는데 매년 사월에 바람이 온화하면 처음 나온다. 입은 크고, 비늘은 몹시 작고, 아가미가 네 개인 것이 송강의 농어와 같다. 송어라고 부른 것은 이 때문이던가? 여름에 물고기가 있는데 송어와 같으면서 더 작고, 속명으로 야래夜來라고 한다. 가을에는 연어가 나오는데 길이가 수 척이고, 줄지어 떼를 이루며 강물로 거슬러 올라오면 한 그물로 수십 마리를 잡을 수 있다.
>
> 조선 홍양호, 『이계집(耳溪集)』, 「공주풍토기」 중에서

공주孔州는 함경도 경원도호부慶源都護府를 말한다.

조선 후기 두만강에 송어가 사월에 올라왔음을 알 수 있다. 여름에 야래라는 물고기가 나타나고, 가을에 연어가 올라온다고 했다. 야래라는 물고기는 무슨 종류인지 알 수 없다.

송강은 중국 강소성 오송강吳淞江을 말한다. 오강吳江이라고도 하는데, 예로부터 농어가 많이 나는 것으로 유명했다. 홍양호는 송강의

농어와 송어의 특징이 비슷한 것으로 파악하고, 송어라는 이름의 유래를 추측했는데, 이는 단지 개인의 추측일 뿐이다.

> 송어는 북관(北關, 함경도) 바다 안에서 나오는데 매년 오뉴월에 떼를 지어 강으로 들어온다. 계곡의 시내에 이르러 석벽을 만나면 뛰어오르는데 암석과 소나무에 몸을 부딪쳐서 뼈가 드러나 떨어진다. 몸에 소나무 향기가 나므로 이름을 붙인 것이다.
>
> 이규경, 『오주연문장전산고』, 「어변증설」 중에서

짧은 기록이지만 송어가 하천의 상류로 올라가는 모습을 생동하게 묘사하고 있다. 송어의 몸에 소나무 향기가 나서 송어라고 이름을 지었다는 것은 또한 이규경의 추측일 것이다.

> 송어는 동북의 강과 바다 안에서 나온다. 모양은 연어(年魚)와 비슷하고, 그 육질은 더욱 기름지고 맛있다. 색은 붉으면서 선명한데 소나무 결과 같아서 송어라고 부른 것이다. 그 알은 또한 연어알과 비슷한데 더 두껍고 차지며 몹시 기름지다. 색은 짙은 홍색이고 맛이 매우 진미여서 동해의 물고기 중에 이것이 최고이다.
>
> 서유구, 『전어지』 중에서

서유구는 송어라는 이름의 유래를 "색은 붉으면서 선명한데 소나무 결과 같아서"라고 했다. 이 의견이 가장 그럴듯하다고 생각한다. 송어회를 먹어본 사람은 그 살이 붉고, 마치 소나무 목재의 무늬 같은 결이 선명하게 박힌 것을 보았을 것이다.

송어와 산천어

송어와 산천어는 근래 강원도 지역에서 한겨울에 열리는 축제로 많은 사람에게 친숙한 물고기가 되었다. 회와 구이로 먹는 식용어로서도 인기가 높다.

송어와 산천어는 생김새가 서로 전혀 다르고, 크기도 또한 두 배 정도의 차이가 난다. 사는 곳도 송어는 바다와 강을 오가며, 산천어는 계곡 하천에서 산다. 그러나 이 두 어종은 혈통이 같은 형제간이다.

산천어(학명 *Oncorhynchus ishikawai*)는 동해로 흘러가는 하천의 중·상류에서 수서곤충을 잡아먹으며 서식한다. 긴 몸은 좌우로 납작하고, 비늘이 잘고 여러 개의 세로무늬가 몸 전체에 선명하다. 2년 정도 자라면 성체가 되는데 그 길이는 15~20센티미터 정도이다.

사실 산천어는 송어의 육봉형이다. 다시 말해 바다에서 올라온 송어가 낳은 알에서 부화한 송어의 치어가 바다로 내려가지 않고 계곡의 물에 머물러 민물고기로 고착한 것이다. 그래서 산천어의 줄무늬는 바로 송어의 어린 모습을 그대로 유지한 것이다. 바다로 내려간 송어는 어릴 때의 줄무늬가 다 없어지고 만다.

산천어는 암수의 비율이 3 대 7 정도이다. 대부분 수컷인 셈이다. 그래서 수컷 산천어와 바다에서 올라오는 송어 암컷 사이에서 수정이 이루어진다.

송어와 산천어는 계곡의 하천에서 플라이 낚시로 낚는 대표적인 어종이다. 미국 영화 〈흐르는 강물처럼A River Runs Through It〉에서 보여준 아름다운 플라이 낚시의 대상어가 바로 송어이다. 이 땅의 낚시꾼들이 이 영화에 감동하여 플라이 낚시가 유행한 적이 있다. 지금도 송어와 산천어를 전문적으로 낚는 꾼이 적지 않다. 그런데 이들이 우리의 산천에서 낚는 송어와 산천어는 대부분 우리 토종이 아니다.

강원도 축제에 동원된 송어와 산천어는 모두 인공으로 양식한 외래종이다. 송어는 북미 대륙에서 가져온 무지개송어이고, 산천어는 일본에서 오래전에 수입한 일본 산천어이다. 또한, 무지개송어와 산천어를 인공 교배하여 만든 새로운 교배종도 있다.

외래종을 축제에 사용하고 상업용 식용어로 이용하는 것은 어쩔 수 없는 일일 것이다. 그러나 이 외래종을 우리 산천에 마구 방류해놓은 것은 생태계의 파괴가 아닐 수 없다.

송어 시

동해에서 하천으로 올라오는 물고기로는 송어, 연어, 황어, 은어 등을 들 수 있다. 이들 중에 송어와 연어는 오직 동해안의 북쪽의 하천에서만 볼 수 있는 물고기이다. 그래서 이 지역을 여행한 지식인의 문집 속에서나 종종 언급되었을 뿐이다.

나는 듯 활발히 기력이 넘치니 潑潑如飛氣力多
십 척 폭포를 뛰어넘을 수 있네 懸流十尺可跳過
아 나아갈 줄만 알고 물러날 줄 모르니 嗟哉知進不知退

「조어산수도」, 『병진년화첩』, 김홍도, 조선, 호암미술관 소장

영원히 푸른 바다의 만 리 파도를 잃으리라　　永失滄溟萬里波

고려 안축(安軸, 1282~1348), 『근재집(謹齋集)』, 「송어」

안축의 송어 시이다. 아마 최초의 송어 시가 아닐까 싶다. 하천을 거슬러 올라가는 힘찬 송어 무리의 모습이 생생하다.

나아갈 줄만 알고 물러날 줄 몰라서 푸른 바다의 만 리 파도를 영원히 잃을 것이라는 시인의 걱정은 기우에 불과하다. 하천으로 올라온 송어는 처음부터 다시 바다로 돌아갈 생각이 없기 때문이다. 송어는 연어나 황어나 은어처럼 산란하면 생을 마친다. 그 사체는 산천을 기름지게 하는 거름이 된다.

안축은 충혜왕 때 왕명으로 강원도 존무사江原道存撫使로 파견됐다. 「관동별곡」을 짓고, 울진 지역의 여러 풍속을 시문으로 남긴 문사였다.

대관령 동쪽에 맑은 물이 많으니　　大嶺以東多淸流
물고기들 활발히 노닐며 가을에 더 많아졌네　　游魚潑潑乘秋稠
물결 거슬러 곧장 깊은 숲 골짜기로 오르며　　遡流直上林壑幽
나아갈 줄만 알고 물러날 줄 모르는 달팽이 같네　　知進不退如蝸牛
때때로 자취 감추고 깊은 소에 잠겨서　　有時屛跡潛深湫
이끼와 물풀 쪼아 먹으며 교룡 규룡에 의지하네　　含唼苔藻依蛟虯
어부들 어지럽게 뒤섞여 고깃배 되돌리며　　漁人雜踏回蘭舟
파도 넘어 그물 치며 뱃노래 부르네　　凌波布網發棹歌
붉은 꼬리 발랄하게 모래섬에 떨어지면　　赬尾撥剌落沙洲
맨손으로 주워 그 아가미를 꿰어서　　赤手就拾穿其喉

긴 끈을 거꾸로 매어 끌고 누대에 오르니	長繩倒曳升瓊樓
은비늘 반짝반짝 허공에 떠 있네	銀鱗閃閃空中浮
소금 부추 반찬으로 십 년이나 항상 굶주렸는데	鹽虀十載恒飢調
이빨 빠진 늘그막에 진수성찬을 배불리 먹네	暮年齒豁飫珍羞
푹 삶으니 두툼한 뱃살이 기름지고 부드럽네	爛烹腹腴膏且柔
술잔 비우고 배 문지르니 온갖 근심이 없어지고	含杯捫腹百無憂
강산의 좋은 경치가 나를 만류하네	江山勝地挽我留
즐겁구나 이 즐거움을 누가 짝할 것인가	樂哉此樂誰能儔
문을 나서 한 번 웃으니 천지가 가을이네	出門一笑天地秋

성현, 『허백당집』, 「죽서루 아래 못에서 송어를 잡다〔竹西樓下潭捕松魚〕」

죽서루竹西樓는 강원도 삼척에 있는 누각이다. 고려 때 이승휴李承休가 1275년(충렬왕 1)에 창건했고, 현재의 건물은 1403년(태종 3)에 부사 김효손金孝孫이 중수한 것이다. 앞에 오십천이 흐른다. 이 오십천에서 송어를 잡았던 모양이다. 『신증동국여지승람』의 삼척 조에 토산물로 황어, 연어, 송어 등이 나온다고 했다.

달팽이처럼 나아갈 줄만 알고 물러날 줄 모른다고 한 구절은, 중국 문헌 『산당사고』에서 「문견록聞見錄」을 인용하여 "그늘지고 축축한 곳엔 달팽이가 많은데, 매양 담장을 타고 올라가되 …… 반드시 앞으로 계속 나아가기만 하다가, 절반도 다 못 올라가서 곧 침이 마르고 정력이 다하여 끝내는 담벼락에 붙어서 말라 죽고 만다"라고 한 기사를 사용한 것이다. "소금 부추 반찬으로 10년이나 항상 굶주렸는데"라고 한 구절은 당나라 한유의 「송궁문送窮文」에 "4년 동안 태학에 있을 때

「어옹귀정(漁翁歸艇)」, 심사정, 조선, 간송미술관 소장
어옹이 배로 귀가하는 것을 그렸다.

아침 반찬은 부추요 저녁 반찬은 소금이었다[太學四年 朝虀暮鹽]"라고 한 말을 인용했다.

송어는 아마 송강에서 왔던가	松魚無乃松江來
큰 입과 작은 비늘과 아가미가 넷이네	巨口細鱗兼四鰓
큰 것은 키만 하고 작은 것도 한 자가 넘는데	大者如箕小盈尺
한 그물로 많이 잡아 소반 위에 쌓였네	一網剩得盤上堆
그 맛이 몹시 좋지만 먼저 맛보지 못하고	其味孔嘉莫先嘗
모두 공당에 바친다네	于以獻之公堂

홍양호, 『이계집』, 「송어」

공당公堂은 관청이다. 고생하여 송어를 잡은 어부는 맛도 보지 못하고 모두 관청에 바쳐야 했다. 언외에서 어부의 피곤한 생활을 엿볼 수 있다.

홍양호는 1777년(정조 1)에 홍국영洪國榮의 세도정치가 심해지자 경흥 부사로 나갔다. 이때 이 지역의 여러 풍속을 글로 남긴 바가 있다.

두만강 사월에 얼음과 눈이 녹으면	豆江四月氷雪消
송어가 처음 슬해로부터 온다네	松魚始自瑟海至
강변의 집집마다 큰 그물을 엮어서	江邊家家結大網
그물 가지고 벌거숭이 몸으로 강물로 들어가네	持網赤身入江水
아 너희들 물고기 좇다가 신중히 강 반쪽을 넘지 말라	嗟爾逐魚愼勿過半江

강 반쪽 저편은 우리 땅이 아니라네　　半江之外非吾地

홍양호, 『이계집』, 「두만강(豆江)」

슬해瑟海는 두만강 앞의 바다의 명칭이다. 지금은 러시아 바다에 속한다. 당시 두만강의 북쪽 반쪽은 호인胡人의 지역이었다. 두만강을 국경으로 정하고 나서 조선과 호인 사이에 월경越境 문제로 사건이 다단했다.

송어는 국경의 월경 문제로 시끄러운 인간사는 알지 못하고 그저 푸른 두만강을 거슬러 올라왔을 것이다. 그리고 그곳에서 산란한 후 미련 없이 한 생애를 마쳤을 것이다.

어부가

백발의 어느 노인인가	白首何老人
도롱이와 대삿갓으로 그 몸을 가렸네	蓑笠蔽其身
세상 피해 오래 출사하지 않고	避世長不仕
맑은 강가에서 낚시하네	釣魚清江濵
물가 모래 밝은데 탁족하고	浦沙明濯足
산달 고요한데 낚시 드리우네	山月靜垂綸
급류와 여울에서 머물러 자고	寓宿湍與瀨
봄과 가을에 가면서 노래하네	行歌秋復春
낚싯대는 상수 언덕 대나무이고	持竿湘岸竹
땔감은 갈대 섬의 섶이네	爇火蘆洲薪
푸른 물로 향도를 밥하고	緑水飯香稻
푸른 연잎으로 붉은 물고기를 싸네	青荷包紫鱗
그중에 도리어 스스로 즐거움이 있으니	於中還自樂
하고 싶은 건 내 천진을 지키는 것이네	所欲全吾真
독성자가 우습구나	而笑獨醒者
강에 임하면 고생이 많다네	臨流多苦辛

당나라 이기(李頎, 690~751)

●

동천(東川, 사천성) 출신으로 신향 현위(新鄉縣尉)을 지냈다. 변새시(邊塞詩)를 많이 지었는데 시풍은 호방하고 비장했다. 시에서 언급한 독성자(獨醒者)는 홀로 술에서 깨어 있는 사람이라는 뜻인데, 초나라 굴원을 말한다. 일찍이 참소를 당하여 쫓겨났다가 멱라수에 투신하여 자살했다.

부록

1. 근대 이전 낚시 도구들
2. 여러 가지 물고기 잡는 법과 낚시의 종류

1. 근대 이전 낚시 도구들

: 이규경의 『오주연문장전산고』, 「어구변증설」

나는 젊어서부터 장지화[1]와 육구몽[2]의 사람 됨됨이를 너무 사랑하여 현진자 연파조수의 시[3]와 육구몽의 어구에 대한 읊음[4]을 잠자리에서

1 장지화(張志和) : 743~774. 자는 자동(子同), 호는 현진자(玄眞子), 연파조수(煙波釣叟)이다. 당나라 회계(會稽) 산음(山陰, 지금의 절강성 소흥) 사람. 일찍이 진사에 합격하여 벼슬에 나아갔으나 안사(安史)의 난 이후 벼슬에서 물러나 은거했다. 도교에 심취하여 『현진자(玄眞子)』를 저술했다.

2 육구몽(陸龜蒙) : 당나라 의종(懿宗)·희종(僖宗) 때 사람으로 고사(高士)이다. 자는 노망(魯望), 호는 강호산인(江湖散人)·천수자(天隨子)·보리선생(甫里先生)·부옹(涪翁)·강상장인(江上丈人)이다. 항상 동정호(洞庭湖, 둥팅 호)에서 배를 타고 낚시하며 노닐었다. 피일휴(皮日休)와 친교가 있었는데 서로 창화(唱和)한 시를 모은 『송릉창화시집(松陵唱和詩集)』이 있다. 『보리집(甫里集)』, 『입택총서(笠澤叢書)』, 『뇌사경(耒耜經)』 등 다수의 저술이 있다.

3 현진자(玄眞子) 연파조수(煙波釣叟)의 시 : 장지화의 「어부사(漁父詞)」 다섯 수를 말한다.

4 육구몽의 어구(漁具)에 대한 읊음 : 육구몽의 「어구(漁具)」 시 열다섯 수와 「화첨어구오편(和添漁具伍篇)」을 말한다.

도 차마 손에서 놓은 적이 없었다. 참으로 이른바 "선생의 풍모는 산이 높고 물이 길다"라고 한 것과 같다. 포희씨[5]가 백성에게 물고기 사냥을 가르친 이후 어부 중에서 고상한 자는 자아[6]와 자릉[7] 이외에 오직 이 장지화와 육구몽 두 사람뿐이다.

평생 하고 싶은 것은 먼저 두각선[8] 한 척을 만들어 지붕에 거적을 덮고 수레바퀴를 매달아, 밤낮으로 바람 부는 물결과 아득한 아지랑이 사이에서 둥실 떠다니는 것인데, 잘 때나 깨어 있을 때나 그 생각을 잊지 못했다.

조수의 「어부곡」[9]에 "얼레낚시, 궐두선[10], 즐거움이 풍파에 있으니 신선이 필요 없네[車子釣, 橛頭船, 樂在風波不用仙]"라고 했는데, 당나라 담용지의 시[11]에 "벽옥 부유는 객을 맞는 술이고, 황금 곡록은 물고기 낚는 얼레이네[碧玉蜉蝣迎客酒, 黃金轂轆釣魚車]"라고 했고, 또 "가볍게

---

5 포희씨(包羲氏) : 전설 속의 삼황(三皇) 중 우두머리 신이다. 백성에게 그물로 물고기를 사냥하는 법을 가르쳤다고 한다.

6 자아(子牙) : 강태공(姜太公)의 자이다. 태공망(太公望), 여상(呂尙)이라 한다. 위수(渭水, 웨이수이 강) 가의 반계(磻溪, 판시)에서 낚시하다가 문왕(文王)을 만나 스승이 되고, 무왕(武王)을 도와 은나라를 멸망시키고 천하를 평정했다.

7 자릉(子陵) : 엄광(嚴光)의 자이다. 후한의 광무제(光武帝)가 제왕의 자리에 오르기 전에 함께 공부하던 사이였는데, 광무제가 즉위하자 성명을 고치고 숨어 나타나지 않았다. 광무제가 물색 끝에 찾아 간의대부(諫議大夫)를 제수하였으나 받지 않고 부춘산(富春山)에 숨어 밭 갈고 물고기 낚으며 여생을 마쳤다.

8 두각선(荳殼船): 이 용어는 우리나라와 중국의 다른 옛 문헌에서는 전혀 보이지 않고, 오직 이규경과 그 조부인 이덕무(李德懋)의 글에서만 보인다. 글자 그대로 콩깍지만 한 작은 배를 말하는 듯하다. 이덕무의 『청장관전서(靑莊館全書)』 「선귤당농소(蟬橘堂濃笑)」에 "두각선에 어망을 싣고, 석양의 맑은 강에서 두 폭 돛을 달고 솔솔 부는 바람을 타고 갈대밭으로 들어가면, 배 안의 사람 모두가 엉킨 수염에 더벅머리를 하고 있었지만, 물가로 나가 바라보면 고사(高士)인 육노망(陸魯望) 선생이 아닌가 의심한다"라고 했다.

9 조수(釣叟)의 「어부곡(漁父曲)」 : 장지화의 「어부사(漁父詞)」이다.

10 궐두선(橛頭船) : 앞머리가 뾰족한 작은 배이다.

날리는 남방 술잔은 맑은 물가에서 향기롭고, 곡록 어거는 낚싯배에서 소리 나네[翩翾蠻榼薰晴浦, 轂轆魚車響釣船]"라고 한 것이 그것이다(지금 강 위의 어부가 작은 배를 타고 있는 것을 보면 손에 한 개의 작은 확거자12를 들고 낚싯줄을 감아서 강물 속에 낚시를 던져 물결 따라 내려가게 한다. 줄을 감거나 풀어주다가 물고기가 미끼를 물면 낚싯줄이 팽팽해지는데 급히 확거를 돌려 끌어올려서 물고기를 잡는다. 이것이 옛날 거자조車子釣가 전해진 모습이다).

조망(釣網, 입구가 작고 배 부분이 큰 그물이다), 이망(纚網, 키[箕] 모양과 같다), 증(罾, 어망에 틀[機]이 있는 것이다) 순(笱, 대나무를 구부려 어량의 빈 곳을 받쳐 물고기를 잡는 것이다. 일명 전筌이다. 곧 『장자』에서 이른바 "물고기를 잡으면 통발[筌]을 잊는다"라고 한 것이 그것이다), 유(罶, 유는 곧 과부[嫠婦]가 사용하는 통발[笱]이다. 『당운唐韻』에는 이 이름을 적籍이라 했다. 『모시毛詩』에 "삼성이 통발을 비추니[三星在罶]13"라고 했고, 또 "내 어량에 가지 말라, 내 통발을 뽑아내지 말라[毋逝我梁, 毋發我笱]14"라고 한 것이 그것이다), 어량(魚梁, 돌로 보를 쌓아 물을 막고 물고기를 잡는 것이다), 삼(罧, 일명 삼槮 혹은 잠涔이라 한다. 물속에 섶[柴]을 쌓아놓고 물고기를 모이게 하여 잡는 것이다), 호(篙, 대나무를 옹기처럼 엮어서 물고기를 모이게 하여 잡는 것이다), 착(簎, 작살, 『주례』에 "때때로 물고기를 작살로 잡는다[以時簎魚]"라고 했는데 정현이 말하기를 "갈래가 진 것[叉]으로써

---

11 담용지(譚用之)의 시 : 담용지는 자는 장용(藏用)으로 오대(五代) 말 사람이다. 시의 제목은 「이비도인(貽費道人)이다. 시의 내용 중 부유(蜉蝣)는 그 주석에 "남쪽 지방에서는 대나무 용수[竹 篘]로 술을 거르므로 항상 쌀 껍질[米殼]이 있는데 이를 부의(浮蟻)라고 한다"라고 했다. 곡록(轂轆)은 실을 감는 물레로 곧 견지낚시의 도구인 얼레이다.

12 확거자(籰車子) : 얼레를 말한다. 이 용어는 오직 이규경의 글에서만 보인다.

13 삼성재류(三星在罶) : 『시경』, 「소아」, 「초지화(苕之華)」의 구절.

14 무서아량, 무발아구(毋逝我梁, 毋發我笱) : 『시경』, 「패풍(邶風)」, 「곡풍(谷風)」의 구절.

진흙 속을 찔러서 물고기를 잡는 것이다"라고 했다. 갈래가 진 나뭇가지[杈]로써 진흙 속을 찔러서 물고기를 잡는 것이다), 곽(籗, 일종의 통발, 쇠를 노의 머리[棹頭]에 씌운 것인데 그로써 물고기를 잡는 것이다), 어주(魚矪, 물고기 주살, 물고기에게 화살과 돌을 쏘는 것이다. 주살[弋]을 쏘아 물고기를 잡는 것이다). 이것들은 비록 어구이지만, 적합한 뜻을 취하는 것은 아닌 듯하다.

물고기를 잡는 것은 한가하면서 아취가 있는 것이다. 고아하면서 속되지 않은 것에는 오직 낚시가 있다. 낚시의 도구는 다음과 같다. 기(鐖, 미늘, 낚싯바늘에 역으로 붙어 있는 가시[鋩]이다), 민(緡, 낚싯줄, 찌[泛]를 매다는 실이다), 범(泛, 찌, 『계륵편雞肋篇』에 "낚싯줄의 반쯤에 물억새 줄기[荻梗]를 매단 것을 부자浮子라고 한다. 그것이 잠기는 것을 보고 물고기가 미끼를 문 것을 안다. 한퇴지의 「조어시」15에 '깃이 잠기면 미끼를 먹고 달아남을 안다[羽沈知食駛]'라고 했으니, 당나라 시대에는 대개 찌[浮]로 깃을 사용했다"라고 한 것이 그것이다), 연추(鉛錘, 납추, 콩알만 한 작은 납덩이를 낚싯줄 위에 매달아 낚시가 물로 들어갈 때 직립하게 하는 것이다), 조간(釣竿, 낚싯대, 작은 대나무로 길고 곧은 것을 취하여 낚싯대를 만들고 가늘고 질긴 견사繭絲를 매단다. 『시경』에 "길고 가는 대나무 낚싯대로 기수에서 낚시하네[籊籊竹竿, 以釣于淇]16"라고 한 것이 그것이다. 대나무가 없는 지방에서는 나뭇가지로 만들었으나 끝내 대나무보다 좋지 않았다), 조사(釣絲, 낚싯줄, 명주실을 세 가닥으로 꼬아서 낚시를 묶어서 물고기를 잡는다. 『시경』에 "명주실로 꼰 저 낚싯줄[維絲伊緡]"이라 한 것이 그것이다), 이(餌, 미끼, 물고기를 유인하는 밥알[飯粒]이다. 옛사람이 향이香餌, 감이甘餌라고 비유한 것이 그것이

15 한퇴지(韓退之)의 조어시(釣魚詩) : 당나라 한유(韓愈)의 「독조(獨釣)」 시이다.

16 적적죽간, 이조우기(籊籊竹竿, 以釣于淇) : 『시경』, 「위풍(衛風)」, 「죽간(竹竿)」의 구절이다.

다), 영성(笭箵, 종다래끼, 작은 대그릇이다. 어부가 허리에 차고 물고기를 담는 것이다), 약립(篛笠, 대나무삿갓, 어부가 쓰고서 비나 햇볕을 막는 것이다), 사의(蓑衣, 도롱이, 어부가 입고서 비나 이슬을 피하는 것이다). 이는 자릉이 입었던 양가죽 옷[羊裘]에 비하면 오히려 몹시 사치스럽다. 학립鶴笠과 노사鷺蓑는 그 복식이라 말할 수 있는데 또한 쉽게 얻기 어렵다. 이처럼 어구가 갖추어진다.

옛날 어부 중에는 혹은 적합한 뜻을 취하는 것을 귀히 여겼는데 이미 어부가 되면 혹은 물고기를 잡는 것을 적합한 뜻으로 삼고, 배를 집으로 삼고, 물고기를 식량으로 삼고서 고미밥[菰米飯], 금대갱(錦帶羹, 순채국)을 고상한 아취로 여길 필요가 없었다. 세간에서 낱알을 다투는 것에 비하면 이것이 비교적 낫다고 할 수 있다. 함께 능한 것은 홀로 빼어난 것보다 못한 것이다. 그래서 옛날 포차자는 주살을 잘 쏘는 자였는데 첨하가 소문을 듣고 기뻐하며 그 기술을 배워서 낚시로써 초나라에 알려졌다는 것이 그것이다.17

물고기를 잘 잡는 것을 배우고자 하는 자는 먼저 물을 살피는 데 기술이 있다는 것을 배워야 한다. 대개 물이 느리면서 흐름이 곧으면 물고기가 그 아래에 모여들고, 물이 급하면서 흐름이 굽어지면 물고기는 흩어져서 머물지 않는다. 강물은 곧고, 하천의 물은 굽어진 것이 그것이다. 물이 맑은 못[淵]에는 잠겨 있는 거북[潛甲]이 없고, 물이 지나치게 맑으면 물고기가 허공에 올라 있는 듯하고, 다만 주사위[樗蒲] 같은 돌멩이만 있다고 한 것이 그것이다. 또한, 짐승 발굽 자국에 괴어 있는 물[涔蹄之水]에는 꼬리를 흔드는 물고기가 없다. 영潁 지역의 속담에 "자식이 어미를 넘어서면 무더위가 서늘해지고, 물이 물러나면 물고기가 잠복하는 것은 모두 큰물의 시후가 된다. 이것은 무슨 까닭인가? 앞의 물은 어미가 되고, 뒤의 물은 자식이 되기 때문이다"라고 했다(물이 매일 이르고 매일 길어져서 뒤의 물이 앞의 물보다 커지면 자식이 어미를 이기게 된다. 물이 그치면 물고기가 많이 나오게 되어 물가의 사람들은 생선을 먹는 것에 물리게 된다. 물이 물러나면 물고기는 나오지 않고 잠복하게 된다. 또 물고기가 뛰어올라 수면에서 떨어지게 되는 것을 칭수稱水라고 한다. 큰비가 오면 물은 반드시 범람한다. 어부는 이것을 알지 않으면 안 된다).

어부는 또한 물고기가 다니는 것이 계절의 시후를 따른다는 것을 알고 난 연후에 물고기잡이를 잘한다고 말할 수 있다(물고기의 다니는 것은 양陽을 따르는데 봄·여름에는 물에 떠올라서 강물을 거슬러가고, 가을·겨울에는 물에 잠겨서 강물의 흐름을 따라간다. 어부가 그 출몰에 따라서 위와 아래에서 물고기를 잡는다면 스스로 그 기회를 잃지 않을 것이다). 물고기를 낚는 이외

---

17 포차자(蒲且子)는 …… 그것이다 : 첨하(詹何)는 한 올 견사(繭絲)로써 낚싯줄을 삼고, 망침(芒針)으로 낚싯바늘을 삼고, 형소(荊篠)로 낚싯대를 삼고, 밥알을 잘라서 미끼로 삼고, 백 길 깊은 못에서 수레만 한 물고기를 끌어내는데 흘러가는 물속에서 낚싯줄은 끊어지지 않고, 낚싯바늘은 펴지지 않고, 낚싯대는 꺾이지 않았다. 초왕(楚王)이 소문을 듣고서 괴이하게 여기고 불러서 그 까닭을 물어보았다. 첨하가 대답하기를 "일찍이 선대부(先大夫)의 말씀을 들으니, 포차자(蒲且子)의 주살은 약한 활과 가는 줄인데 바람을 타고 떨쳐 날아가면 구름 끝의 쌍왜가리를 연이어 맞춘다고 했습니다. 마음을 전념하고 손 움직임을 균일하게 했기 때문입니다. 저는 그 일로 그것을 본받아 낚시를 배웠습니다. 5년 만에 비로소 그 방법을 습득했습니다. 제가 물가에 임하여 낚싯대를 들면 마음에 잡념이 없고 오직 물고기만 생각합니다. 낚싯줄을 던져 낚시를 가라앉히면 손에 가볍고 무거움이 없고, 외물이 어지럽힐 수 없습니다. 물고기가 저의 낚시 미끼를 보면 오히려 가라앉은 먼지나 뭉친 거품으로 여기고 삼키는 데 의심이 없습니다. 이 때문에 약한 것으로써 강한 것을 제압할 수 있고, 가벼운 것으로써 무거운 것을 이룰 수 있습니다. 대왕께서 치국을 참으로 이처럼 할 수 있다면 천하를 한 주먹 안에서 운용할 수 있을 것이니, 장차 또한 무슨 일이 있겠습니까?"라고 했다. 초왕이 "훌륭하구나!"라고 했다.(『열자(列子)』, 「탕문편(湯問篇)」)

에 또한 물고기를 쏘는 법이 있다(『좌씨전左氏傳』에 "당에서 물고기를 쏘았다[矢魚於棠][18]"라고 했는데 시矢를 관觀으로 해석하는 것은 잘못이다. 『주례』에서 이른바 "그 어별魚鼈을 쏘아서 먹는다"라고 한 것이 그것이다. 시矢의 의미는 "고요가 그 계책을 살폈다[皐陶矢厥謨]"라고 할 때의 시이다. 동중서[19]의 사책지문射策之文에서 사射의 사용은 곧 시矢의 뜻으로 사용했다. 또 후세에 시어矢魚는 시 읊음에 많이 들어갔는데 시矢는 반드시 밤에 불을 비추고 쏘는 것이다. 당나라 진공서秦公緖의 「한당곡寒塘曲」에 "횃불 들고 물에 비춰 노는 물고기를 쏘고[持燭照水射游魚]"라고 했고, 방공건方拱乾의 「영고탑지寧古塔志」에 "닭은 밝고 화톳불 비추는 작은 배를 저어 물고기를 보고 찌른다"라고 했고, 「한당곡」에 "한당은 침침하고 버들잎 성근데, 물 어둡고 사람 말소리가 깃든 오리를 놀라게 하네. 배 안의 소년은 취해 일어나지 못하고, 횃불 들고 물에 비춰 노는 물고기를 쏘네[寒塘沈沈柳葉疏, 水暗人語驚棲鳧. 舟中小年醉不起, 持燭照水射游魚]"라고 했다).

대개 물고기를 화살로 쏘거나 작살로 찌를 때는 물고기가 수면에 뜬 것을 보고 삼지창을 던진다. 화살과 삼지창을 쏠 때는 반드시 물고기보다 약간 아래쪽을 겨냥해야 적중할 수 있다. 그 수면에 떠 있는 것은 곧 물고기의 그림자이다.

또 얼음 밑의 물고기를 사냥하는 것이 있다(내가 강 위의 어부가 숭어를 잡는 것을 보니, 얼음에 구멍을 뚫어 작은 구멍을 만들어 종일 낚시를 드리우고,

---

18 시어어당(矢魚於棠) : 당(棠)은 지명으로, 지금의 산동성(山東省) 어태현(魚台縣)이다.

19 동중서(董仲舒) : 전한(前漢) 때 경학가로, 경제(景帝) 때 박사가 되었으며 무제(武帝) 때는 강도 상(江都相)과 교서 상(膠西相)을 역임하였다. 「현량대책(賢良對策)」을 올려 유학을 존중하고 백가 사상을 배척할 것을 주장하여 경학의 지위를 높이는 데 큰 영향을 끼쳤다. 저서에 『춘추번로(春秋繁露)』 등이 있다.

그 옆에 엎으로 누워서 미끼를 무는 것을 살펴보며 기다렸다. 만약 낚시를 삼키면 줄을 당겨 잡아낸다. 잉어를 잡는 자는 나막신의 굽에 못을 박은 것을 신고 얼음 위를 달리면서 얼음 아래 잉어가 헤엄치는 것을 보고 큰 곰방메[櫌]로 얼음을 치는데, 그러면 잉어가 놀라 헤매며 즉시 도망가지 못한다. 이에 얼음을 깨고 삼지창으로 찔러서 잡아낸다. 다른 물고기도 또한 이 방법과 같다. 뱅어를 잡을 때는 밤에 얼음 위에서 불을 밝히고 얼음을 깨어 구멍을 만들고 견사망을 던져서 잡아내는데, 밤새 그치지 않는다. 이는 이른바 "외로운 배의 도롱이 걸치고 삿갓 쓴 늙은이, 홀로 추운 강의 눈발 속에 낚시하네[孤舟蓑笠翁, 獨釣寒江雪][20]"라고 한 것이 아니겠는가?).

나는 또 어구 중에 옛날에 없었던 것을 얻었다. 고만菰蔓의 실[絲], 작표등雀瓢藤 껍질 같은 것이다. 그 밖의 것은 속여서 잡고, 현혹하여 잡는 것으로써 애초에 물고기를 사냥하는 바른 이치가 아니다. 곧 속여서 새를 잡는 것과 같다. 그래서 지금 전소箋疏에 대략 언급한다(『화한삼재도회』에 "오이 덩굴[瓜蔓]을 햇볕에 말린 것은 철선鐵線과 같아서 끊으려고 해도 절단하기 어렵다. 낚싯줄로 사용하는데 어부가 가장 소중하게 여긴다"라고 했다. 오주五洲의 『박물고변博物考辨』에 "낚싯줄은 작표등의 속껍질을 꼬아서 만든다. 물속에 넣으면 굳고 질겨져서 끊기지 않는데, 물 밖으로 꺼내면 다시 물러진다. 견사가 없는 고장에서 사용할 수 있다. 가마우지를 사육하여 물고기를 잡고, 개똥벌레 주머니[螢囊]를 그물이나 낚싯대에 매달아 물에 넣어서 물고기를 모이게 한다. 원숭이 털을 그물 네 귀퉁이에 매달아 물고기를 모이게 한다. 피[稗]를 볶아서 물에 넣이시 물고기를 모이세 한다. 땡감이나 망초莔草의 즙을 흘려보내어 물고기를 취하게 하여 죽인다.

20 고주사립옹, 독조한강설(孤舟蓑笠翁, 獨釣寒江雪) : 당나라 유종원(柳宗元)이 쓴 「강설(江雪)」의 구절이다.

산초나무 껍질이나 뿌리를 찧어 짓이긴 것, 식수유食茱萸 껍질, 마료馬蓼, 초목피椒木皮, 황얼목黃蘗木, 모과木瓜, 불태운 재[燒灰], 무쇠 화살[水鐵矢] 등을 불에 태워 물에 던지면 모두 물고기를 죽인다. 파숙巴菽은 물고기를 독살한다. 감람목橄欖木으로 노를 만들어 저으면 물고기가 모두 떠오른다. 이는 여러 서적에서 나온 것들이다. 물고기잡이를 해일亥日에 하면 많이 잡는다. 말라버린 물의 정精인데 위蝺라고 한다. 그 이름을 부르면 어별을 잡을 수 있다. 또 물고기를 한 마리도 못 잡게 하는 주술이 있는데 곧 게체주揭諦呪이다. 단지 마음을 모아 속으로 주문을 외기를, '이체미체미게라체伊諦彌諦彌揭羅諦'라고 일곱 번 하면 어부에게 종일 물고기를 잡지 못하게 할 수 있다. 이는 진미공21의 『니고록妮古錄』에 보인다"라고 했다).

21 진미공(陳眉公) : 진계유(陳繼儒, 1558~1639)는 명나라 서화가로 자는 중순(仲醇)이고 호는 미공(眉公), 미공(麋公)이다. 화정(華亭, 상해 송강) 사람이다. 스물일곱 살에 소곤산(小昆山, 샤오쿤산)에 은거했다. 나중에 동사산(東佘山, 둥서산)으로 옮겨서 저술에 몰두했다.

2. 여러 가지 물고기 잡는 법과 낚시의 종류

: 서유구의 『전어지』 중에서

낚시釣

낚시[釣]는 낚싯바늘를 매달아 물고기를 잡는 도구이다. 낚싯줄은 민緡, 윤綸이고, 그 바늘은 구鉤이다. 먹이로써 물고기를 유인하는 것은 미끼이다. 낚싯바늘에는 미늘[逆鋩]이 있는데 기(鐖, 발음은 계雞이다)이고, 일명 구거(鉤距, 거距는 닭의 며느리발톱[距爪]이다)이다. 『회남자』에 "미늘이 없는 낚싯바늘로는 물고기를 잡을 수 없다"라고 했다. 미늘의 형태는 닭의 며느리발톱과 같다. 대개 칼날이 거꾸로 찌르는 것은 모두 미늘[距]이라 하는데 물고기가 삼킬 때는 순하게 들어가지만, 토해내려 하면 역으로 찌르게 된다(『화한삼재도회』). 범자(泛子, 찌)는 갈대나 기장 줄기 한두 마디를 사용하여 낚싯줄 아래에 묶어 물 위에 뜨게 한다. 대개 물고기가 먹이를 머금으면 찌가 약간 움직이는데 곧 급히 낚싯대를 들어 올려야 한다. 느리게 올리면 먹이만 잃는다(동상同上. 찌는 또한 부자浮子라고 부른다. 송나라 장작莊綽의 『계륵편』에 "낚싯줄의 반쯤 되는 곳에 물억새 줄기를 묶은 것을 부자라고 한다. 그 잠긴 것을 보고 물고기가 낚싯바늘을 삼킨 것을 안다"라고 했다. 한퇴지의 시에 "깃털이 잠기니 신속히 먹는 것 같네[羽沈如食駛]"라고 했는데, 당나라 시대에는 찌를 깃털로써 사용했기 때문이다). 천잠사天蠶絲는 광동(廣東, 광둥)에서 나온다. 서로 전하여 말하기를, 이 천잠은 물속에서 사는데 길이가 두 길 남짓이며 삼현금三絃琴의 줄과 같으면서 황색이다. 그 강하고 질긴 것이 낚싯줄로 만들 수 있다(동상同上). 첨과(甛瓜, 참외) 덩굴을 햇볕에 말리면 철선처럼 질긴데 잘라도 끊기가 어렵다. 낚싯줄로 사용하는데 어부가 가장 중요하게 여긴다(동상同上). 낚싯줄에 삼대 줄기[藍]를 묶어놓은 것이 있는데 일정하게 물 위로 떠올랐다 물속에 잠겼다 하여 물고기가 낚싯바늘을 삼키고 뱉는 것을 알게 하기 위해서이다. 그것이 움직이면서 가라앉지 않은 것은 삼킨 것 혹은 다 삼키지 않은 것인데 갑자기 잡아당기면 낚을 수가 없다. 삼킨 후에 다시 토했는데 천천히 잡아당기면 이미 늦은 것이다. 이 때문에 그것이 잠기려다가 미처 잠기지 않는 순간에 잡아당기는 것이 좋다. 또한 그것을 잡아당길 때 그 손을 들고 곧장 올리면 물고기 입이 막 열린 때라서 낚싯바늘 끝이 걸리지 않는다. 물고기가 낚싯바늘을 따라 입을 벌리면 마치 서리 맞은 이파리가 가지에서 떨어져 버리는 것과 같다. 이 때문에 반드시 그 손의 형세를 비스듬히 기울이고 빗자루로 쓸 듯이 당겨야 한다. 그러면 물고기가 막 낚싯바늘을 목구멍으로 삼킬 때라서, 낚싯바늘은 삼켜지는 중에 더욱 날카롭게 좌우로 치고 찌르면서 반드시 요동칠수록 더욱 단단하게 박히게 된다. 이 때문에 반드시 잡게 되고, 놓치지 않게 되는 것이다(남약천(南藥泉, 약천은 남구만南九萬의 호)의 「조설釣說」).

밑밥을 던져 물고기를 모으는 법投餌聚魚法

깻묵[麻粃]과 술지게미[酒糟]는 모두 물고기의 향기로운 미끼이다. 깻묵이나 술지게미를 가져다가 두 손으로 주물러 한 개의 둥근 덩어리를 만들어 황토로 얇게 싸서 햇볕에 말린다. 낚시꾼이 배에 타고 물이 깊고 물고기가 빼곰대는 곳에 이르러 한 덩어리를 던지면 물고기가 모두 향기를 맡고 모여든다. 그런 다음 비로소 바로 그 자리에 낚시를 던지면 만에 하나도 실수하지 않는다. 혹은 새끼줄[稾繩]로 작은 그물을 짜서 미끼를 넣고, 배 후미에 매달아 놓고 물고기가 왕래하는 곳에 가서 곧 그 그물을 흔들어 그물 속의 미끼가 새어 나오도록 해도 좋다(『난호어목지』).

견지낚시 법流釣法

낚시의 명칭은 품목이 하나가 아니다. 대부분 물이 돌고 깊은 곳에서 사용한다. 오직 이 낚시만 얕은 여울에서 흐르는 물을 따라 물고기를 잡으므로 유조流釣라고 이름 지었다. 그 방법은 대나무를 쪼개 작은 네모난 자새[方匡]를 만드는데 길이는 여덟아홉 치이고 넓이는 다섯이고, 중앙을 관통하는 한 개의 대나무가 자루가 된다. 자새[匡]의 한끝에 낚싯줄을 매고 손으로 자루를 잡고 돌리면 낚싯줄이 절로 틀에 거둬져서 감기게 되는데 얼레에 줄이 거둬져서 감기는 것과 같다. 낚싯줄은 길이가 서른여 자이고, 끝에 낚싯바늘을 매달고, 낚싯바늘 위에 큰 콩알만

한 납 알[鉛丸]을 매달고, 납 알 위로 수 치가 되는 곳에 한 치 길이의 물억새 줄기를 달고, 지렁이나 물 바닥의 돌에 붙어 있는 푸른 벌레를 미끼로 사용한다. 얕은 여울 위로 가서 중류를 향해 낚시를 던진 후 그 낚싯줄을 점점 풀어주고서는 종이 연을 놀리듯이 잡아당기기도 하고 풀어주기도 한다. 물고기가 와서 물속 미끼를 건드리면 손 안의 낚싯줄을 새가 쪼는 것과 같다. 미끼를 완전히 삼켰을 때는 줄이 팽팽하고 묵직함을 곧 느낄 수 있는데 대나무 자새에 실을 감으면 물고기가 낚싯줄을 따라 올라온다. 대개 그 물결의 소용돌이가 급하고 역류하므로 잡아당기면 미끼를 토해낼 겨를이 없기 때문이다(『난호어목지』).

파구법擺鉤法

어부가 큰 물고기를 잡을 때는 두 척의 배로 강을 끼고서 한 사람은 낚싯줄을 잡고, 낚싯바늘은 함께 한 줄에 매달고 그 양 끝에 묶고, 강에서 사용하기 적당한 만큼 헤아려서 나머지는 모두 감아둔다. 중간에 열 개의 바늘이 있는데 저울 갈고리처럼 큰 것도 있다. 모두 서로 연결되어 있고 각 바늘은 서로 사이의 거리가 한두 자 정도이다. 바늘을 묶은 바로 위에는 수세가 깊고 얕음을 살피고자 각각 검은 납덩이를 매다는데 무게는 1근이고, 모양은 저울추와 같다. 추 위의 제鮓는 다섯 치 남짓인데 똑바로 있는 바늘[正鉤]을 옆으로 기울게 한다. 강을 횡단하여 오가며 끌어당기면서 물고기가 다니는 것을 기다렸다가 재빨리 낚아채서 잡는다. 이를 파구擺鉤라고 한다. 여러 척의 배가 나란히 내려가다가 매번 물고기를 낚을 때마다 그 물고기의 저항이 느슨하고 다급함을 살펴서, 다급하면 줄을 풀어주고 느슨하면 거두어들인다. 위아래로 따라가면서 물고기의 힘이 빠지기를 기다린 후에 끌어당겨 잡는다. 서로 쫓는 것이 여러 날이 되기도 하는데 비록 수백 근의 물고기라도 모두 낚을 수 있다. 낚싯줄은 120사絲로 만드는데 물고기가 너무 큰 것은 힘을 이겨낼 수 없으므로 즉시 감아놓은 낚싯줄로 보조 갈고리를 던져 돕는다. 또한, 반드시 어부가 마음으로 터득해야만 손놀림에 응할 수 있다(『악양풍토기(岳陽風土記)』).

만등조법萬燈釣法

대개 낚시는 낚싯대 하나, 낚싯줄 하나, 낚싯바늘 하나, 미끼 하나를 사용하는데 곧 산골짜기나 시골의 노인이 뜻을 부치고 적합한 즐거움을 취하는 바탕으로 속내가 물고기를 잡는 데 있지 않다. 만약 천 길 깊은 못과 만 이랑의 물결에서 이를 이용하여 물고기를 잡는다면, 이는 참으로 낚싯대를 들고 바다에서 물고기를 잡는 것인데, 그 물고기를 잡는 것이 어렵지 않겠는가? 이것이 만등조萬燈釣를 설치하는 유래가 된 것이다. 그 방법은 정련한 철[熟鐵]로 가운뎃손가락만 한 크기로 낚싯바늘을 만들고, 삼끈을 한 자 남짓으로 꼬아서 낚싯바늘을 매다는데, 많은 것은 400~500개이고, 적은 것도 또한 수백 개이다. 굵은 밧줄을 이용하여 수 자 간격으로 낚싯바늘을 하나씩 매달고 작은 물고기를 미끼로 삼는다. 낚싯배[舴艋]에 싣고 한끝으로부터 점차 물속으로 던지는데 그물을 치듯 수면을 가로지른다. 저녁에 설치하고 아침에 거두는데 그 끝을 들고 점차 말아 거두면 한 낚싯바늘에 한 마리 물고기가 걸려 있는 모양이 관등절觀燈節 저녁에 등불을 매달아 놓은 것 같아서 이름을 만등조라고 한다. 그것을 여러 하천과 포구에서 시행하기도 하는데 형태와 제도는 차이가 적고, 바늘을 두들겨 낚싯바늘을 만들고 삶은 명주실[熟絲]로 낚싯줄을 만든다(『난호어목지』).

삼봉조법三鋒釣法

그 낚시는 한 뿌리[根]에 세 개의 낚시를 묶은 것인데 형태가 쇠스랑 같다. 견사로 낚싯줄을 만들고 한쪽 끝은 낚싯바늘의 뿌리에 묶고 다른 한쪽 끝은 낚싯대에 묶는다. 낚싯대는 유조법의 낚싯대와 같다. 강물이 돌면서 깊은 곳으로 가서 미끼를 끼지 않고 줄을 풀어 던진다. 그 낚싯바늘은 자연히 위로 향하고 물고기가 와서 건들면 손에 묵직함이 몹시 느껴지는데 지체하지 않고 줄을 당겨 거두면 물고기가 낚싯바늘에 걸려서 낚싯대로 올라온다(『난호어목지』).

약물로 물고기 잡는 법藥魚法

육구몽이 어구를 읊은 시에 「약어시藥魚詩」가 있다. 곧 독毒을 투하하여 물고기를 잡는 방법이다. 지금 사람은 혹은 독어毒魚라고 부른다. 대개 물이 돌면서 낮은 곳에는 자갈이 많아서 큰 물고기가 숨어 있는 곳이다. 그물, 낚시, 통발 등의 도구를 쓸 수 없는 곳이어서 독을 투하하여 물고기를 잡는다. 그 방법은 물이 도는 곳으로 가서 흙과 돌로 사방을 에워싸서 물고기가 뛰어나가지 못하게 하고, 석회를 수면에 살포하면 물고기가 독즙을 마시고 금방 죽어서 하나하나 떠오른다. 온 못에서 잡아낼 수 있다. 그러나 삶아서 익히면 맛이 또한 좋지 않은데 독을 마시고 창자가 부패했기 때문이다. 또 한 가지 방법은 마료馬蓼의 뿌리와 줄기를 찧은 즙을 물에 투하하는 것인데 그 독은 더욱 혹독하다고 한다(『난호어목지』). 회남淮南 만필술萬畢術이 말하기를, 모과를 태운 재를 못 안에 뿌리면 물고기를 독살할 수 있다고 한다. 이 약어법藥魚法은 그 유래가 먼 것이다. 『명의별록名醫別錄』에 "원화芫花는 물고기를 독살한다"라고 했고, 『본초강목』에 "취어초醉魚草의 꽃과 줄기를 채취하여 독을 치면 물고기가 모두 어릿어릿하여 죽는다"라고 했다. 『지봉유설』에 "진초(秦椒, 산초)나무의 껍질을 가루로 만들어 상류에 투하하면 물고기가 모두 죽어서 떠오른다"라고 했다. 『동의보감』에 "파초(芭椒, 초피)는 물고기를 죽인다"라고 하고, 또 "천초川椒는 일체의 물고기를 죽이는데 껍질을 취하여 물속에 뿌리면 물고기를 잡을 수 있다"라고 했고, 또 "초목椒木 껍질의 즙은 여러 물고기를 죽이는데 물속에 넣어두면 물고기가 모두 죽는다"라고 했다. 『화한삼재도회』에 "땡감 즙[柹漆]을 냇물 위에 흘려보내면 피라미와 붕어가 몹시 취하여 떠오른다"라고 했다. 이는 모두 물고기를 잡는 약藥이다(동상同上).

수달을 키워 물고기 잡는 법養獺捕魚法

(당나라) 원화元和 말에 균주均州 훈향현勛鄕縣의 한 백성이 수달 열여 마리를 키워서 물고기 잡는 것을 생업으로 삼았다. 격일마다 한 번 풀어주는데, 풀어주려 할 때는 먼저 깊은 도랑의 두문斗門 안에 가둬두고 굶주리게 한 연후에 풀어준다. 그물을 치는 수고가 없이 이익을 얻는다. 그 사람이 손뼉을 쳐서 부르면 여러 수달이 모두 와서 옷깃에 매달리고 무릎에 앉는 것이 집 지키는 개와 같다(『유양잡조』). 통천通川 경내에 수달이 많은데 각각 주인이 있어서 키운다. 모두 강가 언덕 사이에 있는데, 수달이 만약 굴에 들어가면 꿩 꽁지를 수달 굴 앞에 꽂아놓으면

수달은 곧 감히 나가서 달아나지 못한다. 꿩 꽁지를 치우면 곧 나와서 물고기를 잡는데 반드시 언덕으로 오른다. 사람이 곧 그것을 빼앗는데 얻은 것이 많은 후에야 풀어주고 스스로 먹게 한다. 배불리 먹으면 곧 소리 나는 지팡이로 몰아서 굴로 돌아가게 한 후 또다시 꿩 꽁지를 꽂아두면 다시 감히 나오지 않는다(『조야첨재(朝野僉載)』).

나무 수달로 물고기 잡는 법木獺捕魚法

침주 자사郴州刺史 왕거王琚는 나무를 깎아 수달을 만들었다. 물속에 잠가두면 물고기를 잡아서 머리를 빼들고 나왔다. 대개 수달의 입안에 미끼를 두고 회전하는 문을 만들고 돌을 매달아놓았는데 물속의 물고기가 그 미끼를 먹으면 문이 즉시 벌린 입구를 닫아버려서 물고기를 머금게 된다. 그러면 돌이 발사되어 떠서 오르게 된다(『조야첨재(朝野僉載)』).

가마우지를 길들여 물고기 잡는 법馴鸕鷀獵魚法

가마우지는 곳곳의 물이 있는 고을[水鄉]에 있는데 역鷊과 비슷하면서 작고, 색은 검어서 또한 까마귀와 비슷하다. 긴 부리는 약간 굽었고, 잠수하여 물고기를 잘 잡는다. 남방의 어선에서는 종종 수십 마리를 묶어 기르며 물고기를 잡게 한다. 두보의 시에 "집집이 오귀를 길러 돈돈히 황어를 먹네[家家養烏鬼, 頓頓食黃魚]"라고 했는데 어떤 이는 곧 이 새라고 한다(살펴보니, 어구魚狗는 작은 새이다. 곳곳에 있다. 털은 푸르고 깃은 검다. 다리는 붉고 부리는 길다. 물에 들어가서 물고기를 잘 잡는다. 어린 새를 잡아다가 길들여 키워서 물고기를 잡게 한다. 혹은 그 알을 가져다가 닭에게 품게 한다. 처음 알껍데기에서 나올 때 사람이 화답해주면 영원히 날아가지 않는다)(『본초강목』).

조기 잡는 법捕石首魚法

서남해의 어부들이 어조망이나 어책을 이용하여 잡는다. 해마다 곡우 전후가 물고기가 오는 시기이다. 호남의 칠산, 해서의 연평, 관서(평안도)의 덕도 등이 어장 중의 도회都會이다. 세속에서 말하기를 "삼월에 날이 흐리고 바람이 없으면 석수어가 풍어이다"라고 한다. 물고기가 풍어가 아닐 때는 대개 어조선漁條船을 바다에 머물게 해두는데, 풍파가 요란하게 치면 배는 출렁이는 물결을 따른다. 그러면 배 아래 그물이 흔들려 고정되지 않아서 들어오는 물고기가 종종 새어 나가 버린다. 다른 도에서는 반드시 흐리고 바람이 없는 연후에 그물 입구를 모두 가지런히 펼쳐서 잡아낸다(『난호어목지』).

황복 잡는 법捕河豚法

남쪽 지방 사람들이 하돈을 잡는 방법을 살펴보면, 강물을 끊는 목책을 만들고 여러 물고기가 많이 내려갈 때 목책을 약간 뽑아서 제거하여 물결을 따라서 내려가게 한다. 가장 번잡하게 내려오는 날에는 서로 밀치거나 목책에 부딪혀서 스스로 분노하여 배가 북처럼 부풀어서 물 위에 뜨게 된다. 어부들이 와서 연이어 잡아낸다(『몽계보필담夢溪補筆談』). 하돈은 다른 물건에 부딪치면 곧 화를 내어 배가 공처럼 팽창하여 물 위에 떠오른다. 지금 사람들은 그것을 잡을 때 또한 솜을 빗는 쇠스랑 같은 철수鐵須를 많이 만들어서 물속에 배치하여 하돈이 부딪쳐서 물 위에 뜨면 잡는다(『이아익』). 항상 곡우 전후에 하돈이 물을 거슬러 오르는데 어부들이 작살[籍]을 가지고 얕은 여울 위를 오가며 하돈을 발견하면 곧 찍어서 잡는다(『난호어목지』).

청어 잡는 법捕青魚法

동북해는 조수가 이르지 못하는 곳이라서 일체의 물고기는 모두 그물을 쳐서 잡는다. 그 청어를 포획하는 것도 또한 시월 이후에 오는 길을 알고 큰 그물을 쳐서 잡는다. 이때 청어가 처음 나오면 말로 서울까지 운송하는데 많이 잡으면 몹시 선망한다. 영남에서 해서(황해도)에 이르기까지 모든 곳에서 어책魚柵이나 어조망漁條網을 이용하여 잡는다. 그 어획이 배나 많아서 그 가격도 또한 낮다. 배로 사방에 운송하여 나라 안에 넘치는데 모두 서남해의 산물이다(『난호어목지』).

잉어 잡는 법捕鯉法

겨울 달에 얼음이 단단히 얼 때 강 가운데에 얼음 구멍을 사방이 둥글게 뚫고 얼음 아래 그물을 친다. 그물로 세 면을 둥글게 친 후 다만 하류 쪽 한 면만 열어놓는다. 여러 사람이 모두 나무 몽둥이를 들고 하류의 먼 곳에부터 얼음을 쿵쿵 두들기며 점점 그물을 쳐놓은 곳으로 전진한다. 물고기가 소리를 싫어하여 달아나 피하다가 그물을 둥글게 쳐놓은 곳으로 들어온다. 이에 한 장 그물로 그 한 면을 차단하면 물고기는 곧 포위된 성안에 있게 된다. 그 안을 돌면서 오가다가 탈출하려고 하지만 탈출할 수 없다. 이에 그물로 포위한 안쪽에 얼음 구멍 네다섯 개를 뚫고 그 구멍으로 물고기가 지나가는 것을 살펴서 작살을 쏘아 잡아낸다(『난호어목지』).

잉어를 작살로 잡는 법刺鯉法

강가의 어부 중에 얼음을 밟고 잉어를 찔러 잡는 법이 사용하는 이들이 있다. 철장대나 나뭇장대 5~6파把 길이가 되는 것의 끝에 촉을 붙이는데, 촉의 모양은 한 뿌리에 세 가지이고, 가지에는 모두 촉이 있다. 장대 머리에 작은 끈 하나를 묶고 그 다른 한쪽 끝은 사람의 팔에 연결하는데 그 잡은 물고기를 쉽게 끌어내기 위해서이다. 항상 겨울에 깊은 강이 처음 얼어서 맑고 투명하여 바닥이 보일 때 얼음을 밟고 얼음 아래를 구부리고 살피다가 잉어가 지나가면 즉시 장대 머리를 가로로 쏘아서 얼음 안의 물고기를 유인한다. 눈이 밝고 손이 빠르면 열 중에 하나도 놓치지 않는다. 다만 얼음이 막 얼고 눈이 아래에 덮어 있으면 잡을 수 없다. 혹은 얼음이 단단해진 후에 물이 깊은 곳에 가면, 종종 구멍을 뚫고 몇몇 사람이 망치를 들고 얼음을 두들기며 물고기를 쫓고, 한 사람은 장대를 들고 구멍을 살핀다. 물고기가 지나가면 즉시 장대를 조정하여 곧장 쏜다. 응수하여 물고기 아가미나 배를 관통하는데, 세속에서 작전斫箭이라 부른다. 『주례』에 나오는 적籍의 유제遺制이다(『난호어목지』).

오징어 잡는 법捕烏賊魚法

어부들은 구리로 오징어 모양을 만드는데 그 수염은 모두 낚싯바늘이다. 신짜 오징어가 그것을 보면 스스로 와서 낚싯바늘에 걸린다(『화한삼재도회』). 오징어가 사람을 보면 사방 수 자로 먹물을 토하여 그 몸을 혼란하게 하는데 사람이 도리어 그것으로써 잡게 된다(『이아익』).

준치 잡는 법捕鰣魚法

준치는 성질이 물에 떠다니므로, 어부가 그물을 묶어 물에 가라앉혀 수 치 깊이에서 잡는다(지금 서남해의 어부들이 준치 그물을 만들 때 비록 수십 보에서 백 보를 가로로 끊지만, 그 길이는 불과 반 길 남짓하다. 그것의 설치는, 약간 기울게 수면에 뜨게 한다. 다른 물고기를 잡는 그물 치는 법과 전혀 다르다. 준치가 다닐 때 반드시 수면에 뜨기 때문이다). 한 번 그물에 걸린 물고기는 곧 다시 움직이지 못하고 물에서 나오자마자 즉시 죽어서 가장 쉽게 부패한다. 그래서 원달袁達의 『금충설禽蟲說』에 "준치는 그물에 걸리면 움직이지 않는데 그 비늘을 보호하려는 것이다"라고 했다(『본초강목』). 준치는 큰 배로 바다로 들어가서 잡는다. 대략 하지 전후를 기간으로 삼는다(『삼재도회』). 준치는 항상 사오월에 오는데 어부가 바다에 그물을 쳐서 준치가 오는 길목에서 잡는다. 그 그물을 물속에 넣는 것이 모두 수 자인데 준치가 수면에서 떠다니는 것을 좋아하기 때문이다. 간혹 조수를 따라 어호(漁滬, 어살) 안으로 들어오지만, 청어나 석수어(조기)처럼 많지 않다(『난호어목지』).

숭어 잡는 법捕鯔法

얕은 여울 아래로 가서 대나무나 갈대를 이용하여 울타리를 치는데 물결을 따라 비스듬히 이어서 말단에 이르면 다시 되돌려서 상류를 향하게 한다. 되돌리는 곳의 머리에 네 개의 말뚝에다 한 개 네모난 그물을 장막 모양처럼 눕혀 설치한다. 숭어가 물결을 따라 여울로 내려가서 울타리를 따라서 돌다가 나가려고 한다. 말단에 이르면 다시 상류로 향하여 도는데, 나갈 수 없으면 분노하여 한 번 도약하여 바로 그물로 떨어진다. 이미 물을 잃고 나면 다시 기세를 올려 뛰어서 탈출하지 못한다. 간혹 하루에 예닐곱 마리를 잡을 수 있다(『난호어목지』).

압조법鴨釣法

매년 이삼월이나 팔구월에 물이 얕아지고 모래가 깨끗해질 때 숭어를 잡는다. 그 방법은 삼노끈[麻繩]이나 칡의 흰 껍질을 잘라서 낚싯줄을 만들고, 추를 달고, 단련한 철[熟鐵]로 갈고리를 만든다. 한 뿌리에 두 개의 갈고리를 묶는데 뿌리는 엄지손가락 크기로 납작하고, 갈고리는 가운뎃손가락만큼 크면서 둥글고 뾰족하다. 소뼈를 구하여 종이처럼 얇게 깎아서 갈고리 뿌리의 안쪽에 붙여서 묶고, 뿌리를 낚싯줄 끝에 묶는다. 팔뚝만 한 큰 나무로 낚싯대를 만들고, 낚싯대 머리에 구멍을 뚫어 낚싯줄을 꿴다. 강 언덕으로 가서 물이 얕고 모래가 깨끗한 곳을 향해 낚시를 던진다. 조용히 숭어가 그 위를 지나가기를 기다려서 낚싯대를 휘두르고 힘써 끌어올린다. 물고기는 아가미나 배가 꿰어져 올라온다. 그것은 소뼈의 색이 하야므로 물고기가 그 위를 지나가면 환하게 쉽게 분별할 수 있기 때문이다(『난호어목지』).

전복 채취법採鰒法

매월 상현上弦과 하현下弦에 바람이 온화하고 날이 따뜻할 때 바닷가 남방 이부[蜑戶]의 부녀자들은 전복 채취를 생업으로 삼는다. 마흔 명에서 쉰 명이 무리를 이루어 옷을 벗고 단지 잠방이만 걸치고, 큰 박을 가져다가 끈 자루[繩囊]에 매달고, 그 아래에 다시 길이가 수십 파인 숙마熟麻로 짠 큰 밧줄을 맨다. 한끝은 박에 매고, 다른 한끝은 몸의 허리에 둘러 묶는다. 또 한 개의 작은 끈 자루를 패용한다. 오른손에는 자루 달린 송곳[柄錐](자루의 길이는 한 자 남짓이고, 그 송곳은 갈고리처럼 구부려서 을乙)자 목[頸]으로 만들고, 목으로부터 아래는 여덟아홉 치이다)을 들고, 물속으로 잠수하면 박이 스스로 떠서 수면에 있는데 사람을 따라서 왔다 갔다 한다. 전복을 발견하면 반드시 그것이 위급함을 깨닫기 전에 송곳으로 떼어내야 한다. 조금이라도 느슨하면 바위에 단단하게 붙어버려서 떼어낼 수 없다. 매번 한 마리 전복을 딸 때마다 즉시 허리 아래의 작은 자루에 거두어 넣는데 많게는 예닐곱 개에 이른다. 자루가 묵직해진 것을 느끼면 허리를 감은 큰 밧줄을 잡고 몸을 솟구쳐 수면으로 나온다. 여러 개의 전복은 박 아래 큰 자루에 옮겨 저장한 후 다시 잠수하여 물속으로 들어간다. 이처럼 열여 번 반복하여 하루에 수십 개에서 백 개를 채취할 수 있다. 간혹 상어와 같은 종류를 만나서 물고기 배 속에 장례를 지내는 일이 순식간에 일어난다. 그 위험이 이와 같지만 이익이 많아서 위험을 알지 못한다. 이월에서 팔월까지 정해진 때가 없이 채취할 수 있지만, 사월 이후로는 전복이 점차 드물어진다(『난호어목지』).

게를 갈고리로 잡는 법鉤蟹法

게는 비탈진 못에서 작은 도랑이 있는 곳의 낮고 습한 자리에 굴을 파고 산다. 거주민들은 흑금(黑金, 쇠)을 구부려서 갈고리 모양을 만들어 장대 끝에 부착한다. 스스로 게를 찾는데 야간에는 횃불을 켜고 비춘다. 모두 밝은 빛을 따라서 오는 것이 물고기가 미끼를 탐내는 것처럼 낚싯대에 오른다(『해보蟹譜』).

- 살펴보니, 게를 잡을 때는 반드시 산 채로 잡아야 한다. 만약 그 껍데기를 찔러

상하게 하면 배 속의 노란 내장이 하루도 못 되어 곧 부패한다. 그래서 지금 사람들은 굴속의 게를 잡는데 모두 손으로 잡아내고 쇠갈고리[鉤金]를 사용하지 않는다. 『본초연의本草衍義』에도 또한 "게는 팔구월에 해랑(蟹浪, 게가 파도처럼 떼로 모여드는 것) 때 그 물에서 나오는 것을 살펴서 주워 잡는다. 밤에는 불을 비춰 잡는다"라고 했고, 갈고리를 사용하는 것은 언급하지 않았다.

수수 이삭을 매달아 게 잡는 법懸蜀黍捕蟹法

매번 칠팔월 장마가 그친 후 짚을 꼬아서 큰 새끼줄을 만들고, 수수 이삭을 가져다가 세 가닥에서 다섯 가닥으로 나누어 각각 작은 끈으로 묶고, 다시 큰 새끼줄 위에 거꾸로 매단다(서로 간격은 대여섯 치이고, 이삭 한 개를 묶는다). 밤이 깊으면 횃불을 켜고 개천 가로 가서 새끼줄을 던져 그물을 치는 모양으로 수면을 가로로 끊는다. 설치를 마치면 해사(蟹舍, 게 잡는 움막)로 물러나 쉬면서 조용히 한 식경 동안 기다린다. 다시 물속으로 들어가서 횃불로 비춰보면 게가 물결을 따라 내려오다가 수숫단을 만나면 곧 이삭 위에 매달려서 먹으면서 떠나가지 않는다(게는 수수 이삭을 즐겨 먹는다). 매달린 것마다 집어내어 종다래끼[笭箵, 보관 대바구니]에 던져 넣는다. 그물로 잡는 것과 비교하면 확실히 갑절이나 다섯 곱이 된다. 그러나 산골짜기 개울에는 본래 게가 드물어서 반드시 가까운 강가나 바닷가의 개천에서 이 방법을 사용해야 소득이 많다. 또 한 가지 방법은 수수를 사용하지 않고 단지 횃불을 들고 물가에서 비추면 게가 물에 떠서 내려오므로 손으로 집어 잡을 수 있다(『난호어목지』).

뱅어 잡는 법捕氷魚法

뱅어를 잡는 그물은 견사를 이용하여 작은 그물눈으로 엮어 짠다. 겨울에 강물이 얼면 얼음을 뚫어 구멍을 만든다. 수 보마다 한 구멍씩 뚫어 구멍에다 그물을 넣어 연이어서 길게 설치한다. 저녁에 설치하여 새벽에 거두어 물고기를 잡는다. 입춘 이후에는 물고기가 없어져서 잡을 수 없다(『난호어목지』).

단지를 투하하여 문어 잡는 법投壺取章魚法

대개 문어를 잡는 방법은 끈으로 묶은 단지를 물속에 투하하는 것이다. 단지를 투하하고 오랜 후에 문어가 스스로 들어간다. 크고 작은 단지를 가리지 않고 단지 하나에 문어가 한 마리씩 들어간다(『화한삼재도회』).

붕어 낚시 법釣鯽法

강과 호수, 하천과 못을 막론하고 대개 붕어를 낚을 때는 반드시 깻묵을 미끼로 사용해야 한다. 이것이 아니면 낚아 올리지 못한다(『난호어목지』).

상어 잡는 법捕沙魚法

유월에서 시월까지 항상 탐라(耽羅, 제주도) 앞바다 물이 깊은 곳에는 어부들이 와서 배에서 낚시를 던져 상어를 잡는다. 낚싯줄은 140~150길이고, 낚시 끝에 두 갈래의 갈고리를 매단다. 갈고리 위 두 자쯤 되는 곳에 박만큼 큰 둥근 돌을 매달고, 고도어(古刀魚, 고등어)를 미끼로 삼는데 혹은 망어(芒魚, 꼬치삼치)를 이용한다(『난호어목지』).

고등어 잡는 법捕古刀魚法

호남 바다에서 나온다. 항상 칠월에서 시월까지 저녁마다 어부들이 무리 지어 해변으로 나와서 횃불을 켜고 배를 타는데 한 척 배에 열여 명이다. 사람들이 각자 낚싯대를 드는데, 낚싯줄은 열여 길이고, 면사綿絲로 만든다. 낚싯바늘 위 한 자쯤 되는 곳에 한 자의 빈철(鑌鐵, 강철)을 매달아 가볍게 뜨지 않도록 한다. 미끼는 행어杏魚나 고등어 살을 이용한다. 눈이 밝고 손이 민첩하면 하룻저녁에 잡은 물고기가 헤아릴 수 없을 지경이다. 육지에 가져다 팔면 많은 이익을 얻는다. 추자도 주민은 이것을 생업으로 삼는 사람이 많다(『난호어목지』).

홍합 채취법採淡菜法

칠팔월 사이에 어부들이 바닷속 바위가 많은 곳에 잠수하여 채취하는데 전복을 채취하는 방법과 같다. 대개 홍합은 바위에 붙어 있기를 좋아한다. 어떤 이는 말하기를, 홍합은 해조海藻 위에 사는 것을 좋아하므로 홍합을 채취하려면 반드시 해조가 많은 곳이어야 한다고 한다(『난호어목지』).

해삼 채취법採海蔘法

해삼은 바다 속 암석 위에 많이 있다. 남방 어부들은 송곳을 가지고 물속으로 잠수하여 떼어서 잡는데 홍합을 채취하는 방법과 같다(『난호어목지』).

참고문헌

우리나라 문헌

『각사등록(各司謄錄)』

『고려사절요(高麗史節要)』

곽열(郭說), 『서포집(西浦集)』

고상안(高尙顔), 『태촌집(泰村集)』

구봉령(具鳳齡), 『백담집(栢潭集)』

권극중(權克中), 『청하집(靑霞集)』

김기수(金綺秀), 『일동기유(日東記游)』

김려(金鑢), 『담정유고(藫庭遺藁)』

김려(金鑢), 『우해이어보(牛海異魚譜)』

김상용(金尙容), 『선원유고(仙源遺稿)』

김상헌(金尙憲), 『청음집(淸陰集)』

김수항(金壽恒), 『문곡집(文谷集)』

김윤식(金允植), 『운양집(雲養集)』

김인후(金麟厚), 『하서전집(河西全集)』

김재찬(金載瓚), 『해석유고(海石遺稿)』

김정(金淨), 『충암집(冲庵集)』

김조순(金祖淳), 『풍고집(楓皐集)』

김종직(金宗直), 『점필재집(佔畢齋集)』

김좌명(金佐明), 『귀계유고(歸溪遺稿)』

김진규(金鎭圭), 『죽천집(竹泉集)』

김창업(金昌業), 『노가재집(老稼齋集)』

김창협(金昌協), 『농암집(農巖集)』

김춘택(金春澤), 『북헌집(北軒集)』

김택영(金澤榮), 『소호당집(韶濩堂集)』

남공철(南公轍), 『금릉집(金陵集)』

남용익(南龍翼), 『호곡집(壺谷集)』

남효온(南孝溫), 『추강집(秋江集)』

박계숙(朴繼叔) · 박취문(朴就文), 『부북일기(赴北日記)』

박윤묵(朴允默), 『존재집(存齋集)』

박태순(朴泰淳), 『동계집(東溪集)』

빙허각(憑虛閣) 이씨(李氏), 『규합총서(閨閤叢書)』

서거정(徐居正), 『사가집(四佳集)』

서기수(徐淇修), 『소재집(篠齋集)』

서영보(徐榮輔), 『죽석관유집(竹石館遺集)』

서유구(徐有榘), 『전어지(佃漁志)』

성석린(成石璘), 『독곡집(獨谷集)』

성해응(成海應), 『연경재전집(硏經齋全集)』

성현(成俔), 『용재총화(慵齋叢話)』

성현(成俔), 『허백당집(虛白堂集)』

『세종실록지리지(世宗實錄地理志)』

소세양(蘇世讓), 『양곡집(陽谷集)』

『승정원일기(承政院日記)』

신광수(申光洙), 『석북집(石北集)』

신광한(申光漢), 『기재집(企齋集)』

신유(申濡), 『죽당집(竹堂集)』

신유한(申維翰), 『해유록(海遊錄)』

신위(申緯), 『경수당전고(警修堂全藁)』

신흠(申欽), 『상촌고(象村稿)』

심상규(沈象奎), 『만기요람(萬機要覽)』

심광세(沈光世), 『휴옹집(休翁集)』

심육(沈錥), 『저촌유고(樗村遺稿)』
심의(沈義), 『대관재난고(大觀齋亂稿)』
안축(安軸), 『근재집(謹齋集)』
어득강(魚得江), 『관포시집(灌圃詩集)』
위백규(魏伯珪), 『존재집(存齋集)』
유득공(柳得恭), 『영재집(泠齋集)』
유명천(柳命天), 『퇴당집(退堂集)』
유성룡(柳成龍), 『징비록(懲毖錄)』
유희춘(柳希春), 『미암집(眉巖集)』
윤두수(尹斗壽), 『오음유고(梧陰遺稿)』
윤원거(尹元擧), 『용서집(龍西集)』
윤종균(尹鍾均), 『유당시집(酉堂詩集)』
이건(李健), 『규창유고(葵窓遺稿)』
이건창(李建昌), 『명미당집(明美堂集)』
이관명(李觀命), 『병산집(屛山集)』
이규경(李圭景), 『오주연문장전산고(伍洲衍文長箋散稿)』
이규보(李奎報), 『동국이상국집(東國李相國文集)』
이단하(李端夏), 『외재집(畏齋集)』
이덕무(李德懋), 『청장관전서(靑莊館全書)』
이만영(李晩榮), 『설해유고(雪海遺稿)』
이민구(李敏求), 『동주집(東州集)』
이민성(李民宬), 『경정집(敬亭集)』
이색(李穡), 『목은고(牧隱藁)』
이서구(李書九), 『척재집(惕齋集)』
이수광(李睟光), 『지봉유설(芝峯類說)』
이승소(李承召), 『삼탄집(三灘集)』
이식(李湜), 『사우정집(四雨亭集)』
이식(李植), 『택당집(澤堂集)』
이우(李堣), 『송재집(松齋集)』
이유원(李裕元), 『임하필기(林下筆記)』
이응희(李應禧), 『옥담시집(玉潭詩集)』
이익(李瀷), 『성호사설(星湖僿說)』
이익(李瀷), 『성호전집(星湖全集)』
이정구(李廷龜), 『월사집(月沙集)』
이정암(李廷馣), 『사류재집(四留齋集)』
이진망(李眞望), 『도운유집(陶雲遺集)』
이춘원(李春元), 『구원집(九畹集)』
이태원, 『현산어보를 찾아서』, 청어람미디어, 2002
이학규(李學逵), 『낙하생집(洛下生集)』
이현보(李賢輔), 『농암집(聾巖集)』
이현석(李玄錫), 『유재집(游齋集)』
이형상(李衡祥), 『병와집(甁窩集)』
이황(李滉), 『퇴계집(退溪集)』
임춘(林椿), 『서하집(西河集)』
정내교(鄭來僑), 『완암집(浣巖集)』
정두경(鄭斗卿), 『동명집(東溟集)』
정문기(鄭文基), 『한국어도보(韓國魚圖譜)』, 일지사, 1977
정사룡(鄭士龍), 『호음잡고(湖陰雜稿)』
정약용(丁若鏞), 『경세유표(經世遺表)』
정약용(丁若鏞), 『여유당전서(與猶堂全書)』
정약전(丁若銓), 『현산어보(玆山魚譜)』
정온(鄭蘊), 『동계집(桐溪集)』
정운희(丁運熙), 『고주집(孤舟集)』
정원용(鄭元容), 『경산집(經山集)』
정희맹(丁希孟), 『선양정집(善養亭集)』
조문명(趙文命), 『학암집(鶴巖集)』
조수삼(趙秀三), 『추재집(秋齋集)』
조용진, 『동양화 읽는 법』, 집문당, 1999
조태억(趙泰億), 『겸재집(謙齋集)』
조팽년(趙彭年), 『계음집(溪陰集)』
조헌(趙憲), 『동환봉사(東還封事)』
주강현, 『관해기』, 웅진, 2006
채제공(蔡濟恭), 『번암집(樊巖集)』
최기철, 『민물고기를 찾아서』, 한길사, 1991

최기철, 『우리 민물고기 백 가지』, 현암사, 2006
최숙정(崔淑精), 『소요재집(逍遙齋集)』
최창대(崔昌大), 『곤륜집(昆侖集)』
하연(河演), 『경상도지리지(慶尙道地理志)』
하연(河演), 『경재집(敬齋集)』
한치윤(韓致奫), 『해동역사(海東繹史)』
허균(許筠), 『성소부부고(惺所覆瓿藁)』
허초희(許楚姬), 『난설헌시집(蘭雪軒詩集)』
허훈(許薰), 『방산집(舫山集)』
홍섬(洪暹), 『인재집(忍齋集)』
홍양호(洪良浩), 『이계집(耳溪集)』
홍주국(洪柱國), 『범옹집(泛翁集)』
황윤석(黃胤錫), 『이재유고(頤齋遺藁)』
황현(黃玹), 『매천집(梅泉集)』

중국 문헌

갈승중(葛勝仲), 『단양집(丹陽集)』
갈홍(葛洪), 『신선전(神仙傳)』
강희제(康熙帝), 『성조인황제어제문집(聖祖仁皇帝御製文集)』
건륭제(乾隆帝),『어제시집(御製詩集)』
고린(顧璘), 『식원존고(息園存稿)』
고병(高棅), 『당시품휘(唐詩品彙)』
고사손(高似孫), 『위략(緯畧)』
곽상정(郭祥正), 『청산속집(青山續集)』
구양수(歐陽修), 『육일시화(六一詩話)』
『구주기(九洲記)』
『공자가어(孔子家語)』
구조오(仇兆鰲), 『두시상주(杜詩詳註)』
나원(羅願), 『이아익(爾雅翼)』
낙빈왕(駱賓王), 『낙승집(駱丞集)』
『남사(南史)』
노작(盧焯), 『복건통지(福建通志)』
당문봉(唐文鳳), 『오강집(梧岡集)』
도본준(屠本畯), 『민중해착소(閩中海錯疏)』
두보(杜甫), 『두공부집(杜工部集)』
매요신(梅堯臣), 『완릉집(宛陵集)』
범성대(范成大), 『석호시집(石湖詩集)』
범성대(范成大), 『오군지(吳郡志)』
『복건통지(福建通志)』
『본초강목(本草綱目)』
『사천통지(四川通志)』
서견(徐堅), 『초학기(初學記)』
설사석(薛師石), 『과려시(瓜廬詩)』
설사석(薛師石), 「어부사(漁父詞)」
소식(蘇軾), 『동파전집(東坡全集)』
심분(沈汾), 『속선전(續仙傳)』
양극가(梁克家), 『순희삼산지(淳熙三山志)』
양만리(楊萬里), 『성재집(誠齋集)』
『어제연감류함(御製淵鑑類函)』
여악(厲鶚), 『번사산방집(樊榭山房集)』
『열자(列子)』
오경욱(吳景旭), 『역대시화(歷代詩話)』
오증(吳曾), 『능개재만록(能改齋漫錄)』
왕사정(王士禎), 『어양시화(漁洋詩話)』
왕세정(王世貞), 『엄주사부고(弇州四部稿)』
왕정규(王庭珪), 『노계문집(瀘溪文集)』
원문(袁文), 『옹유한평(甕牖閑評)』
유향(劉向), 『열선전(列仙傳)』
유후(劉珝), 『고직문집(古直文集)』
육광미(陸廣微), 『오지기(吳地記)』
육유(陸游), 『검남시고(劍南詩稿)』
임방(任昉), 『술이기(述異記)』
『장자(莊子)』
장창(莊昶), 『정산집(定山集)』
장화(張華), 『박물지(博物志)』

『전당시(全唐詩)』

『절강통지(浙江通志)』

『주역(周易)』

주익(朱翌), 『의각료잡기(猗覺寮雜記)』

증기(曾幾), 『다산집(茶山集)』

『진서(晉書)』

진요문(陳耀文), 『천중기(天中記)』

진작(陳焯), 『송원시회(宋元詩會)』

진정경(陳廷敬), 『오정문편(吾亭文編)』

진조(陳造), 『강호장옹문집(江湖長翁文集)』

찬녕(贊寧), 『물류상감지(物類相感志)』

최표(崔豹), 『고금주(古今注)』

『태평광기(太平廣記)』

팽대익(彭大翼), 『산당사고(山堂肆考)』

포수성(蒲壽宬), 『심천학시고(心泉學詩稿)』

풍시가(馮時可), 『우항잡록(雨航雜錄)』

하경명(何景明), 『대복집(大復集)』

호세안(胡世安), 『이어도찬전(異魚圖贊箋)』

호응린(胡應麟), 『소실산방집(少室山房集)』

호자(胡仔), 『어은총화(漁隱叢話)』

호자(胡仔), 『초계어은총화(苕溪漁隱叢話)』

『흠정속통지(欽定續通志)』

이 도서의 국립중앙도서관 출판시도서목록(CIP)은 e-CIP홈페이지(http://www.nl.go.kr/ecip)와
국가자료공동목록시스템(http://www.nl.go.kr/kolisnet)에서 이용하실 수 있습니다.(CIP제어번호: CIP2016024660)

물고기, 뛰어오르다
: 동아시아 2500년 옛사람들이 사랑한 우리 물고기

초판 1쇄 발행 2016년 11월 1일

지은이 기태완
펴낸이 윤미정

책임편집 차언조
책임교정 김계영
홍보 마케팅 이민영

펴낸곳 푸른지식 **출판등록** 제2011-000056호 2010년 3월 10일
주소 서울특별시 마포구 월드컵북로16길 41 2층
전화 02)312-2656 **팩스** 02)312-2654
이메일 dreams@greenknowledge.co.kr
블로그 greenknow.blog.me

ISBN 978-89-98282-85-1 03810

이 책은 한국출판문화산업진흥원의 2016 우수출판콘텐츠 제작 지원 사업 선정작입니다.